Céline Barré

PÉRIL AU FOURNIL!

Une boulangère mène le président à la baguette...

Les Éditions de la Commune

ISBN: 978-2-9553153-1-6

« On est gouvernés par des lascars qui fixent le prix de la betterave et ne sauraient pas faire pousser des radis »

Michel Audiard

Plongez au cœur d'une France ubuesque en compagnie d'une joyeuse bande de bras cassés. Gouvernés par un despote, les Francais souffrent. Jocelyne, boulangère de son état, fomente la deuxième Révolution française. Parviendra-t-elle à fédérer ses troupes ? Entre révolution personnelle et Révolution tout court, suivez son parcours hors du commun.

Amateurs de second degré, d'autodérision, soyez les bienvenus dans mon univers décalé et loufoque. Entre vaudeville, satire et humour grinçant, voici un roman « feel-good » drôlement culotté !

Toute ressemblance avec des personnes réelles, connues ou pas, vivantes ou disparues est purement fortuite.

TABLE DES MATIERES

PROLOGUE

UN VAUDEVILLE CADASTRAL : LES DEBUTS DE LA GROGNE...

Les deux boulangers n'étaient plus comme cul et chemise depuis longtemps, mais aujourd'hui ils se chamaillaient comme des chiffonniers.

— T'es qu'un égoïste, Jérôme, un égoïste ! Tu ne penses qu'à toi. Et les autres, alors ? Nous, on s'en sort encore parce qu'on vend du pain ! Le pain, c'est comme les patates, ça nourrit et c'est pas cher. Mais regarde un peu autour de toi ! On vit dans une dictature ! La fusion, c'est rien par rapport au reste ! Pour moi, c'est presque un prétexte pour mettre le pays à feu et à sang ! Il est temps que les têtes tombent ! Surtout celle du despote !

— T'es vraiment complètement folle ! Tu veux faire la révolution ? Alors, explique-moi comment tu vas t'y prendre ? Tu ne connais personne en dehors des habitants de ta ville, on est quatre mille quatre cent quatre-vingt-dix-neuf. Si tu enlèves les vieux, les gosses et les mous, il ne restera pas grand monde pour t'aider à trancher les têtes.

— Comme si je comptais que sur les Tresvillois ! Il faut d'abord que je sache exactement qui est prêt à s'investir dans la lutte. Je me doute qu'on ne sera pas des centaines ! Je vais aussi créer un rassemblement national. Voilà ce que j'ai l'intention de faire !

— Ah oui ? Chapeau ! Et comment ?

— Avec les réseaux sociaux ! On est nombreux à subir en silence ! Il est temps qu'on se connaisse et qu'on se prépare pour une montée à la capitale.

— Donc, si je comprends bien, tu veux créer un réseau de révoltés pour t'accompagner dans ton projet… Ça ne marchera pas, j'en suis sûr !

— Si ! Ça peut marcher, ça a déjà marché d'ailleurs…

— Oui, en 1789 ! Mais on n'est plus à la même époque et ton truc, ça peut se transformer en guerre civile !

— C'est un risque, mais si on est bien organisé, la casse sera limitée. Surtout, il faut une personnalité forte pour fédérer la colère. Quand on a un leader digne de ce nom, ça roule !

— Et le leader charismatique, c'est toi je suppose ?

— Évidemment ! Qui veux-tu que ce soit ? Le père Truau peut-être ?

— On en reparle demain si tu veux, mais n'oublie pas une chose. Si on refuse la fusion, on est rayé de la carte. Tu t'en souviens, non ? Ça ferait mal quand même ! Autant accepter de s'appeler Tresville-Grogneul que Grogneul tout court.

Jocelyne se souvenait des menaces qui planaient au-dessus de sa cité. Elle n'ignorait pas que des fusions avaient été opérées aux quatre coins de la France – parfois dans la douleur. Elle savait que des villes antagonistes avaient été jumelées et que, de ce genre d'opération, l'une sortait toujours grande perdante. La moins productive y laissait son nom, son maire et se retrouvait accolée à un bourg dont elle n'avait que faire (au mieux) ou qu'elle abhorrait (au pire).

Se retrouver habitante de Grogneul-Tresville était d'un ridicule absolu, une sorte de vaudeville cadastral auquel elle ne souhaitait participer. Elle ferait tout afin d'éviter cette fusion, consciente que le peu de solidarité exprimé par son époux était emblématique de l'opinion de ses voisins et clients. C'était toujours la même chanson : on n'était pas content, on gueulait un coup, histoire de montrer que l'on pouvait donner de la voix, mais la passivité l'emportait le plus souvent.

Pour autant, Jocelyne souhaitait faire de son mieux, et ainsi, vivre en accord avec elle-même, quitte à se prendre une déculottée. Elle avait vaincu bien des démons lors des derniers mois, s'était dépassée, surpassée même, étonnée elle-même et avait acquis une solide conscience politique, laquelle, alliée à une détermination sans faille, pouvait la propulser. Elle ne savait pas encore où : mairesse ou Présidente, après tout, ceux qui réussissent rêvent grand. Elle décida donc de rêver très très grand.

1

ENGUEULADE ET PÂTÉ DE GLAND

La journée avait été harassante pour Jérôme comme pour Jocelyne. Toute à son excitation de la veille, elle n'avait cessé d'interpeller les clients de leur boulangerie, invoquant l'injustice dont Tresville venait d'être victime, la comparant à une humiliation publique, ce que Jérôme considérait comme une position indéfendable. Après tout, cette fusion, pourquoi pas ? L'idée d'injecter du sang neuf dans une commune comme la leur ne lui semblait plus si inique ; on met bien un blessé grave sous perfusion, pourquoi pas une ville ?

Jocelyne, furieuse de constater l'absence de soutien de son mari, rodait son discours et employait de grands mots. Elle montrait un aplomb du tonnerre, une verve à toute épreuve : la petite boulangère cotentine était désormais entrée en lutte, comme jadis les suffragettes. Elle estimait avoir des droits et ne se laisserait pas démonter par un président qui n'avait été élu que par la grâce d'un sournois malentendu. Les Lamaseau étaient rarement en désaccord, leur vie de couple, morne et bien réglée, n'était guère troublée par la controverse. Après avoir baissé le rideau de leur petit théâtre, ils partirent jouer dans l'intimité de leur salon une pièce d'un genre nouveau. Elle aurait pu s'appeler « Engueulade et pâté de gland ».

— Non, mais dis donc ! Tu te fiches de moi ou quoi ? Tu retournes ta veste devant les clients ! T'as peur, c'est ça ? attaqua la boulangère.

— Pas du tout ! Je trouve ton idée ahurissante, ça ne marchera jamais ! répondit Jérôme en tirant la tête des très mauvais jours.

— Je rêve ! Ça marchera pas ? Comme si un soulèvement

populaire ne pouvait rien faire ! C'est au peuple de prendre son destin en mains ! Qu'est-ce que tu crois ? Que la fusion va être une partie de plaisir ?

— Joce, accepte la réalité. Tu perds ton temps pour rien, franchement, crois-moi…

La confiance de Jocelyne en son époux s'atrophiait peu à peu. Elle trouvait son comportement de plus en plus étrange : non seulement absent lors de leurs rares conversations qui étaient devenues des monologues aux seules vertus incantatoires, mais également lointain, détaché. Il avait parfois exprimé des opinions contraires, cependant elles ne concernaient que des choses matérielles : changer de domicile, acheter une maison, rêver un peu plus grand. Il était confortablement installé dans un quotidien qu'elle avait transcendé seule, armée de sa persévérance.

Néanmoins, elle ne se laisserait pas influencer par celui qu'elle voyait de plus en plus comme un guignol, un boulanger plan-plan qui s'en remettait au destin sans tenter d'en inverser la courbe. Selon elle, tout chemin de vie peut prendre des contours surprenants pour peu que l'on y mette de la volonté. Et de la volonté, Jocelyne en avait ! Pendant quelque temps, la boulangère avait vu la mairie comme un lieu à conquérir, mais une fois la sentence de la fusion tombée, elle avait immédiatement vu bien plus gros, bien plus grand !

Elle fomentait donc la révolution, rien de moins, la deuxième du genre dans un pays France qui prenait, mois après mois, des airs de désolation. Les cerveaux fuyaient aussi vite que les libertés individuelles fondaient. L'emploi était une denrée rare, car en dehors de quelques métiers saisonniers, il ne restait pas grand-chose à se mettre sous la quenotte. Trente pour cent de sans-emploi, et encore, Joce était convaincue que les chiffres étaient truqués. Sa patrie s'était muée en une lande désolée : ingénieurs, cadres supérieurs et penseurs s'étaient fait la malle et, si ce n'était pour quelques histoires de famille, on se serait bien passé d'un retour au bercail.

— Joce, tu ne peux rien contre le gouvernement, mets-toi ça dans le crâne !

Jérôme élevait rarement la voix, c'était un calme, une espèce de grand mou, un homme tranquille qui ne rêvait pas plus loin que le bout de son nez, même si un autre attribut, qui se trouvait souvent

– et parfois à tort –, comparé à ce dernier, donnait du fil à retordre au serment qu'il avait prêté plus de vingt années auparavant. Cynthia Dufour, son aguicheuse vendeuse, en portait l'entière responsabilité. Elle avait réveillé la bête et entendait bien la maintenir dans un état de transe hystérique, alternant *ultimatum*, menaces et autres instruments de torture, familiers à celles qui supportent mal d'être cantonnées au rôle de maîtresse.

Le boulanger ne savait plus sur quel pied danser. Parfois résolu à quitter emploi et domicile pour vivre l'aventure avec sa ravissante, tandis qu'à d'autres reprises, la réalité le rattrapait et lui assénait un coup sur la tête. En effet, de quoi auraient vécu les deux amants ? Il n'avait pas un rond, Cynthia ne possédait aucune économie : il avait donc décidé de rester par goût du confort, de l'habitude, par peur surtout, et même si cette dernière est rarement bonne conseillère, l'ancien mitron se planquait dans son fournil en attendant des jours meilleurs. Pour l'heure, il fantasmait sa vie plutôt que de la vivre. C'était plus rassurant et chaque incursion du réel dans son imagination, désormais débridée, le rendait agressif.

— Évidemment, si tout le monde pense comme toi, on n'est pas sorti de l'auberge ! T'as pas l'air de te rendre compte, là ! Tu veux t'appeler un Grogneulais, c'est ça que tu veux ? Appartenir à ce village truffé de caméras, côtoyer ce veau de maire obèse qui idolâtre la république bananière dans laquelle on vit ?

Grogneul, la cité ennemie, avec laquelle les plus hautes instances avaient décidé de faire fusionner Tresville-sur-mer. Un sacrilège, une ignominie à l'origine de l'ire de Jocelyne.

— C'est quand même pas des monstres non plus ! s'énerva Jérôme qui pensait au dernier body en soie acquis par Cynthia. Ce truc l'obsédait, il n'en avait jamais vu de tel, encore moins touché, et comme toutes les premières fois, celle-là l'obnubilait.

Le couple se mit au lit après avoir avalé une pitance racornie : ils se nourrissaient de leurs invendus et, ce soir, c'était pâté de gland sur la baguette. Le pâté de gland : un mets inventé par Célestin Montanssier, Monsieur le maire, jamais à court de bonnes idées, celui-là même qui s'était retrouvé à l'Élysée quelques jours auparavant et en était revenu sans le chèque tant convoité qui aurait permis à la voie de contournement de sortir de terre.

Tout avait commencé à cause de cette fichue route qui obligeait les véhicules à traverser le centre-ville. En réclamant un financement à l'Élysée, qui centralisait dorénavant tous les pouvoirs et avait la main mise sur toutes les décisions, les Tresvillois s'étaient fait remarquer. L'adage qui dit que pour vivre heureux mieux vaut se cacher prenait ici tout son sens. Tresville s'était retrouvée dans la ligne de mire présidentielle qui avait dépêché des indics gentiment appelés des ESSC : Envoyés Spéciaux de Surveillance des Communes. On avait proposé un marché ubuesque aux Tresvillois, un *deal* complètement fou : rénover en un temps record les trois verrues qui pourrissaient la ville : la boulangerie du centre, le magasin *Bordy* et la future chambre d'hôtes des La Morne. Si les trois verrues se muaient en rubis, les Tresvillois obtiendraient leur financement.

Tresville avait relevé le défi imposé par le Palais. Mais, que nenni, le roitelet qui faisait office de Président était d'une nature capricieuse et sanguine. Il avait balancé leur dossier dans l'âtre de sa cheminée pour se précipiter jusque dans les locaux du *Canard Déchaîné* afin d'y invoquer un viol de son intimité. Cet hebdomadaire – tenu par un permanent et trois bénévoles, largement abondé par les contributions de son lectorat –, restait le seul à faire encore trembler le pouvoir.

Une photo du Président, vu en pleine séance de fornication au fond d'une jungle de Papouasie, avait poussé ce dernier hors de ses gonds. Bien que peu populaire, il entendait redorer son blason en sortant un livre rempli de promesses qu'il ne tiendrait pas et autres plans sur la comète. Il promettrait moult créations d'emploi, éventuellement une baisse de la TVA sur l'alimentation si les sondages étaient trop mauvais. Il risquait de se faire coiffer au poteau aux prochaines élections par un *outsider,* car son prédécesseur s'était tellement sévèrement grillé auprès de l'électorat que même deux ou trois bouquins n'auraient rien changé.

Francis Ollanzi tenait également beaucoup à sa stature internationale ; il aimait à entretenir des amitiés outre-Atlantique avec le plus puissant de tous les puissants. Le président russe était un guignol, mais l'Américain était beau, élégant et marié à une femme ravissante qui semblait l'aimer. Tout ceci faisait rêver, car même les présidents rêvent à des choses terre à terre.

Œuvrer à sa popularité figurait au dernier rang de ses

occupations, il confiait la tâche ardue qui consiste à transformer un bourrin en gagneur à la multitude de conseillers en communication qui l'entouraient. Ces derniers (hormis quelques loupés), lui dégotaient régulièrement des interviews organisées par de pseudo journalistes qui le laissaient parler son idiome favori : la langue de bois, codage universel qui soumet les plus rétifs, à condition qu'ils soient crédules ou alcooliques.

Pourtant, dans l'intimité de son bureau, il jurait comme un charretier : « Rendez-les-moi plus cons ! C'est tout jeune qu'il faut les attaquer : de la téloche et des jeux vidéo. L'instruction, on s'en fout, je dirais même plus, on n'en veut pas ! Si leurs parents sont déjà cons, tant mieux ! S'ils ont une intelligence moyenne, autant que leurs rejetons les épuisent : moins on dort, moins on a de neurones disponibles. Il me faut des gosses idiots et hyperactifs, voilà ce qu'il me faut ! Bordel de merde ! » avait-il hurlé à l'intention de la ministre de l'Éducation Nationale. Le président prenait un plaisir sadique à intimider ses ministres ; les effrayer permettait de faire jaillir le pire d'eux-mêmes. Le conseil des ministres n'était pas une sinécure : chaque membre prenait place sur un siège qu'il savait éjectable. On assistait alors à un véritable jeu de chaises musicales ; un ministre en chassait un autre, certains tenaient un an, rarement plus, avant d'être limogés comme des manants.

Prévenu de l'existence de l'infect cliché ainsi que de son imminente publication, Francis Ollanzi s'était rendu en personne dans les locaux du canard et avait longuement parlementé avec le secrétaire de rédaction, un ancien trotskyste du genre à qui on ne la fait pas, un gars droit dans ses bottes, le dernier des Mohicans puisque tous les rats avaient quitté le navire. La presse se laisse, hélas, museler pour peu qu'on lui offre des appartements dans les plus chers arrondissements parisiens, des vacances de rêve et quelques soirées bien arrosées. La *Veuve Cliquot* possède, entre autres vertus, celle de rendre les cerveaux les plus aiguisés un peu embrumés, voire complètement serviles.

Le Président de France ne s'était pas pointé dans les locaux du *Canard Déchaîné* avec un Jéroboam ni même un Magnum, mais, plus simplement, avait usé d'arguments parfaitement condamnables au regard de la loi, puisque c'est de menaces clairement exposées dont il avait été question. Il tenait au creux de sa main l'appareil régalien et faisait fi des lois qu'il avait lui-même fait amender afin d'étendre son pouvoir et son impunité. Le secrétaire de rédaction, usé jusqu'à la corde par le mal du siècle, une saloperie de crabe qui lui bouffait la prostate, prit peur et rendit les photographies, à contrecœur, amer, sentant qu'il abdiquait pour la toute première fois de son existence.

Que beaucoup de Français aient leur président en horreur était difficilement supportable pour le bonimenteur. Mais, que le monde entier se gondole en le voyant à peine recouvert d'un string ridicule le faisait suer. Il comptait bien émigrer un jour dans un Eldorado tel que les États-Unis. Voilà un endroit où personne ne vient vous casser les noix si vous portez une *Lerox* au poignet ou conduisez un engin qui pollue autant qu'un trente-huit tonnes ! Et, surtout, depuis New York où il possédait déjà un loft, il pourrait aisément s'envoler jusque dans cette contrée si chère à son cœur où toutes les femmes étaient soumises, bien incapables de savoir qui était ce drôle de type qui leur rendait visite une fois par mois et se montrait d'une extrême prudence, tant concernant ses parties (les morsures de mygales étaient sa phobie) que sa sécurité. Deux gardes l'escortaient jusque dans la moiteur de la jungle, l'un écrasant touffes et brindilles tout en écartant les branchages ; le second, collé à son derrière, en charge, justement, de s'assurer qu'aucun objectif ne le fixait. Puisque ce dernier avait failli, et que le pénis du Président de France s'était fait mitrailler, il avait été limogé séance tenante et remplacé *illico*.

Au pays de Joce n'étaient restées que quatre catégories d'habitants : les fonctionnaires, trop contents de percevoir un salaire qui ressemblait de plus en plus à une obole et les commerçants qui ne voyaient vraiment pas pourquoi ils se sortiraient mieux d'affaire ailleurs. Et puis, partir pour s'installer où ? Fallait-il encore maîtriser une langue étrangère… Ils étaient tous restés et tiraient le diable par la queue également, écrasés par les charges sociales, les taxes et autres impôts qui gonflaient tandis que leurs bénéfices rapetissaient. À ces malheureux s'ajoutaient les chômeurs qui ne croyaient plus une seule seconde que *Pôle Boulot* puisse leur trouver un emploi et les retraités, trop fatigués pour se lancer sur l'incertaine route de l'exil.

Tout ce petit monde faisait ses courses alimentaires au *Ditl*, l'hypermarché discount où les caddies étaient poussés d'un air las ;

on ne remplissait pas son cabas de jambon transpirant la flotte sans une moue de dégoût, mais on le mangeait quand même ! Les protéines étaient nécessaires au bon fonctionnement de l'organisme disaient les médecins qui, eux aussi, partaient exercer à l'étranger afin de se gaver de dispendieux honoraires.

Faute de grives, on mangeait des merles, et parfois on sautait un repas, voire on ne se nourrissait quasiment pas. Jocelyne en était convaincue. Seul le *Canard Déchaîné* avait mentionné la déconfiture amère dans laquelle le pays était plongé. Quelques médias alternatifs qui devaient leur survie aux dons de leurs lecteurs, et leurs articles au talent de leurs contributeurs fournissaient, eux aussi, une information digne de ce nom sur le *oueb*. Un certain Cornélius Charrognard, justement, était dans le collimateur du Président. Impossible de savoir d'où venait ce Français qui tenait un blog dans lequel il publiait des articles écrits d'une main habile qui trempait sa plume dans l'acide caustique. Il y dénonçait une par une les supercheries et autres lois imbéciles qui activaient la mue de son pays et promettait d'en faire le chantre de l'injustice sociale. Cet homme utilisait les réseaux sociaux et était devenu une sorte d'icône de la lutte contre la bien-pensance et la moutonnerie. Chaque article de ce monsieur inondait la toile et son nom figurait en première place sur la liste des personnes à museler. Pourtant, telle une anguille, il se faufilait à travers les mailles du filet. La police du *oueb* se trouvait démunie, incapable de localiser celui que le Président nommait le Tartuffe du *Ternet*. En effet, ce chroniqueur de grand talent prenait un malin plaisir à le titiller, décortiquant les lois et décodant les manœuvres politiciennes. En somme, il s'agissait d'un emmerdeur, d'un empêcheur de tourner en rond et, à ce titre, il fallait le chopper.

Cornélius avait poussé le vice jusqu'à moquer Sa Majesté en l'affublant d'un prénom grotesque. Cet article, notamment, avait fait grand bruit :

LE PÉNIS PRÉSIDENTIEL

Ou les voyages de Kiki

Après Oui Oui à la montagne, Oui Oui à la ferme, voici la série mordante des Kiki !

Mais qui est donc ce Kiki ?

Commençons par de brèves présentations. Après avoir fait l'ETNA (L'École Territoriale des Nanards Administratifs), Kiki est entré en politique. Il a ardemment milité, serré autant de paluches que possible jusqu'à obtenir un siège de député. La Seine-et-Marne, mon gars, ça te pose un bonhomme. Titulaire d'un permis de conduire en zone interdite, il s'autorise alors toutes les sorties de route afin d'accéder au Palais. C'est que Kiki a beau avoir l'air d'une andouille, Kiki sait ce qu'il veut ! Un peu bricolo sur les bords, un peu hâbleur, beaucoup pécheur, Kiki aime à se trouver du bon côté du manche.

Par un beau jour de mai, il se fait élire sur la base d'un sournois quiproquo : il promet aux Français de les sauver de la mouise dans laquelle ils se trouvent. Haro sur le chômage des jeunes, mort au chômage des seniors, mort au chômage tout court ! Kiki frappe fort, promet les vacances au soleil, la fin de la dépression saisonnière, de la ménopause, de tous les trucs qui fâchent ! Sacré Kiki !

Comme son prédécesseur et son successeur – n'en doutons pas –, Kiki est un menteur. Peu importe les manœuvres, les enveloppes glissées en sous main aux as du lobbying, Kiki se fiche de tout. Ce qu'il veut c'est son avion privé, son cuistot, ses bonnes bouteilles et surtout le pouvoir et les nanas qui vont avec.

Puis, un jour, il part et se fait gauler. C'est vrai, tous ces voyages en Papouasie ont un côté un peu louche, vous ne trouvez pas ? Un par mois ! C'est le Canard Déchaîné qui déterre l'affaire grâce à un ministre hostile (comprenez un ancien ministre limogé à l'esprit vengeur). Ni une ni deux, un as des as de la lunette le suit en Amazonie et le mitraille.

Las, mes amis, vous ne verrez jamais ce cliché sur lequel Kiki a fait main basse. Le Canard lâche l'affaire, car Kiki, sous ses airs affables, voire un peu niais, tient à son image et menace !

Votre serviteur, qui se moque de Kiki avec un plaisir chafouin, n'est pas en mesure de se procurer les clichés (mais rien n'interdit un petit montage maison tel que cette ravissante photo de Kiki en Papouasie, simplement vêtu d'un slip léopard). Faisons-nous plaisir ! Il se paye nos têtes, tournons-le en ridicule ! Non, mais !

Par Cornélius Charrognard,

Pour vous servir, ici, partout, nulle part ailleurs

***

Rien de valable ne transitait via le téléviseur qui ne comptait plus que deux chaînes nationales publiques : FT1 et la chaîne parlementaire (La CP, homonyme d'une classe dans laquelle quelques courageux tentaient d'inculquer à de jeunes cervelles les rudiments d'une langue dont le plus grand nombre se moquait éperdument). Pourtant, les cancres étaient les élus : ils faisaient des fautes à chaque mot, ignoraient les plus élémentaires règles d'accord ; le participe passé n'était qu'un vaste concept sans intérêt et surtout fort gênant lorsqu'il s'agissait de communiquer via *Tweety*, puisque la communication incarnait l'alpha et l'oméga autour duquel leurs pitoyables existences tournaient. Cent quarante caractères pour résumer la pensée politique, c'était souvent trop tant elle était réduite à sa portion congrue.

L'alternative à cette chaîne, chantre du chahut qui agitait le parlement un jour par semaine, était FT1. France Télé 1 où l'on pouvait suivre des programmes jeunesse visant à pousser à son paroxysme l'abêtissement des masses infantiles, des séries navrantes qui mettaient en scène des filles comme il y en avait tant en terre de France, fauchées comme les blés et malheureuses comme les pierres jusqu'à leur rencontre inespérée avec un milliardaire étranger. Ce quidam, toujours croisé fortuitement, s'employait à les sortir du bourbier puis à leur prodiguer amour et sécurité. Pour finir la soirée en beauté, la chaîne de divertissement offrait à ses spectateurs un show de haute volée présenté par Michael Tecker, homme de télévision recyclable, manipulable à volonté. Son émission intitulée *Le Confessionnal* mettait en scène les révélations les plus intimes des starlettes du moment, des acteurs ou chanteurs *has been* depuis des lustres, tel l'incontournable Francis Tatanne, invité régulier, bon client s'il en est, toujours disposé à pousser la chansonnette en prenant un air navré, le visage désormais un peu bouffi, le cheveux gras, une barbe de deux jours, car ça fait plus branché. Ce dernier avait été et demeurait l'idole absolue de Jocelyne et provoquait systématiquement des accrochages de cet acabit :

— Tu vas quand même pas encore écouter ce crétin ? s'énervait Jérôme.

— Bien sûr que si ! J'ai toujours aimé ses chansons, il a une très belle voix.

— Jocelyne ! Tu l'écoutais déjà quand on s'est connu, t'en as pas marre de ses rengaines ? Et puis il est ridicule avec ses cuissardes. Franchement, tu dois être sa dernière fan sur terre !

— Sûrement pas ! Cynthia l'adore aussi…

— C'est une blague ? Comment tu sais ça ?

— Elle me l'a dit, tiens ! Et Marie-Cécile de La Morne l'écoute aussi ; elle a des goûts très éclectiques, Marie-Cécile.

De fait, la dernière descendante de la haute bourgeoisie tresvilloise avait, la soixantaine tout juste passée, changé du tout au tout. De coincée du derrière, obsédée par son rang et la tenue de ce dernier, elle était devenue une femme comme les autres : complexe, assumant ses désirs et les vivant pour la première fois. Selon l'adage qui dit qu'il n'est jamais trop tard pour sortir de son cocon, elle avait opéré sa mue à la faveur de l'installation d'un campement Rom sur la place du village. Sa rencontre sensuelle avec Tiego l'avait retournée dans tous les sens du terme. Non seulement elle avait appris à assumer ses désirs, son corps et son inclination pour la luxure, mais aussi son côté un peu beauf comme elle aurait dit avant, et se pavanait désormais sans vergogne sur les mélopées de Francis Tatanne auquel elle avait naguère préféré Debussy : c'était plus *snob* et davantage en phase avec le sang qui coulait dans ses veines, mais beaucoup moins *funky* que le chanteur aux bottes de sept lieues.

— Marie-Cécile de la Morne écoute Tatanne ? s'étonna le boulanger.

— Tu vas pas te mettre à critiquer ! Les goûts et les couleurs, tu sais, ça se discute pas ! Et puis toi, franchement, quand tu sifflotes des airs de Patrick Truelle, tu te crois malin ? Tu te prendrais pas pour un expert par hasard ? Si c'est le cas, tu ferais mieux d'aller te coucher et de me ficher la paix ! Je regarde *Le Confessionnal*, si t'es pas content c'est pareil ! On va quand même pas mettre la CP et s'envoyer un discours présidentiel !

Il était difficile pour Jérôme de trouver une parade face à de tels arguments ; musicologue il n'était pas et la CP ne représentait pas une alternative acceptable. En effet, les discours du Président de France étaient diffusés en boucle, de jour comme de nuit, et le peuple pouvait, tout à sa guise, admirer son tyran. Le pays était malmené jusque dans ses tubes cathodiques.

Tout le monde en bavait des ronds de chapeau, hormis les boulangers qui n'avaient pas constaté de baisse significative de leur chiffre d'affaires. Les variations saisonnières étaient moins aiguës, certes, c'était compréhensible puisque seuls les touristes se déplaçaient, ainsi que certains expatriés qui revenaient prendre la mesure des dégâts causés par un président déconnecté des réalités, préférant le stupre à la vertu et son assiette à celle des contribuables. Le pain quotidien était sacré et surtout bon marché : une baguette à moins d'un euro sustentait son homme pour la journée.

Jérôme était monté dans son antre, un bureau qu'il avait aménagé dans leur grenier, s'était assis et avait ouvert son album photo de Cynthia, son favori, celui qu'il avait planqué dans un dossier caché de l'ordinateur. Plus tard, il avait rejoint son épouse alors qu'elle revêtait une chemise de nuit toute en bouloches. La quarantenaire ne prêtait guère attention à son apparence. Petite brune aux cheveux courts, elle faisait preuve d'une étrange paresse quant à son physique. Un peu de maquillage l'aurait rendue plus attrayante, mais elle n'en voyait pas l'utilité. Joce ressemblait à une nonne ainsi vêtue, un tue l'amour d'à peine quarante kilos et pourtant redoutablement létal.

2

LE MACCHABÉE ET SON CACATOÈS

Debout dans la fosse, écrasée entre un immense chevelu et un buveur de bière, Jocelyne irradiait. Elle était aux premières loges et il se tenait là. Assis sur un banc recouvert de velours carmin, face à un piano, il réglait son micro d'une main tandis que de l'autre il lissait sa chevelure noir corbeau. Il chanta son plus célèbre refrain, celui qui avait fait de lui une star alors que la boulangère avait quatorze ans. « Regarde-moi », bêlait-il tout en observant les touches d'ivoire.

Elle sentit des frissons parcourir sa colonne vertébrale et le fixa de ses pupilles sombres. Soudain, alors que ses fans l'applaudissaient, il se leva et salua le palais des sports. Deux mille personnes se tenaient devant lui, mais il n'avait d'yeux que pour une seule. La boulangère était parvenue à attirer son attention, car de chaudes larmes se déversaient sur ses joues alors qu'elle lui tendait un bouquet de roses pourpres. Comme hypnotisée par celui qu'elle voyait comme l'être le plus sensuel de la planète, elle laissa des torrents gonfler ses paupières et saccager son maquillage. Il lui tendit une main dont elle se saisit volontiers puis l'aida à se hisser sur scène. Il la tint serrée dans ses bras pendant ce qui lui sembla être une sublime éternité puis lui intima d'un geste travaillé de s'asseoir sur le piano. Elle adopta une pose lascive, à moitié allongée et c'est ainsi que se déroula le concert. Il reprit tous ses anciens morceaux, mais elle n'écoutait plus. Son cœur battait la chamade, ses joues étaient sèches, elle avait recouvré sa superbe. Ils se dévoraient du regard, Francis semblait, à son tour, hypnotisé par la boulangère qui ne s'était jamais vue aussi belle que dans les prunelles du bellâtre.

Le concert terminé il l'invita au restaurant puis ils empruntèrent le chemin de son appartement. Nul besoin d'échanger, ne serait-ce qu'un regard entendu quand on a croisé l'âme sœur. Il lui fit l'amour, elle reprit du chanteur le lendemain matin et ainsi se poursuivit la journée. Elle téléphona à Jérôme afin qu'il ne s'inquiète pas, il ne lui était rien arrivé. Enfin si ! Elle avait trouvé l'amour de sa vie, ce qui n'était pas rien, mais elle était indemne et annonça qu'elle ne comptait pas revenir, qu'il pouvait disposer à sa guise de leur commerce ainsi que de tout ce qui constituait leur bien : la *Mangoo* déglinguée, leur deux-pièces étriqué, elle abandonnait tout sans se retourner.

***

Jérôme émergea avant la sonnerie du réveil, quitta le lit conjugal en prenant soin de ne pas heurter Jocelyne ; il n'était pas disposé à causer politique à une heure si matinale et était loin de se douter qu'elle venait de passer une nuit torride sur le matelas de son idole. Il eut à peine le temps de rejoindre son fournil que de violents coups retentirent contre sa porte. Il ouvrit et y trouva le jeune Killian Truau, en sueur, livide, prêt à tomber.

— Killian, t'en fais une tête, qu'est-ce qu'il y a ?

— Mon grand-père est tout raide.

— Comment ça tout raide ?

— Ben il est raide ! Comme un mort, quoi !

Jérôme comprit que, pour une fois, le jeune homme qui avait causé tant de dommages dans sa vie (et encore il ne savait pas tout) semblait sérieux.

— Il est où ? Dans son lit ?

— Non, sur son fauteuil, je flippe grave, là ! Venez !

Le boulanger en voulut au destin qui semblait s'acharner sur lui. Découvrir un macchabée. En voilà une grande première ! Mais, après tout, le petit-fils du père Truau s'était peut-être mis le compas dans l'œil ! À force de mater Cynthia la vendeuse et de consommer des substances illicites, il était capable de prendre un vivant pour un mort. Raide, ça ne voulait pas dire grand-chose…

— T'as essayé de le secouer ? Il s'est peut-être endormi devant la télé ?

— Bah Oui, je l'ai secoué, mais il est tout raide.

— C'est bon, j'ai compris ! Il est froid ?

— Comment ça ? Froid ? J'en sais rien, moi, je lui ai pas pris la température non plus, faut pas pousser !

Jérôme remonta fissa jusqu'à la chambre afin de réveiller Jocelyne. Pourtant, elle n'y était pas, ce qui accentua la contrariété du préposé aux sales découvertes.

— Joce, t'es où ?

— Là-haut, pourquoi ?

Jérôme monta quatre à quatre les marches de l'escalier qui menait à son antre, car il avait deviné ce que son épouse y faisait. En effet, elle était face à l'ordinateur, surfant sur le *oueb*, déjà devant un compte *Friendbook* qu'elle tentait de créer. « Non à la Fusion », tel était le nom dont elle souhaitait affubler ce qu'elle comptait transformer en chantre de la pensée contestataire. Une photo de la boulangerie pour photo de profil, la plage en toile de fond, encore quelques clics et la page serait officiellement ouverte.

— Viens, dépêche-toi !

— J'ai autre chose à faire, tu vois pas ?

— Tu commences à me fatiguer avec tes histoires de contestation, le président a dit non, c'est non !

— Heureusement que je porte la culotte, sinon je me demande bien où on irait !

Jérôme fit mine d'accepter cette brimade ; il avait besoin d'elle et ne souhaitait pas attiser sa toute nouvelle tendance à la rébellion.

— Viens, j'te dis !

— Mais où ça ?

— Chez le père Truau ! Allez, dépêche-toi !

— Qu'est-ce qu'il veut le père Truau ?

— J'ai peur qu'il ne veuille plus grand-chose…

Joce se retourna, étonnée par ces mystères, si peu caractéristiques de son époux.

— Dis-moi au lieu de rester planté là !

— Killian me dit qu'il est peut-être mort.

— Comment ça « peut-être » ? On est mort ou on ne l'est pas.

— Viens, on en aura le cœur net.

— Tu peux pas y aller tout seul ?

Jérôme ne releva pas et descendit rejoindre Killian qui – à dix-huit ans –, n'était pas prêt à se prendre en charge. D'ailleurs, d'aucuns pouvaient se demander à quel âge il en serait capable. Le jeune était blafard, il se tenait à un présentoir. Le boulanger tenta maladroitement d'entamer une conversation.

— Tu dormais pas, toi ?

— Non, enfin, c'est pas ça, je viens de rentrer en fait.

— Tu rentres à quatre heures du matin ? Je suis pas étonné que tu aies du mal à te réveiller pour aller au lycée.

Le jeune n'allait plus au lycée, ce qui rendait ses grasses matinées confortables. Sa mère l'avait laissé en pension chez son grand-père, pensant qu'une autorité masculine remettrait le futur délinquant sur le chemin de fer. Le train avait définitivement déraillé, le cheminot en charge de l'entretien n'avait plus ni l'âge ni la volonté de graisser les rouages d'une mécanique qui laissait à désirer. Têtu comme une mule, menteur comme un arracheur de dents, le petit-fils du père Truau était un ado difficile. Il n'aurait pas fait de mal à une mouche, mais se conformait peu aux exigences sociétales ; aller au lycée, se doucher quotidiennement, prendre trois repas par jour incarnaient à ses yeux un conformisme effarant. Il revendiquait donc son droit à être jeune et sale, mal embouché ainsi que fainéant. Comment blâmer une génération à laquelle on ne pouvait rien promettre ?

— Je suis pas venu ici pour me faire engueuler ! Mon grand-père est peut-être mort et vous trouvez rien d'autre à m'dire que des trucs comme ça, franchement, sympa ! Votre femme, elle est plus cool.

Jérôme se demanda à quelle occasion l'adolescent avait pu tester la « *cool attitude* » de son épouse. Avait-il raté certains événements ? Le jeune Killian s'était montré incompétent lors des travaux de peinture dans la boutique, mais plutôt bon garçon si l'on faisait abstraction des vulgarités qui sortaient de sa bouche. Il n'eut pas le temps de se questionner plus avant, car Jocelyne s'était fagotée à la va-vite et surgit.

— On y va ?

Cette question fleurait bon le sens du devoir et – surtout –, le désir d'en finir au plus vite afin de reprendre des activités plus numériques. Ils traversèrent la rue silencieuse de ce petit village jadis si tranquille, moche, certes, mais qui avait connu ses heures de gloire grâce à l'inventivité du maire : le défilé des goûteurs de pâté de gland, la fête du pain, l'été et les touristes qui faisaient une escale dans le bourg afin de se sustenter. Rien d'extraordinaire, mais un village comme il en existait des milliers en France : gentillet, peuplé de quelques originaux qui lui conféraient un aspect décalé auquel Jocelyne tenait plus que tout.

— Killian, je suis en train de faire une page *Friendbook*, tu pourras m'aider après ?

— Après quoi ? interrogea Jérôme exaspéré par cette situation.

— Pas la peine de m'agresser comme ça ! Tu ne veux pas entendre parler de mes projets, ça te regarde, je vais me débrouiller sans toi !

— C'est quoi tes projets, Joce ? demanda l'adolescent.

Jérôme était sidéré par le tutoiement ; il n'avait pas réalisé que son épouse et le jeune voisin avaient des affinités. Plus encore, le surnom « Joce » était son invention et, bien que galvaudé et usé jusqu'à la corde par les liens du mariage, il entendait en conserver toute prérogative.

— Utiliser *Friendbook* pour faire la révolution !

— Cool, je kiffe trop, mais Joce, *Friendbook* c'est pas le must pour la comm. *Tweety* c'est mieux !

Jocelyne comprit qu'elle avait beaucoup à apprendre concernant l'utilisation des réseaux sociaux, et que le jeune homme semblait taillé sur mesure pour devenir son conseiller en communication. Puisque son époux n'était qu'un déserteur, autant faire du bon boulot et de préférence en agréable compagnie. Restait à convaincre Killian de l'importance du passage sous la douche. Elle n'eut pas le temps d'aborder ce sujet délicat puisqu'il venait de refermer la porte sur eux et leur montrait le chemin qui conduisait jusqu'au salon.

Les boulangers rendaient leur première visite à Marcel Truau. Ils en conçurent une certaine honte : le vieil homme était leur plus fidèle client, habitait la petite maison juste en face de leur boulangerie. C'est souvent un peu trop tardivement que l'on mesure l'importance des êtres qui nous entourent. Les plus proches géographiquement font tellement partie du décor que l'on oublie qu'ils peuvent disparaître dans un claquement de doigts.

Le couple pénétra dans le salon le cœur serré, souhaitant que leur intuition – et surtout celle du jeune Killian –, les ait trompés. La pièce sentait le tabac froid, les cendriers posés un peu partout débordaient, le tapis élimé et délavé sur lequel ils avancèrent leur inspira une infinie tristesse. Le mobilier était à l'avenant : un vieux canapé aux motifs floraux et autres arabesques dessinés sur un velours épais, deux fauteuils posés devant le poste, des rideaux jaunis ainsi qu'un lampadaire à côté duquel le père Truau était assis, les jambes raides comme des poteaux sur un repose-pieds. La télévision encore allumée diffusait un discours du Président de France, Francis Ollanzi, et dispensait une lumière presque inquiétante. Jérôme se dit que pour un peu on se serait cru dans un film !

— Ferme là, toi !

Jérôme s'empara de la télécommande et claqua le beignet du Président.

— Ollaaaaaanzi, t'es cuit ! Ollaaaaanzi, t'es cuit ! Ollaaaaanzi, t'es cuit !

Cette réplique, venue de nulle part, fit sursauter les boulangers. Killian comprit, à leurs mines étonnées, qu'une explication s'imposait. Il préféra le geste à la parole et tira un morceau de tissu verdâtre qui recouvrait en partie une cage dans laquelle trônait un perroquet.

— Je vous présente… hum, non rien.

— Moi, c'est Jérooooooome ! Moi, c'est Jéroooooooome ! Moi, c'est Jérooooooome !

— Il s'appelle Jérôme ? questionna le boulanger, stupéfait.

Le garçon opina du bonnet d'un air gêné. Il tenta de faire diversion et expliqua :

— En fait, mon grand-père a appris des trucs à Jérôme, par exemple, il voulait qu'il déteste le président Ollanzi, alors il lui a répété quelques mots.

— Jocelyne, t'es clooooche ! Jocelyne, t'es clooooche ! Jocelyne, t'es clooooche !

Killian se dandinait, observait le cadavre de son grand-père comme si ce dernier avait eu la capacité de ressusciter et de le tirer d'affaire. Il souhaitait un revirement de situation qui le fasse revenir à la vie, ainsi, les Lamaseau partiraient et l'incident serait clos. Le vieil homme était d'une pâleur extrême, il semblait mort, en effet. Le cacatoès repartit de plus belle :

— Cynthia, saloooope ! Cynthia, salooooooope ! Cynthia, saloooooooooope !

Jérôme sentit le sol se dérober sous ses pieds, il réalisa que le gentil vieux qui lui avait prodigué moult conseils n'était pas aussi simplet qu'il l'avait cru, il déduisit que ce dernier savait tout de sa liaison avec son employée. Enfin, il comprit que faire fermer son caquet au volatile était une question de survie. Qu'allait-il bien pouvoir balancer d'autre ?

Il attrapa le tissu et, alors qu'il s'apprêtait à recouvrir la cage dans son intégralité, l'oiseau le fixa de ses jolis yeux naïfs et éructa :

— Pourriiiiiiiiiiture ! Pourriiiiiiiiiiiiture ! Pourriiiiiiiiiiiiiiture !

La précipitation n'étant jamais l'alliée des bonnes idées, Jérôme, dans un geste un peu trop ample, fit tomber l'abat-jour du lampadaire, lequel vint se poser sur la tête du père Truau.

— Jérôme ! hurla Jocelyne. Fais attention, bon sang, il est peut-être mort quand même !

— Comme si j'avais fait exprès ! répliqua le boulanger en s'éloignant de ce qui ressemblait à un cadavre.

Jocelyne, plus téméraire, l'approcha et le poussa légèrement du plat de la main. Il ne réagit pas.

— Il est mort !

Bien que vaillante en apparence, elle s'assit sur le canapé et éclata en sanglots. Killian prit place à ses côtés et se mit à pleurer aussi.

— T'es sûre Joce ?

— Oui, je suis sûre. Mon petit, ton grand-père est mort.

Alors que Jérôme téléphonait au vétérinaire, Jocelyne pleurait à chaudes larmes. Le boulanger, qui conserva sa superbe avec difficulté, reposa le combiné. Le praticien était en route. Le roi de la baguette prit place à côté de son épouse. Le quatuor formé d'un macchabée coiffé d'un abat-jour et de trois individus aux mines graves dans un décor quasi surréaliste conférait à la scène un aspect comique pour qui l'observait en spectateur. Le véto entra quelques minutes plus tard par la porte laissée entrebâillée. Il aborda la scène avec flegme puisque de sa voix tonitruante il s'exclama :

— Faites donc pas ces tronches, qu'est-ce qu'il y a ?

Le docteur Fallet, vétérinaire de son état, faisait office de généraliste depuis que la région s'était muée en désert médical. Efficace et terre à terre, il pouvait se montrer successivement amateur de calembours ou bien sec comme une porte de prison. Il n'eut pas à faire le tour du père Truau longtemps avant de constater le décès. Il ne prit même pas la peine d'ôter l'abat-jour. Il considérait que seuls les vivants pouvaient se payer le luxe d'avoir l'air bête et qu'une fois passé de l'autre côté, on pouvait être vu dans toutes les postures. Le ridicule qui, entre parenthèses, ne tuait pas les bien-portants, ne risquait pas d'accabler les morts.

— Il est mort de quoi ? questionna le petit-fils.

— Il est mort d'avoir vécu, pardi ! s'écria le toubib en faisant un geste de la main en direction du buffet. L'abus d'alcool allié à celui du tabac sembla-t-il signifier ainsi.

Soudain, Killian se mit à beugler comme un âne :

— Joce, Joce, meurs pas ! Docteur ! Elle est en train de mourir !

La boulangère s'était laissée choir sur l'épaule de son futur coach en communication, ses lèvres avaient viré au bleuté, elle suait à grosses gouttes, ses yeux exorbités lui conféraient un aspect effrayant.

— Merde, qu'est-ce qui s'passe ma Jocelyne ? s'inquiéta Jérôme.

Comme d'autres avant lui, il avait eu des velléités sécessionnistes, pensé à s'enfuir avec la jeune Cynthia, car l'amour avec elle était magique et n'avait pas son pareil pour faire grimper son taux de testostérone, mais dès que Jocelyne, sa Joce à lui – et certainement pas celle du merdeux qui promettait d'envahir à nouveau son territoire –, donnait le moindre signe de faiblesse, il ne faisait plus l'ombre d'un doute qu'il l'aimait toujours. Si seulement elle pouvait remiser toutes ses idées politiciennes, s'acheter le même body en soie que Cynthia, la vie ensemble redeviendrait peut-être ce qu'elle avait été.

— Je, je m'sens faible, murmura-t-elle dans un soupir.

Le docteur s'approcha et ordonna qu'on aille lui chercher un verre d'eau ; il s'agissait d'un simple malaise vagal. Killian se leva, une de ses semelles s'accrocha au rebord du tapis et il se prit ce qu'il convient d'appeler un monumental gadin après avoir fait valdinguer une lampe dont la tulipe se brisa sur le rebord du buffet. Il se releva en maugréant et revint avec le breuvage puis se posa aux côtés de la boulangère qui se ressaisissait.

Soulagés, les deux nigauds qui s'étaient retrouvés, l'espace de quelques minutes, entre un mort et une mourante, assis sur un canapé très *seventies*, dans un salon qui ne l'était pas moins, purent respirer.

Le décès fut confirmé par le vétérinaire qui s'occupa des choses ingrates. Killian prévint sa mère qui sauta dans le premier TGV et régla les formalités. L'enterrement aurait lieu deux jours plus tard, célébré par le père Nase qui reprocha aux boulangers de ne pas lui avoir téléphoné. Sans doute se serait-il avancé dans le salon du père Truau en brandissant sainte Rita. La statue de cette sainte l'accompagnait partout où un miracle était souhaitable, autant dire, donc, qu'il ne s'en séparait pas souvent. De mémoire de Tresvillois, on n'avait jamais eu un curé aussi sympathique, même sa propension à croire aux phénomènes paranormaux laissait la communauté de marbre. Seul son patronyme avait posé problème après son arrivée. Trop long ! L'évoquer n'était pas une sinécure. C'est ainsi que l'acronyme Nase remplaça Nestor Antonio Santos Edelmar.

3

LA MINISTRE DE L'ÉDUCATION NATIONALE ET L'OUTIL SCRIPTEUR

Un naze qui se posait là, c'était le président Ollanzi ! Il était en grande conversation avec madame la ministre de l'Éducation nationale. Servile et critiquée en catimini par toutes les catégories d'enseignants, il comptait bien lui faire passer les dernières lois les plus imbéciles possibles avant de la limoger. Surtout, le budget de l'Éducation nationale était l'un des plus gros de la République. Tout ceci était stupide : le but étant d'abêtir les masses, pourquoi dépenser plus ? Les enseignants s'estimaient mal payés ? Qu'ils aillent donc voir ailleurs ! Les rectorats balançaient des remplaçants à pas cher devant des colonies d'élèves qui s'en moquaient comme de l'an quarante.

— Vous présentez la réforme de l'enseignement dans quelques jours à l'assemblée, il est temps de me faire part de vos idées. Vous en avez des idées ? Hein ?

— Oui ! Plein ! J'ai plein d'idées, Monsieur le Président, répondit la docile andouille.

— Bon ! On y va ! J'ai trente minutes à vous accorder, on commence par quoi ? Le *Calabauréat* ? Vous m'en débarrassez de cette saloperie, hein ? Je veux plus en entendre parler, ça nous coûte la peau du cul le *Calb* et ça sert à rien. Allez, poubelle ! On s'y prend comment ?

— C'est simple Monsieur le Président. Je suggère d'appliquer un contrôle continu. Non seulement le coût de l'examen final sera inexistant, mais ça obligera les lycées à tourner jusqu'au treize juillet.

— Inclus ?

— Oui, bien sûr, inclus.

— Quel con ce quatorze juillet ! Quelle idée d'être férié ! Tiens, ça me fait penser qu'il faut qu'on bosse là-dessus avec le ministre du Travail, on a trop de jours fériés dans ce pays. Bref, et les collèges ?

— Au nom de l'égalité, je propose qu'ils ferment le treize juillet au soir aussi.

— Excellent, je vous approuve ! Et la rentrée ? On la met le seize août comme prévu ?

— Monsieur le Président, j'ai vraiment peur que ça fasse beaucoup, on va se retrouver avec des manifestations.

— Les profs ? Manquerait plus qu'ils manifestent ceux-là ! Non, non, ils sont bien trop contents d'avoir un boulot.

— Non, je pensais aux hôteliers, à tous les professionnels du tourisme.

— Ah oui… Ça c'est un lobby à chouchouter. On en reparlera, mais l'un dans l'autre, on aurait intérêt à anticiper la rentrée.

— Oui, je suis d'accord avec vous Monsieur le Président, mais je me demande encore comment ce sera perçu par les parents.

— Vous me faites faire un petit sondage là-dessus. On risque d'avoir des surprises, des bonnes, hein !

— C'est noté, je contacte l'institut dès demain.

— Remarquez, ça va leur faire quoi ? Quatre semaines de congés ? C'est pas mal ! Les fédés devraient nous soutenir. De toute façon, ils ont tous divorcé à cause de leurs gosses insupportables. Du coup, ils se les partagent kif-kif : deux semaines chez papa et deux semaines chez maman.

— Oui, c'est sûr, le taux de divorce a encore augmenté, même chez les retraités.

— Ah bon ? C'est mauvais ça, qu'est-ce qui leur prend aux vieux ? Bref, ça va nous faire une sacrée économie l'abolition du *Calb* ! E-xce-llent, quoi d'autre ? Vous vous y prenez comment pour me les rendre encore plus cons, les gosses ?

— Là, j'avoue que je ne peux rien contre la génétique. Un

enfant intelligent, même s'il est placé dans des conditions d'apprentissage défavorables, réussit. C'est prouvé ; toutes les études le démontrent. Il parvient même à s'instruire dans le dos de ses parents.

— Merde, c'est gonflé ! Soit, on aura toujours une frange de la population qui sera au-dessus du lot, mais de toute façon ils se tireront vite. C'est pas eux qui vont rester ! Les autres, alors, vous m'en faites quoi ?

— J'ai pensé à retoucher les textes, en particulier pour les classes de primaire, c'est là que tout se joue. Il faut brouiller les esprits, les instituteurs doivent être déboussolés. S'ils ne savent plus comment enseigner, on peut espérer qu'ils n'enseignent plus.

— Bien vu mon petit.

— Merci, Monsieur le Président.

Le président Ollanzi commença à trouver des qualités à sa ministre ; « Finalement, elle en a dans le cigare », se dit-il en tirant sur un Havane.

— Alors ? Vous avez un document à me proposer ?

— Oui, bien sûr, répondit-elle en lui tendant une liasse qu'il parcourut d'un air ravi.

— Ah, excellent, la novlangue pédago à la con ! J'adore ! L'outil scripteur, c'est un stylo, c'est ça ?

— Oui, enfin un crayon. C'est pour cela qu'on l'a mis comme non acquis en fin de CP. Vous savez, même en fin de CP, certains enfants, euh, apprenants, tiennent leur outil scripteur avec difficulté, nous avons de plus en plus d'enfants dyspraxiques.

— Tant mieux ! J'espère que vous me coupez tous les budgets à la con, hein ? Plus d'assistant de vie scolaire, on est d'accord ?

— Disons, qu'on les retire des petites classes pour ne les laisser qu'en classe de troisième, à ce niveau-là, on sait bien qu'ils ne servent à rien.

— Oui, c'est de la comm, vous avez raison, dit-il en poursuivant sa lecture. Alors là, c'est grand ! Il y a du génie en vous ! Il lut à haute voix : « l'apprenant qui entre au collège devrait être en position « en cours d'acquisition » pour ce qui est de la maîtrise du geste graphomoteur et de l'automatisation progressive du tracé normé des lettres ». En cours d'acquisition, ça veut dire quoi exactement ?

— Tout simplement, ça signifie qu'il ne possède pas encore ce savoir-faire.

— OK, donc même s'il ne sait pas écrire, il va au collège ? Parfait ! Vous êtes très douée mon petit. Vous le saviez ?

— Euh, non, enfin, merci, oui, Monsieur le Président. Contrairement à vous je n'ai pas fait l'ETNA et, vous le savez, je suis d'extraction modeste.

Le président allait lui avouer que c'étaient ses origines, non pas modestes, mais étrangères qui avaient motivé son embauche au gouvernement. Ses conseillers avaient insisté afin de conférer aux minorités dites visibles davantage de visibilité. D'aucuns auraient argué qu'il s'agissait là d'une bien vilaine manœuvre, basse et condamnable par les codes d'honneur. Mais en politique, on avait à cœur de mettre son honneur dans sa poche si l'on souhaitait survivre. Elle servait d'alibi et l'on pouvait compter sur son ambition afin qu'elle contribue activement à l'abêtissement des masses. Elle inventerait ineptie sur ineptie et les déblatérerait sur un ton placide devant les caméras de FT1.

— Il y a d'autres trucs dans votre projet ou on arrête là le survol ?

— Non, rien qui nous permettra de faire des économies, juste quelques nouvelles terminologies pour flatter les professeurs de sport, enfin d'EPS.

— C'est vrai qu'ils sont à plaindre, ils foutent rien, passent leur temps en survet', pas une copie, préparation de cours, zéro, et ils sont pas contents ?

— Non, ils ont un syndicat qui a fait remonter quelques-unes de leurs doléances. Ils estiment qu'ils sont injustement mis au banc de l'Éducation Nationale.

— Ah ! Elle est bonne celle-là ! Et on peut savoir pourquoi ?

— Ce sont des histoires entre eux et les enseignants de matières générales, ils se sentent inférieurs.

— Oui, ils passent pour des cons ! En même temps, c'est pas faux, savoir taper dans un ballon, c'est pas bien sorcier ! Vous proposez quoi pour flatter leur pauvre petit ego meurtri à cette bande d'ânes ?

— Juste des changements terminologiques, je ne vois pas ce que je peux faire d'autre, à moins d'une baisse de leur quotité horaire…

— Sûrement pas !

— C'est bien ce que je pensais. Donc, ils ne vont plus enseigner aux apprenants à courir, mais à créer de la vitesse.

— Génial, tout le monde se rêve créatif, gé-nial ! Artiste, quoi !

— Voilà, et attendez. Pour la natation, j'ai demandé de l'aide à Laure Tatandou parce que je séchais un peu, j'avoue, et elle m'a trouvé un truc. Attendez que je retrouve mes notes. Ah, voilà ! Les apprenants iront à la piscine pour, je cite : « se déplacer en milieu aquatique profond standardisé et traverser l'eau en équilibre horizontal par immersion prolongée de la tête ».

— Ah oui, c'est balaise, peut-être un peu trop intello. Ils vont avoir l'impression qu'on se paye leur tête, non ?

— Je ne pense pas, on a testé la formule auprès de quelques-uns. Ils trouvent ça très bien. On va peut-être retirer « prolongée » parce qu'avec les fédérations de parents, si jamais il y en a un qui se noie, on va se faire vilipender.

— Oui, ils sont capables de nous accuser de meurtres les blaireaux ! On a fini ?

— Juste une dernière modification concernant le badminton. Celle-là, c'est mon fils qui l'a trouvée, on a deux minutes ?

— Oui, allez-y ! Je suis tout ouïe.

— On va appeler ça une activité duelle médiée par un volant.

— Il a quel âge votre fils ?

— Vingt ans, pourquoi ?

— Il est à l'ETNA ?

— Oui, bien sûr, répondit la ministre en rougissant.

— Je le veux en stage ! Il a du potentiel ! Remarquez, il a de qui tenir.

— Merci, Monsieur le Président, c'est très gentil à vous. Je n'aurais jamais osé vous le demander, mais si vous nous le proposez, Boris sera tellement fier.

« Très bien », pensa le président qui se demandait s'il allait honorer son dîner avec un vieil ami ou bien renverser la jolie ministre sur son bureau. Ses séjours en Papouasie ne le satisfaisaient pas pleinement. Il regrettait de n'avoir une écoute attentive, une épaule à caresser les soirs de détresse. Pourtant, il se ressaisit.

« Pas le moment de céder à cette tentatrice ! Qui sait de quoi elle est capable ? Tous mes prédécesseurs ont été trahis. Aucune exception depuis des lustres. Je saurai résister », se répétait-il en regardant le plafond qui était nettement moins bandant.

Il regarda sa montre, les jambes de la ministre et conclut :

— Bon, on boucle le dossier au plus vite, le *Calb* on l'annule dès cette année. De toute façon on aura les parents avec nous. Ils en ont plein le dos de ce truc, ça leur fout les jetons plus qu'à leurs mouflets ! Allez, je ne vous raccompagne pas, on se voit mercredi.

— Merci, j'avais d'autres suggestions, si vous avez encore cinq minutes, dit-elle en décroisant les jambes.

— Je vous fais confiance, on a vu l'essentiel. Allez, je file au *Rutz*, je suis attendu. Passez demain matin si vous voulez, j'aurais lu votre rapport. Je vous attends pour midi.

— Très bien, Monsieur le Président, merci beaucoup.

— Dites, vous pensez que je serai ré élu ?

— Bien sûr, Monsieur le Président, vous avez toutes vos chances.

— Les sondages sont mauvais, ma popularité est en berne, mais bon, les clampins qui voudraient me remplacer ne font pas le poids. Vous êtes d'accord ?

— Absolument Monsieur le Président. Enfin, si je puis me permettre, méfiez-vous de Philippe de La Ville, je pense que c'est un *outsider* qu'il ne faut pas négliger.

— Je sais mon petit, il me file des insomnies ce gars-là, mais ses propositions ne tiennent pas debout. Il veut tout nationaliser ce con, c'est complètement débile.

— Si je puis me permettre, Monsieur le Président, ce n'est pas si débile que ça. Les Français sont pauvres, il faut regarder les choses en face, si ça continue ils vont se mobiliser, vous savez ce que pense mon mari…

— Oui, je sais, il me le répète tous les jours : « un Français qui a faim est un Français qui descend dans la rue ». Entre nous, mon petit, je ne suis pas sûr : les Français sont des moutons.

— Je sais, Monsieur le Président, mais un mouton affamé peut sortir les crocs !

— Vous plaisantez ! Non, je n'y crois pas une seconde. Un mouton suit son troupeau, et le berger c'est moi ! Bon, je dois absolument y aller, on se voit demain à midi.

La ministre sortit en roulant outrageusement du popotin. Efficacité, oui ! Toutefois, pour battre ses collègues hommes sur leurs terres de prédilection, elle se devait d'utiliser les armes qui étaient en sa possession. Mini jupe et talons hauts, chemisiers laissant deviner une poitrine pigeonnante, voilà des prérogatives qu'elle entendait bien conserver ! Les féministes l'avaient en horreur, mais elle s'en moquait. À quoi bon hurler dans la rue le buste nu ? Les femmes qui s'affichaient ainsi en brandissant un poing fermé étaient à ses yeux de pauvres filles désœuvrées qui trompaient l'ennui en s'exhibant.

« Elle est sacrément burnée quand même », pensa le despote en l'observant s'éloigner. « L'outil scripteur , elle n'a pas peur qu'on se paye sa tête, c'est une qualité indéniable dans ce job. L'ETNA, on s'en tape », marmonna-t-il en éteignant son cigare. « J'y suis allé comme tous les autres, et, résultat, quoi ? Ça impressionne son monde, mais on apprend quoi dans cette tôle ? Rien ! C'est sur le terrain qu'on fait ses armes. Il suffit d'observer cette godiche de ministre pour s'en apercevoir : elle ira loin, et elle a quoi, elle ? Rien d'autre que quelques années passées sur les bancs d'une fac de droit, pas de quoi faire de vous un ministre. Pourtant, elle est là et pourrait bien rester. Comment elle a fait ? C'est très simple, elle a milité, couché, milité, couché jusqu'à se faire remarquer. La mini jupe vaut largement un diplôme de l'École Territoriale des Nanards Administratifs », songea-t-il en mettant son casque.

Il sortit de l'Élysée et enfourcha sa Harley. Un autre que lui s'était essayé au deux roues, mais la Harley, bon sang, ça vous pose son bonhomme autrement mieux qu'un scooter. Petit et grassouillet, le Président de France se transfigurait une fois posé sur son engin. Les jambes écartées, le regard pétillant, il fit un détour par les quais de Seine et se sentit libre. Libre d'opprimer, libre de décider de l'avenir de son prochain, c'était bien plus enivrant que le parfum chargé de patchouli de sa ministre. Il retrouva un ami d'enfance, bien né, sorti de l'ETNA aussi, mais qui avait préféré mettre ses neurones aux services d'un institut de sondages plutôt qu'à ceux de la Nation. C'est d'ailleurs sa société que l'Élysée rétribuait afin de tester auprès des Français qui, la cote de popularité du chef de l'État, qui une idée lumineuse de réforme voire une photo du président, car tout était calculé, millimétré, passé au tamis des cerveaux les plus formatés et donc les moins enclins à répondre à autre chose qu'à leurs propres intérêts. Ceux du peuple étaient enterrés avant même de voir le jour tant ils allaient à l'encontre de ceux des élites.

4

UNE ÂME S' ÉLÈVE, D'AUTRES S'ABAISSENT BIEN BAS...

À Tresville, ce n'étaient pas des intérêts, mais une âme que l'on enterrait. Il n'en restait, par conséquent, plus que quatre mille quatre cent quatre-vingt-dix-huit à réunir dans l'église, ce qui était proprement impossible. Les derniers arrivés restèrent sur le parvis. La porte fut laissée grande ouverte afin qu'une partie de la populace puisse profiter du prêche. Le père Nase se montra sobre et bref ; c'était son premier enterrement à Tresville et il ne savait pas comment s'y prendre. À Cuba, il en aurait fait des tonnes, mais il foulait une terre étrangère depuis quelques mois et n'osa se risquer dans d'interminables diatribes.

Killian et les époux Lamaseau se tenaient près du cercueil et furent les premiers à jeter une rose dans le caveau. Maryline, la fille du père Truau arborait un visage impassible tandis que la petite communauté lui présentait ses condoléances. Célestin Montanssier, l'édile, aurait bien aimé discourir ; les laïus qui n'en finissaient pas, c'était son truc. Il tenta de formuler un hommage appuyé au décédé en serrant de ses deux mains celles de la mère de Killian. Elle ne montra aucun signe d'intérêt, il se tut donc et observa alentour. Ce qu'il vit l'estomaqua et il se précipita en direction de Jocelyne qui pleurait de concert avec Cynthia.

La jeune vendeuse était sublime, elle portait le chagrin avec la grâce de ses vingt-cinq ans, ses cils interminables commençaient à se coller et à former des paquets. Jérôme pensa à leurs joutes amoureuses qui lui laissaient parfois les mêmes stigmates. Cythia tenait Jocelyne par la main. Le boulanger se sentit tout drôle de voir ainsi sa femme et sa maîtresse aller par deux. Quelques idées lubriques se bousculèrent dans son crâne, il les balaya rapidement et tenta de raisonner la partie de son bulbe qui ne pensait que luxure. Il avait la sensation d'être double : une lutte sans merci se livrait entre les deux lobes de son cerveau, et il n'eut d'autre solution pour se défaire de ces visions de parties fines que de fixer le cercueil dans lequel reposait celui qui l'avait si souvent fait sourire.

Le père Truau avait passé une vie tranquille, entre la pêche à la ligne, quelques coups de gueule bien sentis, la bibine et la bonne bouffe. Comme beaucoup de Tresvillois, il avait très mal vécu les mesures gouvernementales et était parti à temps, comme l'expliquait sa fille. Anarchiste convaincu, il se serait sans doute laissé entraîner par Joce dans sa révolution et y aurait perdu ses derniers espoirs de voir son pays retrouver les couleurs d'antan. Célestin fit signe à la boulangère de le suivre, ils s'écartèrent du groupe. Le premier des Tresvillois lui intima de se taire avant de commencer :

— Jocelyne, regardez qui est là-bas, dit-il en inclinant la tête vers l'entrée du cimetière.

— Bon sang, mais qu'est-ce qu'il fait là celui-là ?

— Je me demande bien, mais sa présence éveille mes soupçons, mon petit.

— Je vais aller lui demander !

— Non, non, laissez donc choir, souhaitons qu'il reparte. Il a fait assez de tort comme cela à la commune.

— Ça, je ne vous le fais pas dire…

L'individu en question répondait au nom de Jean-Michel Bowy. Il avait terni l'image de Tresville au point qu'il avait été sommé par Célestin de cesser ses activités avant que la gendarmerie ne lui cherche des noises. Le propriétaire de la boîte de nuit – ni courageux et encore moins téméraire –, plia bagage et ne donna plus aucun signe de vie. Le *Tonight*, jadis temple de la musique démodée et des fauteuils en skaï jaune, se délabrait doucement, un peu à l'écart de la ville, juste au-dessus de la plage. Le retour du proprio aurait contrarié l'essentiel des Tresvillois, à commencer par le maire qui souhaitait racheter pour une bouchée de pain cet édifice bien assez grand pour accueillir sa toute nouvelle idée : une usine de fabrication de pâté de gland !

— Il est parti il y a trois ans, c'est bien cela, mon petit ?

— Environ, Oui, je ne sais plus trop. Il s'est passé tellement de choses depuis. Vous vous souvenez de cette fille avec qui il était ? C'était quoi déjà son nom ?

Célestin fit mine de réfléchir, se caressa le menton, défit le nœud de sa cravate ; il commençait à avoir très chaud, ce qui pour un mois de février typiquement normand était surprenant.

— J'ai oublié, mentit-il.

— Brenda Palpita ?

— Non, non.

— Norma Supposa ! Voilà, j'ai trouvé !

— Non, Jocelyne, vous vous trompez. Pensez à sa profession, un nom pareil, ça ne colle pas.

— C'était un nom en A ! Bon sang, j'ai la mémoire en berne, c'est pas le moment, j'ai un projet sur le feu !

— Justement, parlons-en. Qu'est-ce que vous voulez obtenir au juste ?

— Je veux que le Président revienne sur sa décision !

— Vous n'ignorez pas que c'est impossible, nous étions dix au Palais, dix dossiers sont traités chaque mois, deux villes obtiennent les fonds, et encore, ai-je cru comprendre. Quand un dossier est rejeté, il n'y a rien à faire, d'ailleurs gageons que cela arrange bien les caisses de l'État.

— Je sais, c'est pour ça que je veux former un mouvement national. Une unité contre les fusions intempestives !

— J'ai bien peur que tout ceci se fasse en vain. Enfin, si vous vous plaisez dans votre nouvel habit de sans-culotte, j'en suis ravi. Pour ma part, j'ai fait mon deuil de ma fonction et m'apprête à quitter la mairie et mon appartement. Le panneau Tresville-sur-mer va être retiré sous peu, j'ai reçu un courrier du préfet. Ils vont mettre un panneau Grogneul-sur-mer, Jocelyne, c'est la triste réalité. Permettez-moi de vous proposer mon aide, aussi modeste soit-elle. Vous vous doutez bien que je n'irai pas m'enchaîner aux grilles de la mairie, je suis bon perdant, même si j'enrage intérieurement. D'ici à la semaine prochaine, puisque je suis encore le maire de cette commune, je vous laisse tirer parti de la salle des fêtes. Libre à vous de l'utiliser comme lieu de concertation.

— Célestin, je vous remercie. Une semaine, c'est court, mais ça suffit pour organiser une réunion et voir qui me suit et qui me lâche. Quand même, ils sont gonflés, je pensais qu'on allait s'appeler Grogneul-Tresville, pas Grogneul-sur-mer ! Vous vous rendez compte ! Il n'y a même pas de plage à Grogneul ! On se sert de nous ! Je vais tout organiser, il faut les empêcher de retirer le panneau, c'est notre identité !

— Ne vous bercez pas trop d'illusions Jocelyne. À mon sens, peu de Tresvillois vous suivront, et puis, vous savez, ils sont désabusés. J'ajoute que l'homme est un mouton. Le mouton aime se faire tondre. Que voulez-vous, c'est ainsi.

— Petra Vulvona ! Elle s'appelait Petra Vulvona sa copine ! s'écria-t-elle soudain.

— Ah oui, c'est bien possible, lui accorda Célestin.

La boulangère avait bonne mémoire. La petite amie de Jean-Michel Bowy portait ce pseudonyme pour des raisons professionnelles. D'abord travailleuse du sexe, elle avait tourné dans de nombreuses productions pornographiques à l'époque où l'activité était encore rémunératrice, c'est-à-dire avant l'avènement du piratage qui avait fait du mal à celles et ceux qui ne cherchaient qu'à procurer du bonheur à leurs contemporains. C'est par l'entremise de Kevin Laverge, scénariste et producteur d'œuvres classées X, qu'elle avait rencontré Jean-Michel, sur lequel elle avait mis le grappin. Le *Tonight* à sa grande époque, c'était quelque chose : toute la région se pressait afin de se déhancher sur ses pistes. Rivalisant avec certaines boîtes de nuit parisiennes, Jean-Michel avait inventé le carré VBD : V*ery Bad Dancer*, un *dancefloor* réservé aux losers du tempo, à ceux qui (et ils étaient nombreux) étaient infichus de faire bonne figure sous les spots. S'y pressaient les nostalgiques du slow, cette danse démodée qui fit le bonheur des hommes qui ne pensaient qu'à emballer.

Petra, à quarante ans, ne pouvait plus prétendre à autre chose qu'à tenir la caisse et s'occuper du vestiaire. Elle avait embrassé une profession où l'âge ne pardonnait pas, ce qui était injuste eu égard à son état de conservation. Elle vivait mal son écartement des studios et s'était résignée à former avec le propriétaire du *Tonight* un couple presque contre nature tant elle était grande et belle tandis que Jean-Michel arborait un physique passe-partout la nuit et franchement ingrat le jour.

La nuit a ceci d'incroyable qu'elle ne se contente pas de transformer les carrosses en citrouilles, mais elle fait également passer des vessies pour des lanternes aux jeunes femmes qui se laissent charmer dans la pénombre d'une boîte. L'alcool aidant, elles s'autorisent des incartades, basculent sur la banquette arrière d'une vieille *Mangoo,* pensant qu'il s'agit d'une *Pursche* ou, pire encore, se retrouvent dans une piaule de HLM le matin, persuadées qu'elles ont franchi le seuil d'une copropriété de haut standing quelques heures auparavant.

***

En parlant de *Pursche*, Artus de la Morne fit son petit effet en quittant le cimetière. Grand et blond, il arborait une épaisse chevelure, ses mèches bouclées lui permettaient d'effectuer quelques effets qui, jadis, lui valurent les faveurs de ces dames. Aujourd'hui, il s'était empâté et peinait à masquer une bouée qui rebutait la gent féminine. Le rejeton des nobles du canton avait dû céder son automobile à un revendeur contre cinq mille euros afin de financer les travaux dans la maison de ses parents. Ces derniers, excédés par son manque d'intérêt pour la valeur travail qu'ils défendaient ardemment – bien que n'y ayant jamais goûté –, avaient laissé son coûteux véhicule en dépôt vente et l'avaient obligé à prendre un emploi à la boutique *Bordy :* un bazar de l'hôtel de ville version miniature. Occuper ce poste n'avait pas aidé le quarantenaire à redorer son image auprès de ses anciennes maîtresses qui laissaient tous ses appels en absence. Après quelques mois de dur labeur, la somme une fois réunie, Artus s'était précipité au dépôt-vente afin de récupérer son bien.

Le propriétaire de *Bordy*, Gérard Bourdon – lui aussi copieusement doté en replis graisseux –, l'observa s'éloigner à bord de son véhicule rouge. Quelque chose ne lui plaisait pas et lui – qui d'ordinaire râlait tout le temps –, se mit à gueuler, le mot n'était pas trop fort, une fois rentré chez lui. Comme à l'accoutumée, c'est Martine, son épouse et professeure d'anglais en fin de carrière, qui fit mine de lui prêter une oreille attentive.

— Tu vas voir qu'il va me filer entre les pattes maintenant qu'il a récupéré sa caisse ce salopiau ! Je te parie mon billet !

— Tu ne peux pas savoir, Gérard, il a peut-être pris goût au travail. C'est vrai, il n'avait jamais travaillé de sa vie, tu te rends compte ? Tu lui as offert une opportunité formidable !

Martine ignorait les brimades qu'avait subies Artus, les menaces ainsi que les moqueries. Elle était sous *Prizoc* à nouveau, ne supportait plus ses élèves ; d'insolents barbares dont certains passaient leur temps à l'imiter. L'enseignante regrettait l'époque où ses classes l'admiraient et louaient ses qualités de pédagogue. D'un naturel naïf, elle pensait que les cours qui avaient obtenu les faveurs des apprenants trente ans auparavant faisaient toujours l'affaire. Refusant de se soumettre au diktat des nouvelles technologies, elle appliquait des méthodes à l'ancienne, éculées et dépassées. Le résultat n'était pas brillant : l'ennui qu'elle dispensait rendait certains adolescents agressifs. Pourtant, la plupart d'entre eux l'appréciaient pour ses qualités humaines. Elle n'avait pas son pareil pour les attendrir, car, au fond, ces sauvages possédaient un cœur et sentaient qu'elle était douée d'empathie. Peu comblée par son métier, encore moins par sa vie privée, elle avait transposé ses aptitudes créatrices à la confection de patchworks. Ce qui, au commencement, n'était qu'une marotte devint vite une obsession et elle s'y adonna avec une ferveur touchante, car elle pensait que tout le monde appréciait ses créations.

Elle était loin d'imaginer que le cadeau qu'elle avait offert à son époux pour son anniversaire (un immense patchwork représentant un champ de courses sur lequel s'élançaient des chevaux) avait été détourné de sa fonction décorative. Afin de persécuter le personnel du magasin où il régnait en tyran, Gérard disposait les destriers en feutrine en fonction des performances de ses salariés puisque chaque employé s'était vu attribuer un bestiau ainsi qu'une casaque. Les canassons, rendus mobiles par un astucieux collage de velcro, portaient chacun le patronyme d'un collaborateur. La France étant dans l'état que l'on sait, Gérard Bourdon avait été contraint d'étendre son activité afin de ne pas laisser son affaire péricliter et chez *Bordy*, on trouvait à peu près tout à l'exception d'hélices d'hélicoptère et de suppositoires.

— Tu parles ! Il vient d'une famille de feignasses, le seul truc qui pourrait le faire rester…

Gérard ne termina pas sa phrase, car faire part de son idée aurait mis la puce à l'oreille de son épouse. Il tenait à conserver l'image du patron bienveillant qu'elle lui renvoyait, peu importe qu'il se comporte comme une ordure dès la grille du magasin levée. Martine s'agitait dans leur cuisine américaine tout en regardant la télévision. Plus loin, affalé sur le canapé, son époux semblait irrésolu. Il reprit :

— Dis, tu sais, je pense que je vais revendre Anthésyte.

— Après ce qu'il t'a coûté ?

— Oui, je sais, mais j'ai parlé à Jocelyne. Elle refuse de le monter à nouveau, elle veut se battre contre la fusion, elle est complètement dingue !

— Pas si dingue que ça, moi j'aime bien qu'elle ait des convictions !

— En tout cas, convictions ou pas, elle n'aura pas le temps de reprendre l'entraînement et, de toute façon, plus personne ne parie. Les amateurs se déplacent encore par amour de l'art, mais ils sont complètement fauchés.

— Justement ! C'est une bonne raison pour défendre notre boulangère, tu changeras d'avis si elle nous évite cette fusion !

— Je vais pas recommencer à chercher un jockey ! Et, tu sais, le psychologue équin m'a coûté un bras. Le canasson ne se laisse monter que par Jocelyne donc c'est plié…

— Attends encore un peu, on peut pas savoir, et puis, tu l'as voulu, ce cheval, non ?

Pour l'avoir voulu, Gérard l'avait voulu et avait balancé toutes leurs économies dans ce qu'il avait pris pour un investissement sur le long terme. Or, le canasson lui en avait fait voir de toutes les couleurs. Il refusa d'abord de sortir de son box, puis le contraignit à se ruiner en séances de psy, en vain, pour finir par accepter de se laisser monter par la boulangère qui avait, à une lointaine époque, caressé le rêve de devenir écuyère.

— Si je revends Anthésyte, on pourra changer la caravane…

Martine n'écoutait plus, elle observait le voisin d'en face terminer son créneau.

— Tu m'écoutes là ou pas ?

— Oui, mais je me demandais qui allait te le racheter. Tu y as pensé ?

— Bien sûr.

Il n'imaginait pas une seconde trouver preneur pour un bestiau qui avait le tempérament d'une mule. Il comptait s'en débarrasser auprès de l'abattoir local. La viande de cheval était en plein essor depuis que les courses hippiques n'intéressaient plus personne. Ainsi, même s'il ne rentrait pas dans ses frais, il pourrait cesser de louer un box qui abritait une bourrique.

Non loin de lui, un homme qui se prenait pour un étalon était sur le point de se transformer en bourrin par la mauvaise grâce d'un pass défectueux. C'était là la toute-puissance de l'animal sur l'homme ; un pur-sang restait un pur-sang, quels que soient les aléas de l'existence. L'homme, lui, et d'autant plus lorsqu'il se laissait gouverner par sa braguette, pouvait rapetisser jusqu'à en devenir ridicule.

5

POUR LE MEILLEUR ET POUR LE PIRE, LE PIRE SURTOUT...

Jérôme était à bout de nerfs. Ils avaient une heure pour se retrouver ; une heure top chrono par semaine pendant laquelle Jocelyne allait à son cours de yoga véhiculée par Martine Bourdon (qui ne jurait que par les bienfaits de la respiration yogi) ; une heure dérobée à l'ennui ! Soixante minutes passées avec Cynthia, c'était si peu au regard de ce que les deux tourtereaux avaient à faire. Le même rituel donnait le la de cette séance de rattrapage sur le ronron conjugal : Jocelyne quittait la boulangerie, les deux amants montaient dans la *Mangoo*, Cynthia se faisait toute petite, allongée à l'arrière, puis Jérôme conduisait comme un dératé jusqu'au *Rêvotel* local.

Pour l'heure, de rêve il n'était point question. C'était davantage un cauchemar sans nom, une espèce de vaudeville grotesque dans lequel il tenait le rôle principal. Il venait de perdre dix minutes à tenter d'ouvrir la porte qui le séparait du paradis. La carte glissait pourtant bien dans la fente, mais la poignée demeurait obstinément bloquée. Puisque la mode était aux économies, ce genre de lieu n'était tenu par personne : il ne pouvait donc pas se rendre à l'accueil et passer ses nerfs sur un employé qui aurait remplacé sa carte défectueuse. Il ne possédait qu'un malheureux numéro de téléphone surtaxé.

— Bah téléphone ! s'énerva Cynthia qui commençait à trouver le temps long.

— Attends, j'ai une idée !

Jérôme sortit sa carte *Vitalia* de son portefeuille.

— Attention ! Si tu la casses dedans, c'est embêtant.

— Pour ce qu'on est remboursé, de toute façon, tu parles…

Il fit aller et venir la carte qui était de même taille que celle du *Rêvotel*, en vain. Il compara les deux, les retourna plusieurs fois. Il jeta un coup d'œil à sa montre : plus que quarante minutes pour jouir !

— Ça marche pas ton truc, tant pis on n'a qu'à le faire ici ! suggéra l'impétueuse vendeuse.

— Comment ça ici ?

— Ici ! Dans le couloir !

Jérôme découvrit une lueur nouvelle dans le regard de celle dont il pensait avoir percé tous les mystères. S'exhiber était tentant, mais s'ils étaient vus dans le plus simple appareil ? Le risque lui parut trop grand même si la tentation lui faisait perdre le peu de patience dont il était encore doté.

— Bon sang, mais c'est dingue quand même ! Attends, je vais tenter avec ma carte bleue ! Regarde ! C'est exactement la même épaisseur que le pass du *Rêvotel.*

— À ta place, je téléphonerais.

— Ça va prendre des heures et ça servira à rien !

— J'essaye !

Pendant que Jérôme était plié en deux, un œil à demi clos tel un sioux, poursuivant sa tentative d'invasion d'un territoire prometteur, suant à grosses gouttes, Cynthia tentait de maintenir un contact téléphonique avec une boîte vocale dont l'unique but était de lui soutirer de l'argent. Elle répondait avec application aux questions qu'une voix métallique et agaçante lui posait.

— *Rêvotel* Tresville. Donne-moi le pass ! Elle me demande le numéro !

— Merde ! Ma carte bleue est coincée dans cette saloperie de fente ! J'ai autre chose à faire ! Aide-moi, toi !

— Tu peux pas arrêter de dire « merde » tous les trois mots ? Je ne te reconnais plus là.

— Ah ouais ? Tu pousses le bouchon un peu loin ! J'ai même pas le droit de m'énerver ?

— Tu peux t'énerver sans être vulgaire, j'ai horreur des hommes vulgaires. Tu me fais penser à Gérard Bourdon, tiens !

L'insulte suprême le piqua au vif. Il était adulé par sa jeune maîtresse. Jamais aucune femme ne lui avait renvoyé une telle image de sa personne : dans les yeux de Cynthia il était viril, ardent, un demi-dieu, une bête de sexe aussi. Se voir comparé au patron de *Bordy* représentait bien davantage qu'une simple injure, il s'agissait d'un coup au moral. Comme si les difficultés matérielles ne suffisaient pas à l'accabler, il fallait que la jeune femelle en remette une couche. Il pensa que finalement on est souvent mieux seul, à condition – bien entendu –, et ce n'est pas gagné pour tout le monde, de supporter sa propre présence.

Jérôme n'avait jamais goûté à la vie en solo. Il avait quitté ses parents pour épouser Jocelyne et voyait le célibat comme un fardeau. À ce moment précis de son existence, il se prit à douter de ses certitudes, mais fut distrait par la jeune amoureuse qui l'accompagnait.

Elle mit la main dans la poche de son patron et en retira le pass. Alors qu'il était hors de lui, rouge cramoisi, transpirait comme jamais, arc bouté sur la serrure, tentant de sauver sa carte bleue, sa maîtresse poursuivait sa conversation ubuesque avec une correspondante têtue comme une mule.

— Deux, six, neuf, quatre, un.

— Votre numéro de pass est le : deux, sept, neuf, quatre, un. Pour confirmer, dites OUI, sinon, dites NON.

— Non.

— Veuillez énumérer les chiffres inscrits au dos de votre pass, intima le robot.

— Deux, six, neuf, quatre, un… Oui… Carte défectueuse … Non… Non, euh, si, enfin, OUI !

— Ah, mais putain, c'est pas vrai ! Merde, merde ! Ma carte bleue est coincée dans cette saloperie de truc ! Mais aide-moi, toi !

— Nous n'avons pas compris votre message, veuillez écouter les suggestions suivantes et sélectionner celle qui convient à votre situation : un : la chambre est sale, deux : la chambre est déjà occupée, trois : la chambre ne correspond pas à mes attentes, quatre : la chambre est bruyante, cinq : la chambre est sombre.

— Jérôme, ils me proposent que des trucs qu'ont rien à voir avec notre problème, je fais quoi ?

— Mais tu raccroches et tu viens m'aider au lieu de blablater avec une boîte vocale de mes deux !

Les deux en question se sentaient écrasées sous la pression de l'érection qui le tenait désormais. Jérôme ne comprenait pas cette soudaine réaction corporelle qui, d'habitude, rimait avec détente et volupté. Or, il bandait comme un âne alors que sa maîtresse s'illustrait dans une conversation aussi stupide qu'inutile et que lui-même se trouvait dans une posture pour le moins délicate. Cynthia raccrocha, dépitée.

— Jérôme, on n'a plus qu'un quart d'heure, viens, laisse tomber ! On va faire ça ici, y'a personne de toute façon.

— Mais j'te dis que ma carte bleue est coincée dans l'trou ! Je vais quand même pas la laisser là !

Cynthia, qui avait remarqué l'entrejambe de son patron, le poussa, tira sur la carte bleue de toutes ses forces, laquelle céda.

— Tiens ! dit-elle d'un air triomphant.

— Mais tu l'as massacrée ! Il en reste un bout dans l'orifice, qu'est-ce que je vais faire, moi maintenant ?

— Tu vas t'occuper de MON orifice et pour le reste, on verra plus tard !

— T'as raison, j'en ai plein l'dos. Viens, on va aller là, on peut pas faire ça ici.

Il l'entraîna dans le local où les femmes de ménage entreposaient seaux, balais et aspirateurs. Jérôme attaqua Cynthia avec une ferveur et une passion décuplées par le caractère incongru de la situation. Il la prit contre un mur, dans la pénombre, ne sachant pas où il mettait les pieds. Le désir le consumait ; au diable toute forme de soumission aux diktats de la bienséance ! Et puis, on ne savait jamais : si une guerre civile venait à éclater, son quota de bonheur devait être atteint avant de se faire dézinguer par la milice présidentielle. La jeune femme semblait avoir le goût du danger et se montra ardente, l'embrassant de ses lèvres charnues, croquant son cou et sa nuque de ses jolies dents. Il donnait des coups de boutoir en geignant de plaisir, quand, quelques secondes avant le point de non-retour, il s'interrompit.

— Qu'est-ce que t'as ? T'aimes pas ?

Cynthia était devenue flasque, son embrasement n'était plus qu'un tas de cendres. Elle tordait le nez, les yeux clos.

— Jérôme, c'est dégoûtant, j'peux pas faire ça ici, ça sent

mauvais !

— Évidemment, ça sent l'moisi, c'est un local de service ! éructa-t-il en remontant sa braguette.

Il en voulait à la terre entière, mais, en ce moment précis, à sa maîtresse. Il relâcha son étreinte, Cynthia perdit l'équilibre et se retint au bras gauche du boulanger qu'elle griffa copieusement. Elle évita le pire, car un seau d'eau croupie gisait sur sa droite, prêt à accueillir son fessier dénudé. La jeune femme ne put se maintenir que dans un équilibre précaire et son pied gauche plongea dans le récipient abandonné là par une femme de ménage pressée d'en finir.

— Oh non ! Mon pied, Jérôme ! Mes chaussures sont fichues !

— Viens, on s'en va ! Tant pis, tu te changeras, c'est pas grave.

— C'est pas GRAVE ? Tu sais combien elles m'ont coûté mes *Touboulins* ?

— Aucune idée ! D'ailleurs, je m'en fiche !

La jeune femme se sentit seule. Décidément, pensa-t-elle, aucun homme n'est capable de mesurer la montagne d'efforts qu'une femme fournit pour lui faire plaisir. Ce sont tous des andouilles qui s'imaginent que leur amante se réveille le matin, parée de ses plus beaux atours, les sourcils parfaitement dessinés, les yeux maquillés comme les stars du cinéma d'antan, bas et jarretelles accrochés en douze secondes chrono, mini jupe encastrée sans le moindre effort. Or, il n'en était rien ; elle passait une heure à s'apprêter, se privait de petit-déjeuner si le résultat ne la satisfaisait pas, se recoiffait dix fois jusqu'à ce que sa chevelure noire soit digne d'être laquée, et c'est à ce moment qu'elle décidait de se montrer.

— Tu t'en fiches ? OK ! Mais je les ai trouvées dans un dépôt-vente, tu t'imagines quoi ? Que j'ai les moyens d'en acheter des neuves ? Avec ce que tu me payes ? Je n'en aurai plus jamais des comme ça et je vais être obligée d'en racheter des moches à *La Halle aux Godasses*, voilà ce qui va se passer, tant pis, tant pis, TANT PIS !!

— Tant pis ! Oui, tant pis, madame la princesse !

— Oh ça va, hein ! J'ai besoin d'un minimum de tendresse, j'suis pas comme ça, moi !

— Comme quoi ?

Cynthia ne répondit pas, se laissa choir sur la banquette arrière qui sentait, elle aussi, le moisi, se défit de ses escarpins qui lui écrasaient les orteils, constata que ses deux bas étaient filés et éclata en sanglots.

— Tu me prends pour une traînée, voilà ! Et j'en suis pas une !

Jérôme avait déjà eu droit à des scènes, mais n'était pas d'humeur ; discutailler ne l'intéressait pas, il pensait à sa carte bleue, ça lui filait des suées.

— Écoute Cynthia, c'est pas l'moment là !

— C'est jamais l'moment, c'est ça le problème avec toi ! Tu la quitteras jamais ! De toute façon, t'es qu'un trouillard ! Comme les autres ! Un mou, T'ES QU'UN MOU !!!!!!!!!!! hurla-t-elle alors qu'ils étaient immobilisés à un feu tricolore.

— Tu vas te taire, bon sang ! On nous regarde !

— Tant mieux, dit-elle en se rasseyant bien droite afin d'être, non seulement, entendue, mais vue.

— T'es folle ! Rallonge-toi !

— Non !

— Bon, t'as raison, on arrête tout ! De toute façon, ça rime à rien ! Tu perds ton temps avec moi ! Tu es jeune et tu as le droit de faire ta vie avec un homme de ton âge. Je te ramène chez toi, tu téléphones à quinze heures pour dire que t'es malade et à partir de demain, tu es mon employée comme avant.

La jeune femme se figea ; elle avait l'habitude de proférer des menaces et d'obtenir des promesses en retour : pas de se faire larguer comme une va-nu-pieds. Elle ne répondit rien, sortit du véhicule et marcha jusqu'à la demeure des La Morne où elle louait une chambre. Elle pénétra dans l'hôtel particulier qui ambitionnait de devenir chambre d'hôtes à la belle saison. Les travaux effectués par les Roms avaient redonné un cachet et une forme d'apparat à même de combler les moins exigeants des estivants. En revanche, que l'on n'aille pas lorgner dans les coins où s'assurer que les lames des parquets étaient bien jointes. Avec cinq mille euros et un *timing* très serré, les Tziganes, comme Théodore de La Morne les appelait, n'avaient pas transformé le plomb en or.

Cynthia monta les escaliers, poussa la porte de sa chambrette et se jeta sur son lit afin d'y pleurer toutes les larmes de son corps. Elle ne voyait pas d'issue à ce merdier ! Amoureuse d'un lâche, lequel de surcroît pouvait sans motif la licencier ! Elle s'imaginait faisant du stop sur les routes de France, chassée par une Marie-

Cécile de La Morne qui l'avait toujours détestée, incapable de retrouver un emploi ailleurs puisque travailler à la boulangerie du centre était pain béni et que *Pôle Boulot* ne risquait pas de lui proposer autre chose. Tous les postes étaient pourvus et les bienheureux qui travaillaient en faisaient des tonnes afin de conserver leurs émoluments. Non, elle était piégée et serait contrainte de souffrir en silence à la vue de ce Jérôme qui l'avait mise sens dessus dessous alors que c'est elle, précisément, qui avait déployé toutes les ruses dont elle était capable afin de le faire succomber. Elle s'endormit en serrant son oreiller dans ses bras. Elle était adulte et ardente, mais, au fond de son cœur, sommeillait une adolescente romantique.

***

— T'as vu Jérôme, il est quinze heures trente et elle n'est pas là Cynthia, tu ne trouves pas ça bizarre ?

— Non, non, elle avait l'air patraque ce matin, elle doit être malade.

— Elle aurait prévenu quand même !

— Et bah elle n'a pas prévenu et voilà ! On va pas appeler les gendarmes non plus !

— Mais qu'est-ce qui te prend ? Je reviens du yoga, je suis calme et tu m'étripes ! J'y vais pour ça ! Pour retrouver le sommeil, me recentrer sur l'essentiel, être moins stressée, mais si tu m'agresses, comment veux-tu que je m'en sorte ?

— Bon sang ! Tu vas au yoga pour être moins stressée, je rêve là ! Commence par abandonner tes idées de révolution, tu stresseras moins !

— J'en étais sûre, toujours à vouloir contrarier mes projets ! Ça n'a rien à voir ! Préparer un coup, c'est pas ça qui me stresse, c'est l'état dans lequel ce fichu président nous a mis le pays qui me rend malade !

— Excuse-moi, mais tu avais des insomnies avant ces histoires de fusion ! Alors arrête un peu ! Il n'est quand même pas responsable de tout !

Jérôme marqua un point. Jocelyne n'en conçut que davantage de rancœur. Elle avait passé sa vie d'adulte à être insomniaque et, après avoir bouffé du somnifère comme d'autres mangent un carré de chocolat avant le coucher, elle avait pris son parti de toutes ces nuits passées à attendre ces quelques heures qui permettent aux autres de se régénérer, se ressourcer, de fermer la porte sur les contrariétés et les déconvenues. Jérôme n'y prêtait même plus attention et avait depuis belle lurette abandonné les questions concernant son sommeil. Il n'obtenait que plaintes et reproches, car elle lui faisait porter le chapeau. Quand il ne se retrouvait pas accusé d'avoir ronflé, il avait occupé l'intégralité du lit et elle s'était retrouvée accrochée à son bout de matelas comme un alpiniste en haut d'une falaise. En bon coupable idéal, il ne souhaitait pas entendre, une fois encore, les jérémiades de madame.

— Tiens, au fait, donne-moi la carte bleue.

Le boulanger mit la main à sa poche arrière puis se souvint du micro drame dont il avait été l'acteur principal. Il rougit jusqu'à la pointe des oreilles, résolut de sortir son portefeuille et de jouer la victime.

— Mince ! Elle n'y est plus.

— Elle est sûrement dans le bureau. Je monte ! De toute façon j'en ai besoin pour faire un achat sur le *oueb*.

— Non, c'est pas la peine, je crois que je l'ai perdue.

— Comment ça ? « Tu crois »?

— Écoute Joce, je l'ai perdue, voilà.

— T'as fait opposition ?

— Ah non…

— Mais tu l'as perdue quand ? Tu te rends compte de ce que tu as fait ! Tu perds la carte bleue et tu ne préviens pas la banque ? Mais t'es irresponsable !

— Joce, je m'en suis rendu compte le jour où Marcel est mort, j'étais perturbé.

Jocelyne saisit le téléphone, fit opposition puis raccrocha d'un geste brusque.

— C'est malin ! Maintenant il va falloir attendre de recevoir la nouvelle carte ! Mais c'est dingue quand même ! Et tu te souviens d'où tu l'as perdue ? Parce que si ça se trouve à l'heure qu'il est notre compte est vide !

— Non, je ne sais pas. Je m'en suis aperçu le jour de sa mort, mais on était occupé. Je monte regarder le compte sur le *Ternet*, t'inquiète ma Joce, je suis sûr qu'on a encore nos sous.

— Remarque, pour ce qu'on avait... Mais quand même, ça m'énerve ! J'avais un achat à faire, un achat urgent !

— Tu voulais acheter quoi ?

— Une *ouebcam.*

— Pourquoi une *ouebcam* ?

— Parce que j'anime un atelier ce week-end.

— Un atelier ?

— Oui, mais c'est pas grave, j'irai chez Killian.

— Mais un atelier sur quoi ?

— Sur comment utiliser les réseaux sociaux pour faire grossir le mouvement contestataire, comment avoir plus de *followers* sur *Tweety*, est-ce pertinent d'échanger sur *Friendbook* ? Que peut apporter *Pinit* dans une démarche de propagande politique, et *Linkou*, ça sert à quoi ? Un référencement sur *Gogole* via un profil *Gogole Plus* est-il nécessaire ? Ce genre de problématiques, quoi.

Jérôme eut du mal à masquer son étonnement. En l'espace de trois jours, son épouse, qui était jadis une demeurée devant un PC, semblait maîtriser tous les rouages de la communication numérique.

— D'où tu sors toute cette science-là ?

— C'est Killian qui m'a aidée hier et avant-hier. A y est, on est sur *Friendbook* et *Tweety*, on a déjà plus de deux mille *followers* sur *Tweety* ! C'est grâce à Killian hein, il m'a tout bien expliqué. Remarque, c'est pas que ce soit bien compliqué. Je veux dire, un tweet, c'est quoi ? Cent quarante caractères, tu m'étonnes que les politiciens adorent ça ! Pas la peine de chercher ses idées bien longtemps ! Ceci dit, il faut savoir être percutant, c'est un exercice en même temps, mais on peut mettre des photos dans un tweet, tu te rends compte ? Et c'est fou tous les retweets que j'ai ! Un truc de ouf ! comme dit Killian.

— Donc tu admets que tu vas faire de la propagande !

— Bien sûr ! Mais enfin, tu vis dans quel monde, toi ? La propagande et le mensonge sont les deux mamelles de la politique.

— C'est un beau résumé ton truc !

— Je parlais de politique politicienne, pas du mouvement « La Fusion c'est Non ! ».

— C'est ça le nom de ton mouvement ?

—Absolument !

Jérôme était atterré par le discours que venait de lui tenir sa femme. Elle semblait investie telle une guerrière ; la boulangère aigrie avait repoussé les barrières de son ego et irradiait de bonheur. Il en voulut à la vie de ne pas avoir su faire briller son regard de l'étincelle qu'il voyait danser dans ses pupilles. Puis il repensa soudain à ce morveux qui coachait son épouse.

— Mais au fait, je pensais qu'il allait retourner vivre avec sa mère ce gosse. Qu'est-ce qu'il fabrique encore là ?

— Non, il reste. C'est elle qui va venir habiter ici. En attendant, elle m'a demandé de veiller sur lui.

— Et tu ne m'as rien dit ? Veiller sur lui, ça veut dire quoi exactement ?

— Il est majeur, hein, il fait ce qu'il veut. Veiller sur lui ça veut dire s'assurer qu'il ne fait pas trop de bêtises.

Jérôme se demanda à partir de quel moment l'accumulation de bourdes se rapprochait du trop. Le trop n'est pas une valeur absolue, elle se calcule à l'aune des expériences de chacun et du quota individuel que ce dernier est disposé à endurer. Pour sa part, savoir que la surveillance d'un gosse de dix-huit ans aux fréquentations douteuses, adepte des virées qui se terminent tôt le matin, déscolarisé et grossier, leur était confiée ne l'enchantait guère. Soudain, un détestable souvenir lui vint à l'esprit.

— Et le perroquet, il va en faire quoi du perroquet ?

— Il va s'occuper de lui. C'est pas grand-chose et puis il est amusant. Ceci dit, il a l'air de faire une fixette sur Cynthia… Tu sais ce qu'il répète le plus ?

— Franchement, je préfère ne pas savoir.

— Cynthiaaaaaaaaaa t'en va pas, Cynthiaaaaaaaaaaaaa t'en va pas, chanta Jocelyne, imitant à la perfection les aigus de la bestiole.

Ce faisant, elle colla sur la vitrine du magasin une feuille de format A3 (il fallait voir grand) sur laquelle était imprimé un tableau informant les Tresvillois d'une réunion. Chaque personne intéressée devait y inscrire son nom. Le rendez-vous aurait lieu trois jours plus tard, c'est-à-dire la veille du changement de panneau. Jocelyne souhaitait ainsi tester ses voisins, mesurer leur faculté à s'engager sur le long terme et, surtout, trouver de l'aide supplémentaire. Elle avait déjà dénombré plusieurs activités qu'elle voulait répartir entre les volontaires. Elle comptait sur quatre cents personnes.

— C'est quoi ce machin ? demanda-t-il en désignant le tableau qui s'apprêtait à se voir noirci des autographes d'une bonne partie de la ville.

— Va voir ! C'est un tableau à remplir pour les volontaires, ceux qui m'aideront pour le mouvement. Tu comptes faire quoi, toi ?

Soudain, le boulanger ne sut quoi répondre. Il n'avait pas envisagé une seule seconde de prêter main-forte à son épouse. D'ailleurs, il ne voyait pas ce à quoi il pouvait prétendre : peu de cordes à son arc, peu de gammes à jouer. Il se sentit stupide, ainsi renvoyé au rôle de Prince consort, et commença à imaginer ce qu'il adviendrait de lui si d'aventure sa femme parvenait à détrôner le Président de France. Comme souvent, la frustration le rendit aigri.

— Aucune idée, répondit-il en haussant les épaules.

— Je suis pas étonnée. Tu sais, ce mouvement, je vois bien qu'il t'embête. C'est pas grave Jérôme, on s'aime pour le meilleur et pour le pire, non ?

Cette dernière question, au demeurant fort provocante, fit trembler de colère le boulanger. Cela fleurait comme un rappel à l'ordre. S'il faisait un rapide *flash-back* sur les années écoulées, il devait admettre que leur alliance avait surtout été celle de l'ennui. Pas de drame majeur à traverser, de ceux qui renforcent ou brisent net les liens du mariage, mais rien de bien folichon non plus à se remémorer. Même leur lune de miel en Tunisie avait été un désastre : valise perdue, hôtel insalubre et bruyant, plage à l'avenant et, en prime, une intoxication alimentaire pour Jérôme qui se retrouva cloîtré dans la chambre, vacillant entre la cuvette des toilettes et le lit qui n'étaient distants que de deux mètres. Au moins, s'était-il dit, le caractère exigu de leur chambre, à défaut de les avoir rapprochés, lui avait permis de ne pas s'épuiser en allées et venues.

Devant Jérôme, Jocelyne avait compris que mieux valait la jouer modeste. Mais elle se sentait gonflée d'une telle splendeur que son mari et ses pronostics pessimistes n'entamèrent pas son moral. Son absence d'implication la heurtait davantage. Pourtant, elle n'en laissa rien paraître et simula la neutralité.

Le boulanger tira une tête de six pieds de long : il comprit qu'il s'était fait coiffer au poteau par son merdeux de voisin et que la perte de sa carte bleue dans les circonstances que l'on sait l'avait poussé à une extrémité qu'il regrettait déjà. Il venait de larguer une ravissante qui n'aurait aucun mal à aller se faire voir ailleurs. De surcroît, les vocalises du cacatoès, et en particulier leurs messages, lui faisaient craindre le pire : et si sa femme entendait une nouvelle phrase assassine, pire encore que les précédentes ? Elle ne manquerait pas de s'interroger… Jérôme se sentit abattu, il avait la sensation de porter un sac de gravats. Exsangue, il monta les escaliers afin de vérifier l'état de ses comptes.

6

LE *TONIGHT* REPREND DU SERVICE GRÂCE À JEAN-MICHEL BOWY

Célestin pénétra dans le commerce. Il tremblait, son teint pâlichon augurait une maladie. Jocelyne l'accueillit avec peu d'égards. Elle avait pris l'habitude de trimbaler son téléphone portable partout et passait ses journées sur le *oueb*, abusant des plaisirs de *Tweety* telle une gosse qui venait d'être gâtée pour Noël. Il s'éclaircit la voix afin de manifester autre chose qu'une présence physique.

— Célestin, une baguette bien blanche comme d'habitude ?

— Oui, mon petit. Dites, je suis très inquiet.

— Vous n'allez pas vous y mettre aussi ! Jérôme ne me parle quasiment plus sauf pour me dire que mon idée de révolution est stupide.

— Non, non, il ne s'agit pas de cela. D'ailleurs plus j'y pense et plus je vous donne raison. Vous êtes dans le juste et sachez que je vous soutiens et vous soutiendrai dans toute démarche qui ne soit pas sanglante, entendons-nous bien.

— Monsieur le maire, nous ne couperons pas de têtes, rassurez-vous. Mais il est temps que le Président revienne à la raison et écoute le peuple.

— Dans ce cas, je m'inscris à votre réunion, on verra bien ce que je peux faire.

Jocelyne s'en trouva ravie. Le nombre d'inscrits était faible, voir le nom du maire figurer en bonne place motiverait les moins convaincus. Célestin Montanssier finalisait l'ouverture de son musée du cochon, il préparait le défilé des goûteurs de pâté de gland qui devait se dérouler au début du printemps, autant dire que son agenda était bien chargé ; sa participation était donc fort appréciée par la boulangère.

— Dites, mon petit, je suis inquiet.

— Mais arrêtez donc de vous inquiéter pour rien ! Je commence à peine ! Pour le moment je diffuse des messages sur les réseaux sociaux. Je m'active, mais on montera à Paris quand on sera prêt. Il ne faut pas de bévue, notre crédibilité est en jeu !

— Vous me voyez enchanté d'entendre de si sages paroles sortir de votre bouche, j'ai craint un instant que vous ne nous prépariez une nouvelle révolution. Mais mon inquiétude n'est pas là. En réalité, c'est le *Tonight* qui me pose soucis.

— Qu'est-ce qu'il a le *Tonight* ?

— Figurez-vous que ce Jean-Michel Bowy y fait faire des travaux. Moi qui voulais lui racheter pour une bouchée de pain… Mon projet d'usine de fabrication de pâté de gland tombe à l'eau.

— Mince ! Enfin, on s'en doutait depuis sa venue à l'enterrement, mais vous pensez vraiment qu'il va rouvrir ?

Jocelyne était préoccupée à maints égards. Tout d'abord, elle pensait à la crédibilité de son tout jeune mouvement. Comment faire bonne figure auprès des Français et du Président en se positionnant à la tête d'une commune si ce dingue de Jean-Michel Bowy – dont elle soupçonnait qu'il fut un proxénète notoire masquant son exercice illicite sous cette activité nocturne –, remettait le couvert ? Pour finir, elle se remémorait des séances matinales exécrables lors desquelles des noceurs éméchés atterrissaient dans la boulangerie afin de se nourrir avant de prendre la route. Elle avait même dû contraindre un couple qui s'embrassait contre sa vitrine à déguerpir. La fermeture de ce lieu maudit par les Tresvillois – à l'exception d'Artus toutefois –, l'avait ravie. Un mauvais pressentiment l'envahit.

— Les travaux, c'est qui ?

— Ne m'en parlez pas, il m'a semblé voir les trois Roms…

— Ah non ! Ça, c'est un coup de Gérard Bourdon !

Jocelyne se remémorait ce soir pluvieux où elle avait constaté la présence des trois cousins aux abords de *Bordy.* Elle s'apprêtait alors à monter Anthésyte et se sentit trahie par celui qu'elle appréciait. Elle était repartie sur la pointe des pieds, incertaine quant à sa course puis s'était ravisée : ce cheval et elle, c'était devenu une véritable histoire d'amour. Elle le monta donc, mais se jura de boycotter Gérard. C'est ainsi qu'elle éludait la conversation quand, au sortir d'une séance de yoga, Martine évoquait son époux et, surtout, elle ne mit plus jamais les pieds dans le magasin. Il eut été aisé, par exemple, d'y acheter la *ouebcam* qui lui manquait, mais quand Joce s'était juré quelque chose, elle s'y tenait !

— Qu'est-ce qu'il a à voir là-dedans, Gérard ? questionna Célestin

— Il les connaît bien, faites-moi confiance…

— Nous voilà face à un nouveau problème, si le *Tonight* ouvre à nouveau, nous allons subir sa clientèle et les nuisances qu'elle provoque.

— Sans parler du videur…

— Ce n'est pas le pire, Johnny n'est pas un mauvais bougre, juste un pauvre garçon.

Jocelyne avait raison, le videur du *Tonight* était un gentil gars pas très futé qui faisait ce que Jean-Michel Bowy lui demandait, c'est-à-dire à peu près tout.

— Je vous laisse, je dois m'occuper de la confrérie des goûteurs de pâté de gland. Maintenant que Marcel est mort, nous ne sommes plus que cinq, c'est bien peu. J'y songe à l'instant, vous ne voudriez pas vous joindre à nous ?

Jocelyne déclina poliment. Cette confrérie ressemblait à une bouffonnerie. Les membres et leur fixette sur le pâté de gland lui inspiraient pitié. Pas un pour rattraper l'autre : tous des pochetrons notoires, des types esseulés qui s'étaient découvert une fascination pour cet infâme pâté afin de tromper l'ennui. Trois réunions annuelles et un défilé, ça vous occupe son homme ; en tout cas, ça donne un but à des existences qui en sont dénuées. Elle n'avait aucune envie de grossir les rangs et ne pensait plus qu'en termes d'image, de communication.

Killian, du haut de ses dix-huit ans, valait bien tous les conseillers dont était entouré le Président Ollanzi. Sa dernière lubie concernait l'apparence de Jocelyne qu'il souhaitait voir se moderniser. Pourtant, elle avait changé de lunettes, modifié sa coupe de cheveux, mais il insistait pour qu'elle adopte une garde-robe un peu plus moderne. Il se posait en adepte d'un virage à cent quatre-vingts degrés : finis les vieux jeans élimés, au placard les chemisiers de grand-mère ! Il suggérait l'achat de vêtements plus tendance et plus sexy. Une icône révolutionnaire, selon lui, devait faire bonne figure dans les médias. Les réseaux sociaux s'enflamment d'autant plus que l'égérie présente bien et ce n'est pas dans ses tabliers blouse qu'elle allait retourner le pays !

***

Gérard Bourdon aurait bien aimé que son épouse troque ses vêtements pour d'autres également, il aurait adoré changer d'épouse tout court tant Martine résistait mal aux assauts du temps. Il la trouvait de plus en plus enrobée ; son teint de plus en plus rouge depuis sa ménopause rendait tout rapprochement physique insupportable pour un homme qui voyait la paille et ignorait la poutre. Martine aurait eu beaucoup à redire sur l'état de délabrement de celui qui partageait sa vie. Il serait bientôt aussi large que haut, aussi chauve qu'un mollet de cycliste et, pour compléter le tableau déjà peu élogieux, son tempérament sanguin s'était très mal accommodé des années : il piquait colère sur colère, trouvait à redire sur tout, partait ronchon le matin et rentrait du magasin ivre de rage. Pas un jour sans qu'un employé ne se voie affublé de noms d'oiseaux.

Martine ne l'écoutait plus et pensait au voyage qu'elle préparait pour ses élèves de première. Ceux-là ne le méritaient pas davantage que les autres ; toujours à pinailler, ricaner, se gondoler dès que l'un de leurs professeurs se retournait pour écrire au tableau. Pourtant, elle persistait et partait accompagnée de trois collègues, flanquée de quarante-neuf élèves sur les routes du Royaume-Uni.

Ce voyage, c'était sa bouffée d'oxygène annuelle, meilleur qu'un tour de grand huit, une descente en eaux vives ou dix-huit cours de yoga. Elle s'y rendait avec le plaisir de la redécouverte d'un pays où elle avait vécu un an alors qu'elle était étudiante et qui lui avait laissé l'empreinte que laissent les premiers émois sur les adolescents. De fait, elle y avait rencontré son grand amour, celui que l'on n'oublie jamais, celui qui vous marque au fer rouge.

James, un Anglais pur jus, grand, maigre, blond, plein d'esprit l'avait emballée un soir de fête dans la maison qu'elle partageait avec quelques étudiants étrangers. Ce fut une année d'amour, de plaisirs sexuels polissons juste ce qu'il faut, de babillages jusqu'à pas d'heure, de virées en amoureux sur la côte, de baignades aussi ! À vingt ans on se jette dans une mer à quinze degrés sans faire de chichi, on danse sur les galets, on boit des tonneaux de bière dans les pubs, on vit ! Elle avait quitté la perfide Albion le cœur léger, car James l'avait demandée en mariage et elle avait dit oui. Elle irradiait de bonheur au moment de grimper sur le bateau qui la ramenait en France où elle s'apprêtait à annoncer la grande nouvelle à ses parents.

Ces derniers étaient ravis, bien que désireux de rencontrer l'élu. C'étaient des gens simples et bons qui ne souhaitaient qu'une chose : le bonheur de leur fille. La famille Chutney, en revanche, accueillit le fils unique et son projet de mariage avec une pauvre Française d'une oreille beaucoup moins encline au dialogue. La mère hocha la tête en signe de désespoir tandis que le père tonna, déversant toute la colère que son fils lui inspirait. Il opposa un non catégorique à cette mésalliance et c'est sans ambages qu'il menaça sa descendance de la déshériter si d'aventure l'idée de conclure un pacte avec sa grenouille persistait dans son crâne d'œuf (sic). James céda, car se retrouver sans le sou comportait bien des risques qu'il ne souhaitait courir. Peu courageux et encore moins travailleur, il comptait sur l'immense fortune familiale pour couler des jours heureux, possiblement sans cumulus. L'amour c'est bath, mais la peur de la dèche l'emporta.

Martine reçut une missive sibylline dans laquelle son promis se rétractait. Trois lignes, meilleurs vœux pour l'avenir compris. Elle pleura des jours et des nuits, perdit dix kilos en un mois et fit sa première dépression. C'est alors que ses parents, soucieux de sécuriser l'avenir de leur fille unique, arrangèrent un repas avec la famille Bourdon. Gérard se retrouva assis à côté de Martine, les parents échangèrent au sujet des choses de la vie, du temps qu'il fait, et de quelques autres banalités copieusement arrosées de beaujolais. Gérard s'enivra, ainsi les échanges avec Martine étaient plus fluides. Il lui baragouina des compliments maladroits. Il aurait raconté n'importe quoi pour trouver une femme. La vie avec ses parents lui pesait et il ressentait le légitime besoin de voler de ses propres ailes. Deux tourtereaux volent mieux qu'un moineau esseulé, il en était convaincu.

De l'amour il ne connaissait pas grand-chose : il avait rencontré quelques touristes, comme tous les Tresvillois. À l'époque, les bikinis faisaient fureur sur la plage et ses étés étaient plus *sexy* que ses hivers. Il séduisait les touristes avec une facilité déconcertante, mais les convaincre d'épousailles était une tâche autrement plus ardue. Il se vit rabrouer maintes et maintes fois et désespérait de trouver une compagne. Martine apparut donc comme une femme providentielle ; elle cuisinait bien et venait de réussir le concours qui lui permettrait d'enseigner à vie. « Une femme comme ça, c'est de l'or ! », se disait-il. Au feu les bikinis ! Il voyait loin et ne doutait pas que ses anciennes maîtresses se transforment un jour en répliques de celle avec qui il conversait.

Martine consentit sans difficulté. Elle avait fait son deuil du prince charmant et accepta de bon cœur le crapaud qui lui offrait son cœur, son corps ainsi qu'une maison de maçon. Il en avait hérité de son grand-père et put donc investir dans le magasin d'électroménager qu'il transforma au fil du temps en foutoir absolu, accumulant les appareils les plus étranges auxquels personne ne s'intéressait. Lassé et proche de la banqueroute, il se résolut à proposer quelques victuailles, ce qui lui évita de déposer le bilan. Son affaire ne le comblait pas et, petit à petit, il se laissa envahir par les paris plus ou moins risqués sur des canassons. Naturellement, il finit par s'y connaître un peu en chevaux et n'eut bientôt d'autre ambition que d'avoir le sien : son cheval à lui, celui qui le ferait vibrer. C'est ainsi qu'il acquit Anthésyte du Sérail ; un pseudo gagneur qui lui en fit voir de toutes les couleurs.

La vie avec Martine fut rythmée par la naissance de leur fille et leurs escapades estivales en caravane. Comme souvent, après le départ de leur progéniture, les repas prirent un tour silencieux, les vacances semblèrent plus monotones, l'existence avait perdu de son piquant. Mais Martine, dotée d'un esprit créatif, s'était trouvé une nouvelle marotte et, entre le patchwork et les cours de yoga, elle se maintenait en équilibre. Quelques mois de *Prizoc* de temps en temps, histoire d'oublier James et le manoir dont elle avait rêvé et elle repartait du bon pied, calculait ses annuités le sourire aux lèvres ; l'approche de la quille lui donnait l'impulsion nécessaire pour se propulser jusque sur l'estrade et jargonner dans la langue de Shakespeare.

Gérard refusait de céder à l'alchimie de la molécule et, plutôt que d'oublier ses frustrations diverses, il préférait déplacer sa colère et faire suer ses employés. Aussi, lorsqu'Artus lui remit sa démission, il sentit le sol se dérober sous ses pieds. Il appréciait à sa juste valeur la capacité de ce dernier à supporter brimades et remontrances en ne montrant rien de ses ressentiments. Le patron ne sut quoi répondre, ce qui arrangea bien le nobliau qui ne savait quoi dire. Il réclama son chèque puis partit le cœur léger. Jocelyne lui avait confié une mission bénévole qui promettait de lui faire voir du pays, rencontrer toutes sortes d'individus et – peut-être –, à quarante ans, la femme qui redorerait son blason à la maison. Il imaginait devoir le mépris de sa mère à son incapacité à s'attacher et à féconder une femme qui l'aiderait à ajouter une branche à l'arbre généalogique. Pourtant, Marie-Cécile était loin de lui en vouloir et s'interrogeait sur le sens de sa propre existence.

Justement, chez les La Morne où l'ambiance s'était apaisée depuis le départ précipité des Roms, Marie-Cécile se préparait à recevoir et était en cuisine. Qui eût cru qu'elle s'activait ainsi pour faire honneur à Kevin Laverge, un être qu'elle avait qualifié de détraqué sexuel et avait soupçonné du pire ? Elle incarnait la preuve, elle aussi, qu'à la faveur d'une rencontre et d'un improbable assemblage, on pouvait changer du tout au tout.

7

TOUS SOUDÉS !

Kevin Laverge avait essuyé de multiples déconfitures cinématographiques. Non pas qu'il ait jamais rêvé de succéder à Louis Lumière, il savait mettre la barre à son niveau et ne demandait rien d'autre que de vivre de son art. *Suce Motori*, son porno tourné dans l'univers du Sumo, avait été le plus gros bide de sa carrière, déjà largement émaillée d'échecs. Il avait fait une fixette sur l'Asie et le regrettait amèrement ; « Pourquoi continuer ? », s'était-il même dit. Puis, soudain, prévenu des velléités révolutionnaires de la boulangère, l'inspiration et l'ambition étaient revenues. Il était attendu pour le dîner et tout le monde se faisait une joie de le recevoir, Artus en particulier : les soirées aux Embruns s'étiraient en longueur, son père n'avait plus la conversation d'antan et la légendaire répartie de sa mère se faisait fugace. Théodore de La Morne, jadis amateur d'ornithologie, féru de peinture, collectionneur d'art averti et avide d'échanges verbaux s'était mué en homme qui porte le poids de toutes les souffrances du monde sur ses maigres épaules. Pourtant, il n'avait que la sienne à porter. Son origine trouvait ses racines dans la mue de son épouse.

Le rejeton et son paternel avaient longuement discouru sur le changement d'attitude de MC, comme la surnommait Cynthia, mais aucun des deux n'était parvenu à percer le mystère qui avait entouré tout d'abord un mutisme, qui avait duré plusieurs semaines après le départ du campement Rom, puis un retour à la réalité insipide, comme si la doyenne des Embruns laissait la vie la porter au gré de son absence de désirs. Elle ne jouait plus au tennis et faisait mine de broder. Elle, qui, autrefois, n'hésitait pas à dire le fond de sa pensée, semblait incapable de formuler le moindre reproche. Ni son époux ni son fils ne savaient quoi penser et, après un temps d'inquiétude bien naturel, ils avaient abandonné, ne sachant si la mine qu'elle allongeait incarnait véritablement le reflet de son état intérieur. Le docteur Fallet l'avait visitée et s'était montré rassurant : le *Prizoc* ne serait pas nécessaire, elle l'avait entretenu de ce qui s'était tramé dans sa vie et il avait compris qu'elle attendait un signe de Tiego pour abandonner mari et enfant. « Pas de quoi s'envoyer des cachetons, il reviendra votre romano ! », lui avait-il glissé en prenant congé.

Pour l'heure, à défaut de comprimés, elle s'envoyait des verres de blanc. Elle avait concocté une dorade en croûte de sel et garni le bar à roulettes d'alcools afin que la fête batte son plein. Elle se faisait une joie de recevoir le maître ès sexe. Elle, qui avait découvert ces plaisirs-là sur le tard était même devenue en cachette une admiratrice des œuvres complètes du réalisateur. Celui-ci arriva un peu avant l'heure convenue et retrouva Artus dans le petit salon. Ils furent vite rejoints par Théodore et Cynthia qui semblait sur le point de passer l'arme à gauche. Son teint rosé avait cédé la place à une pâleur que seules les endives abandonnées au fond du bac à légumes connaissent. Elle, qui avait jadis rêvé de faire du X, passa la soirée à se morfondre. Marie-Cécile virevoltait entre les convives, Théodore remplissait les verres dès qu'ils étaient à moitié vides, Artus et Kevin étaient pliés de rire aux évocations des titres de films que le réalisateur mentionnait.

— *La Fureur du Caleçon*, ça n'a pas marché non plus ? questionna Théodore afin d'éviter de faire tapisserie.

— Ah si ! Il a battu le record des téléchargements illégaux ! J'aurais jamais dû faire tourner Tako Siffredo, c'était une erreur. Les stars du X, même vieillissantes, ça craint en fait. Non seulement il m'a coûté la peau du cul, mais en plus je n'ai rien gagné ! Que des emmerdes ce mec-là ! Non, j'ai une autre idée, ré-vo-lu-tio-nnaire, articula-t-il avec précision.

— Vas-y Kevin ! Explique, on s'impatiente !

— Écoute Artus, et écoutez-moi bien tous ! Je suis venu ce soir parce que votre baraque, finalement, j'y crois !

Cynthia, qui, jadis, eut été ravie de porter pour tout habit le bonnet phrygien, se momifia et avala une rasade de rouge avec son morceau de morbier. Elle comptait sur les mélanges pour se divertir un peu. Elle pensait à Jérôme, à leur dernière séance acrobatique et à ses *Touboulins*. Théodore se sentit revivre ; quelques fesses nues dans sa véranda lui semblaient de bon augure pour le divertir.

— Vous allez tourner ici finalement ?

— Ah que oui ! Bon, si vous êtes toujours d'accord, hein ? dit-il en lorgnant du côté de Marie-Cécile.

— Écoutez Kevin, vous m'en voyez ravie. Honnêtement.

Artus, bien que passablement éméché, ne put retenir un mouvement d'étonnement.

— Mère, je ne vous reconnais plus.

— Écoutez mon chéri, il faut vivre avec son temps et puis voilà, je ne l'avais pas compris lors de la première visite de Kevin chez nous, mais aujourd'hui tout est clair dans mon esprit. L'art qui est le sien n'a rien de mineur.

En prononçant ces paroles, elle scruta son époux d'un regard en coin de telle sorte qu'il se sentit rapetisser. Pourtant, il n'avait commis aucune bévue, ne se souvenait pas d'avoir prononcé un mot plus haut que l'autre. Sans n'avoir jamais porté autre chose que les paniers du marché, il s'était gentiment laissé marcher sur les pieds. Être trop conciliant par peur de représailles ne possédait pas que de bons côtés. Tout de même, le changement radical opéré chez son épouse le laissa pantois.

— Kevin, tu tournes ici alors ? Mais pourquoi ? C'est une super nouvelle, mais qu'est-ce qui t'a décidé ?

— Mais c'est le lieu du crime, pardi !

— Bon, là, je dois être complètement bourré ! Je comprends que dalle !

— C'est à Tresville que tout a commencé : je veux faire un porno ré-vo-lu-tio-nnaire !

— LOL ! s'exclama Marie-Cécile.

Même Cynthia, qui avait la tête ailleurs, ne put s'empêcher de trouver pour le moins inattendue cette réaction. Théodore se trouvait au quarante-deuxième sous-sol et osa la réprimander.

— Je peux savoir ce qui vous prend soudain ? Sont-ce là des manières de vous exprimer ? J'avoue ne plus vous reconnaître.

Marie-Cécile ne prit pas la peine de répondre, elle envoyait un texto en plein dîner. Celle qui, jadis, donnait aux Embruns toutes leurs lettres de noblesse se comportait comme la dernière des gueuses. Pendant ce temps, son fils et le pornographe conversaient.

— Révolutionnaire ? C'est-à-dire ? C'est quand même pas un film d'époque que tu vas nous tourner !

— Justement si ! Avec costumes et tout le toutim ! Pas un truc intello non plus, quoique…

— Carrément ?

— Ouais, je m'fais pirater parce que je tourne les mêmes films que les autres, tout le monde à poil autour de la piscine ou sur le canapé. Bon, à part les Sumos, ça c'était original, mais la mode des gros était passée. C'est que ça va vite dans mon métier ! Faut avoir du pif, et pas qu'un peu ! Du coup, j'ai décidé de me dé-mar-quer. J'ai le financement, me manque plus que la baraque, c'est pour ça que j'ai pensé à vous. Et pis bon, Tresville c'est Tresville, quoi, ça va faire vendre, j'en suis sûr !

Théodore se prit au jeu puisque Kevin promettait de conjuguer Histoire de France et gaudriole, il serait de la partie. Il participa donc, de nouveau, à la conversation.

— Vous avez écrit le scénario ?

— Un peu mon n'veu ! C'est le pilier, un : le scénar, deux : le titre, remarquez, le titre c'est souvent le plus important dans mon job.

— Vas-y, balance, qu'on se gondole, s'enthousiasma Artus.

— Alors, d'abord, j'avais pensé à « *Prise à la Bastille* » ou bien « *Sans Culotte* ! »

— J'aime beaucoup « *Prise à la Bastille* », s'autorisa Marie-Cécile.

— Le truc c'est que tout le monde va pas comprendre. La Bastille, pour plein de gens, c'est jamais qu'une place à Paris. Faut être plus percutant, annoncer la couleur direct dans mon corps de métier.

— J'ai une idée ! s'exclama Marie-Cécile. Que diriez-vous de « *Tous Soudés* » ? J'imagine qu'il y aura de la partouze, non ? Et puis mon amour des belles lettres me pousse toujours vers la quête de jolis jeux de mots.

C'en était trop pour son époux qui piqua la plus monumentale colère de l'histoire de leur couple ; de son histoire à lui aussi, car Théodore était d'un naturel calme. Son charme suranné lui conférait une superbe à laquelle il tenait au moins autant qu'à sa collection de jumelles de théâtre.

— Qu'est-ce qui vous prend ?! Vous nous devez une explication, ma chère. Je suis désolé de m'emporter ainsi en public, mais enfin c'est une plaisanterie ? Alors, si je récapitule : un : vous nous ruinez, deux : NOUS cherchons et trouvons des solutions, trois : VOUS êtes de plus en plus distante pour finir par plonger dans un mutisme inquiétant, quatre : vous devenez l'antithèse de ce que vous étiez ! Vous, autrefois si délicate, êtes devenue vulgaire et me faites honte !

— Si je comprends bien je n'ai pas le droit de participer ! Dans ce cas, je me retire ! Kevin, je suis désolée, je remonte dans mes appartements, mais je tiens à vous assurer que MA demeure vous est ouverte et que j'ai hâte de recevoir vos équipes. Vos acteurs surtout !

Elle s'éclipsa en lançant un regard entendu au producteur qui la remercia d'un clin d'œil complice. Théodore ne tarda pas à quitter les lieux aussi afin de se détendre dans sa véranda, celle où il avait tant de fois observé les oiseaux, celle où, un soir, il avait tenté d'embrasser Cynthia. Il sentit une nostalgie l'engourdir : sa vie, leur vie à tous, avait tellement changé. Il s'était rêvé grand-père, promenant une marmaille, bruyante mais attendrissante, sur le sentier des douaniers. Il s'était vu finir ses jours comme il les avait commencés ; glissant sur les rives tranquilles de son existence, s'amusant des jeux des moineaux dans son jardin, babillant avec son épouse, aidant ses petit-enfants dans leur scolarité. L'état des lieux était pitoyable, c'était un peu comme si on lui avait confié un château et qu'il l'avait transformé en ruine ouverte à tous les vents. Sa femme ne lui parlait plus, son fils était un *loser* doublé d'un incapable qui n'était même pas fichu de trouver une fille à qui faire des marmots. Il commença même à s'inquiéter à l'idée qu'il vivait sur les terres de sa femme et qu'elle pouvait décider, sur un coup de tête, de le mettre dehors. Une larme glissa sur sa joue gauche ; il n'est jamais simple de s'avouer que l'on a raté sa vie, mais ce soir, il avait l'alcool triste et seule la pensée du tournage du futur opus de monsieur Laverge lui donna la force de s'extraire du fauteuil en rotin dans lequel il avait laissé son séant s'effondrer. Il eut une pensée émue pour Cynthia en montant les marches jusqu'à sa chambre : il aurait tellement aimé qu'elle le réconforte. Il aurait posé son crâne lisse entre ses deux seins et l'aurait laissé caresser ses tempes. Tout ceci n'était qu'un songe, il devait l'admettre. Sa vie n'avait été ni bonne ni mauvaise, il n'avait fait de mal à personne, au moins cela le réconfortait. Il décida de chasser Cynthia de son esprit, la bagatelle ne figurait pas dans son karma, à soixante-dix ans, il fallait l'admettre.

Cette dernière terminait sa part de gâteau pendant qu'Artus et Kevin devisaient de choses sérieuses. Artus savait rester terre à terre tandis que son comparse se laissait trop souvent emporter par sa fibre artistique.

— Attends, y a un truc que j'comprends pas, dis donc ! C'est la crise, plus personne n'achetait de pornos avant alors maintenant, t'imagines… Comment tu vas faire ?

— Je suis sur un coup, mon vieux, si ça marche, c'est le jackpot !

Cynthia prêta une oreille attentive, elle avait peut-être une carte à jouer, même si la découverte qu'elle avait faite le matin même représentait un frein. Qui sait, si les émoluments étaient à la hauteur, elle pourrait envisager de déguerpir et de ne plus subir la présence de l'homme qu'elle aimait toujours et, surtout, celle de sa rivale. Elle avait un temps caressé le rêve de devenir actrice tout court, puis faute de mieux, actrice porno. Mais lors de leur première rencontre, monsieur Laverge était en plein dans sa période asiatique. Finalement, il était – à l'instar de certains artistes peintres –, mû par des tendances créatives qu'il eut été difficile de mépriser. Picasso avait bien eu sa période rose, Matisse, sa période bleue. Pourquoi le réalisateur n'aurait-il pas eu, lui aussi, le droit d'avoir une époque colorée ?

— Vas-y, crache le morceau !

— Avec *Alazone* !

— Hein ? Tu parles bien de la boîte de Fred Jebos ?

— Yep ! Y font moins de bénéf ! De toute façon, dès qu'on se tape une crise dans ce pays, c'est la culture qui trinque. D'ailleurs, je reprendrais bien un verre de blanc ! Tu diras à ta mère qu'il est super son pinard !

— Je comprends toujours pas ton idée ! *Alazone*, y vendent de tout, mais de là à vendre des pornos… J'y crois moyen.

— Tu te goures ! Des potes à moi qui sont du milieu m'ont mis au parfum : les seuls trucs qui marchent côté bouquins, c'est les trucs de cul, l'érotisme. Mate le top 100 des ventes en numérique et tu comprendras. C'est du pas cher et le pas cher, ça s'vend encore. Les gens, ils lisent toujours des polars et ce genre de machins, mais ils empruntent à la bibliothèque en bas de chez eux. Par contre, des films comme les miens, même la médiathèque elle en a pas !

— Malin, je reconnais, mais côté loi, c'est OK de faire ce genre de business en France ?

— Alors là je m'en tape ! De toute façon, les risques c'est eux, pas moi ! Moi je tourne, j'envoie et y vendent, après je touche. J'ai un pote qu'a commencé. Ça rapporte ! T'inquiète, sinon, je m'y mettrais pas. Les gens s'abonnent à un bordel là, j'ai oublié le nom. PU je crois, « Porn Unlimited ». Pour un euro par mois ils empruntent un film, ils le matent et paf, dès qu'ils le rendent y peuvent en emprunter un nouveau. Pas con, non ?

En effet, Artus était ébaubi par l'inventivité du géant américain. Un produit culturel sentait le sapin ? Qu'à cela ne tienne, un autre le remplaçait, si toutefois il était possible de retirer les deux dernières syllabes du mot culturel.

— Cynthia, ça vous dirait de tenter votre chance ? Vous avez le physique qu'il faut. Au fait, vous avez quel âge ?

— Vingt-cinq ans.

— Cool, ça devrait le faire ! Encore cinq ans devant vous. Je vous promets pas le Hot d'Or, hein, faut pas rêver ! Vingt-cinq c'est déjà beaucoup pour nous, mais bon, je vous envoie le synopsis et on se tient au courant.

— En fait, je ne sais pas si je pourrai, j'ai des problèmes.

— Ah bon, désolé pour vous, ça tombe mal, mais des problèmes de quoi ?

— Kevin, t'abuses là ! Elle veut peut-être pas en parler.

— Des problèmes de santé.

Sur ces mystérieuses paroles prononcées d'un air malingre, la belle se leva et quitta la salle à manger. Les deux comparses, ronds comme des queues de pelles, se regardèrent l'air penaud. Kevin fut le premier à sortir de la douce léthargie provoquée par l'alcool.

— Tu crois qu'elle a quoi ?

— J'en sais rien, moi, elle me parle pas cette nana ! J'ai essayé de la séduire quand elle est arrivée, mais laisse tomber, elle se prend pas pour n'importe qui ! De toute façon, elle se tape le boulanger, alors…

— Quoi ? Jérôme ? Le mari de Jocelyne ?

— Eh ouais ! Je sais… C'est les boules, hein ? Se faire coiffer au poteau par un mec comme ça ! Franchement, t'as vu sa tronche ?

— T'abuses là ! T'es jaloux, mec, il est pas mal. Il se sape comme une merde, OK, mais sinon, faut pas dire. T'es pas monsieur Univers non plus !

— Merci, sympa…

— On va pas s'engueuler, hein ! J'le sens bien pour toi maintenant. T'as récupéré ta *Pursche*, ça compte, sans déconner.

— Il a une *Mangoo* l'autre ! C'est à se demander si ça joue d'avoir une belle caisse, mais bon, je vais m'en servir ! J'ai une mission.

— C'est vrai qu'il fait pitié son tas de boue. C'est quoi cette histoire de mission ? Et ton job chez *Bordy* ?

— J'ai démissionné. Maintenant que j'ai récupéré ma *Pursche*, plus besoin de bosser ! Je vais toucher un peu d'allocs, ça suffira à payer l'essence.

— Réponds ! C'est quoi ta mission là ? Me la joue pas grand mystérieux ! J'suis pas Cynthia !

— C'est du top secret, tu la boucles sinon tu tournes pas ici, compris ?

Artus était tenu au mutisme, mais l'envie de briller devant son ancien camarade de classe l'emporta sur la raison. Il poursuivit.

— Écoute ! C'est simple, Jocelyne veut élargir son mouvement. C'est Killian qui s'occupe de la comm sur les réseaux sociaux, mais elle a besoin d'un homme de terrain. Donc, comme j'ai ma voiture, elle m'a demandé de faire le tour des villes qui ont fusionné. Et, crois-moi, y'en a un paquet ! D'abord dans la région ; elle a eu des contacts avec quelques maires, y sont dégoûtés les mecs : obligés d'abandonner leur mairie, c'est pas facile à avaler. Après, on verra, elle veut qu'on aille manifester à Paris. Pour l'instant, ce sera ça ma mission, mais j'en saurai plus demain à la réunion. On est quarante inscrits, tu veux pas venir ?

Kevin prit un air songeur ; il était occupé, mais vivre la révolte de l'intérieur était tentant et l'aiderait peut-être à mettre un point final à son scénario. D'aucuns s'imaginent qu'il est aisé de faire du cinéma X, pourtant, un script, même dans ce genre trop souvent méprisé, représente des semaines de travail.

— Oui, pourquoi pas ? Je vais venir, je suis pas hyper dispo non plus. Je bloque à mort là, l'enjeu dramatique me file entre les pattes. Tout ça à cause d'une scène que mon co-scénariste veut absolument caser. Moi je lui répète que ça n'a rien à faire dans notre film, t'as déjà vu ça, toi, un primate dans un porno ?

— Bah tu sais, en général je zappe pas mal de scènes. Mais non, c'est bizarre comme idée, il veut lui filer quoi comme rôle ?

— Juste de la figuration. Ce serait l'animal de compagnie de la maîtresse de maison.

— Hum, je vois pas franchement l'intérêt du truc. C'est qui ton co-scénariste ?

— Un ancien directeur de zoo qui a gardé un singe. Il s'était attaché, bla, bla, du coup, il a pas voulu le revendre après la fermeture de la ménagerie. Mais bon, de là à me le coller entre les pattes dans mon film, je trouve ça lourdingue. Lui, il dit que c'est chouette d'offrir un rôle à son bestiau.

— Fais gaffe avec les ligues de protection des animaux en plus. C'est limite zoophile ton truc !

— Exactement, t'as raison ! Tiens je vais lui foutre les jetons et lui dire qu'il risque de se faire retirer Artus !

— Artus ?

— Ouais, c'est le nom du singe.

— Il s'appelle comme moi ?

— Oui, c'est à cause de moi en plus. Quand il est né, il voulait lui donner un prénom original. Moi, le seul nom qui m'est venu, c'est le tien, mais, je pensais pas qu'il allait l'appeler comme ça. Sérieux, hein ? Déjà que c'est pas facile à porter pour un humain alors…

— C'est sympa, tu t'es foutu de moi en gros.

— Non, j'te dis que ça m'est venu comme ça ! Le prends pas mal. C'est mieux que Kevin, j'en sais quelque chose. En plus, c'est le plus intelligent des singes : un saïmiri, ça s'appelle. C'est lui qu'a le plus gros cerveau parmi les êtres vivants. Tu devrais être flatté. Allez ! Fais pas la tronche !

— Remarque, Artus c'est pas hyper facile à porter non plus, surtout ici. J'habiterais sur l'île de la Cité, passe encore, mais au fin fond du Cotentin, c'est lourd. Donc tu viens demain, c'est cool ! Moi j'y crois à son mouvement à Jocelyne.

— Tu m'étonnes et c'est que ça peut prendre de l'ampleur son truc ! Les Français en ont plein le dos.

— Ouais, exactement ! Après, tu comprends, si jamais elle a un rencart avec Ollanzi, elle pourrait bien avoir des responsabilités politiques. En tout cas, elle est déterminée à faire annuler la fusion ! Putain, Grogneul en plus, ça pouvait pas tomber plus mal. Enfin bon, je sais que t'y habites, mais à part toi, c'est tous des dégénérés là-bas.

— Tu m'étonnes, je parle à personne dans ma ville. Mes voisins je les calcule pas. Remarque, eux c'est pareil, y peuvent pas m'encadrer ! Attends, des responsabilités politiques, elle a pas fait l'ETNA non plus !

— Je sais, je pense que ça capotera. Mais en attendant elle peut mettre un sacré bazar dans le pays. Et moi, ça m'arrangerait !

— Complètement d'accord ! Bon, au moins, elle est motivée !

— C'est clair. C'est une sacrée bonne femme quand même ! Elle avait l'air de rien avant. Tu vois c'est limite si je la prenais pas pour une idiote. Mais elle a changé !

La soirée se termina sur ces bonnes paroles. Kevin reprit le volant et Artus remonta dans sa chambre puis se coucha dans le lit qu'il aurait dû quitter depuis longtemps. Sa nouvelle vie, qui promettait de lui faire parcourir des kilomètres sur un bitume parfois hostile, lui permettrait-elle de s'émanciper ?

8

QUAND UN OISEAU VOUS VOLE DANS LES PLUMES !

Jocelyne avait passé deux jours à scruter la liste collée à sa porte et, c'est avec colère qu'elle l'observait avec obstination. Elle ne doutait pas que beaucoup de ceux qui peuplaient sa commune fussent peu investis, voire passablement je-m'en-foutistes. « Les foules sont comme ceux qui les gouvernent, des imbéciles », pensait-elle. Elle sentait que la tâche allait être ardue. Comment motiver des gens qui se laissent vivre ? Parmi les quarante inscrits, certains l'avaient fait par pure curiosité, tel Gérard Bourdon qui se fichait comme de l'an quarante qu'il y ait fusion ou non. Seuls les bénéfices de son échoppe lui importaient. Pourtant, Joce était pressée de retrouver tout ce petit monde et d'évaluer leur capacité à endosser les habits que son imagination leur avait taillés. Elle comptait aussi sur cette ultime journée pour voir la liste des inscrits s'allonger.

Jérôme s'activait dans le fournil, Cynthia tenait la caisse pendant que Jocelyne faisait des allées et venues entre la boutique et le *backroom* du boulanger. La file d'attente prenait des allures de serpent de mer, on trépignait, pressé de voir la couleur des baguettes. Pourtant ce fut autre chose qui attira l'attention de la boulangère. Elle vit le suçon que Jérôme avait tenté de masquer, celui-là même laissé par Cynthia lors de leur ultime rencontre charnelle. Pour une fois, on ne pouvait lui reprocher quoi que ce soit, cette marque n'était pas celle de la passion, mais une simple trace laissée par une femme qui, dans une tentative désespérée de ne pas finir le fessier dans un seau d'eau croupie, s'était raccrochée à la peau de celui qui la pénétrait. Jocelyne n'était pas dupe, un rasage indélicat ne pouvait laisser un tel stigmate !

Elle toisa son employée, constata sa mine défaite, observa son mari qui arborait, lui aussi, un visage allongé et en conçut de nouveaux soupçons. Il ne s'agissait pas de la première fois ; elle avait déjà eu quelques pressentiments, mais la vie qu'elle menait depuis plusieurs mois lui avait fait baisser la garde. Son regard se posa sur la trancheuse au-dessus de laquelle Cynthia était penchée, sa poitrine avenante moulée dans un pull noir, un lourd collier de grosses perles roses suspendu à son cou. Jocelyne connaissait les défaillances de la machine qui rendait encore quelques services, mais ce sont à des sévices qu'elle songea.

Alors que Jérôme annonçait l'arrivée de la fournée, Joce, sans avoir rien planifié, attrapa la grille de baguettes et fit mine de perdre l'équilibre. Les flûtes jonchaient le sol, Jocelyne s'était retenue *in extremis* à la table sur laquelle reposait la trancheuse dont les lames sectionnèrent le majeur gauche de Cynthia. Du sang gicla sur le mur, la vendeuse hurla de douleur puis se contorsionna sur le sol en tenant son doigt dont un morceau pendouillait. La clientèle s'émut, quelques femmes crièrent, on prononça des paroles de compassion, « oh la pauvre petite » revenait le plus fréquemment. Le père Nase se précipita sur elle, bientôt rejoint par Jérôme qui n'en menait pas large. Ils portèrent la jeune vendeuse jusque dans le fournil et l'allongèrent sur un des plans de travail.

Jocelyne tentait de servir celles et ceux qui se rabattaient sur les pains de campagne, elle faisait bonne figure, souriait à la cantonade, pas mécontente de son méfait. Par la grâce de sainte Rita que le curé invoquait depuis cinq minutes, le docteur Fallet surgit. Il jeta un œil sur la coupure et porta la jeune blessée jusqu'à son véhicule, direction son cabinet. Selon lui, rien de grave à déplorer ; quelques points de suture bien serrés feraient l'affaire et puis, inutile de passer des heures à l'hôpital, elle ne serait pas prise en charge aux urgences avant la soirée.

Jocelyne n'était pas peu fière : un peu d'animation dans la

boutique, ça lui manquait ! En outre, après avoir longtemps tergiversé, hésitant entre le « je t'aime » et « je te hais », ne sachant jamais si son employée était authentiquement stupide ou bien si elle feignait la bêtise, ce suçon venait à point nommer. Qui, à part cette allumeuse qui passait son temps perchée et décolletée, aurait pu laisser pareille marque dans le cou de Jérôme ? Ce n'était pas la première fois que Joce percevait un fort antagonisme émaner de sa vendeuse.

Fraîchement embauchée, elle n'avait rien inspiré qui vaille à sa patronne, mais peu à peu, le temps aidant, les deux femmes avaient appris à se connaître. Pourtant, la boulangère était revenue sur ses accès de gentillesse à l'égard de Cynthia qui n'étaient certainement dus qu'à une frustration de n'avoir jamais endossé le rôle de mère, celle d'avoir peu d'amies aussi. Aujourd'hui, elle avait Martine Bourdon à qui confier son désarroi. Cette dernière, non contente d'avoir découvert le yoga y avait entraîné Joce qui aimait leurs conversations dans la voiture. Jérôme et elle ne dialoguaient plus guère. Avoir une écoute féminine c'était quand même autre chose ! Et puis, elles possédaient plus en commun qu'elles ne l'auraient cru.

Chacune flanquée d'un homme qui ne faisait plus l'affaire, ça permettait de troquer compassion et confidences sur un ton badin, l'air de ne pas y toucher. L'habitacle de la voiture y était propice, c'était un peu comme aller à confesse ; on sentait la présence de l'autre, mais, sauf à risquer un accident, le conducteur ne pouvait scruter son passager. C'est ainsi que Martine avait avoué quelques-uns de ses péchés ; les coups donnés dans les tibias de Gérard la nuit afin de le châtier. Elle ne savait pas trop de quoi elle se vengeait ou plutôt elle savait trop bien. Elle lui en voulait de lui avoir volé ses rêves et se méprenait parfois à voir en lui une espèce d'ogre qui l'aurait dévorée toute crue sans lui demander son avis. C'était aller un peu vite en besogne et oublier que James avait filé à l'anglaise. Mais, les années s'étaient succédées et sa mémoire s'était étiolée. Jocelyne trouvait son époux trop mou, trop grand, trop tout et son contraire, ce qui faisait glapir de plaisir Martine qui se pliait régulièrement de rire sur le volant.

Celle-ci s'occupait des derniers préparatifs du voyage qui s'annonçait comme l'avant-dernier de sa carrière. Elle était loin de se douter qu'il serait en réalité le dernier. Toute à son empressement de quitter la France, elle se faisait une joie de retrouver l'Angleterre et tout ce qui faisait son charme.

Elle s'y était rendue avec Gérard, un an avant la naissance de leur fille. Il avait haï ce séjour et lui avait fait payer chaque minute passée sur le sol détrempé et boueux qui jalonna leurs visites. Pestant une minute contre la météo, la suivante contre la nourriture pour finir le soir complètement claqué d'avoir arpenté ruelles et jardins, visité cathédrales et musées. Avide de découvertes, Martine était toujours disposée à pousser la porte d'une église. Elle s'émerveillait d'un rien, trouvait tout charmant. L'atmosphère glauque de certains pubs ne la dérangeait guère, pas davantage que la vieille moquette sur laquelle elle s'élança un soir afin d'atteindre le bar et d'en revenir triomphante avec deux pintes de *Guinness*. Gérard manqua de vomir sa première gorgée et termina affalé sur sa chaise à se plaindre que cette fichue bière tiède lui avait filé la nausée.

Sa femme ne lui en voulut pas, elle considérait que, certes, ce breuvage s'accommodait mal de palais délicats et s'il y avait une chose sur laquelle son mari ne transigeait jamais, c'était la boisson. Amateur averti de grands crus, on ne lui faisait pas passer des vessies pour des lanternes. C'était bien là l'unique domaine dans lequel il excellait. Il pouvait reconnaître un vin les yeux fermés, en humer les arômes puis tremper délicatement ses lèvres dans le breuvage, avaler une goutte et s'écrier : Pouilly fumé, cuvée Majorum 2009 ! Pour le reste, il n'était guère regardant ; mangeait n'importe quoi et tolérait les patchworks que Martine accrochait çà et là dans leur maison.

Martine ne cessait d'évoquer ce voyage ; elle trépignait et ne s'inscrivit sur la liste de Jocelyne que pour satisfaire cette dernière, peu convaincue que le Président revienne sur cette absurde décision. Chaque chose en son temps, aurait dit le père Nase.

***

L'incompréhension saisit Jérôme à la gorge lorsqu'il pénétra dans son appartement. Trônant au milieu du salon, entre leurs deux fauteuils, la cage de son homonyme lui faisait face. À l'intérieur de celle-ci, le perroquet semblait ravi. L'ancien mitron le toisa sans mot dire et retrouva sa femme qui s'activait dans la cuisine. Il restait une demi-heure avant la fatidique réunion.

— Qu'est-ce qu'il fait là celui-là ?

— Tu parles de Jérôme ?

— Évidemment !

— Il va habiter chez nous.

— C'est hors de question, je n'en veux pas chez moi !

— Je m'attendais à ça, tu sais.

Les hostilités étaient lancées, les noms d'oiseaux furent évités de justesse, le maître de maison considérait qu'il aurait dû être prévenu. À l'incompréhension succédèrent les invectives, puis les menaces.

— Tu sais quoi Jocelyne ? J'ai envie de partir !

— Tout ça pour un oiseau ?

— Parfaitement ! Tout ça pour un oiseau !

— Là, je te crois pas une seconde !

— Pourtant c'est la vérité, on va pas vivre avec cette andouille !

Depuis le salon, un cri retentit :

— Andouuuuille ! Andouuuuille ! Moi, c'est Jérooooooooome ! Moi, c'est Jérooooooome !

Le boulanger prit sa femme à parti :

— Tu vois, ça commence !

— C'est normal, si tu t'amuses à l'insulter, il répond ; sois gentil avec lui et tu verras, ça se passera bien.

Elle attrapa la poêle, fit glisser une part d'omelette à rien dans chacune de leurs assiettes puis lui tendit la sienne. La table de la salle à manger était collée à la fenêtre, le cacatoès se trouvait à moins de deux mètres du boulanger.

— Cynthia salooooooope ! Cynthia salooooooooope !

Jérôme se raidit et attaqua. Après tout, comme sur un ring, il n'existe pas, dans la vie d'un couple habitué à rouler sur la jante, de meilleure défense que l'attaque.

— Tu veux bien me dire ce qu'il fout là ce bestiau ?

— J'ai animé l'atelier hier soir chez Killian, tu te souviens ?

— Oui, bien sûr !

— Tu aurais vu la cage de Jérôme. Mon Dieu, Jérôme, c'était une horreur ! Le pauvre Jérôme avait fait caca partout et n'avait plus rien à manger. C'est pas une vie pour lui quand même !

— Et donc tu l'as ramené !

— Bah oui ! Il n'est pas arrivé ici tout seul !

Jérôme se prit à tout regretter : la désastreuse coïncidence des noms qui était l'œuvre de feu le père Truau, la rupture avec Cynthia qui avait peur des oiseaux et ne lui aurait jamais fait un coup aussi tordu ainsi que le caractère de plus en plus dominant de sa femme. Il aurait voulu se lever de table, balancer sa serviette à la tête du cacatoès, dire merde à Jocelyne, attraper une valise et la remplir de ses effets à la va-vite puis sauter dans sa *Mangoo*, kidnapper Cynthia et monter à bord d'un avion à destination d'une île, déserte si possible. Au lieu de cela, il avala son omelette aux œufs, demeura mutique sous les yeux d'une bestiole qui promettait de lui mener la vie dure.

— Jocelyne, t'es cloooooooooche ! Jocelyne, t'es clooooooooooooche !

— Dis donc, t'aurais pas une explication, toi, concernant cette phrase ?

— Non, marmonna le boulanger.

— Parce que moi, je commence à me poser des questions. Tu vois, il n'arrête pas de me répéter ça, comme s'il voulait me faire passer un message, précisa-t-elle l'air de rien.

— Joce, ça va pas la tête ? Comment veux-tu qu'un perroquet ait un message à te faire passer ! C'est n'importe quoi !

Le perroquet se mit à voler en tous sens, renversa sa mangeoire, donna des coups d'aile de tous côtés. Jocelyne le plongea dans l'obscurité à l'aide du tissu de velours qu'utilisait le père Truau. Ce fut efficace, la bestiole la boucla enfin. Elle n'était pas d'humeur à batifoler avec Jérôme (l'animal) puisque sa réunion allait commencer. Elle avait dressé une liste des « emplois » à pourvoir et espérait que des volontaires mettent leur bonne volonté au service du collectif au plus vite.

9

LA BOULANGERE GUIDERA-T-ELLE LE PEUPLE ?

Dans la salle des fêtes, aménagée pour l'occasion en salle de réunion, quarante personnes prirent place en carré. Un pour cent de la population c'était bien peu au regard de l'enjeu, bien peu tout court. Joce se tenait au milieu, tripotait nerveusement ses notes, observait la porte dans l'espoir qu'un nouveau venu se rallie à eux. Puis, alors que le pointage qu'elle effectuait entre sa liste et le parterre de riverains lui prouva que personne ne se joindrait à eux, elle commença. Sur un ton des plus solennels, elle s'élança :

— Chers tous. Merci d'être ici.

Elle observa monsieur le maire d'un air inquiet. Elle manqua soudain d'assurance, le doute menaçait d'entamer sa superbe. Elle avait griffonné quelques notes et suivit le fil en évitant de regarder ses congénères. Elle comprit que le nouvel emploi qu'elle s'était inventé requérait quelques affinités avec des choses telles que l'éloquence, la capacité de conviction ; rien que du sonnant et trébuchant, pas du concept tel qu'utilisé par les politiciens. Elle devait persuader ses troupes de la suivre dans une aventure dont elle ne maîtrisait aucun bout.

— Oui, merci. Alors, tout d'abord je tiens à vous féliciter, nous sommes quarante ce soir ce qui représente un pour cent de la population de Tresville.

Elle remarqua que Marie-Cécile avait accompagné mari et

rejeton et s'en réjouit. Elle échangea un clin d'œil complice avec Martine qui avait traîné Gérard de force. Jérôme l'observait d'un air neutre, les bras croisés, ce qui était mauvais signe si l'on en croit les décodages du langage non verbal.

— Alors ! J'ai des choses à vous demander. J'ai besoin de toutes les bonnes volontés possibles. Certains d'entre vous ont déjà commencé à travailler pour le mouvement, mais il nous manque du monde.

Martine remarqua que son mari dodelinait de la tête et en conçut une gêne immense. Il savait lui faire honte en public et ne perdait rien pour attendre. Elle écoutait Jocelyne d'une oreille distraite tout en se demandant comment trouver vengeance. Les coups de pied pendant son sommeil allaient redoubler, elle tenterait même d'émettre quelques ronflements.

Elle fut interrompue dans ses divagations par l'entrée de la jeune Cynthia, un doigt alourdi d'une attelle et d'un énorme pansement. Cette dernière prit place à côté de Jérôme sous les regards pleins d'empathie des Tresvillois qui s'étaient attachés à leur vendeuse –beaucoup plus aimable que la patronne. Jocelyne perçut cette arrivée comme une irruption hostile. La jeune femme ne s'était pas inscrite sur la liste et n'était tresvilloise que depuis quelques mois. Elle y vit là une nouvelle preuve accablante de sa relation avec Jérôme et regretta que son majeur n'ait pas été complètement sectionné. En posant son fessier rebondi à côté de celui du boulanger, elle déclarait la guerre.

— Killian s'occupe de la communication sur les réseaux sociaux, c'est très important les réseaux sociaux pour nous ! On a besoin d'être connu. Si vous avez un compte *Friendbook*, envoyez-moi une invitation à : Friendbook/lafusioncnon. Si vous êtes sur *Tweety*, suivez-moi ; mon, enfin NOTRE adresse est : @lafusioncnon. Pensez bien à utiliser les *hashtags* suivants pour vos retweets : #fusion#rébellion#injustice#ollanzi. Vous verrez, Killian a préparé des photos à tweeter à vos contacts.

Marie-Cécile, qui semblait particulièrement jouasse, posa la première question.

— Et si on n'a rien de tout cela, Jocelyne, que fait-on ?

— Marie-Cécile, il faut se mettre à la page ! Nos ennemis utilisent les réseaux sociaux, nous devons faire pareil. Donc, dès ce soir, vous ouvrez une page *Friendbook* et un compte *Tweety*, ça va vous prendre dix minutes et vous m'envoyez une invit' ! On doit tous se suivre sur ce coup-là ! On est tous amis sur *Friendbook*.

Gérard soupira entre deux ronflements, Martine lui décocha un violent coup dans les côtes, ce qui le fit sursauter. Il sortit de sa torpeur et vit Jocelyne qui gribouillait sur un tableau de papier. Elle réalisait un graphique en forme de rond duquel partaient des branches dans tous les sens, ce qui était censé représenter la force des réseaux sociaux, de *Tweety* notamment, car, à l'entendre, il n'y avait pas mieux.

— Alors ! Sur *Tweety*, c'est simple, vous suivez quelqu'un, toc, il vous suit ! En quelques jours on est à plusieurs milliers de *followers*, c'est d'une puissance incroyable. Et surtout ne tweetez pas n'importe quoi ! On a une image à préserver. Les photos de chatons mignons et les couchers de soleil, on laisse ça aux ravis de la crèche.

Killian ne put s'empêcher de prendre la parole.

— Surtout, vous retweetez bien les photos de Joce, hein ! Ça a été un sacré taf, mais ça marche ! Depuis qu'on a fait des photos, on a le double de *followers* par jour !

Jérôme s'interrogeait sur la posture à adopter. S'il demandait une explication quant à ces photos, l'assistance risquait de se payer sa tête. Il avait du mal à prendre une décision quand Kevin Laverge posa la question qui lui brûlait les lèvres. Le pornographe s'était déplacé devant l'insistance d'Artus qui lui avait fait remarquer combien il lui semblait ahurissant de vouloir profiter de l'aubaine que constituait le mouvement contestataire à des fins commerciales et de refuser de prêter main-forte.

— On peut savoir ce qu'il y a sur ces photos ?

— Euh, oui, bien sûr. C'est moi que Killian a photographiée. Ensuite, il a fait des montages avec des symboles, comment dire, hautement symboliques, voilà.

— Par exemple ? demanda Artus.

Killian prit la parole, pas peu fier de faire l'éloge de son labeur.

— Par exemple, y'en a une, c'est Joce avec le truc rouge sur la tête là, le machin, comment ça s'appelle déjà ?

— Le bonnet phrygien, répondit Jocelyne.

— Y'en a une autre, putain, celle-là, elle m'a donné des suées ! On voit Joce grimpée sur des barricades. Tu t'rappelles, Joce, le bordel pour te prendre en photo sur la table de la cuisine ?

Jocelyne appréciait à sa juste valeur l'aide apportée par Killian ; il maîtrisait les logiciels de retouche d'image comme personne à Tresville et les montages qu'il avait réalisés étaient confondants de réalisme. Pour autant, elle n'avait aucune envie que quarante Tresvillois se paient sa tête en l'imaginant grimpée sur la table en formica du père Truau, à cheval sur un tabouret. Cette posture avait failli lui coûter la vie, mais elle reconnaissait que le jeu en valait la chandelle. Elle mit un terme à la participation du jeune homme.

— Merci Killian. Voilà, il y a trois photos, les deux que mon conseiller en communication vient de vous décrire plus une où mon portrait est mis en face à face avec celui d'Ollanzi. Il faut varier les images, c'est important, mais on doit toujours me voir.

— Bah voyons, ne put réprimer Gérard.

— Gérard, si vous voulez un rôle dans le mouvement, c'est le moment de vous manifester, tacla Jocelyne. Il me faut un attaché de presse, ça vous tente ?

— Oh non ! Sûrement pas ! À la limite je peux fournir du matos : des planches pour les barricades, mais après, moi, j'ai la boutique à tenir.

— Des barricades ?

— Bah oui, dans les manifs, y'a toujours des barricades, non ?

— Dans la nôtre, il n'y en aura pas. Par contre, vos palettes peuvent nous servir à nous protéger contre les CRS. C'est pas bête, gardez tout ce que vous pouvez !

— OK, bon, inutile de dire que la manif, ce sera sans moi hein, j'peux pas fermer la boutique comme ça.

— On ira un dimanche, sauf si quelqu'un a une objection.

Démuni, Gérard regarda derrière lui, curieux de voir une main se lever. Personne ne bougea un cil.

— Du coup, Gérard, vous pouvez venir !

— Désolé Jocelyne, le dimanche je fais ma compta.

— C'est nouveau ça ! se vengea Martine.

Gérard l'aurait lacérée sur place si l'État de droit n'avait pas existé.

« Elle ne perd rien pour attendre, prochain voyage en caravane, je la laisse sur une aire ! Le temps qu'elle pisse j'aurai déjà fait vingt bornes ! », se promit-il.

— Bon, pour être mon attaché de presse alors, des volontaires ?

Théodore leva une main timide. « Attaché de presse, pourquoi pas ? », pensa-t-il. « Après tout, c'est un travail intellectuel. »

— Jocelyne, je veux bien être votre attaché de presse, si vous en êtes d'accord, bien sûr.

— Absolument ! D'ailleurs, je comptais sur vous pour cet emploi. Il faut avoir une aisance à l'oral, une dignité aussi, savoir aborder les journalistes, je suis ravie.

Certains Tresvillois se sentirent blessés. Comme si eux s'avançaient dans une posture moins digne… Toutefois, ils restèrent, curieux de connaître quelles surprises la boulangère leur réservait.

— J'ai besoin de volontaires pour demain matin, à l'aube. Ça va pas être facile, mais il faut le faire ! Killian sera là pour prendre des photos.

Célestin prit peur, il sentait la boulangère animée d'une verve exceptionnelle et une virée aux aurores ne lui inspirait rien qui vaille. Il lui restait vingt-quatre heures dans le rôle de premier magistrat, il tenait à ce qu'aucun bain de sang ne soit versé jusqu'à son départ. « Advienne que pourra ensuite », pensa-t-il.

— Dites-nous de quoi il retourne. À l'aube ? Mais pourquoi ?

— Célestin, le panneau Tresville-sur-mer sera retiré demain matin, c'est vous qui me l'avez dit.

— Nous n'y pouvons rien, c'est comme ça, que voulez-vous faire au juste ?

— Empêcher ça !

— Voyons, voyons, c'est impossible, il y aura une bonne dizaine d'employés municipaux, c'est un très vieux panneau, il ne va pas sortir de terre comme ça ! Ils ont prévu de donner des coups de masse à sa base. Vous voulez bien m'expliquer comment vous comptez les en empêcher ?

— C'est très simple, on va s'enchaîner ! Un : on forme une chaîne humaine, deux : on s'entortille autour du panneau, vous voyez ?

— Et… ?

— Comme ça, ils ne peuvent pas l'enlever !

— Soit, admettons que ça marche trente minutes, vous n'allez pas passer la journée agrippés au panneau ?

— Bien sûr que si ! On doit établir un roulement ! D'ailleurs, j'ai photocopié un tableau ! Vous inscrivez vos noms dans les cases qui correspondent aux horaires où vous pouvez vous libérer.

Killian sera là avec les chaînes à six heures du matin.

Jocelyne mit un feuillet A4 dans les mains de Marie-Cécile qui s'inscrivit et passa à son voisin dans un gloussement. Artus reçut l'offrande comme s'il s'était agi d'un étron et s'empressa de le tendre à Gérard qui rit à pleine gorge et interpella la boulangère.

— Jocelyne ! Par le temps qu'il fait en plus ! Mais vous êtes dingue, ma parole ! Même les Roms, ils voudraient pas !

La salle s'esclaffa, Jocelyne se sentit ridicule, elle détesta ce Gérard qui tentait de saboter son mouvement. Pourtant, voyant que d'autres Tresvillois souhaitaient participer à la chaîne humaine, elle reprit.

— Gérard, c'est limite raciste votre remarque. Attention ! Il me faut un ou des volontaires pour préparer les banderoles pour la manif.

Kevin Laverge leva la main. Il souhaitait se faire adopter des Tresvillois et il convenait d'être apprécié de leur cheftaine.

— Merci Kevin, c'est très gentil, en plus vous n'êtes plus tresvillois depuis un moment. J'apprécie votre initiative. D'ailleurs, avoir un Grogneulais parmi nous est une aubaine, vous pouvez devenir notre mouchard ! Si vous entendez ou voyez quoi que ce soit, vous me prévenez, je peux compter sur vous ?

— Bien sûr ! Mais je vais pas être beaucoup chez moi, vous allez me voir souvent ! Je commence à tourner mon nouveau film aux Embruns dans deux semaines : « *Sans Culotte !* » À moins qu'on prenne un autre titre, on verra. Sinon, je peux aider Théodore pour le taf d'attaché de presse, je connais du monde.

Jocelyne toisa les La Morne d'un air interdit. Marie-Cécile lui sourit, elle semblait ravie.

— C'est gentil Kevin, mais, ne le prenez pas mal, hein, disons que je pense que ce que vous appelez du monde, c'est, enfin ce sont des acteurs de X, quoi.

— C'est sûr que je suis pas pote avec des journaleux et tout, moi, mais je peux toujours passer des coups de fil, voir avec mon réseau, j'vous promets pas Patrick Truelle, mais j'ai une idée, on va voir ce que ça donne.

— Très bien, faites ! De toute façon, vous ne prenez aucune décision sans me consulter.

— Jocelyne, heureusement que vous n'êtes pas présidente ! Ça sent la dictature votre mouvement !

Ce Gérard était bien mieux endormi qu'éveillé, pensa la boulangère qui avait envie de le dessouder puis se ravisa. La meilleure façon de lui tenir la dragée haute était encore de l'ignorer. Non loin d'elle, le père Nase faisait peine à voir, assis dans son coin, il gambergeait sur la fusion. Ses derniers jours à Tresville étaient comptés, soudain, il se leva et prit la parole.

— Mes amis… il s'interrompit, des trémolos dans la voix, puis reprit : je dois vous quitter, Grogneul possède une église, un curé, je n'ai plus ma place ici.

Il se rassit et enlaça la statue de sainte Rita, comme si la patronne des causes désespérées pouvait, via sa toute-puissance, anéantir le curé de Grogneul.

— Nestor, vous restez ! Il est hors de question que qui que ce soit aille à la messe à Grogneul ! Je peux compter sur vous ? demanda-t-elle en scrutant l'assemblée.

Kevin Laverge rentra la tête dans les épaules tandis que Marie-Cécile opina du chef.

— C'est bien brave à vous, je sais que vous êtes content de mes services, mais je n'ai pas le choix. L'évêché m'a écrit, je suis sommé de retourner à Cuba.

— Mais ils ne peuvent pas fermer l'église ! Vous avez les clés, vous les gardez et puis c'est tout !

— Oui, ça je peux, mais j'ai un autre problème : mon titre de séjour se termine dans deux mois, il ne sera pas renouvelé si je n'ai pas d'emploi. Plein d'églises ferment à cause des fusions, je ne trouverai rien d'autre, c'est fichu Jocelyne, je vais devoir partir et retrouver ma famille à Cuba.

Gérard eut une idée et s'empressa de la dévoiler.

— Écoutez ! J'ai besoin d'un nouvel employé. Artus vient de démissionner. Alors, plutôt que de demander à *Pôle Boulot*, je préfère faire une bonne action.

— Gérard ! Nestor est curé, pas vendeur ! En plus, il a prêté serment, objecta Jocelyne.

Le père Nase n'avait jamais prêté serment et avait produit de faux certificats afin de se faire embaucher par l'évêché. Il croyait davantage aux pouvoirs de sainte Rita qu'à un Dieu tout puissant qui, entre parenthèses, semblait l'exécrer. La perspective d'obtenir un emploi qui entraînerait le renouvellement de son titre de séjour l'emballa. Il s'autorisa une répartie qui fit frémir Artus de colère.

— Artus n'était pas vendeur non plus, n'est-ce pas Gérard ?

— Ah ! Ça, je confirme ! D'ailleurs, il ne l'a jamais été, hein Artus, le commerce c'est pas ton truc ?

Le nobliau préféra laisser passer, il rêvait de reprendre le volant, le reste lui importait peu. Gérard, désormais bien réveillé, comptait récupérer ce grand gaillard de curé.

— Nestor, passez me voir demain au magasin, je sens qu'on va s'entendre !

Le propriétaire de *Bordy* s'était vengé de sa détestation des nobles en persécutant Artus qui avait passé des mois à courber l'échine et à tendre l'autre joue alors même que c'est du poing qu'il aurait voulu jouer. Aujourd'hui, le commerçant sentait qu'il allait pouvoir boucler la boucle des comptes qu'il avait à régler. Le catéchisme avait ruiné son enfance, il se revoyait encore ingurgiter l'hostie et chanter sous les yeux du précédent curé. Sa mère l'avait obligé à faire toutes les communions possibles et imaginables et il s'en était fallu de peu qu'il soit contraint de pénétrer les voies du seigneur. Par chance, le magasin d'électroménager s'était trouvé à céder pour trois fois rien, et c'est ainsi que sa vocation pour le commerce avait vu le jour. Jocelyne sentit que le fil de la réunion menaçait de lui échapper. Elle reprit :

— J'aurais aussi besoin de quelqu'un pour faire du lobbying, contacter le préfet, envoyer des courriers aux ministres, c'est surtout de la paperasse, histoire que l'on monte un dossier en béton. Y a-t-il un volontaire ?

À ce moment, Jean-Michel Bowy fit une entrée très remarquée au bras de Petra Vulvona. Ils prirent place au fond de la salle, mais tous les regards des Tresvillois se braquèrent sur ce couple étrange, comme jadis les projecteurs l'avaient fait sur la croupe de la belle Petra. Elle leva la main et entama un discours qui laissa tout le monde assez pantois.

— Jocelyne, je veux bien. J'ai des relations avec tout ce beau monde dont vous parlez, je peux tenter de les utiliser.

— Merci, Petra, c'est très gentil, mais il y aura surtout des courriers à rédiger, des coups de téléphone à passer et, souvent, ce sont les secrétaires qui font barrage. J'avais plutôt pensé à Célestin. Hein, Célestin ! Vous connaissez le préfet, il en connaît d'autres, ça peut faire boule de neige.

Le maire sembla gêné, il aurait préféré avoir à se justifier ailleurs que devant ceux qui l'avaient élu.

— Écoutez mon petit, je connais le préfet, certes, mais là n'est pas la question. D'abord vous connaissez mon attachement au musée du cochon, c'est feu mon père qui m'a transmis cette passion pour ce cousin du sanglier et je lui dois bien cela, c'était son rêve le plus cher, voyez-vous. Ouvrir un temple dédié à cet animal si utile, si gentil, vous n'imaginez pas à quel point c'est gentil un cochon.

Jocelyne sentit la moutarde lui monter au nez.

— Si vous les trouvez si gentils les cochons, je comprends mal pourquoi c'est l'ingrédient principal du pâté de gland !

Elle marqua un point, l'édile sembla déstabilisé. En effet, sans aller jusqu'au végétarisme – qui comptait parmi les aberrations alimentaires de notre époque selon lui –, il aurait pu s'abstenir de consommer de la cochonnaille par respect pour l'animal auquel il vouait un culte.

— Écoutez, mon petit, mon régime alimentaire me regarde. On ne va pas se chamailler à cause de ce genre d'histoires passablement idiotes, croyez-moi, il y a plus important. Chacun doit établir des priorités, la mienne, c'est l'ouverture du musée du cochon, la confrérie des goûteurs de pâté de gland, leur défilé. Tout ceci fait partie des particularités de la ville et je me permets de souligner que le peu d'articles que nous avons obtenus dans *Le Matin Normand*, nous les devons à nos différences.

Petra leva à nouveau la main. Jocelyne l'observa et se dit que, dans d'autres pays, certaines actrices de X étaient devenues des égéries politiques. Un physique avantageux, ça compte. Jocelyne n'allait pas se transformer en miss Monde, alors autant utiliser les qualités de chacun sans faire le moindre chichi.

— Petra, vous voulez ajouter quelque chose ?

— Oui, Jocelyne, je sais que nous avons quitté Tresville dans la précipitation et que, comment dire, mon ancienne activité ne vous plaisait pas trop, mais nous allons rouvrir le *Tonight.* Je ne tourne plus, je vais m'occuper du vestiaire, ça va me laisser du temps. Des politiciens, j'en ai connu, enfin je veux dire quand j'étais sur Paris, ils n'étaient pas encore ministres, mais les parties fines et tout, comment dire, ça rapproche et j'ai un beau carnet d'adresses, je peux toujours essayer de m'en servir.

Célestin était accablé à l'idée que le *Tonight* reprenne du service. Il allait s'exprimer quand il repensa au maire de Grogneul. « Qu'il se débrouille avec cette populace », maugréa-t-il. Plus rien de ce qui pouvait se produire à Tresville ne le troublait désormais. Il continuerait à manger du porc, n'en déplaise à la boulangère et finirait ses jours tranquillement installé à l'entrée du musée qu'il imaginait déjà bondé été comme hiver.

Jocelyne comprenait que cette réunion, à laquelle elle avait longuement pensé, prenait des contours assez peu orthodoxes, mais, qu'importe, il lui fallait du monde.

— Petra, écoutez, j'accepte ! Je vous laisse vous débrouiller, vous semblez savoir de quoi vous parlez. Bon, maintenant, on va évoquer des choses sérieuses, très sérieuses, même ! Artus va sillonner le pays à la rencontre d'autres maires dont les villes ont fusionné. Mais nous devons nous préparer au feu d'artifice !

Elle observa l'assemblée dans l'espoir de percevoir un frémissement enthousiaste et curieux ; or elle vit un parterre de riverains de moins en moins droits sur leurs chaises. Il était temps de mettre le feu aux poudres !

— Il faut penser à la manif ! Le temps qu'on ait des articles dans les journaux…

Gérard l'interrompit :

— Et si tous les canards s'en battent l'aile ? C'est pas dit qu'on ait des articles, même un, c'est pas sûr du tout.

— Gérard, si vous n'y croyez pas, regardez derrière vous, la porte est grande ouverte !

Le propriétaire de *Bordy*, piqué au vif, s'empourpra, attrapa Martine par la manche et se leva. Cette dernière résista et parvint à maintenir son derrière bien enfoncé dans sa chaise en signe de refus d'obtempérer.

— Je reste !

— Ah bon ? Madame reste ? Et comment madame va-t-elle rentrer si madame reste ? Parce que moi je rentre en bagnole, alors maintenant tu viens ! De toute façon il est tard et demain tu commences à huit heures ! Enfin, si tu vas au lycée… Tu vas au lycée ou bien tu sèches tes propres cours ?

— Qu'est-ce que c'est que ces allusions ?! Quand je suis absente c'est que je suis malade, point à la ligne.

— Oui, oui, bien sûr ! Allez, mets ton manteau, on s'casse !

— Je t'ai dit que je restais ! Je reste !

Gérard se retira en pestant contre son blouson en simili cuir dont une des manches se refusait à son bras, il attrapa son baise-en-ville et partit en bougonnant. Jocelyne se sentit fière d'avoir pris pour époux un homme calme. « Quel enfer que de vivre avec un sanguin pareil », pensa-t-elle en regardant sa copine de yoga.

— Bon, tu t'magnes le cul, la grosse ?

Gérard jouait avec son porte-clefs, l'air détaché.

— Joce me raccompagne, tu peux y aller.

L'assemblée était sidérée par la grossièreté de Gérard. Ils le connaissaient le plus souvent affable et ne l'avaient jamais vu à l'œuvre dans tout ce qu'il pouvait avoir de méchant. Artus fut conforté dans l'idée qu'il n'y avait rien à tirer de cette ordure et qu'il avait tout à gagner à se balader sur les routes de France. Après tout, voir du pays, rencontrer des maires, dormir chez l'habitant grâce au *sofasurf*, (ce système qui permettait de ronfler sur le canapé d'un ou d'une inconnue était très en vogue) rouler les cheveux au vent d'une ville à l'autre, toutes ces choses qui font que l'on se sent vivant, car on est enfin utile. Artus rêvait aussi à sa vie sentimentale qui ne ressemblait à rien et faisait le vœu secret qu'elle se transforme grâce à ses nouvelles responsabilités. Porn Unlimited ne le tentait guère et l'idée d'être absent des Embruns pendant le tournage de « S*ans Culotte !* » ne le perturbait pas. Il sentait l'impérieuse nécessité d'un retour à la vie par les sens. Son passage chez *Bordy* l'avait diminué et seule une femme pouvait lustrer son ego.

— OK, c'est comme tu veux. Nestor, je vous attends demain ! lança Gérard.

Il avait perdu toute sa superbe, accablé par les regards lourds de reproches des Tresvillois.

Jocelyne récupéra la feuille sans masquer son mécontentement.

— Dites ! Vous êtes trois inscrits pour demain, ça ne va pas du tout ! Comment voulez-vous les empêcher de retirer le panneau ?

Jean-Michel Bowy qui n'avait pas pipé mot savait qu'il avait une carte à jouer. Il n'ignorait pas que son *Tonight* était impopulaire, tout comme lui-même d'ailleurs, et il entendait bien utiliser la lutte anti fusion à des fins plus personnelles.

— Jocelyne, j'appelle Johnny, il va venir avec ses copains. Les motards sont toujours solidaires et je vais passer un coup de fil à Tiego. Si tous les Roms viennent, vous inquiétez pas, le panneau, ils sont pas près de l'enlever !

Célestin se prit la tête entre les mains tandis que Jean-Michel se levait. Sans attendre une réponse de la boulangère, il sortit armé de son portable. La boulangère baissa le nez. Elle avait vilipendé les Roms lorsqu'ils s'étaient installés place de la mairie, pourtant, aujourd'hui était un autre jour : elle ferait feu de tout bois, qu'importe sa provenance ! Le propriétaire du *Tonight* revint quelques minutes plus tard et, depuis la porte d'entrée, cria :

— C'est bon ! Johnny et ses potes, ça nous fait des dizaines de motards, les Roms seront tous là, ils sont cinquante, même les gosses vont venir.

— Ah non, pas d'enfants ! On va nous le reprocher, non ! D'accord pour les motards, passe encore pour les Roms. Même si j'espérais autre chose… Mais bon, si vous n'êtes pas assez motivés, il faut prendre toutes les bonnes volontés. Dites-leur de laisser les enfants dans les caravanes. Au fait, ils sont là jusqu'à quand ? s'inquiéta la boulangère.

— Oh la ! Il y en a au moins encore pour un mois, la charpente était foutue, maintenant ils me refont la déco intérieure, c'est du boulot, mais ils sont au poil, je peux pas dire, les finitions, tout, et puis pour le prix…

Marie-Cécile se dandinait, elle avait reçu un texto de Tiego lui annonçant son retour. Leurs étreintes lui avaient laissé un goût de reviens-y auquel elle entendait bien s'adonner. Le lendemain serait donc jour de retrouvailles. Enchaînée avec son homme autour du panneau : « Quel beau tableau ! », pensa-t-elle. Tout un symbole ! Mieux que *La Liberté guidant le peuple* de Delacroix.

10

AINSI VA LA VIE DE COUPLE : DANS LE FOSSÉ !

Comme promis, Jocelyne avait raccompagné Martine jusqu'à sa maison de maçon. Elles avaient échangé pendant leur trajet. Chacune insatisfaite par sa vie de couple. Jocelyne semblait s'en moquer tandis que Martine remettait tout en cause et allait même jusqu'à parler de gâchis. Gérard n'avait jamais été facile à vivre, mais l'andropause avait entamé son labeur destructeur ; son tour de taille avait augmenté au rythme de ses sautes d'humeur. Le *Prizoc* que prenait Martine l'aidait à ne pas sombrer, le yoga et sa récente amitié avec la boulangère contribuaient également à son lâcher-prise. Jocelyne ne vivait que pour la lutte et convainquit Martine de sécher le lendemain matin afin de participer à « l'opération », comme elle disait.

Martine obtempéra donc, envoya un message électronique à son proviseur prétextant une gastro carabinée et arriva à sept heures tapantes aux abords du panneau. Elle y trouva les motards ainsi qu'une colonie de Roms. Tout ce petit monde semblait ravi malgré la météo qui n'était pas de la partie. Marie-Cécile était sous la protection de la capuche de Tiego ; ils faisaient plaisir à voir, riaient aux éclats, ce qui mit la puce à l'oreille de Martine. Elle crut avoir la berlue, mais non, la dernière survivante de l'aristocratie locale semblait entretenir une relation pour le moins amicale avec un homme du voyage ! Martine, toujours bonne fille et disposée à se réjouir du bonheur de son prochain, ne se posa pas de questions. Elle rejoignit l'attroupement et suivit les ordres de la chef du village. C'est ainsi que, très vite, soixante personnes se donnèrent la main et s'entortillèrent autour du panneau dans la plus grande hilarité. Tout ce petit monde semblait beaucoup s'amuser, Jocelyne remercia les motards ; certains étaient venus de loin, mais, comme le souligna Johnny dans un bégaiement :

— Nous, si on pe... pe... peut fou... fou... foutre la la la meme... merde, onyva ! termina-t-il dans un élan désespéré.

Natif de Tresville, il avait eu la chance de naître taillé comme une montagne, ce qui compensait des difficultés d'élocution auxquelles aucun orthophoniste n'avait pu remédier. Il faisait office d'idiot du village, mais sa stature empêchait les plus moqueurs de le vilipender. Jean-Michel Bowy l'avait embauché en le payant des clopinettes. Après tout, le pauvre bougre ne pouvait prétendre à aucun emploi et il aimait la nuit. Piloter les entrées au *Tonight* représentait une responsabilité qui l'honorait. Il se sentait moins balourd et respectait à la lettre les consignes de son patron qui tenaient en quelques mots : « Les filles, tu les laisses toutes rentrer, même les moches, on s'en fout. Par contre, pas de mecs bourrés. Ils boivent dans ma tôle, mais pas chez eux avant de s'pointer, ça non, hein ! En plus en général ils sentent le koala, donc tu leur dis gentiment d'aller dessaouler sous la douche et tu les acceptes quand ils reviennent. »

Johnny avait toujours obtempéré avec rigueur et c'est ainsi que de pauvres garçons bien propres sur eux à vingt-deux heures, repartaient bredouilles. Car, au moment des ultimes slows – ces minutes où tout le monde emballe à tour de bras –, les malheureux sentaient la transpiration et les jeunes femmes aux narines délicates leur préféraient les derniers arrivés, ceux-là même qui avaient fait un passage express sous le pommeau.

Pour l'heure, le videur suivait les consignes de Joce qui coordonnait l'attroupement et tentait d'en faire la fameuse chaîne humaine aux vertus répulsives.

— Bon, Tiego, Cyner et Zoran, vous vous serrez contre le panneau ! Tous les copains de Johnny, vous les encerclez, comme ça on a deux épaisseurs, c'est plus dissuasif !

Marie-Cécile était toujours collée à son Tiego alors que Martine se retrouva écrasée entre deux motards qui l'alpaguèrent énergiquement.

La scène possédait quelque chose de comique : Kevin Laverge les aurait certainement imaginés dans son prochain opus, nus comme des vers, « *Tous Soudés !* » eut convenu pour le coup. Une rotation était prévue toutes les quatre heures, d'autres Roms ainsi que d'autres motards prendraient la relève. Les employés municipaux arrivèrent, restèrent cois un moment puis repartirent en riant. Ils avaient eu vent de l'affaire par Célestin qui souhaitait ramener le calme dans des esprits échauffés ; il avait craint que cette première amorce de rébellion ne se termine en baston.

Théodore, grippé, avait gardé le lit. Jocelyne pensa qu'un attaché de presse de cet âge ne lui convenait pas puis regarda tous ses amis et réalisa que Killian et les photos qu'il avait prises avec son téléphone portable suffiraient. Il en avait déjà tweeté une bonne demi-douzaine qui étaient parties aux quatre coins du globe. Beaucoup d'expatriés se faisaient une joie de suivre les balbutiements d'une révolution citoyenne et, faute de la vivre en direct, s'adonnaient aux joies des retweets. C'est ainsi que Jocelyne apparût au Canada, en Australie et dans des centaines endroits où elle n'avait jamais mis les pieds.

Elle insista pour que la chaîne humaine s'éternise jusqu'au lendemain, ce qui se fit dans la bonne humeur, l'abus de bière et de cannabis. Marie-Cécile et Tiego restèrent et refusèrent les différentes relèves qui se proposèrent. Trop heureux, ils souhaitaient goûter par tous les pores de leur peau au bonheur d'être réunis.

Lorsqu'à minuit passé, Jocelyne informa tous ses *supporters* qu'ils pouvaient vaquer, Tiego raccompagna MC à bord de sa Mercedes. Il la déposa à quelques encablures des Embruns après avoir pris grand soin de lui rouler un monumental patin. Avec ses mots à lui, il lui déclara une flamme qui émut l'ancienne gorgone. Il la voulait et lui offrait une vie à deux en caravane. Interdite, elle versa des larmes et lui demanda quelques jours de réflexion pour la forme, car sa décision était prise depuis belle lurette, ce qu'il lui accorda de bonne grâce. « On ne passe pas d'une demeure de deux cents mètres carrés à une roulotte comme cela », pensa son amoureux complexé. Tiego connaissait aussi ses limites, il savait qu'il ne pouvait rivaliser intellectuellement avec un homme tel que

Théodore qui n'avait, certes, jamais travaillé, mais n'avait pas pour autant chômé. Sa bibliothèque attestait de son érudition.

***

Théodore était assis à son bureau, éternuant et toussant comme un bœuf. Il surfait sur le *oueb* lisait et relisait quelques articles de cet olibrius de chroniqueur. Cornélius Charrognard écrivait pour *Contretemps*, un journal en ligne, mais n'abordait que des thèmes qu'il choisissait. Pas de ligne éditoriale, pas de secrétaire de rédaction qui vous impose des sujets, chacun était libre de rédiger puis d'envoyer sa prose. Celle de monsieur Charrognard était toujours brillante, cinglante et tordante ; un mélange d'érudition et d'humour très LOL, comme aurait dit Marie-Cécile qui, à ce moment précis, poussa tout doucement la lourde porte d'entrée. Son époux se leva et l'attrapa alors qu'elle allait grimper les escaliers, ses chaussures crottées à la main.

— Venez donc par ici, proposa le noble qui ne savait comment renouer un semblant de dialogue avec son épouse.

— Vous ne voyez pas que je suis épuisée ? Enfin Théodore ! J'ai passé la journée dehors à côté du panneau !

— Je pensais qu'il y aurait une relève. Les motards ne sont pas venus ?

— Si, si, bien sûr, ils sont venus.

— Et les Roms, alors ce sont les Roms qui ont fait faux bond ? Pourtant ils m'ont laissé un excellent souvenir ; des hommes simples, efficaces et fiables. Comme c'est décevant.

— Non, les Roms sont venus. Bon, je monte me coucher, je suis éreintée.

— Venez cinq minutes dans mon bureau, je voudrais que vous lisiez le dernier article de Cornélius. Il parle des Skapas. Quelle plume et quel brio ! Venez lire cela.

— Je lirai cet article demain si vous n'y voyez aucun inconvénient. Je n'ai pas les idées claires, je vous promets de le faire. Les motards m'ont fait fumer une cigarette totalement étourdissante.

Sur ces paroles, MC partit dans un rire hystérique, ses pupilles dilatées prouvèrent à Théodore qu'elle n'avait pas fumé qu'une cigarette. Il tenta de se raccrocher aux branches :

— Attendez ! Si tout le monde était au rendez-vous, pouvez-vous m'expliquer la raison de votre engouement excessif ? Vous avez passé plus de quinze heures sous la pluie, je ne vous ai jamais connu autant de ferveur.

Marie-Cécile plaida son implication dans le mouvement qu'elle ne souhaitait pas voir s'essouffler, mais son époux avait du mal à mordre à l'hameçon. Il avait avalé une foultitude de couleuvres à l'époque où Tiego et ses cousins passaient leurs journées aux Embruns. Aujourd'hui, la coupe était pleine et il explosa :

— Montez donc vous coucher, nous en reparlerons demain au petit-déjeuner. Mais je vous préviens ! J'exige des explications !

— Méfiez-vous, mon ami, n'exigez pas trop, vous risquez de ne rien obtenir à trop en vouloir !

— Je ne demande pourtant pas la lune !

Il vit cette dernière briller de toute sa puissance et l'observa comme si elle recelait les réponses à ses questions. Marie-Cécile eut un petit pincement au cœur de le voir ainsi, déconfit, abattu, plein d'interrogations. Elle pensa qu'il obtiendrait bientôt des justifications et qu'en dépit de leur caractère peu satisfaisant, il en serait aise, car rien n'est pire que le doute.

Elle garda l'œil ouvert dans l'obscurité de sa chambre, repensant à la proposition de Tiego. Elle avait une folle envie de répondre par l'affirmative. Après tout, le principe de plaisir existait bel et bien. Elle l'avait rencontré sous les traits d'un Rom, et alors ? Sa mère se retournerait dans sa tombe ? Et alors ? Elle pensait compter sur le soutien de son fils qui avait laissé la quête des plaisirs charnels guider son existence entière. Elle était moins à son aise à l'idée d'abandonner son mari. Il avait passé sa vie à supporter son mauvais caractère, ce qui n'était pas une sinécure. Puis elle repensa à Tiego et aux changements qui s'étaient opérés en elle : trouvez chaussure à votre pied et vous cessez de casser ceux des autres. Elle en était là, prête à s'abandonner à une rêverie érotique lorsque son réveil sonna. Elle s'habilla à la hâte et fit l'impasse sur la douche, lui préférant un solide petit-déjeuner qui lui permettrait de passer une nouvelle journée inoubliable, enchaînée au panneau. Elle préparait quelques tartines lorsque son mari surgit, hirsute et passablement ridicule dans son peignoir couvert d'arabesques.

— Vous êtes déjà debout ? Que se passe-t-il ? Vous avez bien mauvaise mine. Figurez-vous que j'ai une très bonne nouvelle.

Marie-Cécile déplora le surgissement de son mari ; elle était habituée à ce qu'il paresse au lit jusqu'à pas d'heure. Ainsi, elle pouvait jouir de la maison toute la matinée, aller et venir comme bon lui semblait. Or, dès qu'il apparaissait, elle se retranchait dans son boudoir. Elle regrettait, comme souvent, son manque d'empathie : s'il lui trouvait si mauvaise mine, pourquoi ne pas s'enquérir de sa santé ? Tous les prétextes étaient toujours bons pour tirer la couverture à lui. Tiego, lui, au moins, n'évoquait jamais ses petits tracas, encore moins les grands. « En voilà une qualité rare chez un homme », pensa la femme à particule.

— Je prépare du café, vous en voulez une tasse ?

— Je vous remercie, mais je vais aller me coucher, j'ai passé la nuit en grande conversation avec ce Cornélius Charrognard. Ça y est, il va rédiger un article sur nous.

— Comment cela « sur nous » ?

— Sur la fusion, la rébellion. Figurez-vous qu'il avait entendu parler de l'infamie sur les réseaux sociaux. Il a même vu une photo de Jocelyne sur *Tweety*. Visiblement, ça l'a impressionné.

— Ah, je vois, et vous êtes certain qu'il s'agit d'un article en notre faveur ? Rien à charge ?

— Écoutez, c'est un électron libre, comme tous les blogueurs. Mais non, je pense qu'il nous soutiendra. Tenez, voici son article sur les Skapas.

— Vous pensez ou vous en êtes sûr ? Enfin bon, pour ce que j'en dis, j'ai autre chose à faire qu'à gloser sur le futur article de ce monsieur.

— Mais enfin, ma très chère, je ne vous comprends pas. Vous sembliez investie, ravie aussi de l'ampleur que Jocelyne souhaitait donner à notre mouvement. Je vous annonce une excellente nouvelle et vous y êtes insensible. Cela n'a pas été simple de le convaincre, il n'est pas du genre facile. Qu'avez-vous donc à faire de si bon matin ?

— Je retourne au panneau !

— Comment ? Mais c'est une plaisanterie ! Vous y avez passé la journée ainsi qu'une partie de la nuit, ça ne suffit pas ? Je croyais qu'il y avait un roulement, qu'en est-il ?

— Tout ceci, voyez-vous, relève de la responsabilité individuelle. Vous avez bien passé des heures à discutailler avec un blogueur, je ne vous en fais pas le reproche. Laissez-moi donc empêcher ce panneau d'être retiré !

Ce disant, elle repoussa l'article de Cornélius comme s'il s'était agi d'un détritus. Théodore le plia en quatre et le mit dans la poche de sa robe de chambre.

— Très bien ! De toute façon, c'est une bonne idée ! Je vais vous y conduire, je pourrai ainsi prendre les photos que me réclame Cornélius. J'irai me recoucher après.

— Quelles photos ?

— Il veut des photos pour illustrer son article. Ce n'est pas un plaisantin, il a besoin de preuves de notre intégrité. Enfin, c'est ce qu'il m'a dit.

— Dans ce cas, je peux les faire toute seule, moi, les photos. Remontez vous coucher, vous êtes malade. Est-il nécessaire de vous le rappeler ?

Marie-Cécile se sentait piégée, elle n'avait pas prévu l'ingérence de son époux. Il lui semblait inconcevable de se retrouver sous l'objectif marital alors même qu'elle avait prévu de rejoindre son amant ; elle ne savait que faire. Envoyer un texto à Tiego ? Certes, mais fallait-il encore que Théodore tourne les talons, ce qui semblait mal engagé.

« Advienne que pourra », pensa l'aristocrate. Tiego est suffisamment intelligent pour caler son comportement sur la présence de l'intrus. Il remiserait son regard de velours jusqu'au départ de Théodore.

Les La Morne arrivèrent à sept heures aux abords du rond-point. Dix motards et dix Roms étaient déjà sur place. Jocelyne était aux commandes. Elle avait espéré davantage de participants au blocage, mais se remémora l'état lamentable dans lequel se trouvaient la plupart des motards la veille. Ils étaient de bonne volonté, mais cette dernière avait pour limite leur capacité à encaisser l'alcool, laquelle – pour impressionnante qu'elle paraisse –, n'était pas sans limites. Elle commença ainsi :

— Merci à vous tous et à vous, Marie-Cécile, d'être encore une fois présents. Je sais de source sûre que le préfet a reçu ordre d'envoyer les gendarmes afin de nous faire déguerpir. Messieurs les motards, je pense qu'il est temps de prendre vos antivols et de les entortiller autour des chaînes et ensuite de vous cadenasser dedans. Utilisez tout ce qui peut vous sembler utile ! Nous devons empêcher le démantèlement du panneau !

Soudain, elle vit Théodore, masqua sa stupéfaction, et renchérit :

— Regardez ce couple exemplaire : des nobles, des gens de bien qui se joignent à nous ! C'est notre force ! Nous sommes un mouvement contestataire, oui ! Mais pas seulement ! Nous sommes aussi le symbole d'une France unie, par-delà les clivages socio-économiques. Riches et pauvres, allez hop, tous dans le même panier !

Ce que Jocelyne omettait, avec une obstination qui confinait à l'entêtement, était l'état dans lequel se trouvaient les finances des nobliaux. Pourtant, elle savait, comme tout le monde à Tresville, que les bourses des La Morne étaient vides. Théodore y perçut un discours qui lui déplut ; il eut la désagréable impression d'être manipulé. Après tout, oui, ils étaient ruinés. Et oui, ils faisaient corps avec leurs frères et sœurs d'infortune. Mais qui aurait pu parier sur leur implication si Marie-Cécile n'avait pas dilapidé le legs de ses aïeux ?

— Nous sommes soudés, NON A LA FUSION !! hurla la boulangère.

Les motards ainsi que les Roms renchérirent dans la liesse. Ils encerclèrent le panneau en suivant les instructions de leur guerrière, un certain imbroglio humain s'ensuivit. Zoran et Cyner, les deux cousins de Tiego, étaient pliés de rire. Zoran se demanda comment diable ils se débrouilleraient pour se défaire de leur propre joug. Théodore approcha Jocelyne, alors qu'elle s'éloignait et promettait de revenir sur les coups de midi afin de relever MC pour quelques heures. Il lui tendit l'article de Cornélius en lui glissant qu'un prochain papier était en préparation sur leur cas. Elle le remercia et sauta dans sa *Mangoo*. Tiego questionna MC du regard qui lui montra l'appareil photo qui pendait au cou de son conjoint. Ce dernier opérait les derniers réglages qui lui permettraient de tirer parti de la luminosité. La pluie avait cessé, il s'agenouilla sur le bord d'un trottoir, prêt à enclencher et faire vibrer l'appareil. À neuf heures, les gendarmes n'avaient toujours pas fait la moindre apparition et il commençait à trouver le temps long. Killian y voyait la preuve que c'était une bande d'incapables pochetrons, pendant que les motards se racontaient des histoires de dépassements de vitesse au nez et à la barbe de radars embarqués. Aucun d'entre eux n'ayant d'assurance ni d'adresse à jour, ils ne craignaient pas de recevoir d'amende. Et puis, comme le souligna le philosophe du groupe : « Les lois, c'est fait pour les autres ! ».

***

Arrivée dans la boulangerie, Jocelyne découvrit une boutique vide. Pas plus de clients que de vendeuse. Elle se rua dans le fournil où elle trouva Cynthia assise dans une pose lascive. Son mascara avait coulé. Jérôme sortait une fournée de baguettes d'un air excédé. La boulangère fit mine de s'intéresser au majeur de son employée qui faisait peine à voir.

— Ça s'est infecté, j'ai un panaris maintenant. J'ai mal, c'est horrible !

— Vous prenez des antibios, au moins ?

— Oui, bien sûr.

Soudain, Cynthia explosa en sanglots et se retrancha dans un coin de la boutique. Jocelyne se doutait bien que quelque chose s'était tramé entre son mari et son employée, elle espérait toutefois que l'emploi du passé sonne juste. À quelles abominations s'étaient-ils livrés ? Elle repensa à cette époque pendant laquelle elle avait mis toute son énergie au service de la coalition anti fusion. Elle avait coordonné les travaux d'une main de maître et d'une poigne de fer tout en passant ses soirées à s'entraîner sur le dos d'Anthésyte. Le bilan que l'on connaît était peu glorieux : rien ne s'était passé comme prévu et elle se rogna un ongle en pensant que son abandon du territoire commun avait dû précipiter son mari dans les bras de la grue qui faisait office de vendeuse. « J'espère qu'elle va se faire amputer », pensa la boulangère qui ne pouvait provoquer d'esclandre sur la base de simples soupçons. Elle retira son manteau et extirpa l'article de Cornélius de sa poche. Elle monta dans son appartement afin de pouvoir se concentrer sur sa lecture. Le perroquet dormait après avoir sifflé la moitié de la nuit.

Dès les premières lignes, elle ne put qu'être séduite par le ton décalé et empreint d'humour de ce blogueur, incontournable et probablement prescripteur. Elle l'avait croisé sur *Tweety*, ils se suivaient mutuellement et il avait même retweeté une de ses photos. Tout ceci était bon signe.

FACE AU TOTALITARISME AMBIANT : UNE ARME DE DESTRUCTION MASSIVE VIRTUELLE

Ou comment retrouver ses potes ou sa famille sans bouger son derrière

Je ne vous apprendrai rien aujourd'hui concernant les douloureuses séparations que notre pestilentiel président a provoquées. La famille française a du plomb dans l'aile, personne n'est épargné. La jeunesse s'est enfuie, qui au Canada, qui en Australie, en Allemagne ou en Belgique et dans bien d'autres contrées du globe. La lamentable politique gouvernementale en est à l'origine : l'éducation offerte aux enfants, ainsi que les perspectives d'emploi proposées à leurs parents, ont eu raison de ces braves gens. Les compagnies aériennes s'en frottaient les mains il y a encore quelques mois. Las, c'était compter sans la technologie qui peut se muer en une arme redoutable lorsqu'elle est utilisée à bon escient. Certes, il est bien plaisant de rentrer au bercail et de présenter l'extension de sa progéniture à ses aïeux. Rien ne vaut un bon gros câlin qui saura libérer l'ocytocine et autre hormone encline à vous rendre heureux. Pourtant, les retours se font plus rares ; les expatriés se frottent les mains d'être partis et incitent les plus réticents à les rejoindre en terre d'ailleurs.

On revient faire coucou à la famille pour les fêtes de Noël. Et encore, un Noël sur deux est préférable. On se tape désormais la cloche d'une manière incongrue et moins coûteuse : un nouvel outil proposé par une jeune pousse est venu bouleverser la donne : la Skapa !

Le ska est un mignon logiciel qui rendait plus aisée la vie de tous ces Français exilés ; on pouvait, grâce à ce dernier, converser tout en voyant la bobine de mémé, tout émue devant l'écran de son ordinateur, médusée de voir les replis dodus du nouveau né.

Un soir ou un matin, allez savoir, un ouеber a lancé cette idée, un peu comme une boutade : « Tiens », a-t-il dit à ses amis, « Et si on bouffait tous ensemble derrière nos écrans respectifs ? Après tout, on s'en fiche de manger la même chose, ce qui compte c'est d'être réunis, de se marrer, de se retrouver comme au bon vieux temps d'avant ce maudit Président, de former une tablée, de trinquer et de se bidonner en causant de tout et de rien ». Le ska avait derechef été amélioré à cet effet et, même s'il ne permettait pas d'envoyer un spaghetti dans les tuyaux du Ternet, il laissait filtrer les odeurs de telle sorte que les Skapas (habile contraction de ska et de repas) revêtaient des atours pour le moins surprenants : les fumets de poisson se mêlaient à ceux des tripes maison, le tout, en général, pollué par certains effluves corporels puisque – contrairement au principe du dîner réel –, son homologue virtuel avait laissé place à toutes sortes de dérives : vestimentaires pour commencer (on n'allait quand même pas passer une heure à sélectionner une cravate pour un machin que l'on faisait les doigts de pieds tranquillement étalés dans des mules) ni – et encore moins d'ailleurs –, se parfumer pour une pantalonnade rendue possible grâce au Ska.

Les Skapas se terminaient le plus souvent très tard puisque l'on pouvait y boire plus que de raison ; pas de volant derrière lequel poser son séant et donc pas de crainte de se prendre une prune. La prune on la buvait, la mirabelle aussi, jusqu'au petit matin. Les convives éteignaient leur ordinateur et filaient au lit les uns après les autres, on se souhaitait bonne nuit et surtout bon courage pour les malheureux qui subissaient le joug français.

Par Cornélius Charrognard,
Pour vous servir, ici, partout, nulle part ailleurs

« Pas mal du tout », pensa Jocelyne. Ce Cornélius dit que le président pue, en voilà une belle formule : « Pestilentiel Président ». Elle se rua sur l'ordinateur familial afin de se connecter à *Tweety* et tenter d'entamer une conversation avec lui.

Au lieu de cela, ce qu'elle vit lui arracha un cri. Déjà allumé par son mari, l'engin affichait des photos de Cynthia. La garce était nue ou si peu vêtue qu'il était inutile de mentionner ce qui la recouvrait. Elle reconnut son regard provocateur, sa mine aguicheuse, mais, surtout, elle reconnut son propre lit !

Le couple adultère avait dû migrer jusqu'au Rêvotel tresvillois, après une partie de jambes en l'air que Jocelyne avait failli surprendre. Le boulanger comprit ce jour-là, en observant sa maîtresse, qu'elle ne rêvait que de se faire pincer et prit la décision d'organiser des retrouvailles en lieu sûr. D'aucuns pourront arguer qu'aucun lieu n'est vraiment sûr puisqu'une épouse bafouée est capable de parcourir des centaines de kilomètres afin de débusquer le malade sexuel qui se cache sous les traits innocents de son mari.

Pourtant, Jérôme préféra poursuivre son exploration des plaisirs charnels à l'abri d'un motel miteux pendant que sa femme respirait à travers sa hanche ou toute autre partie de son corps, comme le stipulait son professeur de yoga.

Joce se mit à pleurer et balança l'article de Cornélius au panier. Elle avait tout perdu à cause de cette histoire de fusion, mais surtout elle savait qu'elle ne faisait pas le poids. Comment lutter contre une jeunette roulée comme une Ferrari alors même que son couple fonçait droit dans le fossé ? Les questions les plus futiles comme les plus dramatiques fusèrent tels mille éclairs dans son esprit. « Que vais-je devenir ? » résonnait contre ses tempes. En effet, quand on épousait un boulanger et que l'on faisait commerce de son artisanat, il semblait incongru d'envisager une séparation sous peine de perdre son emploi. Jocelyne n'était pas seulement ivre de rage contre Jérôme, mais contre elle-même aussi. Elle se serait volontiers mis des claques pour se réveiller de ce cauchemar !

Que faire ? Descendre et confondre les deux hérétiques ? Jouer à l'ingénue, innocente et disposée à gober plus de couleuvres que de pâté de gland ? Puis, attendre patiemment que le mouvement cesse, que la manif' passe, et au moment de voir son existence basculer pour le meilleur, exiger un divorce ?

Elle retrouva ses esprits, s'envoya par courriel les clichés de sa vendeuse et résolut de se taire. De toute façon, il lui semblait évident qu'elle n'aimait plus Jérôme. Elle appréciait le confort de la vie à deux, surtout avec le même puisqu'on le connaît par cœur. Pas de risque qu'il se mette au *Ricora* un matin prétextant que le café lui donne des aigreurs d'estomac. Jérôme Lamaseau était prévisible et même cette tromperie aurait pu être prévue. Jocelyne se faisait l'impression d'avoir porté les œillères d'Anthésyte et s'en voulait d'avoir été si négligente. Elle redescendit et passa par leur chambre, reconnut la tête de lit qu'elle avait vue sur la photo, puis son regard glissa jusqu'à sa robe de chambre. « Comment peut-il encore bander pour moi ? J'ai ma part de responsabilité dans cette affaire », conclut amèrement la femme du boulanger. Elle songea à Martine qui ne savait plus où regarder pour trouver le bonheur puis entendit Jérôme brailler : « Cynthia, salooooope ! » à trois reprises. Elle sourit à l'idée qu'elle comptait une ennemie commune avec le volatile. Elle réalisa soudain que le père Truau avait tout compris. Peut-être avait-il même surpris les deux tourtereaux enlacés dans la boutique ? Elle aurait voulu déterrer le vieux voisin et lui sortir les vers du nez ! Et si d'autres Tresvillois étaient au courant ?

Elle retrouva son échoppe et sa vendeuse, observa le doigt boudiné de cette dernière et se félicita d'avoir joué de la trancheuse. « Finalement, mieux vaut agir dans le doute plutôt que ne rien faire du tout. Qui sait si une telle occasion se serait représentée ? », pensa-t-elle. La journée s'écoula sans heurt, Joce retourna voir le panneau à la fermeture de la boutique et donna ordre à ses troupes de se disperser. Aucun gendarme n'était venu. L'ambiance semblait toujours aussi bonne et chacun promit de revenir le lendemain. Jocelyne était loin d'imaginer que tout ce branle-bas de combat, si minutieusement organisé, se révèle de la plus grande inutilité. Car, quand le président a dit « non », c'est « non » et ils ne tarderaient pas à l'apprendre à leurs dépens.

11

UN SEUL PANNEAU VOUS MANQUE...

À Tresville, les Harley étaient légion depuis quelques jours. À croire que c'était devenu le moyen de locomotion le plus prisé du quinquennat d'Ollanzi. Lorsque Joce retrouva les motards le lendemain matin, elle vit un attroupement, mais pas de panneau. Stupéfaite, elle s'approcha. Les amis de Johnny étaient là, ils discutaient avec les Roms et l'humeur n'était pas à la rigolade. Marie-Cécile vint à elle.

— Jocelyne ! Ils l'ont mis à terre pendant la nuit ! C'est une honte, je suis désolée.

— Ah ! Quelle horreur ! Mais quelle honte ! On baisse la garde et ils en profitent !

— Je sais, c'est d'une lâcheté sans nom. Enfin, le panneau est toujours là. J'ai pris une photo souvenir pour vos actions sur *Tweety* et *Friendbook*.

En effet, les employés municipaux avaient eu raison du panneau à coups de masse. Il avait opposé une auguste résistance puis s'était effondré autour de deux heures du matin. Les trois gaillards en charge du sale boulot avaient décidé de retrouver leurs domiciles respectifs et de porter l'encombrant vestige jusqu'à la décharge le lendemain.

Jocelyne s'approcha et tous les motards se levèrent. On aurait cru une haie d'honneur pour la reine d'Angleterre tant la solennité était de mise. Personne n'osa prononcer un mot de peur de froisser la patronne, comme ils l'avaient surnommée. L'enterrement du père Truau avait été plus gai que cette scène qui montrait une

Jocelyne défaite, agenouillée sur le panneau, pleurant à chaudes larmes. L'émotion gagna les rangs, même les plus endurcis tremblèrent du menton. Marie-Cécile de La Morne brisa le silence en s'écriant :

— On le garde ce panneau ! Il faut l'emmener avant que les services municipaux ne le récupèrent !

— OK, répondit Johnny

— Mais on va le mettre où ? s'inquiéta Jocelyne.

— Ah ça ! C'est une bonne question. On peut le mettre dans mon jardin si vous voulez, suggéra MC.

Jocelyne réfléchissait, la suggestion de Marie-Cécile était aussi généreuse qu'inutile. Il convenait d'installer ce panneau dans un endroit qui soit à la fois stratégique, puisque visible par tous, mais qui fasse également office de forteresse imprenable. Elle songea tout naturellement à la boulangerie, qui en avait vu d'autres, de bien pires et puis, après tout, c'était LE lieu de la contestation s'il en est.

— À la boulangerie ! Allez, mettez-le-moi dans le coffre d'une Mercedes et en route ! On ne va pas laisser faire, c'est i-na-dmi-ssible ! La fusion c'est NON !

Il fallut dix hommes pour effectuer ce dur labeur, car la chose pesait plusieurs tonnes ; c'était un vieux panneau à l'ancienne, de l'époque où la nation pouvait s'offrir des ouvriers qualifiés, plutôt que de faire fabriquer de vilains panneaux en Chine, ou dans tout autre pays où la main-d'œuvre était exploitée sans vergogne. Ce triste cortège se gara devant la boulangerie sous les yeux de Cynthia qui appela son patron.

— Jérôme, mais qu'est-ce que c'est que ça ?

— J'ai l'impression que c'est Johnny et ses copains. Regarde ! Ils sortent un gros truc du coffre de Tiego.

— Oui, je vois ça. C'est le panneau !

Jocelyne pénétra dans son échoppe en maintenant la porte grande ouverte. Sans mot dire, elle fit signe aux trois Roms et à deux motards qu'ils pouvaient entrer.

— Mettez-le là ! ordonna-t-elle en montrant un coin de la boutique.

— Tu veux bien m'expliquer ce que c'est que ce cirque ? questionna son mari.

— Ils ont mis le panneau à terre cette nuit ! Du coup on l'a récupéré. C'est un souvenir, mais aussi un symbole.

— Et il va rester ici jusqu'à quand ?

— Il va rester ici, point. Pourquoi ? Il te dérange ? Dans le coin là-bas, c'est à peine si on le remarque.

Jocelyne semblait avoir fait ses armes en politique puisqu'elle se montrait d'une mauvaise foi ahurissante. Le panneau se voyait comme le nez au milieu de la figure et prenait une place considérable eu égard à l'étroitesse du magasin.

— Bon, de toute façon, ça m'est égal, je cesse de me battre à partir d'aujourd'hui. Tu es le commandant-chef, tu portes le caleçon, très bien. Ne viens pas pleurnicher si les choses ne vont pas dans ton sens.

— Franchement, monsieur Lamaseau, vous êtes pas hyper solidaire. Enfin moi, ce que j'en dis, hein…

— Ah oui ? Killian, la solidarité tu connais ! Quand il est question de faire n'importe quoi, tu n'es jamais le dernier. D'ailleurs, t'as pas cours là ?

— J'y vais plus, c'est relou, toujours les mêmes trucs. J'en ai ras le bol ! De toute façon, c'est pas au lycée qu'on peut apprendre un métier. Et puis j'ai parlé avec Joce, elle est d'accord pour que je vienne faire mon apprentissage ici.

— Quel apprentissage ?

Jocelyne exprima sa reconnaissance aux Roms et aux motards pour leur aide précieuse puis leur rappela qu'une nouvelle réunion aurait lieu le soir même afin de faire le point sur la situation et la manif à venir. Elle avait du nouveau à annoncer. Elle remercia également Cynthia qu'elle pria de déguerpir afin de rester seule avec Killian et Jérôme.

— Jérôme, les gosses d'aujourd'hui ont besoin de repères. Même Martine reconnaît que le *Calb*, ça sert à rien. Et Killian, il a des qualités : minutieux, courageux aussi quand il est motivé.

— Oui, quand il est motivé, mais quand il ne l'est pas ? torpilla le boulanger.

— Monsieur Lamaseau, je serai motivé, j'ai rempli mon dossier pour le diplôme diplômant.

— C'est quoi cette ânerie, encore ?

— C'est le machin qui va remplacer le *Calb Pro*, c'est un *DD* :

diplôme diplômant, c'est clair, non ?

— Oui, c'est clair, renchérit Jocelyne. On ne va pas couper les cheveux en quatre. De toute façon, je lui ai signé tous ses papiers. Il commence en septembre en alternance.

Jocelyne voyait loin. Elle ne savait pas bien jusqu'où, d'ailleurs, mais elle avait la ferme intention de se débarrasser de son mari devenu un objet encombrant. Si la révolution citoyenne échouait, elle serait contrainte de continuer à vendre du pain. Elle avait mûrement réfléchi à la question et s'était dit que la cohabitation avec son époux ne durerait pas. Une fois son jeune apprenti autonome, elle serait toute à son aise afin de tenir la dragée haute à celui qu'elle ne pouvait plus voir en peinture. Ensuite, elle comptait bien obtenir le divorce. Elle relégua les aspects plus juridiques de la chose, car elle n'y connaissait rien. Mais Jérôme était coupable et, à ce titre, il lui incombait de déguerpir. Elle souhaitait pourrir l'existence de celui qui partageait la sienne, l'asservir, le rendre chèvre, lui faire regretter tous ses actes ainsi que ceux qu'il n'avait pas commis.

***

Dès le lendemain, Joce endossa à nouveau l'habit dont elle trouvait qu'il seyait le plus mieux à son teint : celui de meneuse ! Les quarante mêmes fidèles étaient attendus par la boulangère. Elle vit Petra s'avancer au bras de Jean-Michel Bowy, suivis des trois Roms. Zoran referma la porte sur une petite vingtaine de Tresvillois. Manquait à l'appel Célestin Montanssier qui ne savait plus sur quel pied danser et avait, par conséquent, décidé d'arrêter la samba pendant une durée indéterminée. En effet, il avait besoin du soutien du maire de Grogneul-sur-mer afin de poursuivre ses cochonnes aventures. Lui seul pouvait autoriser le défilé des goûteurs de pâté de gland et, en un coup de téléphone au préfet, il était en mesure d'empêcher l'ouverture du musée du cochon. En bon hypocrite, l'ancien édile avait donc décidé de lécher les bottes de celui qui l'avait détrôné. Pour le reste, le nouveau maire aurait eu beaucoup à redire, mais préférait attendre avant de se faire plus de quatre mille ennemis. Une fois les municipales passées, la donne changerait. Absents également, Jérôme et Cynthia, ce qui surprit toute l'assemblée. La défection du boulanger, en particulier, fit froncer le nez de Marie-Cécile. Jocelyne avait le cœur serré, elle ne s'était même pas disputée avec son mari, plutôt contentée de l'écouter mastiquer sa baguette. Il n'avait pas pris la peine de s'inventer la moindre excuse bidon, il avait juste dit : « Ce soir, je viens pas ». Le perroquet avait alors entonné la même chanson, ce qui eut pour résultat de propulser Jérôme dans son grenier. Joce s'était donc dirigée seule jusqu'à la salle des fêtes, fatiguée, déçue, mais elle maintenait le cap. À quoi bon se battre si c'est pour abandonner si près du but ? Sur un ton d'une rare solennité, elle commença par exprimer son chagrin. Le mot n'est pas trop fort.

— Mes chers amis, merci d'être ici. Votre présence me réconforte en ce jour si triste. Vous êtes tous au courant : désormais, le panneau n'est plus. Vous pouvez le voir dans la boulangerie, mais vous ne le verrez plus jamais à l'entrée de la ville.

Elle étrangla un sanglot. Ses yeux embués se posèrent sur Killian qui lui fit signe de redresser le menton. Jocelyne reprit :

— Demain à l'aube, Artus partira pour Gonvillers qui a fusionné avec Terrebas. Comme pour nous, plus de panneau, plus de maire mais surtout un projet abominable : une centrale nucléaire devrait sortir de terre d'ici quelques années !

L'assemblée s'émut. Le malaise était palpable même si la plupart des Tresvillois pensèrent que cette nouvelle signifiait qu'aucune centrale ne serait construite par chez eux. La solidarité possédait des limites très nettes et s'arrêtait là où son propre bien-être commençait.

— Maintenant, je vais laisser la parole à celles et ceux qui ont déjà commencé à œuvrer contre la fusion.

Théodore commença et évoqua avec une immense fierté l'article de Cornélius Charrognard à paraître le lendemain. Killian fit un point précis de la campagne de communication, félicita les présents pour leur rapide mise à niveau numérique, reprécisa quelques règles de base concernant l'emploi des *hashtags* sur *Tweety*. Puis ce fut au tour de Kevin Laverge, qui semblait tout juste sorti du lit, le cheveu en bataille, le cerne épais et rouge. Il était pourtant porteur d'une nouvelle qui ravit Jocelyne.

— Bon, moi j'ai mobilisé mon réseau, le seul qu'est OK pour

faire un truc c'est mon vieux pote Tatanne.

— Francis Tatanne ? demanda Jocelyne, soudain sidérée.

— Ouais ! Ouais, bien sûr, Francis et moi on a fait les quatre cents coups il y a vingt piges de ça.

La boulangère préféra ne pas en savoir davantage sur la nature des coups en question et le laissa poursuivre.

— Il sera ici dans quelques jours, il veut faire une chanson pour nous soutenir.

Marie-Cécile était aux anges, Jocelyne irradiait de bonheur ; elle allait enfin rencontrer son idole. Qui eût cru, pensa-t-elle, qu'une histoire de ville rayée de la carte lui permettrait de côtoyer celui dont elle avait si souvent écouté la voix. Comme toujours, dès que l'on n'est pas seul avec soi-même, un rabat-joie de service se manifeste. À défaut de n'avoir jamais eu la moindre idée, Philippe, le boucher, ramena sa fraise :

— C'est dommage que ce soit pas Truelle, vous imaginez un peu si *Les Empaffés* avaient pondu un refrain rien que pour nous ? J'suis sûr que la fusion serait annulée.

Les *Empaffés* existaient depuis des décennies et avaient mieux résisté aux assauts du temps que monsieur Tatanne. L'un de leurs membres les plus éminents, Patrick Truelle, était proche du président. Les autres vivaient de leurs rentes et poussaient la chansonnette une fois l'an, histoire de payer une partie de leurs impôts, pour ceux qui ne s'étaient exilés nulle part, c'est-à-dire quasiment aucun.

— Philippe, la tournée des *Empaffés* c'est très bien, mais ils ne nous soutiendront jamais ! Vous savez que Patrick Truelle est de la famille du président ! Enfin, soyez sérieux une seconde ! Même si Kevin l'avait connu, il aurait refusé, vous vous rendez compte ? Truelle avec nous, ça veut dire des avantages en moins. J'ai lu sur le *oueb* qu'il vivait dans un appartement de la mairie de Paris, deux cents euros pour un duplex face au parc Monceau ! C'est ça notre pays, Philippe, des nantis aux mains pleines et des pauvres aux poches percées !

Killian trouva la formule si bonne qu'il la nota sur un carnet dont il ne se déparait plus. Conseiller en communication n'était pas un terme en l'air ; il se levait le matin, se douchait quotidiennement et avait même renoncé à bon nombre de sorties tant leur trivialité lui sautait aujourd'hui aux yeux.

— Kevin, savez-vous si Francis a besoin d'un logement ? s'enquit innocemment MC.

— Ah non ! Non, il vit dans sa roulotte.

— Ah ? Ce ne sont donc pas des ragots ? s'étonna Jocelyne.

— Non ! Il est dans la dèche totale, il a même dormi sous les ponts à un moment. Le mec, il avait même pas de quoi s'acheter un sandwich !

Jocelyne se dit que la vie était finalement plutôt mal faite. Elle l'aurait sustenté en sandwiches et autres mignardises, eût-elle été au courant de cette triste affaire. Elle se jura de lui apporter son pain quotidien et plus si affinités. Son regard croisa celui de Petra qui, d'un discret battement de cils, lui fit signe qu'elle souhaitait intervenir.

— J'ai pris contact, comme je vous l'avais dit, avec quelques anciennes connaissances. Un politicien est disposé à nous soutenir.

— Ah bon ? Qui ça ?

— Jocelyne, je sais que ce n'est pas très politiquement correct, mais, comment dire, il a le bras long dans un certain milieu.

Elle s'arrêta là, incertaine de la façon dont l'assistance recevrait l'offre qui lui avait été faite, tant cet homme-là avait souillé l'image qu'il s'était façonnée.

— Petra, vous pouvez nous en dire plus ?

— Oui, oui, mais avant je veux que vous sachiez que c'est le seul et unique qui a répondu présent. J'ai épuisé tout mon carnet d'adresses, tout le monde s'en fiche ! C'est même pire ! Ils attendent le résultat de la présidentielle. Comme c'est dans un an et quelques, d'ici là ils préfèrent ne pas bouger. L'homme dont je vous parlais, c'est Thierry Stan Koch, TSK, quoi.

Un lourd silence s'abattit sur la salle. Nul ne doutait que son bras fut long dans l'univers du stupre, mais TSK se trimbalait tellement de casseroles au derrière qu'une batterie de cuisine à côté de lui aurait fait pâle figure. Entre ses frasques sexuelles, lorsqu'il était ministre et celles dont il s'était rendu coupable alors même qu'il était le candidat préféré des Français, le roi de la bracassitude, c'était quand même lui ! Jocelyne ne souhaitait pas froisser Petra, qui avait certainement passé des dizaines de coups de fil infructueux, mais elle dut rejeter cette offre pour le moins farfelue.

— Écoutez Petra, je parle en mon nom. Après tout, c'est mon mouvement. Je pense que nous allier à lui est une mauvaise idée. Il a une réputation lamentable et l'image de notre coalition, j'y tiens !

— Ouais, on est clean, quoi ! L'autre il craint, il a violé sa femme quand même !

— Non, Killian, il n'a pas violé sa femme. Mais t'es trop jeune pour comprendre, coupa Kevin.

— Bah, vas-y, toi, traite-moi de con pendant que t'y es ! J'te dis qu'il a violé sa femme ! C'est le *Canard Déchaîné* qui a soulevé le lapin, jm'en souviens bien ! Même que mon grand-père arrêtait pas de gueuler.

— J'te traite pas de con ! Je dis qu'il a pas violé sa femme et que c'est pas un morveux comme toi qui vas m'expliquer la vie !

— Mais jt'emmerde le pornophage ! Connard !

— Pornographe, pas pornophage, si je puis me permettre, s'autorisa Marie-Cécile.

Killian était debout et s'était approché de Kevin Laverge qui mesurait un bon trente centimètres de moins que lui, ce qui le conforta dans l'idée que rester sur son arrière-train constituait la meilleure des parades.

— Ouais, bah c'est pareil. Pornographe, malade, PD de ta mère !

— On dit PD tout court, ne put retenir Marie-Cécile

— PD tout court, alors, m'en fous ! C'est un dingue ce mec ! Défendre TSK, franchement, faut être qu'un pauvre taré ! Et arrête de m'regarder comme ça !

Jocelyne se sentit obligée d'intervenir. Cette réunion déviait dangereusement vers des sentiers non balisés. Elle remit tout le monde à sa place au sens propre et conclut sur l'échéance qui approchait.

— Bon, vous vous souvenez qu'on va aller manifester à Paris ? Célestin met un car à notre disposition. J'espère qu'il tiendra parole et je voudrais savoir si je peux compter sur vous.

Tout le monde leva la main, y compris Théodore, ce qui ne manqua pas d'exaspérer Marie-Cécile. Les trois Roms étaient partants et nul doute que nombre de motards se joindraient aux Tresvillois. Johnny prit la parole :

— Me, me, mes po, po, pooppotes, momomommmomotards, y

veveve

— Merci, vous les remercierez de ma part Johnny, coupa Jocelyne qui considéra ses fidèles avec circonspection.

Martine serait en Angleterre, son mari n'était pas là, le curé s'était volatilisé. Il ne restait pour tout soutien que les Roms qu'elle avait tant haïs, ainsi que des motards qu'elle connaissait à peine, les La Morne dont elle ne s'était rapprochée que récemment et le couple Dollet/Vulvona qu'elle aurait lapidé quelques années en arrière. Le bilan était peu glorieux.

Elle en déduisit que l'on ne reconnaît ses amis qu'au bord du précipice. Amère, elle renouvela ses remerciements aux présents et leur expliqua qu'ils ne pourraient dorénavant plus se réunir dans la salle municipale pour d'évidentes questions de territoire.

— Tresville a été annexée, conclut-elle, nous communiquerons via les réseaux sociaux. Je ne vois pas d'autre solution.

C'est alors que Jean-Michel Bowy se leva et prit la parole.

— Jocelyne, le *Tonight* vous est ouvert. Le plus gros des travaux sera terminé d'ici une quinzaine de jours, il est logique que je vous accueille. D'ailleurs, si vous voulez venir à la soirée d'inauguration, vous êtes tous invités. Ce sera le douze à partir de vingt heures.

— Jean-Michel, merci mille fois ! Votre proposition est un cadeau du ciel !

Elle n'osa évoquer le Bon Dieu, car elle n'était plus certaine de son existence. Puis, sa mine se décomposa.

— Mais le douze, c'est la veille de la manif !

— Ah ça, je sais pas, mais j'ai envoyé des invits à tous mes contacts, je peux pas modifier la date. Dites, Jocelyne, l'un n'empêche pas l'autre. Venez vous déhancher un peu, ça vous mettra en jambes ! Vous dormirez dans le car, qu'est-ce que ça change ? Et puis il y aura Francis pour l'inauguration, vous ne pouvez pas louper ça quand même !

— Dans ce cas, Jean-Michel, je ferai un effort. Après tout, je n'ai pas dansé depuis mes seize ans. Et puis Francis, c'est Francis, je ne peux pas lui faire faux bond.

— Voilà, c'est plié ! Bravo, vous êtes top Joce !

Killian et Marie-Cécile exultaient, les Roms étaient hilares à l'idée de voir Francis Tatanne, Tiego fit un signe discret à Marie-

Cécile, qui lui répondit par l'affirmative. Théodore demeurait droit comme un « I », incertain de la décision à prendre. Qu'aurait-il fait au *Tonight* à part tapisserie ? Il trouvait étrange l'engouement de son épouse, mais préféra se pencher sur son téléphone portable afin de se donner un semblant de contenance. Cornélius avait mis son article en ligne, il circulait déjà sur les réseaux sociaux. Jocelyne mit fin à la réunion :

— Chers tous, je lève cette séance et vous donne rendez-vous bientôt. J'afficherai la date de la prochaine réunion sur la vitrine de la boulangerie et, bien sûr, je compte sur vos retweets ! D'autres villages blessés doivent nous imiter. Artus, je compte sur vous pour les motiver ! Le contact humain, c'est crucial ! Ne nous leurrons pas, les réseaux sont importants, mais rien ne vaut une bonne discussion menée par un être de chair et de sang !

Chacun repartit chez soi, Joce et Killian échangèrent quelques mots. Cependant, la boulangère avait peine à se concentrer, elle faisait une fixette sur l'arrivée prochaine de Francis Tatanne. Elle retrouva son appartement, changea l'eau de Jérôme qui dormait comme un bienheureux et se hissa jusqu'au grenier afin de prendre connaissance de l'article de ce Cornélius. Elle, qui prenait les réseaux sociaux pour bain béni, fut désappointée, choquée et surtout totalement dépassée. Tout sembla soudain lui échapper.

12

AVEC *NOULIMEX* LA VIE EST PLUS SEX !

À peine connectée à *Tweety*, elle constata qu'elle avait plusieurs messages privés ; quelques soutiens disséminés à travers la France lui indiquaient qu'ils la suivaient et s'enquéraient de la date de la manifestation. Puis, elle prit connaissance d'autres messages beaucoup moins agréables ; des insultes, des jurons balancés en cachette par quelques lâches confortablement installés derrière un pseudo sibyllin. « On aura ta peau morue » la fit frémir. « La boulangère on t'emmerde, arrête tout de suite tes conneries ». Mais il y avait pire ! De petits malins s'étaient visiblement amusés de son initiative et avaient lancé la contre-révolution. Ils balançaient des tweets à n'en plus finir, d'un goût plus que douteux tels que : « #contrerévolutiontamère », « #contrerévolutiontunousbriseslesmiches » et autres joyeusetés auxquelles la boulangère n'était pas préparée. Elle décida de passer outre et pensa qu'il s'agissait d'une manœuvre du président Ollanzi qui était capable d'embaucher du monde afin de ralentir son élan. Enfin, elle prit connaissance de l'article de Cornélius Charrognard après avoir constaté qu'il avait déjà été partagé cinq mille fois, ceci en l'espace d'une heure, qui plus est à un horaire bien avancé.

OLLANZI T'ES CUIT ?

La boulangère guidera-t-elle le peuple ?

Il n'aura échappé à personne que le despote qui gouverne la France est en mauvaise posture. Pris en étau entre ses menus plaisirs et sa ferme envie de ne pas déménager, Kiki a des soucis. Plus impopulaire que lui, on n'avait jamais vu. Plus têtu non plus. Malgré tout, Kiki rêve de se prélasser l'espace d'un deuxième quinquennat sous les ors de la république. C'est faire bien peu de cas de l'état dans lequel il a plongé le pays. Francis Ollanzi, mieux connu sous le pseudonyme de Kiki le bras cassé, a mis les deux parties de son cerveau en marche afin de réduire à néant ce qu'il restait de productivité, d'esprit créatif et de soif d'entreprendre. Kiki veut faire des économies sur le dos du contribuable qui est exsangue. Il a tout naturellement décidé de s'attaquer en premier lieu aux petites communes.

L'un de ses conseillers, tout fraîchement sorti de l'ETNA, s'est un jour entiché d'une nouvelle lubie ! Faire fusionner deux patelins dont l'un serait moins productif voire, horreur suprême, contre-productif. En voilà une idée qu'elle est bonne mon Kiki ! Un maire en moins, des coupes sombres dans les emplois municipaux, et surtout, moins de travaux à subventionner. De nids de poules en ornières, Kiki poursuit sa route en Harley ! Pour un peu il traverserait la France la braguette ouverte, à cheval sur son bidet, fier comme le roi Dagobert !

C'était compter sans Jocelyne, plus connue sous le surnom de Joce dont son mari l'a affublée. Boulangère à feu Tresville-sur-mer, elle éprouve grand peine à accepter les décisions de Kiki. Avouons que la bonne blague qui consiste à faire se mêler le sang tresvillois au sang de Grogneul, bourgade bien comme il faut, toute mignonnette, équipée de caméras de vidéosurveillance, lui est restée en travers du gosier. Elle a donc décidé de se rebeller. Derrière elle, une merveilleuse équipe de bras cassés lui offre un soutien indéfectible. Entre une ancienne hardeuse, un ado à demi attardé, une colonie de gens du voyage en déroute, une noble décatie qui se la pète et une trentaine de motards avinés, elle est bien entourée !

Souhaitons bien du courage à cette boulangère qui se veut icône, pas bégueule pour un sou, mais un peu sous-équipée côté neurones. Il ne lui reste plus qu'à dégoter une baguette magique afin de faire disparaître Kiki de la carte. La boulangère guidera-t-elle le peuple ? Affaire à suivre...

Par Cornélius Charrognard
Pour vous servir, ici, partout, nulle part ailleurs

Jocelyne était atterrée. Sous cet article, une photo prise par Théodore montrait les Roms et les motards enchaînés autour du panneau, Marie-Cécile posait au premier plan pendant que Petra tentait d'obtenir la vedette en avançant ses généreux bonnets D. « Cornélius Charrognard est un salopard, un usurpateur et un menteur », pensa-t-elle. Elle décrocha son téléphone et appela le plus vieux des La Morne.

— Théodore, je viens de lire l'article de votre ami. En effet, il nous soutient !

— Je sais, Jocelyne, je suis effondré. Tout comme vous, j'imagine.

— Franchement, il me fait passer pour la dernière des idiotes ! Sans parler de nos amis. Tout ça à partir d'une seule photo, je ne comprends pas !

— Moi non plus, d'autant que, si je puis me permettre, cette photo est très réussie.

— Mais au fait, comment sait-il que mon surnom est Joce ?

— Je l'ignore, sur *Tweety*, peut-être ?

— Ah non ! Killian et moi étions d'accord dès le début. Pour la France, je suis Jocelyne ! Vous n'auriez pas parlé au téléphone avec ce Cornélius par hasard ?

— Non, pas du tout ! Je lui ai envoyé un courriel, il m'a écrit, m'a posé des questions auxquelles j'ai, à mon tour, répondu et nous en sommes restés là.

— Bon, je vous fais confiance, mais c'est étrange tout de même...

Jocelyne n'était pas plus convaincue que cela par les explications de Théodore. Elle lui avait trouvé un ton hésitant qui sonnait faux.

Théodore allait très mal, l'amertume le consumait, le doute ainsi qu'une infinie tristesse le rongeaient.

***

Un autre que lui, tout aussi amer, mais plus vaillant et nocif, s'apprêtait à torturer le père Nase. Lorsque ce dernier se présenta au magasin *Bordy*, il le fit habillé en civil, mais n'avait pu résister à la tentation de transporter la statue de sainte Rita à bout de bras. Il arriva à dix heures pile, vit Gérard au fond de l'échoppe et feint de ne pas remarquer le sourire en coin du caissier. Il retrouva le patron qui l'attendait, les bras croisés sur ses replis dodus, l'œil méfiant du lynx qui a repéré sa proie et s'apprête à lui sauter à la gorge. Nestor posa la statue et tendit une main au directeur.

— Bonjour Gérard.

— Monsieur Bourdon ! Moi, c'est monsieur Bourdon ! Bonjour Nestor.

— Je m'excuse, bonjour monsieur Bourdon.

— Qu'est-ce qu'elle fout là ta statue ? C'est pas un dépôt-vente ici ! Tu me la balances dans la réserve et tu la reprends à midi, elle a rien à faire ici !

Nestor savait qu'il foulait un territoire hostile et promit, à contrecœur, de laisser sa sainte dans la sacristie. Pourtant, elle lui aurait été utile tant le programme que lui avait concocté Gérard évoquait les flammes de l'enfer.

— Bon, tu vois le bazar là-bas ? Tu le prends et tu fais le tour de la ville avec. Allez hop ! Au galop !

Le bazar en question était un vélo publicitaire sponsorisé par *Noulimex*. Sur un versant de la chose, on voyait le nouveau slogan de la célèbre marque : « Avec *Noulimex*, La vie est plus sex ! » Sur l'autre, un vibromasseur rose fuchsia aux dimensions impressionnantes sous lequel trônait l'expression « Oh my Gode ! » laissa le curé pantois.

— Monsieur Bourdon, je suis censé pédaler à travers la ville avec ça derrière moi ?

— Bien sûr ! Ça vient de sortir ! Du coup *Noulimex* m'a proposé le vélo pour faire la pub. J'ai dit oui tout de suite ! Tu penses bien ! À ce prix-là, en plus, on va en écouler des centaines. Trois euros et quatre-vingt-dix-neuf centimes pour prendre son panard, ça se refuse pas !

— Mais je suis l'ancien curé, tout le monde va se moquer.

— Tu veux bosser ou pas ? Si tu veux bosser, tu enfourches le vélo et tu reviens à midi. Sinon, tu retournes à Cuba. C'est à toi de voir, Nestor. C'est pas moi qui vais faire le guignol jusqu'à Grogneul avec un gode dans le dos !

— Il faut que j'aille à Grogneul en plus ?

— Évidemment, tu pensais quoi ? On est à Grogneul-sur-mer ici, n'en déplaise à Jocelyne ! C'est comme ça et les Grogneulaises, elles ont le droit de prendre leur pied, non ?

— Oui, oui, certainement.

Le père Nase se dirigea lentement jusqu'à la bicyclette qu'il enfourcha de mauvaise grâce. Il ventait et pleuvait, ce qui était – selon lui –, signe que les dieux jetaient un regard réprobateur sur ce qu'il s'apprêtait à faire. Il pédala deux heures durant, courbant l'échine dans un vain effort de passer inaperçu. À Tresville on le plaignait tandis qu'à Grogneul il était moqué. Les Grogneulais, ravis de la fusion, avaient à cœur de plaisanter au sujet des Tresvillois. La boulangère ne les impressionnait guère, pas plus que sa pseudo révolution, ils avaient hâte d'être aux beaux jours et de mettre en avant LEUR plage de sable fin. À midi, Nestor gara le vélo devant *Bordy*, s'ébroua tel un vieux chien et trouva Gérard derrière la porte vitrée, les mains sur les hanches, visiblement fort content.

— Alors ? Tout s'est bien passé ?

— Oui, enfin, on se moque de moi à Grogneul. Je ne vais pas faire ça tous les jours, n'est-ce pas monsieur Bourdon ?

— Si ! Mais seulement le matin.

Le curé, déconfit, allait tourner les talons lorsque Gérard l'interpella.

— Attends un peu ! Je t'explique mon plan d'attaque. Le matin tu pédales, l'après-midi, tu emballes, compris ?

— Non, j'emballe quoi ?

— Les godes *Noulimex*, pardi !

— On a eu deux clientes ce matin. Ton petit tour de piste a porté ses fruits. Ah, et puis, viens par ici, faut que je te fasse voir un truc !

Nestor suivit son patron jusqu'à son bureau et s'assit face à ce dernier qui sortit un vibromasseur de son tiroir.

— Je vais te montrer comment ça marche, comme ça, tu pourras faire l'article.

L'ancien curé se renfrogna davantage.

— Franchement monsieur Bourdon, c'est Artus qui aurait dû vendre ça.

— Ah ! Là-dessus, je te donne raison. Il s'est retrouvé avec les cafetières et les aspirateurs et il a été mauvais, je peux te le dire. Ce gars-là, y'a rien à en tirer ! Il a pas le sens du commerce, c'est un truc qui s'apprend pas, on l'a ou pas ! Bah lui, il l'a pas !

— Et moi, vous croyez que je l'ai ?

— Nom d'un chien, bien sûr ! T'as réussi à faire croire aux Tresvillois que Dieu existe. Si c'est pas un coup de génie ça, je sais pas ce que c'est ! Bon, on laisse Dieu de côté et tu regardes.

Gérard disposa deux piles de format standard dans l'appareil et montra au père Nase les différentes vitesses de massage.

— Évidemment, tu leur conseilles rien d'autre, hein ! C'est des histoires intimes, la rapidité et tout le bordel, c'est une affaire de goûts. Alors, un truc qu'est pas mal sur ce modèle, surtout pour le prix, c'est qu'il fait brosse à dents. Mate-moi ça : tu dévisses au milieu et tu visses une brosse à la place. C'est le même principe au fond, et puis, c'est des cavités, hein ?! Fallait y penser, non ? Un seul manche, deux fonctions ! Hygiène rime avec érogène, ou l'inverse, c'est comme tu veux. Ce qui compte c'est de le dire ! C'est tordant, non ?

— Hum, oui, ça, il fallait y penser. Et il faut absolument que je dise ces mots, hygiène et é…

— Bien sûr ! C'est fort côté marketing ! De toute façon, *Noulimex*, c'est les meilleurs pour ça ! Rien à redire, et les finitions sont toujours impec ! Dès fois qu'une cliente ait peur de se retrouver avec une brosse à dents au fond du vagin, tu peux la rassurer.

Le père Nase, qui n'aurait bientôt plus d'église, allait devoir faire l'article pour un astucieux appareil qui promettait d'allier l'utile à l'agréable. Il se sentait honteux d'avance, regarda l'emballage de la chose qui, on ne pouvait le nier, semblait présenter deux fonctions tout aussi nobles l'une que l'autre.

« Ne fais donc pas ta chochotte. Des femmes tu en as connu à Cuba. Après tout, quitte à être défroqué, autant baisser le pantalon pour de vrai et s'envoyer en l'air. », se répétait-il à voix basse

Vendre un tel appareil lui permettrait de faire des rencontres, en particulier d'une clientèle féminine et esseulée. Autant le voir comme une opportunité, une aubaine, même !

Artus aurait été vert s'il avait eu vent de cette histoire, lui qui avait souffert des mois entiers. Entre les menaces de licenciement, les moqueries répétées et les humiliations, que ce soit le propriétaire ou sa clientèle, il ne pouvait plus voir qui que ce soit chez *Bordy*. Pourtant, vendre des vibros l'aurait enthousiasmé et lui aurait surtout permis de faire les rencontres qu'il ne faisait plus, privé de sa *Pursche* à l'époque.

Aujourd'hui, il avait récupéré son bolide rouge et le conduisait à fond les manettes à la conquête du monde. Pourtant, il possédait davantage de points communs avec Leonardo Di Caprio pilotant le Titanic qu'avec Alain Prust…

13

ARTUS ET SON JOINT...

Sur la route côtière qu'il avait préférée à la nationale, Artus se rendait à Gonvillers afin de rencontrer le maire de ce pauvre village qui promettait de se muer en haut lieu du nucléaire si rien n'était fait pour le sortir de ce bourbier. Il exultait de se retrouver à nouveau assis à son volant, se sentait vibrer et avait la ferme intention de savourer cette liberté retrouvée. Un peu comme un repris de justice quittant sa geôle, il se jura d'user et d'abuser de ses cinq sens. La privation décuple le désir, c'est bien connu. Il s'admirait dans le rétroviseur intérieur, toujours soucieux de faire bonne apparence ; il portait un costume et avait décidé d'arborer une cravate. L'uniforme de *Bordy,* dans lequel il avait passé des semaines de sudation intensive, engoncé, laid comme un pou, avait laissé des stigmates sur son ego. Tout à l'admiration de sa propre personne, il ne remarqua pas ce qui se mua très vite en un imposant nuage de fumée.

Soudain, alors qu'il avait entrouvert sa vitre afin de humer l'air marin, il entendit un bruit suspect. Il baissa le volume de la radio et poursuivit sa route, aux aguets. Au hasard d'un virage, son moteur cracha et sembla se décomposer en pièces détachées. La fumée sortait par tous les orifices de son auto. Il prit peur, donna un coup de volant de côté et s'encastra d'un bloc dans la glissière qui surplombait la Manche. Il n'y avait pas âme qui vive sur cette route. Il tenta de se calmer en inspirant et expirant lentement, posa la tête sur le volant puis sortit afin de faire le triste constat qu'il redoutait. La partie avant gauche de son bolide était comme soudée dans la ferraille de la rambarde, de la fumée blanche, grise, noire même, s'échappait du capot qu'il n'osa toucher. Il observa la scène, donna un coup de pied rageur dans un pneu, gueula qu'il s'était fait mal et, sur ces entrefaites, s'adossa à son auto. Il n'osa allumer une cigarette de peur de se transformer en brasier vivant. Après tout, il n'y connaissait rien en mécanique. La voiture perdait peut-être de l'essence et, rendu à son niveau de guigne, on n'était jamais trop prudent. Il prit son téléphone portable et composa le numéro des Embruns.

Artus, quarante et un ans au compteur, ni femme ni enfant, sans emploi, sans perspective, se retrouvait sur une route que seuls quelques clampins empruntaient en été. La froideur du bitume sous ses semelles, la pluie qui commençait à tomber, ajoutée au vertige qui lui serrait la gorge chaque fois qu'il regardait au loin, le contraignirent à remonter dans l'habitacle.

Il attendait, assis, seul, désemparé, que quelqu'un veuille bien se donner la peine de répondre. Si grand et si petit à la fois, l'homme qui devait remplir une mission d'envergure pour la boulangère en était rendu à attendre que papa ou maman décroche le combiné. Personne ne le fit, car personne n'entendit rien dans le manoir désormais transformé en lupanar. C'est alors qu'il se souvint qu'il avait une assurance et que, si cette dernière le voulait bien, une dépanneuse ne tarderait pas à le secourir.

— Vous êtes bien en communication avec *Assurrisques*, l'assurance tous risques. Sélectionnez le numéro correspondant à votre choix. Un : je souhaite souscrire une assurance. Deux : je souhaite modifier un contrat existant. Trois : je souhaite déclarer un sinistre. Quatre : je souhaite résilier un contrat, ce que nous vous déconseillons, car nous sommes la société la plus performante sur le marché. Nous vous écoutons.

— Trois

— Tous nos conseillers sont en ligne, nous vous prions de renouveler votre appel dans quelques minutes.

— Merde !

Artus ne put contenir son exaspération et sortit de son véhicule afin d'allumer une cigarette. Plus aucune fumée ne sortait du capot, ce qui, pourtant, ne l'encouragea pas à le soulever. Toujours mû par son credo préféré : initiative zéro, il recomposa le numéro de ses parents. À la sixième sonnerie, Théodore décrocha.

— Allo ?

— Allo père ! C'est moi !

— Ah ! Vous êtes arrivé chez nos frères et sœurs d'infortune ?

— Non, non, justement, c'est la cata, je suis tombé en panne, ma voiture a accroché la rambarde de la route côtière et je n'arrive pas à joindre *Assurrisques*, ils sont occupés !

— Et bien qu'attendez-vous donc de moi mon petit ? Je ne ferai pas mieux que vous.

— Mère est là ?

— Non. Enfin si, mais elle est débordée.

— Ah bon.

— Écoutez, je dois vous laisser. Kevin et son équipe sont en plein tournage, ils terminent une scène dans le boudoir puis profiteront d'une éclaircie pour tourner sur la pelouse.

— Et c'est pour ça que vous ne pouvez pas m'aider ?

Le ton montait chez le plus jeune des aristos qui se sentit abandonné. Il était parti avant l'arrivée du réalisateur et l'avait même oublié. À une autre époque, il n'aurait pour rien au monde voulu rater un tel événement, mais la mission confiée par Jocelyne l'avait contraint à revoir ses priorités. Il entendit quelques vagissements et autres plaisirs charnels simulés qui lui laissèrent une sensation de dégoût.

— Je vous laisse, Jessica a envie d'un thé glacé.

« Jessica, Jessica Langue ? », pensa Artus. C'était son actrice préférée, et de loin ! Une as des as de la galipette, toujours prête, toujours offerte, mais dominante quand il le fallait. Une femme parfaite, quoi. Il recomposa le numéro de son assureur et put parler à la boîte vocale réservée aux déclarations de sinistres.

— Votre sinistre concerne votre habitation, dites : habitation, votre sinistre concerne votre commerce, dites : commerce, votre sinistre concerne votre véhicule, dites : véhicule.

— Véhicule.

— Nous n'avons pas compris, veuillez répéter votre demande.

— Véhicule !

— Votre temps d'attente estimé est de cinquante-deux minutes et trente-huit secondes. Si cela vous semble trop long, nous vous conseillons de raccrocher et de renouveler votre appel dans exactement cinquante-deux minutes.

Artus raccrocha et se mit à hurler que sa vie était merdique, que sa mère était folle, que son père était un lâche, que Kevin Laverge était un con, qu'*Assurrisques* le rendait dingue, qu'il voulait buter ce salopard de Gérard Bourdon, que sa *Pursche* était comme neuve avant que sa chienne de mère ne la laisse en dépôt vente. C'est alors qu'il remonta en voiture et regarda son compteur.

— Merde ! laissa-t-il échapper.

Il venait de constater que sa *Pursche* ne s'était pas contentée de passer six mois en dépôt-vente à faire joli dans une vitrine. La mémoire lui faisait défaut, mais elle affichait autour de cinquante mille kilomètres lors de son arrivée chez le revendeur, or le chiffre qui s'affichait aujourd'hui indiquait quatre-vingts mille. Il attendit précisément cinquante-deux minutes avant de pouvoir échanger avec ce qui sembla être un humain à peu près normal, lequel lui envoya une dépanneuse qui le transporta jusque chez le garagiste.

— Oh la ! Le joint de culasse est foutu ! Comment vous avez fait des dégâts pareils ? Vous l'entretenez pas ? Le moteur est naze de chez naze.

— C'est pas moi, c'est au dépôt-vente, ils ont roulé avec.

— Vous avez la preuve ?

— Je ne sais pas, c'est ma mère qui s'en est occupée.

— J'espère qu'elle a gardé les papiers et tout parce que ça va vous coûter un bras, les deux même !

Artus rejoignit les Embruns à pied, il avait besoin de marcher afin de se délester de la colère qui grondait en lui. Chemin faisant, il croisa Jocelyne.

— Ça n'a pas l'air d'aller, Artus. Ça ne s'est pas bien passé à Gonvillers ?

Artus lui raconta succinctement ses déconfitures automobiles, ce à quoi la boulangère, avec son sens de l'à propos si caractéristique, rétorqua :

— Mince, c'est pas de pot !

— Jocelyne, je rentre. Il faut que je prouve que le revendeur a roulé avec. C'est ma mère qui a les documents. Je vous laisse.

— On se tient au courant Artus. Je vais envoyer un tweet au maire de Gonvillers, il a dû vous attendre.

Le cœur de Joce se serra à la vue du pauvre nobliau. Être bien né ne servait à rien dans ce pays de misère, comme si avoir un nom à particule pouvait protéger contre les injustices. Décidément, si même les nobles étaient non seulement fauchés, mais en plus malchanceux, Joce ne voyait pas d'autre solution qu'une bonne vieille révolution.

***

Arrivé aux Embruns, Artus effectua un détour par le boudoir de madame sa mère avant de monter dans sa chambre. Il n'avait rien vu dans le jardin qui ressemble à un tournage de film, il imagina donc que son ami Kevin avait remballé son matériel. Il toqua à la porte comme il était de coutume. Sa mère entrebâilla le battant et mit un doigt sur ses lèvres. Artus pénétra dans la pièce où, d'ordinaire, Marie-Cécile faisait la tronche et fut le témoin d'une scène particulièrement croustillante que la décence n'autorise pas à décrire tant Jessica Langue était occupée, sollicitée de toutes parts et visiblement ravie. Eût-il été d'humeur plus jouasse qu'il aurait volontiers prêté main-forte aux trois hommes qui avaient enfourché l'actrice dont le bonnet phrygien reposait sur le sol. Un film X en costumes d'époque, ça ne tient pas la route plus de quelques secondes. Mais au moins, ça donne une touche différente puisqu'il importe, en toute chose, de se dé-mar-quer. Marie-Cécile tenait la perche du micro pendant que Théodore tenait la chandelle dans les deux acceptions du terme, car monsieur Laverge avait souhaité que la lumière soit tamisée.

— Coupez ! Elle est bonne, on la garde ! Jessica, encore une petite et on aura fini pour aujourd'hui.

— OK, soupira l'actrice peu contrariante.

Artus fit signe à sa mère de le suivre jusque dans le vestibule. Elle céda à regret.

— Dépêchez-vous, vous ne voyez pas que je suis prise !

— Mère, je suis stupéfait de vous trouver en pareille posture ! Vous qui, par le passé, étiez si fermement contre tout ce qui est relatif aux choses du sexe.

— Mon chéri, il n'y a pas d'âge pour reconnaître ses erreurs. Je me suis trompée, je l'admets. Que voulez-vous, dites-moi ?

— J'ai besoin des papiers du dépôt-vente. Ma *Pursche* m'a lâché, c'est le moteur. Le revendeur a roulé avec, mère, c'est horrible !

— Je suis navrée pour vous mon adoré, mais je n'ai aucun papier. J'ai tout jeté à la poubelle quand vous avez récupéré votre auto.

— Quoi ? Mais vous êtes irresponsable ! Vous êtes folle ET irresponsable !

— Dites ! Surveillez votre langage ! Tout d'abord, je ne suis pas folle du tout, croyez-moi, et ensuite je ne vois pas en quoi liquider la paperasse est irresponsable. Ce qui est irresponsable c'est de ne pas avoir vérifié le kilométrage de votre voiture quand vous l'avez récupérée. Voilà ce qui est irresponsable ! Vous êtes un gamin, c'est tout ce que vous êtes !

Sur ce, madame La Morne tourna les talons et s'empressa de récupérer la perche que lui tendait Tiego qui avait souhaité être de la partie. Une occasion pareille ne se refuse pas. Assister à un tournage, ça n'arrive qu'une seule fois dans une vie. Alors que Jessica se rhabillait, après avoir tourné la toute dernière scène de la journée, les trois acteurs sortirent dans le plus simple appareil et se dirigèrent vers la salle de bains.

Ce sont des hommes simples, spontanés et généreux, pensa Marie-Cécile. Elle se faisait une joie de les retrouver le lendemain ainsi que le surlendemain et tous les autres jours de la semaine. Ensuite, le concert de Francis Tatanne au *Tonight* figurait en bonne place dans son agenda, puis la manifestation parisienne suivie d'une virée sans retour avec Tiego. Restait à prévenir le vieux nigaud, qui venait de se brûler avec le chandelier, qu'il risquait fort de terminer sa vie en mode solo.

***

Durant le tournage de « S*ans Culottes ! »,* Martine et Jocelyne s'étaient rendues à leur cours de yoga. Dans le même temps, Jérôme et Cynthia discutaient. La jeune vendeuse ne pouvait garder son secret plus longtemps. Elle avait tout d'abord pensé qu'une séparation – fut-elle douloureuse et difficile à supporter –, était meilleure qu'une relation dans laquelle elle étouffait. Puis, elle fit cette découverte dans les toilettes des Embruns qui allait à jamais bouleverser sa vie.

— Jérôme, je veux le garder !

— Non ! Non ! C'est hors de question ! Je ne peux pas quitter Joce et j'ai déjà du mal avec un perroquet. Alors un gosse, c'est non !

La jeune femme sanglota : comparer un enfant à un oiseau, voilà qui était osé.

— Comment tu peux dire une chose pareille ?

— Écoute Cynthia, je connais mes limites. D'ailleurs, on en avait discuté, tu te souviens ? Je t'avais dit non ! Pas d'enfant ! Je n'ai pas le courage, je suis trop vieux.

— Oui, mais plein d'hommes disent ça et puis quand ils sont devant le fait accompli, ils sont contents.

— Au fait, et ton stérilet ?

— D'après le gynéco, il a bougé. Tu vois, c'est de ta faute. T'avais qu'à pas me secouer autant !

— Ça me retombe dessus maintenant. Elle est bien bonne, celle-là !

— Oh, Jérôme ! On serait tellement heureux tous les trois. Jocelyne, tu ne l'aimes plus, tu me l'as dit. On ne vit qu'une fois, non ?

— Jusqu'à preuve du contraire, oui. Enfin, sauf si on croit à la réincarnation. Mais moi j'y crois pas. Par contre, je commence à penser que j'ai un très mauvais karma…

La ravissante brune se renfrogna et tapa du talon contre une dalle de carrelage. Elle hurla :

— Mais enfin ! Tu vas quand même pas m'obliger à avorter ?!

Le boulanger frémit. Bien sûr, il s'était attendu à ce genre de menaces. Évidemment, la perspective d'être presque père puis de pousser à un homicide sur la personne de son futur rejeton ne l'enchantait pas. Pourtant, il était révolté. Combien d'hommes s'étaient retrouvés piégés par des femmes peu scrupuleuses qui leur avaient fait croire qu'elles surveillaient leur contraception de près pour ensuite pousser un landau, désolés de se retrouver esclaves d'un insupportable marmot ? Il n'ignorait pas non plus que d'autres, d'abord réticents, se découvraient la fibre paternelle, parfois même sur le tard. Il n'avait pas la moindre idée de sa réaction future. Et puis, comment savoir ? C'est comme jouer au loto, on n'est pas certain de gagner, loin de là.

— Écoute Cynthia ! Bien sûr que non ! Tu le gardes si tu veux.

Je ne le reconnais pas, c'est tout, et si tu dis quoi que ce soit à qui que ce soit, tu peux dire adieu à ton emploi ! De toute façon, je nierai tout en bloc !

— Oh ! Tu me menaces maintenant ?

La jeune femme se laissa tomber au sol, de chaudes larmes ravagèrent son maquillage. Elle se tortilla par terre puis se mit à pousser des cris de baleine à l'agonie. Jérôme, inquiet qu'un badaud s'imagine qu'une prise d'otages voire une exécution sommaire ait lieu dans sa boutique, l'attrapa par un bras et la propulsa dans les escaliers. Elle monta devant lui. Il observa ses fesses et pensa qu'il n'en avait jamais vu de telles. L'idée d'en être privé à vie le tourmentait et, s'il était honnête cinq minutes avec lui-même, il admettait qu'il était fou amoureux et que cette paternité, bien que non programmée, l'enchantait. Sa maîtresse avait raison : on ne vit qu'une fois alors autant vivre en accord avec soi-même !

Il la poussa jusqu'à sa chambre et lui fit l'amour avec un désir décuplé. Ni la chemise de nuit de Jocelyne, qu'il repoussa afin qu'elle tombe sur la moquette, ni les gloussements sournois du perroquet n'eurent raison de son allant. Pourtant, alors que les deux amants allaient jouir de concert, le cacatoès, ce bestiau pervers, s'écria :

— Cynthia, saloooooope, Cynthia, salooooooooope !

La jeune femme, qui n'avait rien contre quelques insultes prononcées au bon moment, s'étonna du timbre strident. Elle ne comprit pas et tourna la tête :

— Tu peux pas m'insulter avec ta voix normale ? J'allais jouir !

Le boulanger se retira, ivre de rage. Il se dirigea jusqu'au salon et se mit à hurler :

— Espèce de débile, ferme-là, t'as compris ? Ferme-là !

— Pourriiiiiiiiture ! Pourriiiiiiiiiiiture !

Jérôme cherchait le morceau de tissu qui, d'ordinaire, servait à recouvrir la cage de l'infâme. Cynthia, nue comme un ver, fit son apparition dans l'embrasure de la porte.

— C'est lui qui a parlé ?

— Évidemment, tu crois que quand je m'apprête à jouir je prends une voix aussi ridicule ?

Il prononça ces dernières paroles en toisant le cacatoès. Il l'aurait volontiers étranglé, mais la situation était peu propice à un accès de violence. Et puis, s'il devait annoncer à sa femme qu'il la quittait pour aller s'occuper de sa descendance, il serait malvenu d'avoir – de surcroît –, à justifier un acte criminel.

— Boudin ! Boudin ! Boudin !

— Sympa l'oiseau ! Tu peux pas le faire taire ?

— Je cherche, attends ! Donne-moi le plaid de Jocelyne !

— Pourriiiiiiiiiiiiiiture ! Pourriiiiiiiiiiiiiiture !

Cynthia attrapa la couverture, la lança à Jérôme qui la jeta sur la cage de son homonyme. Il observa sa maîtresse et, dans un acte de pure provocation, renversa la vendeuse sur le fauteuil de son épouse et éructa de plaisir à quelques centimètres de la cage. Il en conçut une certaine aise, tout comme la jeune femme qui n'aimait rien d'autre qu'enfreindre les règles, briser les tabous et c'est en cela qu'elle supplantait toutes les autres.

Tout en se rhabillant à la hâte, Jérôme réfléchissait au meilleur moment pour annoncer la nouvelle. Elle ferait l'effet d'une bombe. La déflagration promettait de laisser des traces, mais qu'importe. Sa vie lui appartenait, il se sentait libre et enfin vivant.

Avant l'orgasme, il était incapable de la moindre réflexion un tantinet sérieuse. Pendant l'acte, il était incapable de quoi que ce soit puis, après avoir laissé jaillir la flamme de sa dévorante passion, il était béat, imbécile, aérien et comme décérébré. C'est à ce moment précis qu'il décida de devenir papa.

Pourtant, lorsqu'il vit surgir Joce, son sac de yoga sous le bras, le retour à la réalité se fit sentir avec lourdeur. Il se résolut à lui annoncer la nouvelle un autre jour. L'important était de conserver ce lien si spécial avec sa vendeuse et d'anticiper sur les années à venir. Il pouvait toujours tenter de se débarrasser de sa femme, mais il serait contraint de lui racheter sa part du gâteau, ce qui était une utopie financière. Comme souvent, il choisit de ne rien faire et de remettre à plus tard le chemin de croix qui l'attendait. Pour l'heure, il accueillit Jocelyne en forçant un sourire maladroit, ce qu'elle ne manqua pas de souligner.

— T'en fais une tête, on dirait que tu m'as jamais vue !

S'il avait laissé libre cours à sa parole, il aurait rétorqué qu'il l'avait assez vue.

— Ah bon ? J'ai un peu mal à la tête, c'est tout.

— Et pourquoi t'as recouvert la cage de Jérôme ?

— Il m'énervait, Joce. Je ne supporte pas cet oiseau, il me harcèle !

— Tu racontes n'importe quoi, dit-elle en repliant son plaid.

— Pourriiiiiiiiiture ! Pourriiiiiiiiiiiiiiture !

— Tu vois, il m'insulte tout le temps !

— Mais enfin, qu'est-ce qui te fait croire qu'il parle de toi ?

— Cynthia salooooope ! Cynthia saloooooooooope !

— Il ne dit que des horreurs, c'est tout, qu'il parle de moi ou pas. Il raconte des horreurs à longueur de journée !

— Ça, c'est la faute au père Truau. On ne peut rien faire, sauf à lui apprendre de nouveaux mots.

Ce disant, elle se pencha sur la cage et répéta en boucle :

— La fusion, c'est non ! La fusion, c'est non !

Jérôme l'observa de ses jolis yeux et resta muet. Cette bestiole avait plus d'un tour dans son sac et semblait aussi têtue que le cheval de Gérard Bourdon. À ce sujet, Jocelyne avait, elle aussi, une étrange nouvelle à annoncer à son époux. Contrairement à lui, elle prit le taureau par les cornes et se lança :

— J'ai racheté Anthésyte.

— Quoi ? Ce bourrin ?

— C'est pas un bourrin ! J'ai gagné une course sur son dos et Martine m'a dit que Gérard voulait l'emmener à l'abattoir.

— Pour une fois que je lui donne raison ! Mais, attends… Racheter ? Combien ? Et tu vas le mettre où ?

— Pour le moment, on attend. J'ai pas les sous. Mais si la révolution marche, je risque de changer de vie. Il faut t'y préparer Jérôme.

— Ah bon ? Je peux avoir un éclairage de la part de madame la future présidente ?

— Tu vois, tu es cynique et méchant ! Je ne te dirai rien ! De toute façon tu ne comprendrais pas. Pour Anthésyte, Gérard me demande de payer la location du box et la nourriture. Pour le rachat, on verra quand j'aurai pu économiser.

— Très bien ! Encore une fois, tu me mets au pied du mur !

Le roi du pétrin, qui se trouvait injustement sommé de se transformer en maçon, pensa qu'il avait intérêt à faire profil bas. La nouvelle qu'il ne tarderait pas à annoncer à sa femme risquait de provoquer un remue-ménage d'envergure.

14

FRANCIS TATANNE : LE COME BACK DU HAS BEEN !

Ils se retrouvèrent au *Tonight* où les travaux étaient terminés. Les mêmes que la fois précédente. Il importait de fixer les derniers préparatifs de la manif. Dans une semaine, jour pour jour, le président aurait maille à partir avec Tresvilles (ou plutôt ce qu'il en restait), Gonvillers ainsi que de nombreux habitants venus des quatre coins de la France, mus par la même farouche volonté d'en découdre avec le despote. Artus s'était déplacé en train jusqu'au bout opposé de la France, en Alsace précisément, où ça bardait fort. Jocelyne l'invita à partager ce dont il avait été témoin. Le nobliau se leva et lut les notes qu'il avait prises à l'issue de ses multiples échanges avec les quidams rencontrés à Sarrulbe.

— Alors, Sarrulbe est situé à quelques kilomètres de la frontière allemande. C'est un tout petit village, beaucoup plus petit que Tresvilles, ils sont deux cents là-bas. Ils voulaient juste que le rond-point soit refait. C'est vrai, j'ai vu, c'est une aberration leur rond-point ! Ils ont en moyenne cinq accidents par an ! Ça n'a l'air de rien, mais pour un si petit village, c'est énorme ! En plus, ils voulaient des ralentisseurs sur la route principale, ils ont moins de poids lourds que nous, mais ce village est coincé entre deux plus gros. Résultat, il y a du passage.

Jocelyne l'interrompit, car elle craignit qu'il ne fasse un décompte des chats écrasés et autres hérissons, ce qui, d'un point de vue révolutionnaire, ne constituait pas un argument.

— Artus, pouvez-vous aller à l'essentiel ? Ils ont fusionné avec qui ?

— Oui, donc ils ont fusionné avec le village d'à côté, Karlsrübbe. C'est un repaire d'anciens collabos, enfin ils sont presque tous morts. Mais comme ils se sont tous reproduits entre eux, on va dire que c'est un repaire d'enfants de collabos et leurs petits enfants aussi. Par contre à Sarrulbe, aucun collabo, jamais, que des gens bien ! C'est vrai, ils sont sympas ! J'ai déjeuné chez un couple d'éleveurs de cockers, Léon et Fabienne, c'est marrant un cocker ! Bon, eux, ils en ont dix-huit, c'est du délire là-bas. Dès que je récupère ma *Pursche*, je retourne en chercher un : j'ai eu un coup de cœur pour ces chiens !

Le plus jeune des La Morne ne put s'empêcher de jeter un regard lourd de reproches à sa mère qui le soutint avec effronterie. Elle se moquait de la *Pursche*, de son rejeton, de son mari et ne songeait qu'à son escapade romantique qui aurait lieu après la manifestation.

— Si vous pouviez avoir un coup de cœur pour une femme, ça nous rassurerait, rétorqua son père.

Personne ne releva, laissant ainsi au nobliau et à ses deux parents tout loisir de régler leurs différends une fois leur demeure rejointe.

— Artus, nous voulons bien croire que ce sont de très gentils chiens. Mais dites-nous plutôt à quoi les habitants sont prêts ? s'impatienta Jocelyne.

— Oui, bien sûr. Ils sont très énervés ! On leur a retiré leur panneau aussi. Ils veulent tout faire péter comme ils disent ! Et attention ! Ils ne rigolent pas. Ce ne sont pas des paroles en l'air.

— Tout faire péter, c'est-à-dire ?

— Ils veulent mettre le feu à l'Élysée !

— Ah ! Voilà des gens déterminés, j'apprécie. À ce sujet, je voulais revenir sur nos compatriotes, enfin ceux qui nous rejoindront dimanche. Via les réseaux sociaux nous avons mobilisé quatre-vingts villages. Je compte sur une quarantaine de participants par village. C'est un peu comme ici, beaucoup de personnes n'ont pas envie de monter à Paris, ils pensent que c'est perdu d'avance. J'avoue que je suis déçue.

Jocelyne avait rêvé que l'engouement soit général, qu'une sorte d'obsession révolutionnaire se répande à travers le pays telle une traînée de poudre. À son grand étonnement, le peuple de France était pessimiste, non seulement asservi, mais défaitiste, convaincu que plus rien n'était possible, que mieux valait rester chez soi à regarder Mickael Tecker plutôt que de battre le pavé parisien. Pourtant, les Français étaient mécontents. Cependant, les plus à même de mener la bataille avaient déjà déserté. Petra Vulvona se leva :

— Jocelyne, si je peux me permettre, vu les chiffres que vous avancez, il nous faudrait le soutien de TSK. Il a encore beaucoup de *supporters* dans le pays, il pourrait fédérer les troupes.

— Ah ça non ! Il va dénaturer notre mouvement. L'image, ça compte ! Je préfère que nous soyons quelques centaines de gens respectables plutôt que des milliers de… je ne sais même pas comment qualifier les partisans de ce monsieur, des malades, oui, des malades mentaux !

Jocelyne était dans le juste. TSK souhaitait récupérer un mouvement populaire. Certains disaient qu'il envisageait de se présenter aux prochaines élections. Selon l'adage qui affirme que le temps efface tout, il comptait sur le passage des années pour se refaire une virginité. Artus reprit :

— Je sais que Cornélius Charrognard est en train de préparer un article sur Sarrulbe. N'est-ce pas, père ?

Théodore, qui dodelinait gentiment du bonnet, sursauta, se ressaisit et, un peu penaud, expliqua :

— Oui, c'est vrai.

— Quoi ? éructa Jocelyne, ce maboule ? Il faut l'empêcher de nuire ! Il est contre nous, pas AVEC nous ! Théodore, il fallait couper les ponts avec ce blogueur, il nous a traînés dans la boue quand même ! C'est fou ça, j'ai l'impression que vous oubliez tout !

Killian vint au secours du noble.

— Jocelyne, c'est à cause de *Tweety*. Je l'ai dit sur Tweety. Comme il nous suit, il l'a forcément su.

— Killian, tu me consultes avant chaque tweet maintenant ! Ça ne va pas ! Qu'est-ce qu'il va encore raconter ?

La boulangère avait raison. Au moment où les Tresvillois se concertaient, Cornélius mettait le point final à un article intitulé : « Liberté, Égalité, Choucroute ! ». De quoi donner des suées aux Alsaciens.

— Bon, je résume : samedi soir, concert ici même de Francis Tatanne. Dimanche matin, rendez-vous devant la mairie, Célestin m'a confirmé que nous aurions un car. J'ai sondé nos soutiens, nous devrions être une quarantaine grâce à vos copains, Johnny, et à tous nos amis les Roms.

Jean-Michel Bowy se leva et annonça :

— Jocelyne ! Francis a une double surprise : d'abord il sera de la manif, ça c'est sûr, il me l'a confirmé hier soir. Et puis il y a autre chose qui devrait vous plaire, mais je ne peux pas en dire plus.

— Ah ! Michel, je suis ravie : une star à nos côtés, ça va nous donner plus de poids ! C'est quoi la deuxième surprise ?

— Il m'a fait promettre de ne rien dire, mais vous le saurez vendredi.

— Ah bon, pourquoi vendredi ? La veille de son concert ici, donc. Pourquoi ?

— Jocelyne, il m'a fait jurer, je n'ai qu'une parole.

La boulangère eut envie de souligner qu'il n'avait aucune parole, justement, et qu'en dehors des circonstances exceptionnelles qui les unissaient aujourd'hui, elle n'aurait jamais foulé du pied le sol de sa boîte de nuit, jadis lugubre, aujourd'hui fief de la pensée révolutionnaire.

— Bon.

Martine Bourdon se leva et, pour une fois, elle portait bien son nom.

— Jocelyne, je suis tellement désolée. Comme vous le savez, nous serons à Turninghton, ça tombe mal. Je serais venue, moi ! En plus, Paris, ça fait si longtemps que je n'y suis pas allée. Je serai avec vous par la pensée, mais j'ai confectionné un patchwork révolutionnaire afin de vous accompagner. Je sais, ce n'est pas grand-chose, regarde.

Elle écrasa une larme et tendit un immense sac à Jocelyne ainsi qu'une longue pique de bois. Joce extirpa du sac un drapeau tricolore sur lequel Martine avait cousu quelques symboles, parmi lesquels un bonnet phrygien, une cocarde révolutionnaire, 1789 écrit en rouge sur le fond blanc du second tiers du drapeau, et, ce qui fit frémir d'effroi les La Morne : une guillotine !

— Martine, merci mille fois ! Je te suis vraiment

reconnaissante. Je le brandirai pendant toute la manifestation.

— Joce, j'aurais tellement voulu le brandir aussi. Tu vois, sur le côté, j'ai cousu un revers. Comme ça, tu passes le manche en bois dedans et il a fière allure. Tu peux le faire tournoyer dans tous les sens, un peu comme tu faisais avec ton bâton de majorette. Au fond du sac il y a d'autres drapeaux, mais ils sont moins élaborés. Je suis désolée, je n'ai pas eu le temps de faire plus.

Théodore ne put se retenir davantage. Non seulement il se sentait mal à l'aise dans cette boîte de nuit qui incarnait tout ce qu'il abhorrait, mais le patchwork lui soulevait le cœur.

— Personnellement, je ne puis envisager de vous accompagner si vous promenez pareil étendard ! La guillotine n'est pas un symbole en l'air ! Ça a du sens !

— Ah ! Celle-là je l'attendais ! Mon ami, vivez avec votre époque : elle nous sert à quoi notre particule ? Je vous le demande ? Nous voici contraints de nous unir au petit peuple, c'est ainsi que vous pensez ? attaqua Marie-Cécile.

— Pas du tout, et je vous saurais gré de ne pas vous énerver ! Réservez les joutes verbales pour notre intimité.

— Notre intimité ? Parce que nous avons ce qu'il convient d'appeler une intimité ? Première nouvelle !

— Calmez-vous ma mie, nous en reparlerons à la maison.

— Oui, père a raison ! Vous pouvez attendre d'être à la maison pour laver votre linge sale.

Artus désapprouvait désormais tout ce que le maudit couple, qui avait œuvré afin qu'il voie le jour, pouvait raconter.

« Et dire qu'ils m'ont conçu ! J'ai du mal à comprendre ! Un accident, certainement. Je suis un accident de la nature, voilà ce que je suis », maugréa-t-il en son for intérieur.

Il eut soudain envie de pleurer et sortit fumer une cigarette, suivi de près par Kevin Laverge.

Bah dis donc, tes parents, c'est pas ça, hein ?

— M'en parle pas, je ne les supporte plus.

— Ta mère, tu sais quoi ? Je la reconnais plus.

— Ah ! Content de l'entendre ! Moi non plus et j'ai l'impression que mon père est stupéfait aussi.

— Ton père, il me fait pitié, franchement. Il se sent obligé d'assister au tournage, comme pour surveiller ta mère. Remarque, il a pas tort, elle fricote avec le Rom, t'es au courant au moins ?

— Pardon ? Quel Rom ? Bien sûr que non, je suis au courant de rien du tout !

— Le plus vieux des trois, Tiego. Il a l'air monté comme un âne. Si jamais j'ai un acteur qui m'lâche, je lui demande de me filer un coup de main. Bon, façon de parler, hein…

Devant la mine défaite de son interlocuteur, le réalisateur poursuivit en tentant de se raccrocher aux branches.

— Excuse-moi, ça t'intéresse toutes ces histoires ?

— Lesquelles ?

— M'engueule pas, mec ! Je sais que c'est pas drôle, je pensais que tu savais.

— Tu sais, au fond, c'est pour mon père que j'ai de la peine. Il est gentil. Ma mère est devenue complètement folle. Quand je pense qu'elle nous a ruinés avec ses placements pourris, et après il y a eu les Roms. Mais quand même, je me doutais pas qu'elle s'en tapait un. T'es sûr ?

— Bah oui ! Je les ai vus se rouler un patin ! Et la main au panier, et tout ! Pour être sûr, je suis sûr. Mais bon, c'est peut-être un amour de vacances, hein !

— T'es vraiment con comme mec, franchement… Il y a des fois, je te mettrais bien ma main dans la figure ! Un amour de vacances ?? C'est un truc d'ados les amours de vacances, t'as vu ma mère ? Elle a soixante-cinq ans bientôt !

Kevin se sentit penaud. Il regrettait d'avoir vendu la mèche, mais ne pouvait s'empêcher de revisionner cette scène lors de laquelle, alors que Théodore tenait le chandelier, MC et Tiego s'embrassaient goulûment dans le corridor.

— Bon, écoute : ce que je veux dire c'est que les Roms, voilà, ils ont fini les travaux au *Tonight*. Ils vont s'arracher maintenant. Et ta mère, elle va rester avec ton père. Tu crois quand même pas qu'elle va partir vivre en caravane ?

Kevin avait beau pratiquer l'accrobranche, le tronc vacillait.

— Je la trouve tellement bizarre. Elle a beaucoup changé, tu trouves pas ?

— Ah ça, oui ! C'est la magie du coup de queue, ça te transforme une vieille peau en jouvencelle.

— Tu parles de ma mère, là !

Artus fit mine de s'indigner. En réalité, il n'en avait que faire. Il souhaitait uniquement ramener un peu de paix dans le couple mal assorti et désuni que formaient ses parents. Il pensait à son père, surtout, qui ne se remettrait pas d'un coup de couteau dans le dos. Un Rom, en plus ! Un aristo, passe encore, un mécano, un artiiiste, pourquoi pas. Mais un tzigane, non !

Les deux amis retrouvèrent leurs places respectives à l'intérieur. Jocelyne avait repris la parole.

— Il nous faut plusieurs slogans. On ne peut pas hurler la même chose toute la journée. On ne sait jamais, il y aura peut-être des caméras ? Et puis, au moins, on aura des retours sur les réseaux sociaux. Donc on a : « La fusion c'est non ! ». Vous avez d'autres idées à me soumettre ?

— Ollanzi t'es cuit ! C'est très bien, non ? demanda Killian.

— Oui, c'est très bien. Et puis, c'est vrai ! Je pense qu'il est cuit. Et ça rime, il nous faut des rimes, c'est important ! Un slogan c'est percutant et ça rime. Comme ça, les gens retiennent. Alors ?

Elle balaya la salle du regard, tous semblaient se creuser la tête en prenant des airs concentrés.

— Ollanzi, pourri ! éructa Kevin, pas peu fier de sa trouvaille.

— Rien de mieux à proposer ?

Artus prit la défense de son comparse de toujours :

— C'est vrai qu'il est pourri !

— Oui, Artus, il est pourri. Mais c'est un peu facile comme rime.

Kevin prit la mouche.

— Si faut être poète maintenant...

D'un naturel provocateur, il renchérit :

— République ! J'te nique !

— Ah non ! C'est un bon titre pour un de vos films, ça ! Mais justement, on voudrait que la République soit respectée.

— Fusion ! Révolution ! Morpion !

— Killian, non, ça ne va pas ! Des rimes, oui ! Mais pourquoi des morpions ?

— Parce que morveux, ça rimait pas.

Martine se concentrait. On voyait qu'elle faisait preuve de bonne volonté

— Liberté, égalité, c'est l'pied ! Souveraineté, au panier !

— J'aime bien, merci Martine ! Surtout que le panier sert à mettre les têtes qui tombent. Désolée Théodore, pas la vôtre bien sûr.

Théodore se leva, mutique, et prit la direction de la sortie sous les regards surpris et interrogateurs. Il se déplaça lentement jusqu'à la porte dont il franchit le seuil en ajustant son écharpe de tweed. Jocelyne poursuivit, imperturbable :

— On se donne rendez-vous dimanche matin à cinq heures devant la mairie. Départ à cinq heures quinze, on arrive à Paris autour de midi. Préparez-vous un panier-repas, interdiction de manger dans le car : on s'arrêtera sur une aire, vingt minutes, pas plus. Prévoyez des chaussures de marche, un coupe-vent avec capuche, ils annoncent de l'orage, c'est pas de chance. De l'eau en quantité, bref, c'est un peu comme si on partait en randonnée. Et surtout, comme on a le concert de Francis la veille, épargnez vos cordes vocales : il va falloir hurler nos slogans ! D'ailleurs, les concernant, j'attends d'autres suggestions : vous pouvez venir me voir à la boulangerie ou bien me les envoyer en message privé sur *Tweety*. Au fait, Kevin n'a pas le temps pour les banderoles. Qui s'en occupe ?

— Moi ! cria Martine qui culpabilisait tellement de ne pouvoir être de la partie qu'elle aurait fait n'importe quoi.

— Tu pars quand pour Turninghton, Martine ?

— Jeudi soir.

— OK, tu me les apportes mercredi avant le yoga ?

— Bien sûr, tu peux compter sur moi. J'en fais combien ?

— Au moins dix ! Pour le moment, tu en fais six avec les deux meilleurs slogans : « Ollanzi t'es cuit ! » et « La fusion c'est non ! » . On verra si d'autres idées arrivent d'ici là.

Elle prononça ces dernières paroles avec dans le regard une lueur réprobatrice. Elle avait la sensation d'être le cerveau de l'opération et de trimbaler derrière elle un troupeau de moutons. « Pourvu que tout se passe bien », pensa-t-elle. Elle avait une confiance limitée en ses futurs compagnons de route, mais la présence de Francis la mettait tellement en joie qu'elle conclut :

— Je vous retrouve samedi soir à vingt heures pour le concert. D'ici là, prenez bien soin de vous ! Continuez d'être présents sur *Tweety*, tentez de dialoguer avec d'autres victimes de fusions afin de les retrouver dimanche. Unissons-nous ! La fusion, c'est non !

La salle au complet se leva et scanda en hurlant le slogan préféré (et toujours inégalé) de la boulangère. Chacun rejoignit son domicile, plus ou moins contrarié, car la plupart des couples s'étaient tellement effilochés qu'il ne restait souvent plus qu'un seul de ses représentants. Pourtant, à l'heure des retrouvailles, un couple allait se désunir davantage tandis qu'un autre s'apprêtait à raviver des couleurs délavées par la succession d'années.

15

LIBERTÉ, ÉGALITÉ, CHOUCROUTE !

Martine se gara devant la maison qu'elle partageait avec Gérard depuis trente ans, mais ne sortit pas de son véhicule. Elle observa son jardin, ses haies coupées au cordeau, la cuisine américaine qui brillait de son rouge vif et éblouissait les voisins d'en face, la caravane qui les avait transportés, été après été, aux quatre coins du pays. Elle avait remisé ses rêves de Lady, son manoir sur la côte anglaise, les boiseries aux plafonds, les vacances partout où c'est cher, avait enfoui tout cela très loin dans son inconscient qui, soudain, lui joua des siennes. Elle posa la tête sur son volant et éclata en sanglots. Sa vie lui apparaissait comme minable, son mari était un salaud doublé d'un gros dégueulasse qui ne lui avait pas fait le moindre compliment depuis la naissance de leur fille – et encore, il avait dû se forcer ce jour-là –, un pauvre type obsédé par son bien-être, mais peu regardant dès qu'il s'agissait d'autrui. Elle pleura à chaudes larmes avec pour seule consolation la perspective de changer d'air au plus vite. Tout n'était jamais rose au royaume d'Albion, les élèves gloussaient dans les cathédrales, se plaignaient de la nourriture que leurs familles d'accueil balançaient sans vergogne dans une boîte aux odeurs de moisi, mais Dieu qu'elle riait avec ses collègues et Dieu qu'elle aimait ces escapades ! Elle comprit qu'elle en avait besoin, car elle avait opéré un choix par défaut en épousant ce gros type désagréable qui lui tenait lieu de mari. Elle se moucha puis quitta son véhicule, consternée de cette prise de conscience un peu tardive, mais déterminée à ne pas laisser filer ce qu'il lui restait d'années à fort potentiel.

— Alors, ça s'présente comment sa révolution à l'autre foldingue ?

— Je refuse de te répondre. D'abord, je vois que tu ne m'as pas attendue pour dîner, merci, et ensuite je…, enfin, écoute, on en reparlera à mon retour d'Angleterre.

— Très bien, madame se rebelle ! C'est nouveau ! Ça te monte à la tête aussi cette histoire de révolution ! Moi, tu vois, je préfère la révolution sexuelle à celle de Jocelyne.

— Ah oui ! J'ai vu ce pauvre curé. Il est ridicule sur ce vélo. Tu n'as pas honte ?

— Sûrement pas !

— Nestor est bien brave de se prêter à ce jeu. Tu es au courant qu'il est la risée de tout Grogneul ?

— M'en fous…

— Je le suivais sur la route et je peux te dire que, si à Tresville il attire la compassion, là-bas, il en voit des vertes et des pas mûres !

— De toute façon, cette pub, ça marche ! On en a vendu deux milles en deux semaines !

— Hein ? Tes godes ridicules ?

— Parfaitement madame ! D'ailleurs, si vous voulez bien me suivre, j'ai une surprise pour vous.

Martine comprit au quart de tour qu'il en avait ramené un exemplaire à la maison pour faire joujou. Elle soupira, pensa à l'Angleterre, regarda le pot de rillettes et répliqua :

— Écoute, c'est non. Je n'ai pas mangé de la journée, je suis épuisée, tu sembles oublier que j'étais au *Tonight.*

— Je sais… Bah mange tes rillettes et rejoins-moi sur le canapé.

— J'ai des copies.

— Évidemment !

Martine se demanda dans quel ordre organiser ses priorités, mais satisfaire le bon plaisir de son mari ne figurait même pas en dernière position. Elle se résolut à préparer les six drapeaux, de terminer ses corrections puis de faire le pointage des fiches élèves avant le départ. Elle pensa à James en corrigeant le dernier contrôle de ses premières L. Elle se débrouillait toujours pour caser son prénom dans un exercice. Cette fois, les cerveaux avaient carburé sur un sujet de rédaction qui mettait en scène un certain James au moment de sa mort. Les élèves devaient faire un compte rendu des images les plus marquantes de sa vie. Bien entendu – et à son immense regret –, aucun lycéen n'avait eu l'excellente idée de lui faire rencontrer une certaine Martine. Puis, elle se ressaisit et pensa qu'après tout, il n'était jamais trop tard pour rattraper le temps. Il file, certes, mais il file d'autant plus vite que l'on regarde passer les wagons.

L'épouse de Gérard avait décidé de sauter des deux pieds dans le train et de reprendre son destin en main. Elle passa plusieurs heures sur le oueb en quête de son James. Elle le trouva et eut comme un coup au cœur. Son regard perçant était le même et lui rappelait leurs inoubliables joutes amoureuses. Il avait changé, son front était dégarni, des lunettes cerclaient ses yeux gris, mais c'était bien lui. Elle s'apprêtait à chercher son adresse lorsque Gérard fit irruption dans son bureau.

— Qu'est-ce que tu fous ? T'as vu l'heure ?

— Non, j'avais mille choses à faire.

— Ah oui, je vois ça ! C'est qui cette tête de con ?

— Personne, répondit Martine en éteignant l'ordinateur.

— Bah si, c'est forcément quelqu'un ! Alors c'est qui ?

— Mais c'est un monsieur qui va héberger trois élèves. Je vérifiais juste quelques bricoles sur lui, la taille de sa maison… Il va accueillir trois élèves, on n'a pas eu le choix, on a un nombre impair.

— Allez, viens vérifier la taille de mon gode, Oh my Gode ! Ah, ah ! Elle est bonne, hein ? Magne-toi, il est minuit ! Allez la grosse, on va essayer le jouet !

Ils rejoignirent leur chambre, tapissée de patchworks aux motifs bucoliques.

— Ah ça, non ! Je dors, j'ai cours à huit heures demain.

— Très bien, ne viens pas râler si…

— Si quoi ?

— Rien. Tiens, tu peux t'en servir pour te brosser les dents, attrape !

Martine, qui se tenait en chemise de nuit entre la chambre et la salle de bains, saisit l'objet au vol.

— Ça alors ! C'est curieux…

— *Noulimex*, c'est sex !

— Oui, merci, j'ai vu le slogan. Ils perdraient pas un peu les pédales chez *Noulimex* ?

— Non, ils se rabattent sur le pas cher, le pas cher ça se vend. Et puis, un gode qui fait brosse à dents, j'aime autant te dire que c'est économique. Tu trouves pas ?

— Oui, sûrement, répondit une Martine pensive.

Elle dévissa la moitié du manche de l'objet aux promesses multiples puis s'arrêta.

Elle s'imaginait dans les bras du James qu'elle avait vu sur le *Ternet*, regarda son époux avec dégoût et s'observa dans la glace. Vingt kilos. C'est ce qu'elle avait pris à cause de ce minable. Il ne jurait que par la charcuterie, les plats en sauce, les pâtisseries bon marché, les chips devant la télé et le chocolat en sirotant une mirabelle. Le résultat parlait de lui-même : une Martine déformée par ce partenariat qui la consternait. Une fille en était née. C'était sa seule consolation, mais pas une raison pour rester avec ce gros lard. Tout en rentrant le ventre afin de tenter de ressembler à ce qu'elle avait été, elle déposa du dentifrice sur le gode et l'enfourna dans sa bouche. Lorsqu'elle réalisa son erreur, elle se trouva bête, grosse et surtout ridicule. Elle reprit sa brosse à dents, celle qui n'avait d'autre ambition que de brosser des dents, cracha dans le lavabo, remplit un verre d'eau qu'elle posa sur la table de nuit et s'allongea à côté de Gérard qui dormait déjà.

***

À peu près au même moment, Jérôme s'apprêtait à annoncer la nouvelle qui fait mal.

— Joce, il faut qu'on parle.

— Tu as une idée de slogan ?

— De quel slogan tu parles ?

— Mais ça fait une demi-heure que je te fais un compte rendu de la réunion à laquelle TU n'es pas venu.

— C'est un reproche ?

— Oui !

— Ranger et nettoyer le fournil, préparer le pétrin pour demain, tout ça, c'est inutile ?

— Non, je sais. Mais puisque tu ne peux pas venir, tu pourrais au moins écouter. J'ai des choses à dire.

— Très bien, je t'écoute, concéda-t-il d'un air contrit.

— T'aurais pas une idée de slogan ? Un truc qui claque : bref, cinglant comme une gifle dans la figure d'Ollanzi !

— Non.

— Tu t'en fiches complètement, Jérôme. Ce mouvement, tu sais, parfois, je me demande si tu ne souhaites pas qu'il capote.

Jérôme se mura dans un silence lourd. Capote, si seulement il en avait mis une… Il avait promis à Cynthia de révéler leur liaison, mais comme toute promesse difficile à honorer, il trouva un prétexte pour y échapper.

— Dis, tu ne trouves pas qu'elle sent, la cage de Jérôme ?

— Si, tu as raison. Il faut la nettoyer. Tu peux t'en occuper ? Tu sais, d'ailleurs je pense que ça vous rapprocherait. Je vais faire la vaisselle.

— Et je fais comment ?

— C'est simple, tu ouvres la cage, tu retires le papier journal où il a fait ses besoins et tu en mets un nouveau. Il y en a dans l'entrée. Et ensuite tu refermes.

— Et pendant ce temps-là, il ne bouge pas ?

— Non, il est sage comme une image.

— Tu ne trouves pas qu'il me regarde de travers là ?

— Arrête ! Finis ta soupe, elle va refroidir, cria-t-elle depuis la cuisine.

— Mais je te jure, regarde ses yeux ! Il n'a pas l'air content !

Joce délaissa le récurage de la casserole et se planta dans l'embrasure de la porte.

— Tu connais l'effet miroir ?

— Non.

— Tu es désagréable avec quelqu'un, il l'est avec toi. Tu regardes quelqu'un de travers, il fait la même chose.

Jérôme manqua de s'étrangler avec son brouet. Son cerveau carburait. Il avait promis à Cynthia de tout balancer ce soir. Or, il était en pleine discussion avec une femme convaincue que l'anthropomorphisme existait.

— Je le regarde normalement, Jocelyne.

— Non, je t'ai vu. Tu le regardes avec défiance !

Jérôme termina sa soupe sans broncher sous le regard maléfique de son homonyme à plumes. Le boulanger avait raison : la bestiole était douée. Entre maléfices et mauvais œil, elle lui préparait un accueil à la hauteur de la détestation qu'elle vouait à son soi-disant maître.

— Je retourne faire la vaisselle, tu t'occupes de Jérôme ?

Jérôme accepta la tâche ingrate en se demandant à quel moment précis annoncer la nouvelle de sa prochaine désertion. Il avait promis à Cynthia, pourtant il doutait toujours du bien-fondé d'une telle décision. Il se sentait pieds et poings liés, esclave d'une maîtresse au sang chaud qui, non contente de titiller ses nerfs, se jouait de sa bonne conscience. Il ouvrit la cage du cacatoès. À l'inverse des prédictions de Joce, l'oiseau prit la poudre d'escampette. Il se posa sur le téléviseur et hurla : « Cynthia, saloooope ! Cynthia, saloooooooooope ! »

— Joce, il s'est sauvé !

Jérôme, face au mutisme de son épouse et aux bruits d'assiettes qui s'entrechoquaient au fond de l'évier, tenta d'attraper l'oiseau. Il s'approcha en prenant des airs de conspirateur, se figea alors qu'il crut déceler une lueur malveillante dans le bleu soudain sombre des pupilles de celui qu'il avait de plus en plus envie de voir finir dans son assiette. Après tout, en ces temps de disette, c'était là un gibier comme un autre. Alors qu'il se tenait à quelques centimètres de l'oiseau, prêt à l'attraper, ce dernier partit dans un violent bruit d'ailes et s'accrocha au rideau.

— Joce, viens m'aider, je te dis qu'il s'est sauvé !

— J'ai les mains trempées, nettoie sa cage ! De toute façon, il ne peut pas aller bien loin.

Obéissant, le boulanger froissa le papier journal couvert d'excréments, le remplaça par quelques feuilles propres, puis regarda en direction du rideau. Jérôme avait changé de place. Jérôme balaya le salon du regard : en vain, nulle trace de la bestiole. Jocelyne apparut dans l'embrasure de la porte. Elle s'essuyait les mains dans son tablier.

— Il est où ?

— Aucune idée, il était dans le rideau et puis je me suis retourné, et paf ! Évaporé !

— T'es vraiment pas doué ! Je l'ai fait des dizaines de fois, il n'a pas bougé.

— Écoute, Joce, il faut qu'on parle.
— Tu veux parler de quoi ? Aide-moi plutôt à trouver Jérôme.
— J'ai quelque chose à te dire.
Soudain, Jocelyne comprit. « Pour une fois », pensa-t-elle, « pour une fois qu'il s'en souvient, il faut que ce soit précisément au moment où je ne peux plus l'encadrer. »
— Écoute Jérôme, je sais que c'est notre anniversaire de mariage. J'espère que tu ne m'as pas acheté un cadeau ? On n'a pas les sous, hein !
L'époux se trouva coi. Il oubliait régulièrement les anniversaires, le sien y compris, ce qui expliquait la résignation de son épouse. Comment annoncer pareille nouvelle un jour comme celui-ci ? C'était tout bonnement impossible.
Le perroquet était planqué derrière un vase. Jocelyne le découvrit avec une aisance qui stupéfia Jerôme et le conforta dans l'idée qu'une certaine forme de dépendance existait entre sa femme et lui. Une juste répartition des tâches, depuis l'infiniment petit : comme qui mettait le couvert, qui faisait la vaisselle, qui passait l'aspirateur, jusqu'à l'infiniment grand dont il avait oublié les lignes, les parallèles, les perpendiculaires ainsi que toutes les autres. Mais qu'importe. Il attendrait son retour de la manifestation, il ne pouvait pas décemment quitter son épouse un jour pareil, ni les suivants. Jocelyne caressa la tête de Jérôme et le déposa délicatement dans sa cage. Jérôme en voulait à cette bestiole qui ne lui apportait que brimades et humiliations. Ce n'était même pas un animal de compagnie : ce machin ne servait à rien. Il avait effectué des recherches sur le *Ternet* au sujet des oiseaux et avait fait une découverte qui lui permettrait de prouver à sa femme que Jérôme était complètement idiot.
— Tu sais, il existe un test tout simple pour savoir si un animal est intelligent. Et crois-moi, Jérôme est complètement stupide.
— Tu parles de quel genre de test ? On ne va pas l'emmener chez un psy ! De toute façon il est rusé comme un renard et les renards sont intelligents, point.
— Il est vicieux, pas rusé.
— Tu l'as pris en grippe, mais de là à le traiter de vicieux, tu vas un peu vite ! Vicieux, quand même…
— Cynthia, saloooooooope ! Cynthia, saloooooooope !

— Tu vois, il est vicieux !!

— Ah ! Justement non, je dirais qu'il est intuitif. Il ne l'a jamais vue en plus… enfin, j'espère…

Jérôme, peu enclin à poursuivre cette amorce de conversation qui promettait de se terminer en dispute, insista afin de prouver que Jérôme était d'une stupidité ahurissante.

— Il suffit de lui coller un truc entre les deux yeux et de le mettre en face d'un miroir : si l'animal se reconnaît, c'est qu'il est intelligent, sinon, c'est qu'il n'est pas plus malin qu'un ver de terre.

Jérôme avait tenté d'effectuer le test, mais son homonyme l'avait copieusement insulté et s'était retourné afin de lui opposer son fessier telle une fin de non-recevoir. Pourtant, convaincu que le volatile était débile, il voulait le prouver à sa femme afin de retrouver sa superbe, car, se faire détrôner par un oiseau jacasseur était vexant.

— Tu as vu ça où ?

— Dans TV mag. Tu sais, sur la dernière page, il y a toujours un truc sur les animaux. Regarde, dans le numéro de cette semaine, ils parlent des oiseaux et de ce test.

Jérôme brandit le magazine auquel Joce s'était abonnée pour les nombreuses pages de mots croisés qu'il offrait. Elle lut l'article et acquiesça.

— Très bien, je vais lui coller une pastille blanche. Sur sa tête gris foncé, ça va ressortir.

Elle ouvrit le tiroir de la commode, saisit un autocollant qu'elle découpa afin d'obtenir un cercle de petite taille qui puisse aisément se fixer entre les deux yeux de Jérôme. Elle l'extirpa de sa cage, colla le rond blanc et le transporta jusqu'à la salle de bains. Elle le mit face au miroir devant lequel son homonyme se rasait tous les matins. Ce dernier se tenait derrière eux, un rictus malicieux barrait son visage. Certain du triomphe qui se profilait, le boulanger cria :

— Tu vois, il est débile !

Le perroquet avança une patte en direction de son reflet et tenta de toucher le rond blanc. Mutique, il observa le boulanger qui sortit de la pièce, déconfit, accablé par le destin. Jocelyne le rejoignit dans la salle de séjour, replaça l'oiseau dans sa cage et triompha :

— Tu vois, il a réussi ! Il est super intelligent ! De toute façon, je le savais. Pas besoin de test pour moi, mais maintenant, tu ne peux plus le traiter de débile.

— Jérôooome ! Jérôooome ! Débiiiiile !

Le Jérôme en question attrapa le tissu salvateur et le plaça sur la cage. Il s'en voulait : si seulement il s'était tu, il aurait pu continuer à faire passer l'animal pour un imbécile !

Le couple prit place devant le téléviseur lorsque le portable de Joce vibra. Un tweet abominable commençait sa circulation interplanétaire. Cornélius Charrognard venait de frapper à nouveau.

— Je rêve ! Mais quelle horreur !

— Quoi ?

— Attends, je lis ! Tais-toi !

LIBERTE EGALITE CHOUCROUTE !

D'ouest en est, la valse des baltringues continue

Il était une fois une commune démembrée, écartelée, malmenée par le Président de France. Le mécréant crut bien faire en mettant Tresvilles-sur-mer et Grogneul dans le grand Thermomix sur lequel il règne tel un maître Jedi. Kiki a plus d'un tour dans sa besace, mais, pris de court il se trouva. Voyez-vous cela, Kiki pris de court ? Eh bien oui, enfin presque...

Las, c'était sans compter sur la détermination d'une boulangère rebelle qui, du haut de son mètre cinquante, parvint à fédérer quelques personnages et à les convaincre ; qui de traverser le pays afin de rassembler, qui de la coacher en communication, action, rébellion, qui encore de coudre nuitamment de superbes banderoles.

Le préposé aux déplacements, après avoir fait cramer son moteur – tel un blanc bec tout juste autorisé à rouler –, dut se rabattre sur le train. Passer de la Pursche au rouge qui pète à la loco n'a certainement pas comblé le nobliau. Qu'importe, pour la bonne cause, il était frais et dispo.

C'est ainsi qu'il se rendit à l'autre bout du pays, jusqu'à un improbable bled coincé au fond d'une vallée d'Alsace. Le trou en question a, lui aussi, fusionné avec un village un peu moins vilain et légèrement mieux loti.

Artus de la Morne, quarantenaire au passé de loser, au présent d'une tristesse qui fait ironiquement écho à son patronyme, s'est ainsi retrouvé chez un couple d'éleveurs de cockers. Peu farouches, les maîtres – tout comme les canidés – ont accueilli leur hôte comme il se doit.

Au menu : rigolade, accolades, glapissements, aboiements et surtout, choucroute !

Artus a bâfré, picolé, dansé avec les chiots et, accessoirement, causé de la manifestation. Dis l'ami, si tu as l'intention d'aider la boulangère à renverser le pouvoir, tu devrais être davantage à ton affaire ! Émissaire ! Tu te méprends sur ton rôle ! Kiki peut dormir tranquille, le baltringue que tu es ne nuira point !

Chère Jocelyne, je vous demande par avance de bien vouloir excuser ma roguerie mais vos bras droits sont des bras cassés !

Par Cornélius Charrognard

Pour vous servir, ici, partout, nulle part ailleurs.

— Il y a une balance, c'est pas possible autrement !

— Fais voir.

Pendant que Jérôme lisait l'article qui venait d'être partagé pour la deux millième fois en une heure, Jocelyne passait en revue les soutiens qui l'avaient retrouvée au *Tonight*. Un Judas s'était immiscé parmi eux, c'était certain. Leur réunion avait été observée, écoutée derrière une porte. Un indic balançait des informations à ce maudit blogueur qu'elle souhaitait voir mort et enterré. Elle ne pouvait envisager qu'il s'agisse d'Artus lui-même. Cet article consternant le ridiculisait, et, si quelqu'un à Tresville était soucieux de son image c'était bien lui. Marie-Cécile ? Quel aurait été son intérêt ? Un bref instant, Joce soupçonna un Rom qui aurait divulgué des informations en échange de quelques billets. À nouveau, même si la déroute financière dans laquelle chacun était plongé poussait certains êtres peu scrupuleux à vendre leur âme au diable, elle avait appris à connaître les trois cousins et ne pouvait se résoudre à les accuser. Puis, soudain, elle revit Théodore quitter la boîte de nuit avant la fin de la réunion, visiblement meurtri. Il était le seul Tresvillois en contact direct avec Cornélius, le seul aussi à détenir des informations aussi précises sur son rejeton et son escapade.

— C'est Théodore, le salaud ! Je suis sûre que c'est lui !

— Bon sang, il y va fort le blogueur ! Bravo, on passait déjà pour des idiots, mais là… Pourquoi Théodore ?

Jocelyne exposa les fondements de ses soupçons, et, pour une fois, son mari se rangea à son opinion.

— Tu lui dis qu'il ne fait plus partie de ton mouvement !

— Maintenant qu'ils sont comme cul et chemise, je ne vois pas comment stopper la machine.

— Et si on avait un nouvel ESSC ?

Jocelyne marqua un temps d'arrêt : elle avait oublié jusqu'à l'existence de ces envoyés du gouvernement ; ces infiltrés qui s'immisçaient dans des communes comme la leur. Ils portaient bien leur nom : Envoyés Spéciaux de Surveillance Des Communes.

— Je n'ai vu aucune nouvelle tête. Non, je pencherai plutôt pour quelqu'un d'ici. Mais qui ça pourrait être ? Jean-Michel Bowy ! Ou Petra… Je ne vois qu'eux. Remarque, l'ESSC qui nous a épiés pendant les travaux peut être en contact téléphonique avec quelqu'un d'ici…

— Joce, quand même, les cockers, ça ne s'invente pas.

— Je sais, mais Artus a mentionné les cockers à la réunion. Ceci dit, il n'a pas parlé de choucroute !

— C'est peut-être une invention du blogueur, la choucroute. Il m'a l'air toqué ce type.

— Jérôme, je ne sais pas, mais il y a quelque chose qui cloche et je ne vois pas comment démasquer le coupable avant la manif. Il va falloir faire avec, je vais prévenir Killian.

— Attends ! Et si c'était lui ?

— Killian ? Mais c'est mon meilleur soutien !

— Justement ! Il sait tout, il est sur *Tweety* toute la journée. Il a pu développer des liens avec Cornélius…

Jocelyne se sentit abattue. En effet, pourquoi pas Killian ?

Pourquoi pas Michel, Petra ou Théodore ? Elle peinait à comprendre leur intérêt dans cette affaire, à moins que le blogueur soit lui-même, et – en dépit de ce qu'il prétendait –, complice du pouvoir en place. Elle sentit son cœur se serrer et éclata en sanglots. Trop d'événements, trop peu de sommeil, trop d'excitation ; tout cela lui mettait les nerfs en pelote. Elle se recroquevilla sur son fauteuil. Elle ressemblait à un moineau, abattu et perdu. Puis, Jérôme lui asséna le coup fatal.

— Ça pourrait bien être Célestin aussi ! Il ne vient même plus acheter de pain. Si tu veux mon avis, il est à la botte du maire de Grogneul. Il ferait n'importe quoi pour son musée du cochon. Tu sais qu'il ouvre la semaine prochaine ?

— Non, je ne savais pas.

— Et Gérard ? C'est Gérard ! hurla Jérôme.

— Pourquoi pas ? Mais, pour moi c'est Théodore. Gérard s'en fiche du mouvement. Théodore était impliqué et là, boum, il a quitté la réunion avant la fin. C'est bizarre…

La boulangère pleura à nouveau, l'altérité la rongeait. Elle avait rêvé d'un mouvement uni, frondeur, impertinent, une union qu'elle fédérerait avec l'aval de ses alliés. Mais dans la vie, rien ni personne n'est jamais acquis à la moindre cause et toute situation peut se retourner. Les embellies sont passagères, souvent entrecoupées de déceptions. Jérôme se trouva ému de voir sa femme ainsi malmenée par le destin. Il avait fait preuve de peu de solidarité et était tout disposé à l'admettre. Par jalousie, certainement, par sentiment d'impuissance aussi. La verve de son épouse l'avait laissé sur le carreau et poussé dans les bras d'une tentatrice. Il se sentit coupable, exécrable, pour un peu il se serait dénoncé à la police. Pris de remords, et voyant sa femme abattue et soumise, il la saisit et la porta jusqu'à leur lit. Là, ils oublièrent leurs rancœurs, furent frappés d'amnésie et se vautrèrent dans le stupre et la luxure. C'est ainsi qu'ils fêtèrent leur vingtième anniversaire de mariage, sans champagne, sans sortie au restaurant, sans une ribambelle d'amis, mais avec la ferveur qui avait fait défaut à leur couple.

16

MARTINE ! ARRETE TON CHAR !

Cynthia se faufila dans le fournil alors que sa patronne discutait avec Martine sur le trottoir. Cette dernière venait livrer ses banderoles, à défaut de banderilles, lesquelles – selon l'enseignante –, auraient été plus adaptées aux circonstances. Jocelyne s'extasia devant le travail de fourmi réalisé par son amie puis s'engouffra dans la voiture en direction de leur cours de yoga. Cynthia profita de ce rare moment d'intimité avec Jérôme pour attaquer :

— Tu m'évites depuis trois jours. Tu ne lui as rien dit, hein ? Réponds-moi !

— Écoute Cynthia, c'est pas le moment !

— Ah ! J'en étais sûre !

— Attends la manif. Après tout sera rentré dans l'ordre.

— Ou pas…

— Laisse-moi souffler, s'il te plaît.

Jérôme la regarda de ses yeux de merlan frit. Ce genre de regard qui ne fait fondre aucune femme, mais, au contraire, l'exaspère. Il jeta un œil en direction du ventre de Cynthia. Si elle n'avait pas menti, elle était enceinte de deux mois. « Encore un mois et ça risque de se voir », pensa-t-il. Un mois de sursis, trente jours pendant lequels il devrait trouver le moment idéal pour mettre Joce devant le fait accompli. De sombres et lugubres projets traversèrent son esprit. Il se ressaisit. Un meurtre sur une personne que l'on chérit, désire intensément et, osons employer ce mot, aime, est passible non seulement d'un emprisonnement à vie, mais de regrets, remords et autres tourments de l'âme dont il est impossible de s'affranchir.

— Dimanche, manif. Lundi la boulangerie est fermée. Tu lui dis, sinon mardi matin je lui raconte tout !

Le boulanger ne répondit pas et retourna à ses pains au chocolat. Il se demanda si l'enfant était de lui. Après tout, d'autres se font piéger et, leur vie durant, élèvent le marmot d'un autre. Il était songeur lorsqu'il vit passer le père Nase. Le pauvre pédalait le plus vite possible afin d'en finir et de retourner vendre les maudits godes-brosses à dents.

L'ancien curé traversa la ville et gara son improbable bicyclette devant *Bordy*. Gérard l'accueillit, hilare, goguenard, visiblement au summum de l'autosatisfaction.

— Dépêche-toi, je suis débordé, ça marche du feu de Dieu !

— Les godes ?

— Oui, j'ai presque fini d'écouler le stock, tu t'rends compte ? Même chez *Noulimex* ils en reviennent pas ! « Une tuerie » m'a dit la fille au téléphone.

Nestor soupira d'aise. La fin du stock impliquait le terme de son enfer personnel. Plus de vélo à enfourcher, plus de démonstrations à faire à ces dames. Car des démonstrations, il en avait fait et elles lui avaient toutes laissé une sensation de malaise diffus. Il fallait bien montrer que l'engin se transformait en brosse à dents : la cliente lambda est prête à tout pour prendre son pied à la condition que le risque soit nul. Or, l'histoire de la brosse à dents en avait laissé plus d'une dubitative et Nestor avait dû déployer des trésors d'ingéniosité afin de les convaincre qu'elles ne risquaient aucun malencontreux accident. Pourtant, les questions idiotes s'étaient succédé : « Et, vous êtes sûr qu'il ne va pas se transformer en brosse à dents au moment de l'orgasme ? », « Vous l'avez déjà utilisé ? », « Je ne risque pas de m'électrocuter si je l'utilise dans mon bain ? ». Il avait zozoté, hésité, toussoté, tournicoté autour du pot tant et plus puis avait choisi de se lancer dans des diatribes si interminables et absconses que ces dames achetaient l'engin afin de s'extraire de son emprise. Pourtant, tous les soirs, il priait Sainte Rita afin qu'elle mette tout en œuvre pour l'extirper de ce merdier.

— Il en reste combien ?

— Deux ! Il en reste deux mon gars ! T'es un gagneur ! Je le savais ! J'en étais sûr ! J'ai dit à Martine : « Ce gars-là, tu vas voir, c'est du bon ».

— Je suis très content, ça va libérer de l'espace sur les étagères, je peux remettre les grille-pain ?

— Ah non ! J'ai mieux que ça ! Mais avant, tu vas passer la serpillière ! Ensuite, je t'explique.

Nestor, qui, en toute chose, était implacablement droit, ne s'attendait pas à la surprise que lui réservait Gérard. Après les godes, il se croyait épargné pour les années à venir. Il ne tarderait pas à se dire que même avec les godes il avait mangé son pain blanc.

***

Martine embrassa Joce, la serra longuement dans ses bras et lui fit les dernières recommandations qu'une mère aurait faites à sa fille la veille de sa première manifestation. L'enseignante avait arpenté le macadam à chaque réforme débile – ce qui, selon ses propres dires, était un pléonasme –, battant le pavé et hurlant dans le porte-voix quand il le fallait.

— Surtout, tu te mets devant ! Il faut former un cordon de sécurité, sur les côtés et derrière. Je te conseille de mettre les motards un peu partout : ils sont très dissuasifs, ils doivent être bien visibles. Tu ne lâches pas le porte-voix, c'est toi qui lances les slogans. C'est TON mouvement ! Tu gardes un œil sur Killian, on ne sait jamais. N'oublie pas qu'il n'y a pas si longtemps il habitait dans le 9-3. Et puis, il m'a laissé un très mauvais souvenir quand je l'avais comme élève : c'était un perturbateur qui cherchait tout le temps la bagarre.

— Martine, il a changé, il est doux comme un agneau.

— Changé, je veux bien, mais ici il n'a pas l'occasion de faire des âneries. Et, comme tu le sais, l'occasion fait le larron !

— OK.

— Ah tiens, d'ailleurs, j'ai un autre slogan pour toi. Je me suis réveillée cette nuit en y pensant, je crois qu'il est bon.

Martine attrapa le porte-voix qu'elle s'apprêtait à prêter à son amie et hurla dans l'habitacle :

— Président ! T'as fait ton temps !

— Mais tu es folle de hurler comme ça, tu vas me percer un

tympan !

Dans son entrain, Martine avait oublié qu'elles étaient, non pas place de la République, mais dans un véhicule. Jocelyne avait couvert ses oreilles de ses mains, elle souriait de voir l'enthousiasme et – surtout – l'expertise de sa meilleure amie. Elle regrettait de la savoir en Angleterre au moment clé.

— Tu as préparé le parcours ? Étudié les cartes ? Il y en a qui connaissent bien Paris avec toi ?

— Oui, Petra connaît comme sa poche, Jean-Michel et Marie-Cécile aussi. Pas d'inquiétude là-dessus.

— Tu sais ce qu'il te faudrait ? J'ai une super idée !

— Quoi ?

— Un char !

— Martine, tu es folle ! Je ne vais pas voler un char de l'armée, ça ne va pas, non ?

— Non, un char comme ils en ont pour les carnavals. Je me souviens, c'était avec James. On était au carnaval de Notting Hill, il y avait des chars magnifiques. Et puis il y a des chars dans tous les carnavals de toute façon. Tu peux regarder des photos sur *Gogole*, ça te donnera des idées.

— Martine, c'est pas un carnaval, c'est une ma-ni-fe-sta-tion !

— Je sais bien, mais si tu veux te faire remarquer, tu dois dominer. En plus ça va t'économiser physiquement. Il te faut un char !

— Remarque, c'est pas bête. Mais on l'emmène comment jusqu'à Paris ?

— Il faut trouver un paysan, il le tire avec son tracteur. Là, par contre, je ne sais pas à qui demander…

— Sinon, on peut le faire tirer par deux Harley ? Un petit char, pas besoin d'un truc énorme.

— Voilà, tu vois que tu as tout ce qu'il te faut !

— Donc on a deux cars et deux Harley qui tirent un char. Les Harley ne pourront pas prendre l'autoroute avec ça !

— Ah non, ils vont se faire arrêter ! Il faut dire aux motards de prendre les petites routes. Ils n'auront qu'à partir avant vous et vous les retrouverez. Vous vous donnez un point de rendez-vous bien précis, hein ! Et pas trop près de l'Élysée, car le quartier est très surveillé.

Jocelyne était admirative devant tant de bon sens. Elle aimait l'idée du char. Oui, dominer ses troupes allait de soi. Il s'agissait de son mouvement, il était logique qu'elle soit assise sur un attelage.

Elle prévint les Roms, leur expliqua qu'elle souhaitait qu'ils se lancent dans la fabrication express d'un char. Gérard avait donné des palettes, il suffisait de les assembler et elle y poserait une chaise de jardin ou deux. Elle osa même téléphoner à Tiego et lui demander s'il se sentait capable de fabriquer une guillotine. Il le lui confirma avec enthousiasme et lui promit la plus belle des guillotines. Ce n'est pas difficile à faire : des planches, une lame bien tranchante, un panier, pourquoi ne pas mettre une tête dedans qui porterait un masque du président Ollanzi, osa-t-il suggérer ? La meneuse était ravie et raccrocha en sautillant partout dans la boulangerie. Jérôme l'observa d'un air inquiet.

— C'est quoi cette histoire de char ? C'est pour ta manif ?

— Oui, c'est Martine qui a eu cette idée de génie. Elle est géniale Martine ! Elle va me manquer.

— Elle part une semaine, c'est pas le bout du monde, tu vas la revoir.

— Je veux dire qu'elle va me manquer pendant la manif ! Déjà que tu ne viens pas…

— C'est un reproche ?

— Oui ! Mais, tu sais, j'ai appris que les soutiens peuvent venir de la part de gens totalement inattendus. Souviens-toi, tu me disais que Célestin ne venait plus, c'est vrai, d'ailleurs, regarde-le.

Elle montra du doigt le maire qui collait une affiche sur la porte du futur musée du cochon. « Ouverture le 14 février du premier musée du cochon en France ». Cynthia, qui n'avait pas perdu une miette de la discorde entre époux, s'autorisa une remarque :

— Le jour de la Saint-Valentin, il exagère quand même…

Ce disant, elle lorgna en direction de Jérôme qui se fit tout petit. Dans une semaine, il aurait annoncé la nouvelle de sa future paternité à sa femme et, par conséquent, rompu ses épousailles avec elle. Il serait contraint – au moins –, d'offrir une rose à sa vendeuse.

« Mais dans quel merdier ai-je bien pu me mettre ! » pensa-t-il. « Si je n'avais pas insisté pour l'embaucher, je n'en serais pas là !

Et pourquoi est-ce que j'ai insisté ? Parce qu'elle est arrivée perchée sur ses immenses talons, les seins à moitié à l'air en plein hiver, le cul moulé dans une mini jupe noire, voilà pourquoi ! », conclut-il amèrement.

Il se serait mis des claques dans la figure et cogné l'auriculaire dans une plinthe tant il se haïssait. Sa vie vacillait et son obsession du confort le taraudait. Il provenait d'un milieu modeste et avait fourni moult efforts afin de ne pas terminer dans la dèche qui l'avait vu naître. Quarante ans plus tard, il allait manger la poussière à cause d'une paire de seins. Voilà ce qu'il allait se passer. Une vie d'errance se profilait, une femme gironde accrochée à un bras, un marmot braillard sur les épaules. Ce n'est pas la vie qu'il voulait. Il ne savait d'ailleurs plus ce qu'il voulait. Ou plutôt si. Il aurait voulu poursuivre sa vie plan-plan : une double vie c'est chouette. Bien sûr, il faut être vigilant, mentir et ne pas se couper, mais dans l'ensemble, rien d'insurmontable. Il aurait voulu se noyer au fond d'un lac, se couler lui-même dans la chaux, creuser sa tombe dans une forêt dense et hostile, y choir de tout son poids et attendre la mort. Pire, il imaginait une bande de gars au physique retors braquer la boulangerie. Ni une ni deux, au point où il en était, il n'hésiterait pas à faire barrage de son corps afin de protéger son bien, et, alors que les marlous entendraient des sirènes de police, il tomberait sur la caisse enregistreuse, le corps criblé de balles. Au moins, il mourrait en héros ce qui, parfois, lui semblait mieux que de vivre en lâche.

***

Du côté de l'Élysée, l'ennemi juré de sa femme avait moins d'états d'âme. Il était en pleine discussion avec Jean-Fabien, son premier conseiller en communication et époux de la ministre de l'Éducation.

— Bon, alors on récapitule : la boulangère de mes deux, on s'en débarrasse comment ?

— Monsieur le Président, nous avons plusieurs options. Je vous ai fait des propositions écrites. L'une d'entre elles est déjà bien avancée grâce à un soutien local que nous chouchoutons.

— Très bien, il faut toujours un vendu. Je lirai tout ça ce soir.

J'ai entendu parler d'une manif, elle est complètement folle cette bonne femme ! Tiens, c'est qui d'ailleurs ?

Jean-Fabien Vandemmouth tendit une photographie au président de France.

— Elle est drôlement moche, on dirait un crustacé. Elle est mariée ?

— Oui, avec un certain Jérôme, mais il ne sera pas dans le cortège.

— Ah, ah ! Un couple qui connaît des tensions, intéressant.

— Banal, vous voulez dire.

— Oui, c'est banal, ça, je vous l'accorde. Avec votre femme, ça va mieux au fait ?

— Oui, Monsieur le Président. Depuis que j'ai une maîtresse, tout va pour le mieux.

— Vous voyez, je vous l'avais dit ! Vous faites pas gauler, hein, sinon je vous limoge !

— Je sais, je fais très attention. Nous nous voyons peu et uniquement chez elle.

— Bien ! Et surtout, ne la mettez pas en cloque hein !

— Oui, ça, enfin bon, je ne vais pas m'étendre sur le problème. C'est plus facile à dire qu'à faire.

— Je sais, c'est pour ça que j'ai renoncé. Enfin, ça plus les pensions alimentaires, ça finit par vous coûter la peau du derrière. Et puis, votre femme, vous l'aimez toujours, non ?

— Oui, oui, mais ce n'est plus pareil.

— Je sais. Donc dimanche c'est la manif des bouseux, vous pensez qu'il faut que j'aille au Lampion ?

— Franchement, je ne pense pas qu'ils soient très nombreux. Mais, dans le doute, je dirais oui. De toute façon, c'est votre résidence secondaire la plus proche. Vous y allez souvent, il n'y a rien de suspect à ce que vous y passiez un week-end.

— OK, j'irai. De toute façon j'imagine qu'ils vont brailler comme des veaux. Je préfère rester éloigné.

– C'est plus sage, en effet.

— Dites, sinon, vous avez consulté le ministre du Travail pour la réforme ? Ça urge là ! Vous avez vu les derniers chiffres du chômage ? Non, mais c'est hallucinant, ils ne veulent pas travailler cette bande d'ânes !

— Oui, oui, enfin non. Ils veulent bien, mais pas à n'importe quelle condition. Donc, la réforme va s'orienter autour de deux axes. Axe un : fle-xi-bi-li-té. Un demandeur d'emploi est o-bli-gé d'accepter un poste si ce dernier est situé à moins de cent cinquante kilomètres de son domicile.

— Deux cents !

— D'accord, deux cents. On y avait pensé, mais on trouvait que ça faisait beaucoup.

— Justement, c'est énorme. Comme c'est énorme, ils vont refuser, et s'ils refusent, paf, radiés ! C'est ça votre plan, non ?

— Absolument. Et d'ailleurs, on va plus loin. Radiation dès le premier refus.

— Ça semble évident. Et votre axe deux, c'est quoi ?

— Des stages pour les seniors. Remises à niveau, utilisation des réseaux sociaux pour la recherche d'emploi, obligation d'avoir un profil sur *Linkou*, *Gogole Plus* et *Tweety*. Les seniors ce sont les pires, ils ne veulent plus travailler et se la coulent douce chez eux.

— C'est i-na-dmi-ssible ! Bande de vieux cons ! Non, mais franchement, je rêve ! Parfois je me dis que je gouverne un pays ingouvernable ! Un ramassis de fainéants, voilà ce qu'ils sont !

— À leur décharge, la loi sur l'âge de départ à la retraite a été fatale, soixante-quinze ans, c'est vieux.

— Et l'espérance de vie alors ? Vous m'en faites quoi de l'espérance de vie, hein ?

— Justement, elle baisse.

— Quoi ? Depuis quand ?

— Depuis un an, c'est tombé hier soir.

— Merde, ça la fout mal. Mais pourquoi ils crèvent plus jeunes que leurs parents ? Ça n'a pas de sens…

— Ils ne veulent plus aller à l'hôpital, beaucoup de personnes âgées savent qu'elles sont malades, mais refusent de se faire soigner.

— C'est ballot, et pourquoi ?

— Monsieur le Président, depuis que vous avez réformé l'assurance maladie, c'est une gabegie.

— À vous écouter, on pourrait penser que tout est de ma faute !

Le conseiller frémit, pensa à sa femme, ses trois enfants et sa maîtresse dont il payait le loyer.

— Pas du tout. Simplement, je tente de vous démontrer les mécanismes de cause à effet. Tout se tient, vous savez.

— Bien sûr que je sais ! Je n'ai quand même pas fait l'ETNA pour rien, enfin quoi !! Bon, l'ordre du jour est liquidé ?

— Non, on doit reparler de la boulangère.

— Ah non ! Pas celle-là, elle me brise les miches ! Ah, ah, elle est bonne, hein ? J'irai au Lampion et puis voilà. Vous me doublez les dispositifs de sécurité ! Enfin, vous appliquez les consignes habituelles en somme. Ils feront trois petits tours et retourneront dans leur bled. Ils viennent d'où d'ailleurs ?

— Du Cotentin, Monsieur le Président.

— Ah oui, c'est vrai. C'est moche là-bas, ça me rappelle un week-end avec mon ex, que des mauvais souvenirs. C'est les blaireaux qui voulaient le financement de leur voie de contournement, c'est ceux-là, non ?

— Exactement, ceux-là.

— Donc, il y a un ESSC sur le coup ?

— Oui, mieux même, un gars de chez eux qui est devenu un ESSC.

— Génial, ce sont les pires ! On a bien fait de les inventer ceux-là.Vous attendez combien de péquenauds alors ? Je veux dire tous villages et bleds confondus ?

— Entre huit et neuf mille.

— Ah quand même… zut, j'imaginais moins.

— Ils ont très bien su utiliser les réseaux sociaux.

— Ça ne m'étonne pas, quelle saloperie ces trucs-là. Tant qu'on avait des sites de rencontres du genre *Meetoc*, ça ne mangeait pas de pain. Mais maintenant, tout nous échappe. Enfin, j'ai quelques idées à ce sujet aussi, on en reparlera. Dites, la boulangère, vous bossez sur la surprise que je lui réserve. Vous m'arrangez un petit quarante-neuf trois vite fait bien fait et on lui cloue le bec.

— Absolument, tout est prêt. Et avec notre ESSC, elle va en voir des vertes et des pas mûres.

— Très bien. Allez, je file, j'ai rendez-vous aux Deux Mégots avec une jeune actrice : Laura Pariseau.

— Ah ? Je croyais que ça vous avait passé.

— On boit juste un verre. C'est vrai que j'ai un peu craqué, mais zut. Quel boulot de con, président, on est complètement castré. Voilà, c'est comme une castration ce job !

— Soyez prudent, il paraît qu'elle a eu une liaison avec Tarack Olama.

— Quoi ?

— Oui, d'ailleurs, sa femme a bien failli le quitter à cause de ça.

— Merde alors ! Je n'aime pas passer en deuxième position. J'ai horreur de ça d'ailleurs. Et bah vous savez quoi ? Je vais lui poser un lapin à cette dinde. Non, mais c'est vrai, elle se prend pour qui ? Elle a eu un César, et alors ? Elle joue comme une savate. Je vais la griller dans le milieu. Merci, Jean-Fabien, vous m'avez retiré une sacrée épine du pied.

Alors que le président de France semblait minimiser l'impact de la rébellion, Francis Tatanne se garait sur le parking du *Tonight*. Impatient de rencontrer les Tresvillois dont il avait beaucoup entendu parler, mais surtout fiévreux à l'idée de serrer contre son cœur cette boulangère extraordinaire pour qui il avait composé un morceau. Sans le savoir, elle était devenue sa muse. L'inspiration, qui lui avait tourné le dos depuis des lustres, était revenue en fanfare.

17

OYEZ PRESIDENT !

Francis, Petra et Jean-Michel Bowy conversaient de la vie, de ses difficultés et de leurs multiples déroutes financières respectives. Ils étaient attablés au *Tonight* qui était fin prêt pour accueillir le chanteur. Les Roms vivaient encore sur le parking de la boîte de nuit, mais savaient leurs jours comptés. L'errance allait reprendre alors même que celle de Francis touchait à son terme. Les caravanes faisaient pâle figure à côté du véhicule vintage de Francis. L'ancienne star possédait une réelle roulotte, tirée par un cheval. Tout ceci lui conférait une aura, quelque chose de suranné et d'authentique. Il avait disposé des pots de fleurs, de plantes aromatiques et, l'été, faisait pousser tomates, concombres et salades bio. Végétarien dans l'âme, il flirtait avec l'autosuffisance alimentaire. Après s'être fait traiter de prétentieux sur des dizaines de plateaux télé, il jubilait à l'idée d'être suffisant. Il avait appris à donner dans le dérisoire, l'arrosoir et, comble pour un type jadis nanti, le superfétatoire avait disparu de sa vie. Ce qu'il voulait aujourd'hui c'était faire un carton avec son futur tube : « Oyez président ! ». Point question d'argent pour ce gentilhomme, mais par principe de rébellion, il entendait soutenir ce jeune mouvement qui n'avait pour autre figure de proue qu'une boulangère.

— Bon, Francis, t'es sorti de la mouise là ? s'enquit Jean-Michel Bowy.

— Non, pas vraiment, mais au moins j'ai un toit sur la tête et ça, mon vieux, ça compte.

— Tu m'étonnes ! Dormir chez les potes, c'est pas une vie. Et puis tu es libre, tu vas où tu veux quand ça te chante.

— Oui, enfin je suis inquiet au sujet de ma jument, elle est âgée, n'avance pas vite. D'ailleurs, je voudrais profiter du temps que je vais passer ici pour qu'un vétérinaire l'ausculte. Tu en connais un ?

— Oui, il y a le docteur Fallet, c'est le véto qui fait généraliste aussi. À Tresville, tu sais, c'est le règne de la débrouille. Si t'as un problème, profites-en. Il est très bon, il t'accouche une jument le matin et te soigne une gastro carabinée dans la foulée. Tu te souviens Petra, quand il a sauvé la chèvre du père Truau ? C'était pas gagné.

— Elle avait quoi sa chèvre à ce paysan ?

— C'était pas un paysan, il vivait en plein centre-ville. D'ailleurs il est mort il n'y a pas longtemps. Enfin, peu importe, il y a dix piges de ça il avait une chèvre ; c'était devenu sa meilleure amie après la mort de sa femme. Bref, un matin, il se réveille, la chèvre a la langue toute bleue et bave sur le canapé.

— Elle vivait chez lui ?

— Oui, oui ! Enfin, pas au début, mais après la mort de sa femme, oui. Bref, il appelle le véto le plus proche, j'ai oublié son nom et ce naze comprend que dalle, lui file des antibios qui ne font rien, son état s'aggrave et le vieux est en pleine déprime. Toute la ville a le mouron pour lui et Fallet passe au café. Tu vois ça remonte parce que le café, il a fermé il y a au moins huit ans. Il prend un ballon avec le père Truau qui lui demande du *Prizoc* : il sent bien que deux décès comme ça, à trois ans d'intervalle, il ne va pas supporter. Du coup le docteur Fallet va chez lui pour la consultation et découvre la chèvre. Il l'ausculte, diagnostique un truc super rare, j'ai oublié le nom, la fièvre cathare ou un machin dans le genre et il lui donne les bons antibios. Bah, résultat, la bête pétait la forme quatre jours après. Tu veux que je lui passe un coup de fil ?

— Oui, pourquoi pas ! Vénus est vieille. J'ai peur qu'elle soit sur la pente descendante et qu'il n'y ait pas grand-chose à faire, mais OK.

— Sinon, pour demain soir, t'es prêt ? Tu me dis s'il te faut un truc en particulier. Le piano, c'est pas possible, je te l'avais dit.

— Oui, oui, t'inquiète, c'est un morceau à la guitare. Il faut juste prévoir le matériel pour projeter la vidéo que j'ai faite. Je serai assis sur un tabouret et tu la passes derrière moi. C'est bon pour toi ?

Michel entraîna Francis jusqu'au centre du carré *Very Bad Dancer* et tendit un bras.

— Regarde, tu te mets là, comme ça t'es central et on a un grand pan de mur derrière toi. Ça devrait le faire, non ?

— Parfait ! Tu attends combien de personnes ?

— Impossible à dire, on a prévenu tous les environs. C'est gratos, ça devrait faire venir du monde. Tu parles, tu connais les problèmes de thune des Français. Du coup, dès qu'il y a un truc gratos, ils foncent.

— Oui, je les comprends.

— Sinon, en temps normal, tu vis où ?

— Je me promène beaucoup : l'Espagne et l'Italie l'hiver, la France et les pays du Nord en été. Je vais chez des amis, je me pose quelques jours et je repars. J'aime cette existence nomade, les paysages qui défilent, le vent dans mes cheveux, j'aime à nouveau la vie, Jean-Michel.

— Tu vois, je l'ai toujours dit ! Dès fois, il faut toucher le fond et paf, c'est là que tu rebondis. Sinon, t'as pas de meuf ?

— Ah ça, non. Je leur fais peur. C'est le problème quand tu as été une star, elles sont impressionnées. C'est triste, mais je l'accepte, tout le monde n'a pas eu la chance de côtoyer les plus grands, encore moins d'en faire partie.

— Quand même, ça fait un bail tout ça. M'enfin, si tu l'dis…

Michel trouva Francis éloquent et fat. Une star… Il y allait fort ! Une étoile filante aurait mieux convenu, mais il le laissa à sa rêverie et se félicita d'avoir trouvé en Petra une amante et une amie.

***

Au moment où les deux comparses conversaient, Martine Bourdon tentait de ramener un peu d'ordre dans le car. Quarante-neuf élèves de première, quatre professeurs accompagnateurs et un chauffeur, le tout dans un espace confiné, ça peut vite partir en vrille. Les ennuis commencèrent dès l'arrivée sur les routes anglaises.

Un gringalet boutonneux se mit à hurler « Madame ! On roule

dans le mauvais sens ! Turninghton c'est par là ! » tout en montrant un panneau qui, effectivement, indiquait Turninghton derrière eux. Il suffisait d'une étincelle pour transformer en brasier un lieu dans lequel tout le monde semblait somnoler en grignotant des chips. Une certaine Chloé, du haut de ses seize ans poursuivit : « Carrément, il est nul le chauffeur ou quoi ? On va jamais arriver dans nos familles, j'en ai marre d'être assise ! Déjà qu'on va se faire iech une semaine dans ce pays de merde, si en plus on se perd, laisse tomber, j'appelle mes parents ». Joignant le geste à la parole, elle attrapa son portable. Effrayée à l'idée d'avoir à se justifier, Martine bondit hors de son siège et saisit le portable qu'elle confisqua derechef. S'ensuivit une huée, des sifflets, des quolibets et autres horreurs parmi lesquelles elle entendit distinctement : « grosse, nulle, pas juste, qu'elle crève, boudin, père, c'est n'imp ». Elle en déduisit qu'une bande de jeunes qu'elle tentait d'instruire la trouvaient non seulement moche, grosse et nulle, mais souhaitaient sa mort tout en ayant la ferme intention d'en référer à leurs pères. Elle ne doutait pas un seul instant que ceux qui avaient contribué à donner la vie à cette bande d'ados insupportables n'oseraient cautionner un acte d'une telle barbarie.

Elle en avait vu et entendu pendant sa carrière. Elle tenta – comme toujours –, d'opter pour la manière douce et se cala dans son siège avant de prendre son air sympathique et prononça des paroles qui repoussèrent quarante-neuf fessiers au creux de leurs sièges :

— C'est très simple, notre chauffeur a préféré la route côtière afin d'éviter les poids lourds et aussi, AUSSI, pour VOUS faire profiter du paysage. Maintenant, si vous trouvez quoi que ce soit à redire, levez-vous, je vous laisse quitter le car et vous vous débrouillez pour rentrer chez vous. Vous pouvez bien appeler vos parents, JE M'EN FOUS !

La stupeur se lisait sur les visages. L'ado d'aujourd'hui ouvre grand sa bouche pour se plaindre, mais n'a aucune envie de se retrouver seul sur un trottoir anglais. Certains se mirent immédiatement à regretter leur piètre niveau qui ne leur aurait même pas permis de s'acheter un sandwich sans recourir à la langue des signes. D'autres manigançaient déjà un sale coup : des phrases comme « elle perd rien pour attendre », « on va la faire virer », « je dis à ma mère d'appeler la proviseure » parvinrent jusqu'aux oreilles des quatre professeurs.

Lucette, qui enseignait l'espagnol à cette bande de truands, posa une main sur la cuisse tremblante de Martine. Elle avait pété un boulon et prenait sur elle afin de ne pas reprendre le micro et en remettre une couche. Lucette perçut le désarroi de sa collègue et tenta de la rassurer :

— Laisse, Martine. Ça va retomber comme un soufflé.

— Tu sais, si je suis convoquée par la proviseure, je me mets en arrêt. Je ne les supporte plus.

— Mais non. Ça va aller, tu t'inquiètes pour rien. Calme-toi, tu veux un bonbon à la menthe ?

— Oui, tiens, et je vais respirer comme au yoga, ça va m'aider. Mais bon sang, on se crève pour eux et tu as vu leur comportement ? J'ai l'impression qu'ils me détestent. Lucette, je te jure que je n'en peux plus.

— Écoute, profitons de cette semaine loin du lycée pour penser à autre chose. On va faire les boutiques, tu vas te trouver un maillot pour cet été, chez *Mercks and Specks*. Tu trouves toujours ton bonheur là-bas.

— Tu parles ! Je ne sais même pas où on va cet été. D'ailleurs, je vais te dire, je m'en fiche !

— Oh, toi ! Ça ne va pas ! C'est Gérard ?

— Entre autres. Mais oui, tu me parles des vacances d'été et je me vois mangeant sur le bas-côté de la nationale. Tu trouves ça normal, toi ?

— Non, c'est pas normal et d'ailleurs, c'est pour ça que j'ai divorcé.

— Oui, je sais, tu me l'as déjà raconté.

Martine et Lucette logeaient toujours dans la même famille d'accueil. Une fois le repas terminé et quelques babillages d'usage pour Martine afin de retrouver ses automatismes linguistiques, les deux copines conversaient jusqu'au milieu de la nuit. C'est ainsi que Lucette avait raconté sa vie à sa collègue qui s'était empressée de l'imiter. Le mimétisme s'arrêtait là. En effet, la professeure d'espagnol avait tôt pris la poudre d'escampette puisque cinq ans de mariage avaient eu raison de son couple, mais pas de son appétit.

— Je n’ai jamais eu autant d’amants de ma vie ! avait confié Lucette à une Martine qui, piteusement, en comptait deux.

Elle sourit, mais n’en pensa pas moins. La légèreté de son amie la fit réfléchir sur sa condition d’épouse. « N’y a-t-il pas de couple heureux ? », se demanda-t-elle. Ses parents n’étaient pas une référence en la matière. À leur époque, on restait parce que tout le monde restait, parce que les liens du mariage étaient indestructibles, parce que la bienséance l’interdisait, parce que les enfants ne comprendraient pas. Mais, aujourd’hui, la donne avait changé. Les femmes étaient émancipées et des hommes comme Gérard méritaient de se retrouver seuls devant leur téléviseur. Elle échafaudait déjà des plans afin d’échapper au voyage en caravane de l’été suivant lorsque le chauffeur se mit à gueuler :

— Et merde ! Nous vl'à bien !

Martine regarda la route et comprit. Le trafic était au point mort. Les élèves avaient entendu le juron et levé le nez. Un brouhaha se forma plus vite qu’une tempête de sable. Un sachet de chips vola en direction du volant. Le chauffeur esquiva, se retourna et observa les quatre enseignants d’un air interrogateur. Lucette, sentant que son amie était à bout de nerfs, empoigna le micro et tenta de ramener un semblant d’ordre dans les rangs. Habituée des coups bas, elle s’adressa aux estomacs plutôt qu’aux cerveaux, car, s’il est prouvé que des neurones peuplent nos intestins, il semblerait que les hormones de la sagesse tapissent nos ventres.

— Un seul d’entre vous parle : interdiction de manger dans le car jusqu’au retour à Tresville !

— C’est plus Tresville, c’est Grogneul, marmonna un insolent avachi au fond.

— Philippe ? Tu veux porter la responsabilité de l’interdiction ?

— Non, c’est bon…

Cette trouvaille avait fait ses preuves plus d’une fois. Menacer un gosier est l’arme fatale que tout professeur accompagnateur doit avoir à sa disposition. Inutile d’évoquer les représailles en terre de France, l’ado moderne vit dans l’instant présent. Lucette se souvenait avec nostalgie de l’époque où manger, ne serait-ce qu’un chewing-gum, était proscrit dans un car. Les années passant, l’indiscipline suivit une courbe croissante et les professeurs avaient dû trouver des moyens de rétorsion efficaces et immédiats. Ils avaient autorisé la consommation de boissons et de nourriture tout en conservant la prérogative de les interdire au moindre faux pas. Un peu comme des parents excédés qui cherchent à faire taire leur progéniture, ils avaient trouvé la parade absolue et incontournable.

— On arrive quand, madame Bourdon ? s'enquit Thibaut, un insolent de première.

— Tu verras bien !

L'ambiance était tendue sur les sièges avant. L'heure tournait, les familles s'impatienteraient ainsi que la coordinatrice locale. Martine détestait ce genre de situations, car, pour en avoir vécu plus d'une, elle savait que ces dernières pouvaient vite virer au cauchemar. Un accident avait eu lieu et cette plaisanterie leur fit perdre une heure trente, trois cents grammes pour Martine qui ne prit pas son goûter, patience pour Lucette qui, elle aussi, en avait plein le dos de ces maudits ados, et l'estime déjà bien entamée de vingt-quatre familles d'accueil qui trouvaient les Français insupportables. Un certain vacarme précéda l'arrivée sur le parking où tout ce petit monde avait rendez-vous. Puis, solennellement, Martine reprit le micro et annonça :

— Nous sommes presque arrivés. Je vous rappelle la façon dont les choses vont se dérouler : un : les familles se présentent à la coordinatrice, deux : je regarde quels sont les deux élèves que ces personnes vont loger, trois : je les appelle. Alors ! Que les choses soient claires ! Nous avons presque deux heures de retard donc, à mon appel, je veux que vous soyez prêts. Le chauffeur va sortir tous vos bagages de la soute, vous prenez le vôtre et vous suivez votre famille.

Le silence se fit alors que le car se gara. Finies les rigolades et les insultes balancées en cachette. Les Français n'en menèrent pas large dès qu'ils virent les Anglais. Certains étaient venus seuls, d'autres étaient accompagnés d'un enfant ou d'un chien. Les élèves de Martine ne purent retenir certains commentaires désobligeants à l'égard de leurs futurs hébergeurs mais firent moins les malins lorsque leur professeure les appela.

— Philippe et Stéphane, venez ! Vous logerez chez Mrs Bright.

Les deux garçons avancèrent lentement dans le couloir de l'autocar comme s'il s'était agi de celui de la mort. Mrs Bright était une charmante Anglaise d'un certain âge qui portait un imperméable rose fluo ainsi qu'une paire de bottes jaunes. Souriante, elle invita les deux Grogneulais à la suivre jusqu'à son véhicule qui semblait aussi vieux qu'elle.

— Chloé et Jessica ! Venez, vous passerez la semaine chez James Mc Jee.

— Cool, il est canon, t'as vu Chloé ?

La jeune Jessica, dont les hormones régulaient le cerveau, était en pleine crise et s'était transformée en « serial tombeuse ». La rumeur voulait que tout ce que sa classe comptait de garçons lui était passé dessus, mais c'était sans doute – comme souvent les rumeurs –, une horreur infondée. Elle s'approcha de son futur hôte et lui claqua une double bise qui le fit rire aux éclats.

***

Le soir venu, Francis se faisait attendre dans sa roulotte qui lui servait de loge pour l'occasion. Il avait ciré ses bottes, lavé sa crinière, fait des vocalises au point que les enfants Roms s'étaient rassemblés autour de son véhicule moquant ses chants élaborés. Lui n'en avait cure : il savait faire abstraction de ce qui, pour d'autres, eut été un fardeau. À l'inverse, il ouvrit la porte et s'assit sur la plus haute marche. Il entama une conversation avec les deux plus âgés puis vit du monde approcher. Il leur fit signe de retourner à leurs caravanes et remonta dans la sienne : il tenait à faire une apparition attendue. La règle dans son métier étant que pour être attendu, il convenait de se faire désirer. Plus le public piétinait et s'impatientait, mieux c'était. Il convoqua donc sa pendule murale et sa montre à gousset, regarda s'égrener les minutes jusqu'à ce qu'elles se transforment en heures. Soudain, de violents coups furent portés contre sa porte.

— J'arrive ! cria-t-il en enfilant sa veste en daim.

Petra se tenait sur le seuil, précédée de son imposante poitrine.

— Francis, dépêche-toi ! Jean-Michel est en colère, tu sais. Ça fait deux heures que tout est installé !

— Désolé, mais je me suis endormi. J'arrive, attends, je prends ma guitare et mes lunettes.

Il suivit Petra dans la noirceur de la nuit qui s'était abattue sur eux.

— Il y a du monde ?

— Ah ça ! Oui !

— Combien ?

— Quatre cent dix-huit pour être précise.

— Tu vois, ça ne m'étonne pas… Les journalistes disent que je suis *has been*, mais c'est bien la preuve que non.

— Tu sais, Francis, je ne veux pas que tu te fasses trop d'illusion non plus. Je préfère être honnête avec toi ; comme c'est la soirée d'inauguration, Michel a voulu être sûr de bien remplir. Du coup, on propose deux cocktails gratuits pour les hommes et quatre pour les femmes.

— Oui, je comprends, il redémarre son activité. C'est normal de faire du marketing, même si tu sais très bien que j'ai ce mot en horreur. Dis-moi, c'est quoi toutes ces Harley ?

— C'est la bande à Johnny. Sans eux, la manif de demain n'aurait pas le même potentiel.

— C'est-à-dire ?

— Ils vont s'occuper du cordon de sécurité et puis ils ont bien aidé les Roms pour le char. Tiens, regarde !

Francis resta coi quelques secondes, debout devant la chose. Dans la pénombre il voyait mal, mais ce qu'il aperçut le sidéra.

— C'est une guillotine là ?

— Ah oui ! Très importants, les symboles révolutionnaires !

— Oui, remarque, c'est efficace. Au moins, on sait à quoi s'en tenir. D'ailleurs, j'en parle dans ma chanson.

— Il faut que je te prévienne, Francis, beaucoup de gens sont déjà imbibés, comme dit Johnny. Tu t'en doutais, non ?

— Ah non. Déjà ? Donc, je vais chanter devant le pire public possible, c'est ça que tu es en train de me dire ?

— Ce sont des gens sympas, mais pas forcément tes fans, c'est ça que je veux dire. Ce n'est pas un public facile, tu as raison.

— Aucun public n'est facile, fit remarquer Francis qui tenta de masquer sa déception derrière des airs de grand prince.

Il pénétra dans le *Tonight* au son de « Regarde-moi » son plus gros succès qui s'était tellement bien vendu qu'il avait acquis, grâce à ses royalties, une superbe maison dans une banlieue très cotée de l'Ouest parisien. Les circonstances dans lesquelles il perdit son bien sont en grande partie dues à l'impôt et une vieille addiction au strip-poker.

Alors qu'il s'entendait chanter, il s'installa sur le tabouret, ajusta ses binocles, lissa sa crinière, gratta quelques accords afin d'avoir l'air très pro puis leva le nez. Il eut tôt fait de le tordre. Pour qui s'attendait à une horde de fans hystériques, il y avait de quoi être déçu. Une foule à demi éméchée se dandinait sur son tube. Personne n'avait remarqué son arrivée.

Il jeta un coup d'œil en direction du carré VBD qui portait bien son nom. Décidément, Jean-Michel Bowy connaissait sa clientèle par cœur. Il ne remarqua pas Jocelyne tout de suite. Pourtant, il avait vu sa photo circuler sur *Tweety.*

Lorsqu'il fut prêt, Michel fit signe au DJ de ne pas remettre le couvert et se saisit du micro : il présenta Francis. Un motard rota bruyamment, ce qui provoqua une hilarité quasi générale. La boulangère se déplaça jusqu'à lui, l'empoigna par le bras et le poussa en direction de la sortie. Francis trouva cette bonne action émouvante et, surtout, fidèle à la représentation qu'il s'était faite de celle qu'il s'apprêtait à célébrer. Elle revint et prit place aux premières loges.

Comme dans son rêve, une alchimie quasi instantanée eut lieu, Francis s'éclaircit la voix puis fit signe à Michel qu'il pouvait balancer la vidéo. Alors qu'il chantait, des images étranges défilaient derrière lui. Difficile de dire de quoi il s'agissait, on distinguait, sur un fond noir, des formes ovales, oblongues, rectangulaires, des arabesques de toutes les couleurs. Au premier plan, Francis était assis au piano. Il avait l'intention de mettre cette vidéo sur *Toutube* afin de soutenir le mouvement révolutionnaire. Il entonna sa mélopée dans une salle redevenue tout ouïe :

Oyez Président !
Oyez Président !
Entendez-vous le peuple hurler ?
Voyez-vous les cierges brûler ?
Dans l'église de ce pauvre curé ?
Oyez Président !
Oyez Président !
Regardez cette boulangère...

Emblème d'un peuple amer…
Si frêle et si légère…
Oyez Président !
Oyez Président !
Faites cesser cette injustice…
Prononcez donc l'armistice…
Rien de tout ceci n'est un caprice…
Oyez Président !
Oyez Président !
Tresville et sa cochonaille…
Grogneul et sa canaille…
Les Roms et leur marmaille…
Oyez Président !
Oyez Président !
La boulangère vous tend la main…
Méfiance ! Car sous ses lèvres carmin…
Sommeille un redoutable venin
Oyez Président !
Oyez Président !
Ouvrez grand les oreilles…
Demain plus rien ne sera pareil…
Sortez donc de votre sommeil…
Oyez Président !
Oyez Président !
Nous vous savons gré de votre indulgence…
Et vous remercions de tant de bienveillance…
Ainsi nous vous promettons allégeance…
Oyez Président !
Oyez Président !
Si vous renoncez à la fusion…
Nous sortirons le Saint Émilion…
Et la guillotine remiserons…
OYEZ PRÉSIDENT !

Trois motards totalement bourrés déclenchèrent une bagarre avec des Grogneulais au fond de la boîte. Quelques fauteuils furent bousculés, une jeune femme tomba à terre puis Johnny intervint et remit de l'ordre dans le chaos. Marie-Cécile et Artus s'étaient éloignés : le nobliau ne se pâmait pas devant Tatanne qui, selon lui, n'était qu'un opportuniste. Madame de La Morne, en revanche, se trémoussait de bonheur. Son rejeton lança un regard triste à Kevin Laverge qui avait abusé des cocktails offerts par la maison. Il se demanda de quoi ils auraient l'air le lendemain. Minuit approchait et le conte de fées menaçait de se transformer en film d'horreur.

Michel offrit l'hospitalité à qui la voulait si bien que la boîte de nuit prit des airs de dortoir . Les plus alcoolisés s'allongèrent à même le sol et les plus malins se jetèrent sur les banquettes. Jocelyne s'était laissée charmer par le timbre du chanteur, elle ne s'aperçut de rien tant elle semblait envoûtée. Elle pleurait à chaudes larmes, comme dans son rêve, sauf qu'elle n'était pas allongée sur un piano à queue ; mais debout devant la scène, coincée entre deux filles ivres qui se dandinaient en gloussant. Lorsqu'elle reprit ses esprits, elle tenta d'effectuer quelques rappels d'ordre pratique puis se ravisa et s'adressa au propriétaire :

— Michel, vous les réveillez en fanfare dans quelques heures ! Passez-leur donc un rock endiablé et, surtout ! préparez des litres de café bien salé !

Le propriétaire acquiesça puis rejoint ses appartements. Jocelyne sentit poindre l'angoisse : plus que quelques heures avant le grand départ. Elle redouta un instant de se trouver démunie, entourée d'une bande de bras cassés occupés à dessaouler. Pourtant, la suite des événements la conforta dans son idée que certains rêves sont prémonitoires – bien qu'ils enjolivent la réalité –, puisqu'elle termina la soirée, non pas dans un luxueux duplex parisien, mais dans une roulotte.

18

EN ROUTE MAUVAISE TROUPE !

Jérôme ferma la boutique puis grignota un vieux croissant aux amandes. Il laissa son homonyme dans l'obscurité. La paix de l'âme, le repos du corps : autant de choses qui lui manquaient depuis trop longtemps. Il savoura cette soirée de célibat, s'enfonça dans son fauteuil et regarda la CP.

Le confessionnal, ça va cinq minutes. Il convenait aussi – et surtout –, d'être au fait des dernières manœuvres politiciennes. Il ne fut pas déçu. Le ministre du Travail annonça que les congés payés seraient ramenés à deux semaines annuelles, puis présenta le nouveau calendrier scolaire qui ne ressemblait plus à un morceau de gruyère, mais à un Gouda bien compact. Vint ensuite la déclaration du premier des ministres, qui posa la cerise sur le gâteau en annonçant des nationalisations ubuesques dont une attira l'attention du boulanger.

Les Moulins de France étaient désormais propriété de l'État, et – à ce titre-, ce dernier avait décidé de pratiquer le rationnement. On appelait cela la chasse au gaspi. Soi-disant pour faire plaisir aux trois écolos qui étaient payés pour faire joli dans le gouvernement. Jérôme fonça sur son ordinateur afin de vérifier cette information et – aussi – d'en savoir davantage. La loi était passée la veille et impliquait des bouleversements de grande envergure. Les boulangeries seraient livrées en fonction, non pas de leurs commandes, mais d'obscurs et savants calculs produits par les éminences grises du Palais. Le site du ministère des Finances permettait de faire des simulations propres à transformer le boulanger le plus doux du monde en bête sanguinaire. Jérôme ne se mua pas en loup-garou, mais se mit à transpirer de partout en même temps. Il serra poings et mâchoires, éteignit l'ordinateur et tenta de joindre son épouse. En vain, cette dernière étant là où l'on sait, elle n'entendit pas son portable. Il lui laissa un texto alarmiste puis s'entretint par téléphone avec sa maîtresse.

— C'est la cata, Cynthia ! On va nous faire crever de faim, nous et nos clients !

— Mais c'est pas possible, Jérôme, c'est pas dans l'intérêt du président !

La jeune femme, que son amant avait parfois prise pour une imbécile, venait de prononcer des paroles frappées au coin du bon sens.

— Mais qu'est-ce qu'il veut alors ?

— Écoute, mon chéri, attends de recevoir des instructions officielles. Tu sais, dès fois à la télé ils racontent n'importe quoi.

— C'est bien pour ça que je suis allé sur le *Ternet* !

— Mais je ne comprends pas pourquoi ils n'ont pas prévenu les boulangers en premier ?

Jérôme revint à son idée première et pensa qu'il s'agissait d'une manœuvre de rétorsion de la part du pouvoir en place afin de stigmatiser le couple Lamaseau, futur responsable du dépôt de bilan d'une boulangerie sur deux dans les trois années à venir selon ses projections.

Il oublia de s'inquiéter du sort de sa femme et la maudit. Il s'attendait à une protestation sous ses fenêtres, pensa à Gérard et à ses palettes qui lui serviraient en cas de gros vent. Un peu comme les Américains lorsqu'ils s'apprêtent à affronter un ouragan, Jérôme Lamaseau s'imagina scier puis clouer des planches afin de protéger ses vitres ainsi que sa porte d'entrée. Puis, il eut peur : une boule au ventre et une autre à la gorge l'assaillirent. Sa vitrine n'était protégée par aucun store métallique.

— Justement, il manque une pièce au puzzle, mais je te dis que c'est la cata. Tu as raison, ils n'ont aucun intérêt à affamer la population. Mais à étrangler les boulangers, oui !

— Jérôme, je suis fatiguée, on en reparle demain. Ne t'inquiète pas, tout va s'arranger. On s'aime, c'est le plus important. On va être heureux, Jérôme, nous et notre bébé.

Le boulanger prit congé à demi-mot et raccrocha. Dans sa

colère et son étonnement, il avait oublié qu'il était censé nourrir une nouvelle bouche dans quelques mois. Comme étourdi, il se traîna jusqu'à son lit et tenta, à nouveau, de contacter son épouse.

Cette dernière était sonnée aussi : elle n'était pas habituée à évoluer dans des espaces aussi confinés que la roulotte de Francis. Homme de goût aux manières délicates, il la fit entrer en la tenant par la main puis, dans l'obscurité, chercha ses lèvres pendant qu'elle caressait sa nuque. Assez vite, le désir impatient la fit saisir toute sa crinière et le mordre sauvagement dans le cou. Il jouait avec les lobes de ses oreilles, embrassant le droit tout en titillant le gauche de l'index. Puis, tout naturellement, et parce que la nature est ainsi faite, la boulangère – qui jadis méprisait les choses du sexe –, posa la paume de sa main droite sur l'entrejambe rebondi du chanteur. De la main gauche elle cherchait un appui, car le musicien chancelait, consumé par le désir. Elle crut en trouver un et se maintint à ce qu'elle prit pour un pan de mur. Soudain, alors qu'ils se déshabillaient tout en s'embrassant, se caressant les parties intimes, se titillant les orifices, une pluie glacée s'abattit sur eux. Jocelyne se dégagea en hurlant et tomba à la renverse, entraînant la télé dans sa chute, laquelle explosa dans un vacarme peu propice à l'extase. Francis appuya sur l'interrupteur, ce qui fit sauter les plombs. Cette succession de maladresses le fit rire un peu jaune :

— Mon Dieu, Jocelyne, comme tu es gauche.

— Je suis trempée ! Éteins la douche !

Il obtempéra et lui jeta une serviette qui sentait le moisi. En retenant sa respiration, elle s'épongea puis la lui rendit. Il soupira.

— C'était mon seul pantalon en cuir, il est foutu, mes cuissardes aussi…

— Oh ! Francis, je suis désolée, mais c'est quoi ce truc ?

— Ce truc, c'est le robinet de la douche et l'autre truc qui vient d'exploser, c'est la télé.

— Je suis désolée, vraiment, je ne sais pas quoi dire.

— Il faut éponger. Tiens ! dit-il en lui tendant une serpillière.

Il leur fallut une heure pour rendre à la roulotte un air à peu près potable, le tout dans une bonne humeur qui ne laissait planer aucun doute sur la nature de leur relation à venir. Elle serait faite de complicité et de rires. Le ménage terminé, ils reprirent leurs embrassades là où ils les avaient laissées, Francis avait dit adieu à son pantalon sexy et satisfit Jocelyne. C'est ainsi qu'ils passèrent une nuit à la fois blanche et mémorable, de celles qui vous soudent un tout jeune couple pour l'éternité.

***

Martine Bourdon passa, elle aussi, une nuit à marquer d'une pierre blanche. Une fois chaque élève parti dans sa famille respective, Lucette et elle furent rejointes par un homme en costume sombre qui leur baisa la main. Lucette partit dans un gloussement débile qui fit braire intérieurement sa collègue. Ils roulèrent une bonne demi-heure, ce qui leur sembla long, en particulier à la professeure d'espagnol.

— On ne va pas habiter à Turninghton ?

— Tu sais quoi ? Je n'ai même pas regardé les fiches. J'étais tellement occupée à aider Joce que j'ai zappé notre famille d'accueil.

Elle fourragea dans son sac, trouva sa trousse à maquillage, quelques vieux stylos, un sandwich oublié et pesta contre sa tendance naturelle au désordre.

— Alors ? On va habiter où ?

— Lucette, je ne trouve pas mes fiches ! J'ai dû les remettre dans mon sac de voyage. De toute façon, c'est comme ça. Si on est éloignées des élèves, c'est mieux, on pourra aller au pub sans craindre de les rencontrer.

— Oui, ça, c'est un plus ! Tu te souviens de l'année où ils nous ont surprises ? On en tenait une sacrée !

Elles rirent comme des bossues à l'évocation de leurs bitures à coup de *snakebite* : un mélange de bière et de sirop de cassis qui (comme son nom l'indique) vous laisse dans le même état qu'une morsure de serpent. Il semblait, en tout cas, que ce séjour se présente sous les meilleurs auspices. Le maître ou la maîtresse des lieux possédait un majordome, les deux enseignantes dormiraient donc dans une demeure de caractère. Dès leur arrivée au manoir, le cœur de Martine se serra. Même dans la pénombre, il ne faisait aucun doute que leur hôte se prénommait James. Au moment où le factotum sortait les bagages du coffre, Martine attrapa Lucette par la manche et lui glissa :

— Je ne peux pas y aller, Lucette ! C'est la maison du James dont je t'ai parlé.

— Le James qui voulait t'épouser et puis qui n'a plus voulu ?

— Exactement.

— Zut ! Mais Martine, tu t'en fiches ! On va vivre la vie de château, le reste tu t'en moques !

— Non, non ! Il est forcément marié. Je refuse de voir celle qui me l'a pris.

Lucette, qui trouvait les nuits anglaises très fraîches, n'avait pas l'intention de faire de vieux os devant une demeure victorienne.

— Écoute. D'abord, rien ne prouve qu'il est marié. Il faut le voir pour savoir.

— Non ! Je te dis que je refuse !

— Mais enfin qu'est-ce que tu suggères ? Qu'on dorme à l'hôtel ?!

— Moi, en tout cas, oui ! Toi, tu fais comme tu veux.

Les enseignantes ressemblaient à deux adolescentes à se chamailler au milieu des graviers.

— Pour moi, c'est tout vu. Admire cette maison, et viens, approche-toi, regarde ! Il y a un super feu de cheminée. Allez, Martine, on y va !

— Non, je vais dormir là-bas.

Elle montra au loin un signe « Bed and Breakfast ».

Alors qu'elle s'approchait du chauffeur afin de récupérer sa valise, un grand homme au crâne dégarni sortit. C'était lui. C'était le James de Martine qui reconnut immédiatement sa Martine de quand il était jeune, beau et un peu lâche sur les bords. Il descendit les quelques marches de pierre, fit signe à Jack de monter les effets de ces dames et, mu par la même distinction que celle qu'il arborait à sa grande époque, baisa délicatement d'abord la main droite de Lucette, faisant mine de n'avoir pas reconnu son ancienne petite amie, puis saisit doucement la menotte de Martine et la baisa également. Elle sentit son parfum boisé, admira son crâne presque lisse, vibra d'émotion contenue.

Ils se dirigèrent tous trois à l'intérieur où Lucette put se réchauffer tout à son aise, vautrée sur un fauteuil crapaud face à la gigantesque cheminée. Non loin d'elle, James et Martine devisaient sur un canapé, tout au bonheur des retrouvailles. À la surprise de son ancienne petite amie, le Lord expliqua ne s'être jamais marié, s'être copieusement ennuyé dans la demeure de ses parents, s'autorisant quelques voyages à l'étranger où il avoua quelques rencontres charnelles. Pourtant, aucune ne fut de nature à lui faire oublier Martine qui versa des larmes de joie tant elle se sentit réhabilitée : belle, femme quoi !

Le repas fut servi par une cuisinière souriante. Le vin goûteux était divin, le charme opérait, la magie était revenue entre les deux anciens tourtereaux si bien que Lucette regagna sa chambre seule et se prit à regretter ce hasard. Pour sa part, Martine partagea la chambre de James, car, on a beau être Lord on n'en est pas moins homme. Et puis, débarrassé de ses parents, il pouvait enfin s'abandonner à la vie dont il avait toujours rêvé.

Au petit-déjeuner, Lucette fit un peu la tête, car être témoin du bonheur béat d'une copine qu'elle avait toujours dominée n'était pas chose simple. Mais elle s'y entendit plutôt bien et tint la chandelle en dépit de l'heure matinale. Jack conduisit les deux enseignantes jusqu'au parking où une horde d'adolescents, dont Martine avait oublié l'existence, piétinait.

— Allez ! Vous montez dans le car un par un et je vous compte. Lucette, tu les recompteras une fois qu'ils seront assis !

— Madame, je veux changer de famille, gémit Chloé, l'emmerdeuse de la veille.

— Tu montes et on en parle après !

Martine connaissait la chanson. Sur vingt-quatre familles d'accueil, il y avait toujours ce qu'elle appelait délicatement « le déchet ». Le déchet était la famille Ténardier version 2.0 : celle qui balançait une assiette remplie de raviolis à peine cuits à deux Français qui tentaient de prendre leur air de jeunes sympatoches, celle qui ne leur adressait la parole que pour leur donner des ordres, celle qui entassait les ados dans des chambres aux dimensions ridicules, celle qui lavait la baignoire deux fois l'an, etc. Des maisonnées comme ça, il y en avait toujours une ou deux, impossible d'y échapper !

— Tout le monde est là ! annonça Lucette.

— Vous avez tous vos voisins d'hier ? s'enquit Martine.

— Ouiiiiiiiiii !!!! s'exclamèrent les ados.

— Tu ne me fais pas confiance ?

— Si, mais c'est pour les responsabiliser.

— Tu ne leur demandais jamais ça les autres années.

— Ah ? J'avais tort, c'est important.

— Et ta nuit, alors ? Vous avez bien baisé ?

— Chut ! Tais-toi, si un élève nous entendait ?

C'était bien là l'intention de Lucette qui était vexée comme un pou. Elle sentait que ce voyage serait pénible, elle aurait dû partir en Espagne au lieu d'aller se paumer dans ce trou humide de Turninghton. Elle pensait paella et ballades au soleil quand Martine lui proposait de la regarder couver du regard son ancien et nouvel amant à la fois tout en sirotant du Brandy.

« Bonne poire, comme d'habitude », se disait cette femme plus toute jeune qui, sous une carapace de célibataire assumée et affamée, occultait une amoureuse de l'amour, inquiète quant à sa date de péremption. Soucieuse de sa silhouette, plutôt gracieuse, elle n'ignorait pas que beaucoup d'hommes – quel que soit leur âge ou niveau d'instruction –, tarderaient tôt ou tard à voir que ses seins ressemblaient de plus en plus à deux gants de toilette, que l'arrondi de ses fesses était pur mirage qui se révélait dans leurs fantasmagories éthyliques, que son front était marqué de multiples rides et ridules, ainsi que ses joues qui s'affaissaient année après année ; et que toutes ces choses, les hommes n'en veulent pas. Ou alors il faut être un cordon bleu hors pair, dégoter un vieux et accepter de jouer à l'infirmière, renoncer à sa liberté de butiner, se perdre, répudier ce que l'on est et rien de tout cela ne convenait à Lucette qui voulait tout prendre et ne rien donner.

En amour comme en amitié, ainsi que Martine en ferait rapidement l'expérience, il s'avère utile de verser quelques gouttes d'eau dans son vin au risque de se prendre une cuite. Le car se dirigeait vers Brighton où le groupe devait visiter le Pavillon Royal, pique-niquer sur la plage puis se balader dans les ruelles de la vieille ville. Martine affichait la mine ravie de celle qui a bien joui, souriant d'un air béat à l'accoudoir du fauteuil du chauffeur. Lucette s'en voulait d'être jalouse quand Chloé vint les trouver.

***

Au même moment, les révoltés étaient assis, eux aussi, dans un car du même acabit. Le char était parti bien avant eux, grâce aux motards, et caracolait le long de la route côtière avant de rejoindre la nationale qui les mènerait directement à Paris.

Dans le car, ce n'était pas Martine, mais sa copine Jocelyne qui souriait béatement à la vie ; bienheureuse créature, aérienne et avide de dévorer cette journée. À sa gauche, Francis somnolait, un sourire un peu niais sur les lèvres. Il portait un très vieux jean troué ainsi qu'une paire de chaussures de tennis en toile défraîchie. L'incident de la douche avait largement entamé sa garde-robe, mais qu'importe la tenue pourvu que l'on en soit.

Le chauffeur prétendait connaître la capitale comme sa poche et appuyait sur la pédale d'accélérateur avec un entrain certain. Il avait mis de la musique celtique et riait tout seul. À l'arrière, les Roms, les motards descendus de leurs montures, Kevin, Petra, Michel, Artus, Marie-Cécile, Killian et quelques autres ronflaient bruyamment. Le concert de Francis s'était inséré – par un malheureux hasard du calendrier –, à la veille d'un jour qui requérait une préparation et un état de fraîcheur qui manquaient à l'appel.

Là où Jocelyne aurait dû prévoir des plans de Paris, ainsi que des points de ralliement pour ses troupes, elle avait fait des plans sur la comète, s'imaginant à l'aube d'une promenade de santé, ignorant que sa propre intégrité physique risquait d'être mise à mal. Rien n'allait se passer comme prévu. Mais comme on n'avait pas prévu grand-chose, finalement, le risque de déception demeurait faible.

Joce avait quelque peu fait passer ses prétentions au tamis : était-ce l'amour et ses sortilèges ou bien l'approche de l'action qui la rendaient plus sereine ? Toujours est-il qu'elle ne rêvait plus de trancher la tête du président et, à voir l'état de ses troupes qui cuvaient leurs cocktails, c'était bien mieux ainsi.

Seuls les deux La Morne (puisque Théodore avait déclaré forfait prétextant une migraine carabinée) avaient dormi suffisamment. Ils en profitèrent donc pour se chamailler.

— Mère, je ne pourrai pas payer pour la réparation de ma *Pursche* ; j'ai reçu le devis du garagiste, c'est monstrueux !

— Votre père vous avait prévenu lorsque vous avez souhaité acquérir un si coûteux véhicule. Vous auriez acheté une *Mangoo,* comme tout le monde, vous n'en seriez pas là !

— Ah ça, effectivement ! Une *Mangoo*, vous n'auriez pas pu la laisser en dépôt-vente pour financer vos travaux ! Au fait, vous avez des réservations pour cet été ? Si je me souviens bien, vous voulez faire chambre d'hôtes, non ?

Piquée au vif par une remarque pertinente, MC regarda en direction de Tiego qui dormait deux sièges plus loin.

— Non, nous n'avons pas de réservations pour cet été. C'est encore un peu tôt et puis, grâce au tournage de « S*ans Culottes !* », nous espérons faire venir quelques curieux.

— C'est-à-dire ?

— Votre père a demandé à un ami de nous faire un site sur le *Ternet*. Nous allons mettre en avant certains éléments, c'est tout.

— Comme quoi ?

— Comme des photos du tournage. Nous allons donner un nom particulier à chaque chambre.

— Je vois, vous allez tenter de faire venir des fans de Kevin.

— Parfaitement, affirma la Reine mère sur un ton péremptoire.

— Du coup, si vous avez un bon taux de remplissage, vous pourrez me payer un moteur neuf ?

— Absolument mon chéri, comptez là-dessus !

— Mère ! Je n'ai plus de travail !

— Vous en aviez un il n'y a pas si longtemps, d'ailleurs c'est moi qui vous l'avais trouvé. Le seul emploi que vous n'ayez jamais occupé, je me permets de vous le rappeler.

— Gérard me persécutait, l'ambiance était détestable.

— Et alors ? Vous vous imaginez que les pauvres gens qui travaillent ont des patrons qui leur déroulent le tapis rouge ? Mon enfant, vous n'y êtes pas ! Travailler implique des sacrifices ! Or vous êtes incapable d'en faire.

Au moment où elle prononçait ces paroles, le père Nase sacrifiait de sa personne, juché sur un vélo. Il faisait la promotion d'un appareil qui ambitionnait de semer une zizanie absolue dans la ville et même dans le pays tout entier.

***

En Angleterre, la pluie battait contre les vitres du car, les arbres se courbaient sous l'effet des bourrasques, mais Martine, toujours prévoyante et armée de son k-way, avait entrepris d'échanger avec ceux dont elle avait la responsabilité. Elle avait posé son fessier sur un accoudoir et faisait mine d'écouter Chloé :

— Madame, c'est l'horreur la famille de guedins dans laquelle on est ! J'vous dis pas, il faut nous en trouver une autre parce que là, sinon, j'appelle ma mère !

— Peux-tu me raconter ton arrivée dans la famille Knight ?

— Bah, c'est simple. Déjà leur caisse, elle pue le chien et un autre truc je sais pas ce que c'est, tu sais, toi ? demanda-t-elle à sa compagne d'infortune.

— Je dirais le moisi. Leur bagnole est pleine de trous madame, il pleuvait dedans, carrément !

Martine avait appris à ne jamais prendre trop au sérieux les accusations – hélas nombreuses –, dont étaient victimes les familles d'accueil. Certes, elles s'avéraient parfois justifiées : on n'évitait pas le mal du pays et, dans ce cas (et alors même que l'on affuble ses parents de sobriquets pendant le voyage aller), on n'hésite pas à brandir la menace ultime qui consiste en un coup de fil à maman qui s'empressera de s'inquiéter, puisqu'en général elle fait son métier de parent avec une infinie patience et pugnacité. Le papa peut remplir le même office, mais l'adolescent téléphone d'abord à maman, toute disposée à mourir pour le fruit de ses entrailles.

— Je ne te change pas de famille pour une histoire de voiture qui ne te convient pas. C'est hors de question !

— Mais madame, c'est pas que la voiture ! Tout est dégueu chez eux, ils ont huit chats, quatre chiens et…

— Les Anglais adorent les animaux de compagnie, on ne va pas le leur reprocher !

— Oui, sauf qu'il y a des poils partout, même dans notre chambre. Et franchement, ça pue le pipi de chat dans toutes les pièces !

— Les odeurs d'urine, on s'y fait. On ne change pas de famille pour ça ! Vous avez dîné ?

— Bah oui…

— Bon, vous avez une chambre, ils vous nourrissent, c'est parfait.

— C'était immonde ! Immonde madame ! La viande à l'eau avec une fausse sauce marron et des petits pois, franchement, les boules, quoi…

— La gastronomie anglaise a ses particularités. Je reconnais qu'il faut du temps avant de s'adapter. Vous avez votre « packed lunch » ?

— Bah oui…

— Montre-moi.

Martine ouvrit la boîte en plastique qui renfermait la pitance des deux filles. Des sandwichs au pain de mie premier prix qu'elle ouvrit afin de vérifier qu'ils contenaient autre chose que la rondelle de concombre qu'elle voyait dépasser. Elle soupira d'aise en découvrant une fine tranche de jambon ainsi qu'une lamelle de cornichon. Un paquet de chips saveur vinaigre-trois poivres qui promettait d'arracher une narine à la jeune Française, une boisson à l'orange et la traditionnelle pomme tellement ridée, minuscule et ridicule, que même un maraîcher au bord de la faillite n'aurait osé proposer cela à ses proches. Les Anglais osent tout lorsqu'il est question de leur assiette, ils n'éprouvent aucune honte et ont une conception de la gastronomie qui leur est propre. C'est ce que Martine tenta d'expliquer à Chloé qui la rabroua d'un :

— M'en fous ! On arrive à Brigthon, je balance tout à la poubelle et on mange une pizza !

— C'est ton droit. Tes parents t'ont donné de l'argent de poche, tant pis si tu l'utilises pour te nourrir.

Sur ces paroles, elle se leva. Elle poursuivait son enquête lorsqu'elle entendit la douce Chloé au visage d'ange chuchoter à l'oreille de sa copine :

— Quelle connasse cette prof, et mate-moi ce cul : il est plus large que ma télé !

Les deux adolescentes étaient pliées de rire. Martine, désormais certaine d'être désirable et convaincue que son destin se jouait en terre d'Albion, s'autorisa une répartie cinglante qui cloua le bec aux deux ados.

— Écoute Chloé, si tu n'es pas contente de la taille de mon CUL, comme tu dis, je peux t'assurer que ton avis n'est pas partagé par tout le monde dans ce pays. Ensuite, si ta famille d'accueil sent l'urine de mistigri, je m'en fous, tu m'entends ? Je m'en fous ! Et si tu préviens tes parents, je m'en fous aussi ! Voilà, oui, je m'en tape jusqu'à l'os de vos caprices d'adolescentes attardées et débiles.

Les autres, solidaires par nature, commencèrent à huer l'enseignante qui regagna son siège sans terminer sa tournée. « Après tout, du moment qu'ils dorment dans une chambre et qu'on leur donne à manger, le reste je m'en tamponne », pensa-t-elle. Lucette sembla impressionnée par la verve et l'aplomb de son amie.

— Dis, calme-toi, ils vont faire des histoires.

— Ce n'est plus mon problème.

— Quand même, les parents peuvent faire un sacré raffut.

— Je ne rentre pas.

— Pardon ?

— Je reste avec James.

Le chauffeur annonça l'arrivée à Brighton, ce qui obligea les deux collègues à mettre un terme momentané à leur conversation.

19

L'AS DE LA RÉCUP' ET AUTRE GUIGNOLS

Jocelyne était la seule dans le car à ne pouvoir dormir. Elle avait la sensation de vivre pour la première fois, comme si, jusqu'alors, elle avait subi son existence. Même lorsqu'elle s'était transformée en chef de village elle ne s'était sentie si légère et vibrante. Son amour naissant ainsi que sa fonction d'égérie, qui prendrait tout son sens dans les heures à venir, y participaient avec force. Elle souhaitait tout changer, dans sa vie et dans son pays, mais il y a un domaine au moins où elle se casserait le nez. Elle était sur *Tweety*, occupée à échanger avec d'autres villages qui convergeaient, eux aussi, vers la capitale lorsqu'elle vit passer le dernier article de Cornélius Charrognard. Elle prit connaissance de la chose en retenant son souffle. L'article était long, et elle faillit mourir d'asphyxie.

FRANCIS TATANNE

Le come back du has been

J'ai déjà écrit sur la micro crise qui secoue le pays, comprenez ces villages unis pour le pire. Tresville que l'on doit désormais appeler Grogneul (n'en déplaise à quelques habitants) se distingue encore du lot. Cette fois, ce n'est pas la boulangère qui prend la pose, mais un chanteur que je croyais mort et enterré. Un de ceux qui, à leur belle époque, nous pondaient tube sur tube, entubant l'état en omettant les prélèvements obligatoires et autres absconses contributions sur lesquelles beaucoup d'artiiistes refusent de se pencher.

Fort heureusement, Francis Tatanne, après quelques années de galère, nous revient presque fringuant et le cœur sur la main. Comme les pluies diluviennes qui accompagnent cet hiver – qui s'annonce sous les pires auspices à tous égards –, Francis Tatanne vient de frapper. Et il frappe tellement fort que ça fait mal aux oreilles, et aux yeux aussi.

Francis Tatanne, un chanteur engagé ?

Enragé certainement. Engagé, permettez-moi d'émettre quelques doutes...

Nous voici donc dans la ligne de mire de ce chanteur au charme intact, à la voix vibrante de souffrances trop longtemps tues. Dieu merci, aujourd'hui il reprend du micro et nous sort une ritournelle au goût amer qui vaut son pesant de cacahuètes. Comme toute cette cohorte d'artistes incompris, Francis est un visionnaire, un homme droit dans ses cuissardes, qui n'hésite jamais à défendre les nobles causes. (la sienne ?)

Branchez vos haut-parleurs !

On peut écouter, si on est téméraire... Serions-nous dépourvus de courage ? Non ! Alors, écoutons !

Puisque je suis à votre service, j'ai écouté afin de vous épargner des souffrances inutiles. Ménageons nos écoutilles, nous ne sommes jamais assez prudents. Je vous livre donc quelques morceaux choisis : « Entendrez-vous le peuple hurler ? Verrez-vous les cierges brûler ? Dans l'église de ce pauvre curé ? »

Il est poli Francis, il vouvoie Kiki, pas comme l'impertinent que je suis. Mais, sous ses dehors bien comme il faut, il mélange les Églises et l'État, lesquels – et jusqu'à preuve du contraire –, sont séparés depuis un bail. Qu'en pense le curé tresvillois, aujourd'hui recyclé en homme-sandwich, le tout monté sur un vélo ?

Allez, comme je suis téméraire je continue : « Oyez Président ! Oyez Président ! »

C'est le refrain, le machin qu'il nous balance toutes les dix-huit secondes. Mais, comme c'est poétique, on ne s'en lasse pas. Kiki serait-il sourd au point de devoir être rappelé à l'ordre de la sorte ? Francis, écoute-moi mon grand : quand un président ne répond pas, cela ne prouve en aucun cas sa surdité : il se moque du monde, il fait son job de président, point à la ligne. Alors, sois mignon Francis, cesse donc de beugler ! Kiki n'est pas sourd, il n'en a rien à faire de tes complaintes, pigé ?

« Faites cesser cette injustice... Prononcez donc l'armistice...
Rien de tout ceci n'est un caprice... »

Alors là, Kiki devrait trembler dans ses chaussettes ! Une guerre civile menace d'éclater, rien que ça. Dis donc, Francis, tu menaces là ? Méfie-toi, le fisc risque de remettre le nez dans tes comptes. Remarque, il paraît que tu vis dans une roulotte. Même équipés d'un GPS ultra moderne, ils vont avoir du mal à te localiser. C'est qu'il est malin le Francis, presque aussi malin que Kiki qui est au Lampion depuis ce matin, appliquant son moto préféré à la lettre : courage, fuyons !

Attention les yeux !

Non content de nous assommer et de menacer nos ouïes, il s'attaque à nos pupilles.

La chanson sans le « clip » n'est rien. Le clip, c'est le « must », sinon comment inonder Toutube de toute cette boue ?

Alors je chausse mes lorgnons. Après m'être exposé à une surdité précoce, je mets mes mirettes en danger.

Et là c'est pire ! L'impossible devient possible, l'incroyable se mue en réalité. Mon acuité visuelle en prend un coup, mais tant pis ; pour la bonne cause, je suis prêt à tout.

D'abord, on voit des photos de la boulangère posant pour défendre sa cause, bonnet phrygien enfoncé jusqu'aux oreilles. Plutôt que de nous offrir une production originale et de qualité, Francis choisit de reprendre des clichés qui circulent depuis des semaines sur les réseaux. Francis, tu as bien des défauts, mais je ne peux que m'incliner ; tu es l'as de la récup'.

Le pire est à venir...

Rendus à ce stade de votre lecture, vous devez imaginer que j'exagère, que je suis même peut-être un menteur, un impardonnable sot qui ne comprend rien à l'art et qui ferait mieux de s'adonner aux joies du tuning plutôt que d'écrire des articles.

Pourtant, derrière Francis, toujours assis au piano, virtuose parmi les virtuoses, Richard Doberman version Don Quichotte de la Mancha, défilent des images qui me font penser à l'intérieur d'un appareil digestif. Aurais-je trop d'imagination ? Peut-être, après tout, mais cet entrelacs de machins bigarrés évoque pour moi une fibroscopie de nos entrailles.

Où est la bassine ?

Merci, Francis, pour ton humanité, ton élégance, ta philanthropie. Ta bonté ne connaît pas de frontières, ta réactivité est remarquable, pour un peu je te ferais un bisou.

Plus sérieusement, tu me donnes la nausée. Nous attendons avec une impatience contenue le futur refrain des Empaffés, qui, eux aussi, sont les kings de la bricole.

Francis, si, à l'avenir, tu pouvais te retrancher dans une grotte et ne plus en sortir, la France te serait reconnaissante. Après tout, n'est-ce pas de reconnaissance dont tu manques ?

Par Cornélius Charrognard,

Pour vous servir, ici, partout, nulle part ailleurs.

Jocelyne manqua s'étrangler de rage et se retint de prévenir l'homme qui dormait à ses côtés. Il finirait bien par lire ce torchon, mais elle décida que le plus tard serait le mieux. Hélas, Killian, qui s'était réveillé, venait de faire la même sinistre découverte. Moins discret que la boulangère, et surtout moins amoureux du chanteur, il ne put masquer sa colère :

— Mais quel relou ce mec, sans déconner, il nous décridibilise !

— Dé-cré-dibilise, corrigea Marie-Cécile.

— M'en fous, c'est pareil ! Il nous fait passer pour des nuls. Il bosse pour Ollanzi ou quoi ?

— Vous parlez de qui, mon ami ?

— Du blogueur ! Regarde MC, il a encore écrit un truc atroce !

Marie-Cécile lisait l'article en fronçant le nez pendant que Jocelyne tentait de rejoindre le fond du car où ils étaient installés. Elle dut se tenir aux appuis-tête, car le chauffeur avait la patate.

Une fois hors de danger, elle posa une fesse sur un accoudoir et fit signe à Killian de se tenir tranquille.

— On ne dit rien à Francis, ça va lui faire de la peine.

— D'accord.

— Le plus tard sera le mieux, n'est-ce pas, Marie-Cécile ?

— Oui, et puis si notre manifestation porte ses fruits, il aura l'air d'un imbécile ce blogueur. Quel déplaisant personnage !

— Vous savez, je me demande si un jour on saura qui c'est. Mais moi qui pensais qu'il nous soutiendrait, c'est raté.

— Joce, laisse tomber, on ne saura jamais qui c'est. Il est partout, comme il dit, et nulle part aussi. C'est ça le *oueb* : les gens publient ce qu'ils veulent.

— Oui, je réalise que n'importe quel imbécile peut écrire ce qu'il veut, c'est lamentable !

— J'ajoute qu'à l'époque où les journalistes faisaient leur travail, il y avait des rédacteurs en chef qui recadraient les articles… Comment dire… Diffamatoires ? On pourrait qualifier cet article de diffamatoire, qu'en penses-tu Killian ?

— Je sais pas ce que ça veut dire, mais je pense que oui.

Marie-Cécile regarda Jocelyne d'un air navré. Le jeune voisin connaissait certainement l'utilisation des réseaux sociaux comme sa poche, mais pour ce qui était de la langue française, il errait en plein désert. Enfin, elle pensa que l'école de la République étant dans un état pitoyable, il ne fallait pas s'étonner de voir autant d'ignorance sous un seul et même crâne.

Joce rejoignit son Francis à l'avant du car et posa une main rassurante sur sa cuisse encore musclée pour son âge. Elle savait qu'il était d'une sensibilité à fleur de peau, elle l'avait senti lors de cette nuit passée avec lui, sous lui et sur lui. Ce n'était pas un banal accouplement comme avec Jérôme qui lui faisait l'amour comme un bourrin.

Elle s'était longtemps demandé si les femmes qu'elle voyait gémir de plaisir dans les séries B étaient de bonnes simulatrices ou si le plaisir sexuel était bien réel. Elle ne doutait pas qu'il existe pour les hommes, mais, avec son mari elle n'avait jamais pris son pied et aurait plutôt apprécié de prendre ses jambes à son cou. Or avec Francis, tout était différent. Elle avait, à quarante ans passés, découvert l'extase et en avait redemandé toute la nuit. Épuisé bien que flatté, c'est son amant qui avait dû lui susurrer de se calmer.

Il se réveilla et l'embrassa. Ils avaient décidé de montrer leur amour au grand jour. Jocelyne savait qu'elle allait quitter Jérôme, elle se posait une question d'ordre pratique : où mettre la roulotte de Francis ? Elle n'avait aucune intention de quitter sa ville pour les routes de France. Restait à convaincre le chanteur nomade de se sédentariser. Pour l'heure, elle regardait sa montre toutes les trente secondes et faisait un décompte des heures qui la séparaient de l'arrivée à Paris. Elle avait remarqué les appels en absence de Jérôme ainsi qu'un message qui s'affichait dont elle ne prit même pas connaissance, c'était pour elle une première façon de le balancer aux orties.

Sur *Tweety* elle reçut un message du meneur d'un village du sud de la France : « arrivée mouvementée-poulets partout-voies bloquées-point de ralliement impossible #révolution s'annonce difficile ». Elle lui demanda où il était précisément, car le point de ralliement qu'elle avait déterminé, armée de son plan de Paris, était situé à quelques encablures du Palais. Il semblait pourtant être suffisamment éloigné pour leur permettre de commencer le parcours. Elle avait élu les voies sur berges sur les conseils de Martine. Cette dernière lui avait expliqué qu'il serait plus aisé aux cars de stationner puis de les retrouver quelques kilomètres plus loin au niveau du métro Sully Morland une fois la manifestation terminée. Jocelyne avait émis le souhait que le cortège passe au plus proche du Palais puis rejoigne la place de la Bastille en empruntant la rue de Rivoli. Il fallait rester central et relier deux lieux symboliques. Killian s'approcha et brandit son téléphone portable :

— T'as vu Joce, ça craint, on leur répond quoi ?

— Attends ! Je demande des précisions. « chauffeur en colère-voies bloquées-garé deux bornes- putain con », lut-elle à haute voix. Il faut trouver un autre point de ralliement et prévenir tout le monde ! Sinon ça va être une catastrophe ! On doit absolument se retrouver et partir tous ensemble.

— Bah oui, logique. Mais où ?

— Attends ! Je regarde le plan !

Francis, désormais bien réveillé, prit le plan des mains de Jocelyne et posa un index comminatoire sur le théâtre Hébertot. Il expliqua :

— C'est pas loin de St Lazare, les cars devraient pouvoir circuler. Impossible de louper le théâtre, il est indiqué et puis c'est pas trop loin de l'Élysée.

Marie-Cécile ne partageait pas ce point de vue : elle pensait à ses oignons et s'autorisa une remarque qui déplut à Jocelyne pour qui toute parole sortie de la bouche de Francis était d'évangile.

— Moi, je trouve que ça fait loin et puis je ne suis pas chaussée pour faire vingt kilomètres !

— Marie-Cécile, Francis a raison, ils n'ont pas bouclé tout Paris. Donc si on s'éloigne un peu de l'Élysée, c'est bon. Par contre, pour le chauffeur, ce sera plus compliqué de nous retrouver à Sully Morland. Steve, tu as entendu ?

Le pilote opina du chef et répondit :

— T'inquiète Jocelyne. J'ai toute l'après-midi pour me démerder, pas de problème pour moi.

— OK, j'envoie le message à nos contacts. « #révolution-changement rd vs-Théâtre Hébertot #FBack ».

En cinq minutes chrono tous les chauffeurs furent prévenus. Joce reçut des dizaines de « likes » l'informant que le message était passé. Elle s'apprêtait à replier le plan de Paris lorsqu'elle partit dans un fou rire incontrôlable. Elle se ressaisit puis expliqua à ses compagnons de voyage :

— Regardez, tout près du Palais de l'Élysée, il y a le Théâtre Guignol ! C'est pas mal comme hasard, dommage qu'Ollanzi ne rime pas avec Guignol !

20

LES MOULINS DE SON CŒUR

Un guignol qui se posait là, c'était le père Nase. À peine arrivé chez *Bordy,* Gérard lui avait sauté dessus et montré la nouvelle publicité qu'il était en charge de trimbaler de droite et de gauche.

— Gérard, je ne peux pas faire ça !

— Dis, t'as fait moins d'histoires pour les godes *Noulimex* ! Pourtant, c'était pas ton truc au départ.

— Mais là, enfin ! Et puis d'abord qu'est-ce que c'est que cette histoire de machine à pain ?

Gérard l'entraîna dans son bureau. Comme à l'accoutumée, il fallait briefer monsieur.

— Écoute, les Moulins de France sont nationalisés, t'es au courant, non ?

— Grand Dieu ! Non !

— Faut mater un peu la téloche de temps en temps, ils l'ont annoncé sur la CP.

— Et ça va faire quoi ?

— C'est très simple : ça va faire que la Jocelyne va tirer la langue ! Rationnement de farine, ça veut dire moins de pain, ça veut dire moins de clients, ET, ça veut aussi dire que les gens vont être obligés de fabriquer leur pain eux-mêmes ! Bientôt, avec *Noulimex*, on espère même qu'ils n'auront plus besoin d'aller à la boulangerie !

— C'est horrible, mais l'État est fou ! On se croirait à Cuba : les cartes de rationnement, je suis né avec.

— L'État n'est pas fou, Nestor, au contraire, Ollanzi sait très bien ce qu'il fait, t'inquiète. Les gars de chez *Noulimex* et lui, ça fait un moment qu'ils ont conclu un accord.

— Je trouve ça horrible.

— Oui, et bah horrible ou pas, tu vas pédaler mon gars, allez hue !

— On en a combien en stock ?

— Ah, mais je t'arrête tout de suite ! On a un stock illimité : dès que ça démarre, on en recommande. De toute façon, on est les seuls revendeurs dans la région. Tu vas voir des clients débouler de partout, le parking va être trop petit !

— On est les seuls ? Mais comment vous avez fait ça ?

— T'occupe, ça me regarde ! Toi aussi tu me prenais pour une brêle, et bah mon grand, la brêle va faire fortune grâce à Ollanzi ! Allez, au boulot ! Tu roules trois heures et tu fais un détour par les coins un peu isolés, ça devrait aussi intéresser les vieux qui sortent peu.

Le père Nase enfourcha sa bicyclette sans entrain. Il se sentit aussi mauvais qu'une balance qui fait condamner ses meilleurs amis à la peine capitale. Des machines à pain à vingt euros pièce figuraient sur chaque côté du vélo publicitaire. Le slogan, on ne peut plus explicite, clamait : « Avec la Panex de *Noulimex*, ayez le bon réflexe ! ». Il trouva ce slogan nul, le procédé lamentable, mais savait que la machine battrait tous les records de ventes et menacerait les boulangeries de France. Il passa devant l'église et fut hélé par Célestin Montanssier, un énorme trousseau de clés à la main. Il se dirigeait vers le musée du cochon d'un air fébrile.

— Mon père, je vois que vous ne reculez devant rien, si je puis me permettre une boutade.

— Célestin, je n'y peux rien, c'est ça ou je retourne à Cuba. Là-bas c'est quand même pire qu'ici.

— Certes, je vous comprends, je ferais la même chose à votre place. Tout le monde n'a pas le courage de notre boulangère. Une sacrée femme quand même !

— Oui, je suis tellement désolé de ne pas avoir pu aller à Paris. J'aurais bien aimé manifester. Dans mon pays c'est interdit. Et puis, Jocelyne, c'est une amie.

— Une amie que vous allez mener à la banqueroute ! Vous avez un beau sens de l'amitié !

— Vous pensez qu'il vaut mieux que j'arrête de travailler chez *Bordy* ? Mais il me faut un emploi pour pouvoir rester.

— Je sais, c'était une mauvaise plaisanterie, ne m'en veuillez pas. Je suis à cran, je les ai vus partir ce matin et j'ai eu peur pour eux.

— Pourquoi n'êtes-vous pas allé manifester alors ?

— Ce n'est plus de mon âge et j'ajoute qu'aujourd'hui j'ouvre mon musée. Et mon musée Nestor, ça fait trois ans que je travaille dessus. Et puis, entre vous et moi, je n'y crois pas à cette manifestation, ils vont hurler quelques slogans et revenir bredouilles. Les jeux sont faits maintenant. Que voulez-vous, il aurait fallu voir le vent tourner et organiser une rébellion bien avant la fusion ! Mais bon, ce qui est fait est fait comme disait ma grand-mère.

— Oui, je sais. À Cuba nous avons une expression pour cela aussi : « ce qui survient convient ». Je me demande si c'est vrai : rien ne me plaît dans ma nouvelle vie. Vous n'auriez pas besoin d'un caissier dans votre musée par hasard ?

— Je vois que vous ne perdez pas le nord. Reparlons-en cet été si vous le voulez bien. J'attends du monde, c'est sûr ! C'est un musée unique en son genre. On en reparlera. Allez, bonne journée Nestor !

Le curé reprit la route sous la bruine. Il avait souhaité un revirement de dernière minute de son destin, une action de sainte Rita qui le propulse hors de la mouise, mais dut remiser cette utopie et entamer son chemin de croix. Il obtint un certain succès, car beaucoup de monde était au courant de la nouvelle qui avait valu à Jérôme sa toute première nuit blanche.

Jocelyne, pour sa part, ignorait tout du tour de cochon qu'Ollanzi lui avait joué. Il s'agissait bien d'une vengeance personnelle. Elle en fut informée grâce à Killian qui, peu sûr d'avoir compris, avait mis un nouvel article du blogueur sous le nez de Marie-Cécile.

— C'est un monstre ! s'était-elle exclamée. Jocelyne, tu vas être très en colère ! Lis plutôt.

Elle s'était approchée de la boulangère qui avait posé la tête sur l'épaule de Francis, elle se laissait bercer par le léger roulis du car sur le bitume. Elle obtempéra et lut le dernier article du blogueur.

ENTRE PETITS FOURS ET CANAPÉS

Ollanzi se reconvertit dans la boulange !

Un soir où Kiki était particulièrement énervé, il convoqua tous ses conseillers en communication. « Mais enfin, pour qui se prend cette boulangère sortie du trou du cul du monde ? » avait-il éructé. « Trouvez un moyen de lui clouer le bec ! »

Les conseillers s'étaient réunis. En désaccord sur à peu près tout, il leur fallut plusieurs jours avant de parvenir à un vermisseau d'idée que même votre serviteur, en état d'ébriété bien avancée, n'aurait pas eue. En effet, fallait-il être retors pour pondre un truc pareil !

L'idée est pourtant simple : un coup de baguette magique plus un petit quarante-neuf trois de derrière les fagots, et hop, les Grands et Petits Moulins de France se retrouvent propriété de l'État. Qui dit nationalisation des Moulins dit main mise sur la farine. Qui dit main mise sur la matière première, dit : je-te-tiens-au-creux-de-ma-main-tu-vas-arrêter-avec-ta-révolution-a-la-con-non-mais !

Dans la précipitation des événements, Kiki se sentit contraint de répliquer. Comme dans les guerres qui dévastent certains pays, plus la déflagration est importante, plus le nombre de victimes est grand. Joce va-t-elle réchapper de la fronde qui menace ? Car n'allons pas croire que feu ses amis les boulangers vont la porter dans leur cœur longtemps. S'il y a banqueroute et il y aura banqueroute, elle va se retrouver mise au pilori. Et chacun sait désormais de quoi est capable une boulangère en colère.

Pour l'heure, l'ire de celle qui capte l'attention des réseaux sociaux, la conduit vers Paris où elle risque d'essuyer quelques déconvenues. Votre serviteur apprend à l'instant que la capitale est quadrillée par les forces de l'ordre. La boulangère guidera-t-elle le peuple ou le mènera-t-elle à sa faillite ?

Par Cornélius Charrognard
Pour vous servir, ici, partout, nulle part ailleurs

— Mon Dieu ! Ils ont nationalisé les Grands Moulins ?
— On dirait bien, répondit laconiquement Francis.

— Quelle catastrophe !

Marie-Cécile, la plus âgée du groupe et donc (a priori) la plus sensée tenta de mettre les choses en perspective.

— Écoutez-moi les amis ! À plusieurs reprises dans ma vie, j'ai été tourmentée, ne sachant quel chemin emprunter. Puis, à la faveur d'un événement ou tout simplement du temps qui passe, les choses se sont décantées d'elles-mêmes. J'en ai retiré une certaine sagesse, une humilité aussi face à tout ce qui nous assaille. Depuis, je vis au jour le jour, et, croyez-moi, je me sens beaucoup mieux ! Aussi, je vous invite à prendre ce jour comme il vient, nous aviserons demain pour ce qui est de cette histoire de Moulins. Aujourd'hui, nous manifestons, à demain pour les décisions !

Jocelyne semblait émue et au bord de la crise de nerfs.

— Marie-Cécile, vous ne comprenez pas ! Les boulangers vont me haïr ! S'ils me haïssent, ils risquent de vouloir nous atteindre, non ?

Elle jeta un œil interrogateur en direction de Killian qui avait été rejoint par Kevin Laverge et Jean-Michel Bowy. L'équipe de choc se tint coite, personne ne savait à quoi s'attendre. Au pire à en croire le regard de Joce, à rien du tout si l'on suivait les sages maximes de MC. Le cerveau de la boulangère carburait à cent à l'heure.

— Il nous faut un slogan ! Un slogan qui demande le retrait de cette décision ! Cherchons !

Francis était sorti de sa léthargie et mit en branle les quelques neurones dont il disposait. Chacun semblait chercher la réplique qui laverait la boulangère. Elle vivait cette annonce comme une souillure. Si rien n'était fait, elle s'imaginait, telle Jeanne D'Arc, disparaissant dans un nuage de fumée sous les huées d'une assemblée de boulangers revanchards. Elle ne doutait pas de leur fureur : elle-même, se fut-elle trouvée dans la position de victime, dut reconnaître que sa hargne l'eut emporté.

— Nationalisation c'est non ! proposa Petra qui s'était approchée.

— On a déjà « La fusion c'est non » objecta Jocelyne qui souhaitait varier les slogans. Il nous faut une phrase avec le mot moulins pour que les boulangers de France se sentent défendus. Je commence à avoir la frousse, Petra. J'ai peur de me retrouver accusée alors que je ne veux aucun mal à mes confrères, vous vous en doutez.

— Les Moulins c'est à nous ! hurla Killian.

— Non, ça ne va pas, il nous faut une rime. Chéri, aide-nous, tu es un poète, un amoureux des mots, je compte sur toi.

L'assemblée avait compris que Jocelyne et Francis s'étaient rapprochés. Cependant, l'usage d'un terme tel que « chéri » sembla prématuré à ceux qui la composaient. Francis esquissa un sourire puis, plissa légèrement les yeux : ainsi il semblait concentré et prêt à trouver la parade anti bûcher.

— Je pense à cette chanson, vous vous souvenez ? « Les Moulins de mon Cœur », elle a bercé mon adolescence, mes parents la passaient en boucle, ma mère surtout, je crois même qu'elle était un peu amoureuse du chanteur. Oui, c'est ça, c'est CETTE chanson qui m'a donné envie de devenir chanteur moi-même.

Marie-Cécile sembla exaspérée par ce déballage émotionnel qui ne trouvait pas sa place en ces lieux. Les autres l'observaient, doutant de son utilité, lorsque Killian s'écria :

— Hey, sur *Toutube*, Francis, t'as plus de dix mille vues pour ta vidéo !

— Ça ne m'étonne pas, répondit modestement le troubadour qui commençait à taper sur les nerfs du chauffeur, lequel appréhendait l'arrivée imminente sur Paris.

Le GPS est une chose, mais la réalité du terrain en est une autre. Sa connaissance de la capitale était plus que limitée. Qu'on lui parle des routes cotentines et il répondait présent. Mais que l'on évoque la place de l'Étoile, les Champs Élysées, pour ne nommer que ce dont il avait entendu parler, et il n'y avait plus personne.

— Les Moulins ? C'est pas malin ! cria Jocelyne, pas peu fière de sa trouvaille.

Jean-Michel Bowy et Kevin semblèrent satisfaits : la rime sonnait bien et, faute de mieux, ce slogan improvisé ferait l'affaire. Ils regagnèrent leurs sièges alors que le car quittait l'autoroute en direction du boulevard périphérique. Le chauffeur augmenta le son du GPS, les yeux rivés à l'asphalte, inquiet à l'idée de se frotter au bitume parisien. Il était onze heures, d'autres cars stationnaient déjà devant le théâtre Hébertot. Joce reçut de nombreux tweets l'informant de ces bonnes nouvelles.

— Nous avons déjà sept cars arrivés à destination, il en manque douze. Les motards et le char sont là-bas aussi. Tout s'annonce bien.

Elle scruta le ciel d'un air interrogateur. De lourds nuages menaçaient le défilé des révoltés. Elle croisa discrètement les doigts afin qu'ils filent vers l'ouest et déplora l'absence du père Nase qui aurait, sans nul doute, invoqué sa sainte et fait disparaître tous ces cumulus.

— Merde, mais quel débile ce type ! éructa Steve, le chauffeur.

Il venait d'éviter de justesse un accrochage à son entrée sur le boulevard circulaire. Le type en question conduisait un poids lourd et son physique peu amène invita Jocelyne à la sagesse.

— Steve, la circulation à Paris est toujours difficile, prenez une bonne respiration abdominale et vous verrez, tout ira mieux. Ne stressez pas, laissez-le filer.

Jocelyne bénissait Martine et leur professeur de yoga qui lui avaient inculqué une forme de sagesse via des respirations variées aux vertus relaxantes.

***

La professeure d'anglais était justement en train de s'appliquer à respirer par le ventre puis à expirer lentement par le nez alors qu'elle était plantée devant le Pavillon Royal, son planning à la main, la vue gênée par la capuche de son k-way qu'elle tentait de maintenir afin qu'il la protège contre les rafales et la pluie battante.

Le groupe était au complet, les élèves s'étaient tenus tranquilles. Si la météo avait été moins défavorable, la pause déjeuner ne lui aurait pas semblé si difficile à gérer. Le planning était réglé comme du papier à musique : visite guidée du Pavillon : une heure trente, déjeuner dans les jardins qui offraient moult bancs disposés à recevoir les fessiers adolescents : une heure puis direction le cœur historique, les ruelles colorées et, pour finir la journée en beauté, une pause sur la plage de galets et promenade sur la jetée avant de remonter dans le car. Hélas, les bancs étaient déjà trempés et

Martine se demanda où elle allait échouer. Elle jouait toujours le jeu anglais, mangeait le contenu de son « packed lunch », quel qu'il soit, après tout, « À Rome, fais comme les Romains », s'était-elle toujours dit.

Elle fut attristée de voir la plupart des élèves jeter le contenu de leurs boîtes en plastique dans des poubelles. Ils iraient se gaver de pizzas ou de hamburgers, tant pis. Il faudrait, encore une fois, composer avec l'âge ingrat et tout ce que cela implique de gloussements imbéciles lors des visites, d'unions opérées à la va-vite, sitôt suivies de désunions et de leurs cortèges de pleurs. Martine enjoignit à son groupe de la suivre, elle fit le gendarme et stoppa net les véhicules qui approchaient, aidée par ses collègues, afin que son troupeau puisse traverser sans qu'aucun mouton ne se fasse renverser. Une fois les quarante-neuf élèves arrivés sains et saufs face au Pavillon, elle leur demanda de faire le silence et leur répéta quelques consignes vitales pour le bien-être de tous.

— Écoutez-moi bien ! Chloé, écoute, s'il te plaît ! Comme vous venez de le remarquer, les Anglais roulent à gauche. Donc, quand vous traversez, regardez des deux côtés ! Quand nous sommes en groupe, vous ne traversez que lorsque vos professeurs vous font signe. J'ai vu que vous aviez jeté la nourriture donnée par vos familles. Ça vous regarde, après tout, je ne vais pas me battre pour ce genre de choses. Nous allons visiter le magnifique Pavillon Royal ce matin, il s'agit d'une visite guidée. Non, Karine, il n'est pas moche à gerber ce Pavillon ! Suite à cette visite, vous aurez une heure pour déjeuner, oui c'est tout. Chloé, en une heure, vous avez largement le temps de manger les sandwichs donnés par vos familles. Mais, puisque vous les avez jetés, à vous de vous débrouiller. Non, Cindy, je ne sais pas où est le Mac Do et je m'en moque. Pour ceux qui souhaitent manger sur le pouce, je vous suggère les nombreux « fish and chips » que vous trouverez facilement. Au moins vous mangerez de la nourriture typiquement anglaise. Non, Vincent, ce ne sont pas des restaurants ; en général, vous mangez debout ou bien assis sur un banc. Oui, je sais, Nathan, il pleut, ce n'est pas l'idéal, mais je ne suis pas responsable de la météo ! Ce que je suggère, Sophie ? C'est que vous trouviez un endroit qui vous plaise et que vous mangiez, voilà, à vous de vous débrouiller. Ah, c'est pas cool comme réponse, Chloé ? Évidemment, ce n'est pas cool, rien n'est cool, n'est-ce pas ? Ensuite, on se retrouve ici même à quatorze heures pour une visite de la ville. Soyez ponctuels ! Je vous ferai d'autres recommandations plus tard.

Le troupeau suivit Martine jusque dans l'entrée du Pavillon. Là, garçons et filles se ruèrent sur les places assises, ce qui laissa Lucette songeuse quant à la capacité de la jeune génération à défendre les idéaux dans lesquelles, elle aussi, croyait, car c'est debout que l'on se bat et pas affalé sur un banc.

Les moins jeunes – qui comptaient bien rester dressés dans les rues parisiennes –, auraient fort à faire ainsi que de nombreuses embûches à contourner et autres désagréables surprises.

21

OLLANZI T'ES CUIT !

Le chauffeur maugréait à n'en plus finir. Jocelyne l'avait tout d'abord trouvé sympathique, puis râleur et désormais parfaitement pénible pour ne pas dire idiot. Il remontait le vent dans les rues parisiennes, regardant dans tous ses rétroviseurs en même temps, ce qui inquiétait la boulangère. Peu sûr de lui, il ne cessait d'interpeller le GPS, comme si la pauvre fille qui lui susurrait gentiment des indications était pour quelque chose dans son incapacité à distinguer le nord du sud. Joce regarda Francis qui s'était rendormi. Elle pensa qu'il prenait des forces pour le combat et que c'était mieux ainsi. Elle tenait bon grâce à la thermos de café qu'elle avait ingurgitée. Surexcitée et ravie de cette ballade zigzagante dans les rues de Paris, elle lisait ses tweets avec un plaisir mâtiné d'inquiétude. Certains faisaient état de forces de l'ordre devant le théâtre Hébertot, ce qui n'était du goût de personne. Elle comprit que les fuites allaient bon train, mais comment empêcher les réseaux sociaux de s'emballer ? Après tout, ils lui avaient permis d'être là où elle se trouvait aujourd'hui et ce n'était pas rien.

— Steve, on est bientôt arrivé ?

Pour toute réponse, le chauffeur monta le volume du GPS et fit signe à Jocelyne de suivre leur parcours sur l'écran qu'il orienta de telle sorte qu'elle puisse profiter du spectacle. Ce qu'elle entendit la fit sourire, car elle n'avait jamais personnalisé le GPS de la *Mangoo*, refusant ainsi d'accéder à la demande de Jérôme qui aurait trouvé comique de faire parler *Scouminou*, le héros de son enfance.

— Alors, grand fou, tu vas me prendre la première à droite sinon tu auras une fessée. Virage imminent ! Magne-toi Steve !

T'es un blaireau ou quoi ?

— Dites, votre GPS est autoritaire, non ?

— Ah ! Mais moi, j'aime les femmes qui ont du cran ! Un peu comme vous, Joce. Je peux vous appeler Joce, ça vous dérange pas ?

— Euh non, répondit la boulangère, surprise de se retrouver derrière un type visiblement séduit par sa personne.

— Fais demi-tour, espèce de nigaud ! Tu as loupé la rue et tu vas nous mettre dans une avenue très passante. Tu sais que tu es très vilain, toi ! Tu le sais mon Stevie ?

Jocelyne commençait à trouver la voix électronique familière avec le chauffeur, mais, après tout, quand on dit personnalisé, c'est personnalisé. Steve souriait aux injonctions de la blonde à forte poitrine qu'il imaginait sur le siège passager. C'était elle sa came, sa raison de prendre le volant, son meilleur stimulant : Tamara, le prénom qu'il avait donné à sa copilote.

— Mais non ! Tu vas à gauche alors que j'ai dit à droite ! Tu le fais exprès ! J'en suis sûre ! Et tu sais ce qu'il se passe quand tu fais une bêtise, hein, grand nigaud ? Allez, je te kiffe grave alors je te pardonne. Roule jusqu'au prochain feu, prends la deuxième à gauche et dirige-toi vers le rond point ! Allez mon cœur ! Je sais que tu en es capable ! Et tu sais ce qui t'attend si jamais tu ne m'obéis pas, hein mon Stevie ?

Jocelyne, bien que sidérée par l'échange auquel elle assistait, ne perdait pas une goutte des rues de Paris. Elle pensa que cet embrouillamini dans la capitale possédait des vertus capables de la déniaiser en moins de temps qu'il ne fallait pour le dire. De Paris elle ne connaissait pas grand-chose : un voyage scolaire alors qu'elle n'était qu'en CP et deux jours avec Jérôme à l'époque où ils s'aimaient. Autant dire des moments révolus et impossibles à ressusciter.

— Mais non ! Fais demi-tour immédiatement ! Tu vas nous foutre dans la merde grave là ! Tu files sur l'Arc de Triomphe, on va se retrouver coincés, mais tu es bête ou quoi ?! Steeeve, tu sais ce qu'il se passe quand tu es bête, hein ?!

Jocelyne comprit que la situation était grave pour ne pas dire désespérée. Elle se leva et prit place sur le siège passager, coupa le son du GPS et farfouilla dans la boîte à gants. Elle y trouva des menottes et un fouet qu'elle repoussa dans un coin et extirpa un bon vieux plan de la capitale. Les penchants sexuels du chauffeur semblaient évidents, mais ne devaient pas les empêcher de se retrouver à destination.

— Jocelyne, non ! Sans GPS on est fichu ! Je connais pas Paris comme ma poche, moi !

— Oui, ça, je m'en suis rendu compte…

— Et Tamara est hyper importante ! Elle sait comment me parler !

— Steve, Tamara est certainement sympa, mais je vais la remplacer si ça ne vous dérange pas. Je peux me montrer autoritaire aussi, vous savez ?

Le chauffeur, dont elle avait trouvé la faille, obtempéra en lui glissant un regard plein de malice. Jocelyne fit mine de se prêter au jeu, car, pour sa cause, elle aurait vendu sa mère et son père. Alors, pourquoi ne pas endosser – l'espace de quelques kilomètres –, l'habit d'une Tamara au bustier forcément pigeonnant et au corps bardé de cuir ? Elle consulta le plan et donna quelques ordres bien sentis à Steve qui sembla soudain plus concentré sur la route. Était-ce dû au timbre de voix agressif de Jocelyne qui ne laissait planer aucun doute sur ses intentions en cas de bévue ? Toujours est-il que le car se gara à quelques centaines de mètres du théâtre dix minutes plus tard, évitant de justesse l'embouteillage monstre qui s'était emparé de la place de l'Étoile. Les bouseux, comme les appelaient les Parisiens, faisaient l'objet d'apostrophes d'une extrême méchanceté. Leur manifestation, et surtout l'impressionnant arsenal déployé par les forces de l'ordre, avait provoqué un indescriptible chaos.

Joce fut la première à s'extraire du car et retrouva avec émotion des villageois des quatre coins de France. Un immense barbu lui sauta dessus et la souleva de terre avant de la serrer dans ses bras. Il s'agissait d'un instituteur qui faisait office de maire d'un village perdu dans le Berry. Ils avaient échangé sur *Friendbook* et étaient contents de pouvoir mettre de vrais visages sur des photos de profil. C'est ainsi que Joce fit la connaissance d'une quantité impressionnante de révoltés et put admirer d'autres banderoles que les siennes. L'intégralité du pays était représentée. Rien ne semblait pouvoir entamer leur motivation, même pas la pluie qui commençait à tomber. Ils souhaitaient tous en découdre avec l'andouille aux manettes, celui qui les avait poussés dans la dèche, celui que beaucoup avaient élu, prenant ainsi des vessies pour des lanternes. Les billevesées présidentielles avaient fait long feu et, le feu, certains voulaient le mettre à l'Élysée !

— Commençons ! Je vous ai communiqué le parcours hier via notre groupe *Friendbook* secret. Avançons en rangs serrés, mais si jamais l'un de vous s'égare, il est important que nous puissions communiquer sur *Tweety*. S'il se passe quoi que ce soit qui vous semble anormal, vous le dites sur *Tweety*.

Tout le monde acquiesça et la troupe partit le nez au vent en hurlant « La fusion c'est non ! » Certains avaient quitté leur sud natal sans jeter ne serait-ce qu'un coup d'œil à la chaîne météo et furent mécontents de n'avoir rien à leur portée pour se protéger contre la bruine. Pourtant, très vite, en scandant leurs slogans et en se serrant les coudes, au sens propre comme au figuré, une atmosphère bon enfant se propagea. On souriait aux Parisiens accoudés à leurs balcons. Beaucoup d'entre eux avaient sorti un drapeau régional. Les Bretons et les Auvergnats, en particulier, semblaient fort représentés. Jocelyne, grimpée sur son char, faisait de grands signes en direction de ces soutiens inattendus. Elle avait la sensation d'être le pape à bord de son engin. Les drapeaux que lui avait confectionnés Martine étaient brandis à mesure que l'on scandait les slogans. « Ollanzi t'es cuit ! » obtenait un franc succès et les provinciaux purent mesurer la défiance de la France entière à l'égard du despote. Eux qui s'étaient pendant si longtemps sentis isolés, furent revigorés à l'idée que la révolution triomphe.

Au bout d'une heure environ, le cortège fut ralenti. Joce, assise sur une chaise en plastique blanc, juste à côté de la guillotine qui obtenait un franc succès auprès des passants, se leva d'un bond, toujours en alerte malgré la fatigue. Les Roms et quelques motards qui tiraient le char stoppèrent net, pas mécontents de trouver un peu de repos. Francis, qui marchait devant eux, monta à bord et tenta de son regard perçant de voir au-dessus de la mêlée et, qui sait, de comprendre l'origine de ce ralentissement.

— Tu vois quelque chose, chéri ?

— Rien du tout, il y a tellement de monde mon amour. Ton mouvement est une réussite ! Regarde ! On est au métro

Miromesnil, on approche de l'Élysée, je suis si fier de toi, je…

— Oui ? s'enquit Joce qui ne souhaitait rien d'autre qu'une déclaration d'amour au cœur de la ville qui symbolisait son écrin, entourée de fans en délire agrippés à la rambarde de leurs balcons ou penchés à leurs fenêtres.

Il n'en fut rien, car, au moment où Francis allait prononcer le premier mot de la phrase mystère, un coup de chevrotine retentit. Il attrapa sa Joce, car il avait fait sien ce surnom dont Jérôme l'avait gratifiée et la poussa sous la guillotine, puis s'allongea à ses côtés. Il la couva du regard et lui fit signe de tendre l'oreille. Une clameur suivie d'un brouhaha les laissa pantois. Ce fut lui qui rompit le silence, il chuchota :

— Tu restes allongée, je descends.

Il enjamba lestement le rebord du char et fendit la foule immobile. Chacun se demandait d'où ce coup de feu provenait. Certains tournaient la tête de droite et de gauche, d'autres semblaient coulés dans du ciment. Il arriva jusqu'à Artus et Marie-Cécile qui tremblaient comme des feuilles. La reine mère était livide et agrippa un bras du chanteur.

— Francis, je me sens mal ! Je vois des étoiles, je crois que je vais m'évanouir.

Aussitôt dit, aussitôt fait. MC clôt les paupières, son corps devint flasque et si son fils ne l'avait retenue, elle aurait atterri dans le caniveau. En homme fort qu'il était, Francis attrapa la femme à particule et la porta jusqu'au char. Il la posa délicatement puis se hissa jusqu'à Jocelyne qui n'osait sortir de sa cache.

— Chérie ! Marie-Cécile a fait un malaise, je pense que c'est un malaise vagal, elle a eu peur. La pauvre, ce n'est plus de son âge tout ça. Laisse là allongée, donne-lui un peu d'eau et surtout reste sous la guillotine.

— Tu n'as aucune info ? J'ai envoyé un tweet, mais je n'ai aucune réponse, c'est bizarre.

— Tout le monde est immobile. Ne t'inquiète pas mon amour, je suis là.

— Je sais, je t'attends.

Francis, dont la tenue sombrait dans le plus absolu ridicule et menaçait de lui coller une pneumonie, enjamba à nouveau le bord du char. Suite aux aléas de la veille, il avait attrapé ce qui lui était tombé sous la main, dans l'obscurité du petit matin, et était recouvert d'un vieux short en jean et d'un tee-shirt sur lequel était inscrit « Le Puy du Ouf ».

Le tee-shirt était un souvenir des temps où Philippe de La Ville l'avait embauché. À l'époque, il fendait une foule en délire sur le dos de sa jument dans un des spectacles nocturnes que l'homme politique faisait donner au cœur de son parc d'attraction. Tout comme Vénus, le chanteur mangeait à tous les râteliers et abandonnait sa conscience politique là où il se trouvait. Sa première intention était de vendre des disques, la seconde d'en vendre davantage et la troisième de fidéliser un public volage par nature qui lui préférait désormais des rappeurs aux noms américains. Des êtres détestables, auxquels il ne faisait pas bon se frotter, selon le chanteur.

Il vécut comme une blessure égotique une interview télé lors de laquelle une horde de chroniqueurs aux dents longues l'attaquèrent sur le fond et la forme de ses œuvres. Il répondit avec une infinie patience lorsqu'un rappeur, justement, lui aussi chroniqueur (le monde est vraiment petit) le dénigra, soulignant le ridicule de son apparence. Le chanteur, inquiet de conserver ses quelques fans, se défendit avec une naïveté feinte. Ce ton un peu emprunté fit sortir le rappeur de ses gonds ! Il se leva d'un bond et colla une monumentale claque sur la joue droite du trouvère dont la chevelure fut toute chamboulée.

Francis était honteux d'arborer pareilles guenilles, mais, comme chacun sait, l'habit ne fait pas le moine. Le ridicule ne tue pas non plus, sinon le chanteur serait décédé sitôt sorti du car. Cet accoutrement lui valut quelques sifflets moqueurs, rompant le silence qui succède toujours à un coup de feu.

S'agissait-il d'un plaisantin qui souhaitait exprimer sa révolte ou bien les choses étaient-elles en train de se gâter ? Joce fit boire Marie-Cécile qui se remettait lentement et se plaignit de ses oignons.

— Jocelyne, je n'en peux plus ! J'ai mal aux pieds, vous ne pouvez pas imaginer à quel point je souffre.

Tiego la regarda avec compassion, amour et bienveillance. Toujours là, fidèle, loyal. Que demander de plus à la vie sinon de ne pas arpenter les rues de Paris chaussée de mocassins ? C'est ce que s'empressa de demander MC :

— Jocelyne, j'ai une faveur à vous demander, serait-il possible que je reste sur le char jusqu'à la fin de la manifestation ? Je n'ai pas assez dormi, mais surtout, qu'est-ce que j'ai mal aux pieds !

La boulangère avait envie de lui répondre qu'elle aurait dû se montrer prévoyante, qu'elle avait prodigué moult conseils et qu'il eût été judicieux de les suivre et, surtout, qu'elle aurait tellement aimé demeurer seule sur le char, reine de la fête, fière, en première position, plus haute que les autres et que, cette position-là, elle la devait à son talent et pas à ses doigts de pieds. Elle se tut, car elle savait à quel point il importait de ménager ses soutiens : ils pouvaient s'évaporer à la faveur d'un mot déplacé ou d'une remarque mal interprétée. Forte de cette sagesse affectée, elle lui accorda le droit de rester à ses côtés.

— Bien sûr, Marie-Cécile, restez sur le char. Oh non !

La boulangère, alors qu'elle offrait l'hospitalité sur son perchoir, vit une nuée de jeunes cagoulés approcher. Elle convoqua son conseiller en communication, car il était aussi une ancienne « caillera » issue des quartiers que la police ne prenait plus la peine de visiter. Il rejoignit les deux femmes sur le char et s'allongea aux côtés de Jocelyne. Elle murmura :

— Killian, je viens de voir plein de jeunes qui ressemblent à ceux qu'on voit aux infos. Ils ont des capuches et se rapprochent de nous par l'arrière. Le coup de feu, c'est peut-être eux ?

— Merde, si on se fait pourrir notre manif par des casseurs, c'est mort ! On n'arrivera même pas à s'approcher de l'Élysée.

— Mais Killian, l'Élysée, c'est le début du parcours ! On va jusqu'à Bastille !

— Joce, s'ils cassent, c'est foutu ! Attends, je vais voir. Ils viennent peut-être nous aider ? Tu crois quand même pas qu'ils aiment Ollanzi ?

L'adolescent avait raison, pensa la cheftaine. Personne n'aimait Ollanzi et les jeunes qu'elle avait aperçus ne pouvaient que leur prêter main-forte. C'était frappé au coin du bon sens, pourquoi s'alarmer ? Elle aurait apprécié que ces jeunes-là se manifestent en amont, histoire de verrouiller l'organisation, mais elle comprit qu'il fallait accepter une part d'improvisation et qu'il était inutile de vouloir tout contrôler. Elle attendit donc patiemment et regarda

Killian s'éloigner. MC avait retiré ses maudites godasses et se massait les orteils en gémissant. Tiego l'observait et n'avait qu'une envie : sauter sur le char et enlacer sa bien-aimée. Pourtant, leur amour devait rester secret. Madame avait insisté sur cet aspect de leur relation et lui avait promis une surprise de taille au retour de Paris.

22

L'HERBE EST-ELLE PLUS VERTE EN TERRE D'AILLEURS ?

Martine tenait à déjeuner dehors, car elle aimait que l'air frais lui fouette les sangs. Pourtant, elle dut se rendre à l'évidence : il faisait un temps de chien, tout était détrempé et, au bout d'une demi-heure, les deux professeures tournèrent leurs semelles couvertes de boue en direction de la ville. Martine et Lucette étaient avachies dans un pub. Dans ces endroits-là, on était tranquille, on pouvait se planquer dans un coin, commander un verre de cidre et dévorer son panier-repas. Lucette inspectait ses sandwichs avec méfiance tandis que Martine croquait dedans à pleines dents. La professeure d'espagnol entama la conversation :

— Dis ! Il faut faire une mise au point là ! Tu as vu leur comportement pendant la visite ?

— J'ai vu, Lucette, mais tu sais, je m'en fiche…

— Martine, tu te moques de tout, c'est ça ? Je t'ai vue sourire aux meubles ce matin, c'est un signe qui ne trompe pas. L'amour rend bête.

— Exactement : les élèves peuvent bien s'embrasser sous le nez de la guide, je m'en moque, ma pauvre, tu n'imagines même pas.

— Je n'ai pas à imaginer, j'ai vu !

— Écoute, cette Chloé, bon, elle sort avec Marc depuis deux heures, tant mieux ! Si tu veux mon avis, elle va moins se plaindre de sa famille d'accueil maintenant. Qu'ils se lèchent les babines au nez et à la barbe du guide, peu importe.

— Oui, tu as raison, c'est un peu comme toi ; transfigurée par l'aaaamour…

— Lucette ! Tu n'as pas l'air de comprendre ! C'est un tournant décisif dans ma vie ; James et moi avons discuté toute la nuit, je reste ! Tu comprends ? Je reste !

— Mais enfin tu es folle ! Tu dois rentrer en France avec ton groupe !

— Je m'en fiche, si tu savais ! Je me fiche de tout ! On part à Londres la semaine prochaine, James a un appartement là-bas. Londres, tu te rends compte ? Je n'y ai pas mis les pieds depuis au moins dix ans ! Je n'en peux plus de ma vie étriquée, tu es capable de comprendre, non ?

— Écoute Martine, on est amies, non ? Tout ce que je te dis, c'est pour ton bien. Tu fais ce que tu veux de ta vie privée, mais ta vie professionnelle, elle t'impose quelques obligations ! Rentrer en France avec tes élèves, ça en fait partie.

— Lucette, tu n'as pas compris, je change de vie ! Je quitte l'Éducation Nationale ! D'ailleurs, dans ma tête je l'ai déjà quittée. Je ne remettrai jamais un pied ni à Tresville, ni chez moi.

— C'est Grogneul maintenant.

— Mais je te trouve bizarre tout d'un coup. Tu n'es quand même pas jalouse hein ? Je suis heu-reuse ! Tu pourrais te réjouir pour moi quand même !

Martine avait vu juste. Son amie de toujours faisait une crise de jalousie à presque soixante ans. Elle aurait aimé retrouver l'insouciance et l'impertinence de sa jeunesse, mais pour cela il fallait un homme. Sans amour, impossible de s'élever vers les cimes et se moquer du qu'en-dira-t-on, des parents d'élèves, de madame la proviseure, du rectorat et de toutes les contingences qui sont le corollaire de la profession. On ne fait pas un bras d'honneur à la vie comme cela, simplement parce qu'on l'a décidé, il faut un événement déclencheur et cet événement-là, il vous tombe dessus ou pas.

Lucette craignait de finir vieille, moche et aigrie. Elle connaissait bien les risques qui planaient au-dessus de sa tête et enviait sa copine qui semblait, sans avoir rien demandé d'autre qu'une escapade en Angleterre, avoir été servie côté romantisme, bouleversements et autres rêves de jeune fille. Après tout, les femmes demeurent des jeunes filles toute leur vie. Certaines vivent leur vie par le truchement de leurs rêves éveillés quand d'autres parviennent à leurs fins. Martine et Jocelyne se rangeaient dans cette deuxième catégorie, enviée s'il en est. Le pire aux yeux de Lucette était que sa collègue n'avait strictement rien fait pour cela, tandis qu'elle-même déployait tant d'efforts qu'elle trouvait tout injuste et mentit à défaut de pleurer sur son sort.

— Je suis contente pour toi, mais j'espère que ton James ne va pas te faire un coup de Trafalgar, c'est tout. Tu imagines s'il te quitte dans un mois ? Tu auras tout perdu et tu feras quoi ?

— Non Lucette, James m'a promis.

— Oui, comme il t'a promis il y a quarante ans…

Martine mangeait une chips quand les paroles de son amie finirent par entrer en contact avec ce qu'il restait de bon sens dans ses synapses. Elle faillit s'étrangler, toussa comme une malheureuse puis se mit à pleurer.

— Lucette, j'y crois, laisse-moi rêver.

— Mais justement, et si ce n'est qu'un rêve ? Imagine le pire, il faut toujours imaginer le pire avec les hommes.

— Tu es vraiment désabusée, tu me déprimes. Je n'ai même plus envie de manger, répondit-elle en reposant son sandwich.

— Tu sais, je te parle en amie. Je vois bien que tu t'emballes. James c'est le rêve, Gérard, c'est la réalité, mais c'est du sûr, solide comme un roc ! Pense à ça, pense à ce que vous avez construit ensemble !

— Alors là, justement ! On a une maison et une caravane, tu parles d'une vie, toi !

— Vous avez aussi une fille, Martine.

— Ma fille veut que je sois heureuse, elle ! Et puis je ne supporte plus Gérard !

Elle se leva afin de se diriger vers les toilettes, mais ne put s'empêcher d'entamer une diatribe à charge contre les années Gérard. Était-ce sous l'effet du verre de cidre qu'elle avait avalé d'un trait ou bien de l'animosité affichée par celle qu'elle prenait pour son amie ? Toujours est-il que Martine s'emporta violemment.

— Écoute Lucette, ça commence à bien faire là ! Tes remarques à la noix, tu te les gardes ! Tu sais ce que je pense, hein ? Tu sais ? Je pense que t'es jalouse ! T'es sur le déclin ma vieille et tu commences à t'inquiéter pour tes vieux jours. Alors forcément, voir que j'ai retrouvé mon amour de jeunesse, ça t'en bouche un coin comme dirait mon abruti de mari. Et tu sais quoi ? En plus d'être abruti, il pète au lit ! Oui, il pète au lit, il est dégueulasse ! Et chaque fois qu'il pète, je lui balance un coup de pied dans les tibias ! C'est l'homme le plus égoïste du monde, il ne pense qu'à son magasin, les courses de chevaux, manger, dormir, passer un porno le samedi soir. C'est une vie ça ?

— Je vois que tu as peu d'expérience avec nos amis les hommes. Tu crois quoi, hein ? Que j'ai passé ma vie à papillonner d'esthète en esthète qui se pâmait devant la beauté du monde et accessoirement la mienne ? Mais non ! Moi aussi j'ai eu mon lot de pets et je passe sur les roteurs qui m'ont humiliée au restaurant, les goujats qui m'ont emmenée en boîte et sont repartis avec une autre, plus jeune, plus mince, plus je ne sais même pas quoi, merde ! Tu t'imagines quoi ? Que l'herbe est forcément plus verte ailleurs ?

Les deux femmes étaient devenues l'attraction du lieu. Personne ne comprenait un traître mot de ce qu'elles racontaient, mais les clients étaient tout ouïe. Que l'herbe soit plus verte en Angleterre, en particulier du côté de Brighton, ne semblait pas faire l'ombre d'un doute ; il suffisait, pour s'en convaincre, d'admirer parcs et jardins. Concernant l'aspect plus métaphorique de la réplique de Lucette, les choses semblaient moins sûrement établies, et, là encore, observer les tablées de buveurs de bière dégoûtait à jamais de tout rapprochement avec un homme. Martine oublia son envie d'uriner, prit son sac et sortit en trombe. Elle s'attabla à l'extérieur, faisant fi du banc mouillé, des abondantes gouttes qui s'écrasaient sur sa capuche et se mit à pleurer. Lucette resta quelques minutes supplémentaires. Elle se sustenta à la va-vite sans s'attarder sur le contenu des sandwichs, siffla son verre de cidre et rejoignit Martine à l'extérieur. Elle posa son derrière à côté de celui de sa copine et la serra dans ses bras.

— Martine, je suis désolée ! Je me suis emportée et tu as raison, je dois être jalouse. Je ne suis qu'une gourde ! Pardonne-moi.

Martine Bourdon passa l'éponge sans délai, elle souhaitait le bonheur de tous, pas seulement le sien, et, hormis son mari dont elle pensait du mal chaque jour davantage que la veille, elle aimait bien tout le monde et appréciait particulièrement sa collègue. Elles avaient tant de bons souvenirs ensemble qu'il eût été regrettable de sacrifier une amitié pareille sur l'autel de l'amour. Qui la ramasserait à la petite cuillère si elle se retrouvait à la rue ? Après tout, Lucette avait roulé sa bosse et, même si son discours semblait caricatural aux yeux de la candide Martine, cette dernière avait bien pris note des désillusions possibles.

Elles retrouvèrent leur groupe et entamèrent un chemin de croix. Brighton, si belle et accueillante, leur sembla abriter tout ce que l'univers contenait d'adversité. C'est sous une pluie désormais battante qu'elles atteignirent les étroites ruelles où il est d'ordinaire si agréable de déambuler. En ce jour maudit, non seulement il fallait rappeler à l'ordre les lambins, demander aux excités de se calmer, mais également composer avec leur mauvaise humeur et leurs demandes idiotes. Cependant, une question revenait sans arrêt.

— Madame, j'arrive pas à envoyer un texto à ma mère, vous trouvez ça normal ?

La première à soulever cette difficulté fut renvoyée dans ses buts, d'autant plus que l'intérêt d'envoyer un texto toutes les cinq minutes échappait totalement aux adultes. Lorsqu'un quinzième élève se plaignit de rencontrer le même problème et que Lucette tenta d'en envoyer un à Martine, sans succès, les adultes se regardèrent et tous les quatre pensèrent : « Non, je ne veux pas avoir à gérer une émeute ! » Chloé avait cessé d'embrasser son nouveau petit ami et semblait prendre un malin plaisir à enquiquiner les enseignants. Cette fois-ci, lasse de s'en prendre aux deux copines, elle interrogea un jeune collègue de mathématiques que Martine avait sollicité à la dernière minute, suite à la défection d'un habitué des voyages outre-Manche. Il était d'une stupéfiante neutralité, tout droit sorti du moule, ne disait jamais un mot plus haut que l'autre en salle des professeurs et semblait d'un naturel rêveur. Pas le candidat idéal pour un voyage lors duquel un enseignant se doit d'être sans cesse aux aguets, mais faute de grive, on mange des merles. Martine connaissait ce refrain par cœur.

— Monsieur ! Ça fait une heure qu'on vous dit qu'on n'arrive pas à joindre nos parents !

— Je sais ! Il doit y avoir une réponse logique, un problème de réseau sans doute.

— Mais on n'a pas tous le même opérateur !

— D'accord, alors disons un gros problème de réseau qui gênerait toutes les communications, je pense que c'est ça.

— Mais c'est super chelou, y'a la guerre ou quoi ?

— Bien sûr que non ! Regarde autour de toi, tu as l'impression qu'il y a la guerre ?

— Je dis pas ici hein, mais en France ! Si ça se trouve y'a la guerre en France ! À cause de Jocelyne, j'étais sûre qu'elle allait nous foutre la merde celle-là ! Mes parents aussi ils ont dit ça.

En entendant ces mots, Martine commença par se dire que cette Chloé était vraiment une nuisible, car elle semblait capable de faire s'immiscer la peur dans les cervelles de ses camarades qui ne tarderaient pas à s'inquiéter du devenir de leurs parents, lequel était étroitement lié à leur confort. Elle choisit de faire un test auprès d'une personne de ses connaissances dont elle savait qu'elle était embarquée pour la grande aventure ce jour même. Jocelyne, déjà accusée d'être à l'origine d'une guerre civile, devait être joignable. La professeure d'anglais décida donc de lui envoyer un message. Elle constata que ce dernier ne partait pas et, plutôt que de devoir faire face à une fronde adolescente (elle savait que ces individus-là étaient capables de très vite se mobiliser pour faire n'importe quoi), elle choisit de mentir :

— Je viens d'envoyer un message à Jocelyne, elle me répond que tout va bien. Vous voyez, tout va bien ! Allez, on a encore de la marche à faire !

Le troupeau poursuivit sa traversée de la ville et s'arrêta dans une ruelle aux boutiques colorées. Martine prit la parole en bon commandant-chef qu'elle était :

— Voilà, nous sommes dans le cœur historique de Brighton : les *Lanes* sont des ruelles qui étaient habitées par des pêcheurs, admirez les maisons faites de galets, c'est ravissant, n'est-ce pas ? Quelques jeunes consentirent à lever le nez hors de leur capuche. Ils grelottaient sous la succession d'averses.

— On fait quoi maintenant ? demanda un garçon.

— Vous avez quartier libre pendant deux heures. Il est quatorze heures quinze, nous nous retrouvons ici même à seize heures quinze. J'ai un plan par élève, venez prendre le vôtre et méfiez-vous ! Toutes les ruelles se ressemblent, donc, sans plan, vous aurez des difficultés à vous repérer. Les ados étaient téméraires, mais peu enclins à risquer une nuit d'errance sous la pluie ; chacun en prit donc un avant de tourner les talons.

— Martine, c'est charmant ici, mais quelle déveine cette météo : soit on admire les pubs et les maisons et on s'attrape une pneumonie, soit on se protège le nez et on admire les pavés, tu parles d'un choix !

— Lucette, tu retournes le couteau dans la plaie. On va s'installer dans un pub et attendre que le ciel se dégage.

— C'est pas parti pour ! Mais je ne vois pas quoi faire d'autre…

— Viens, ce pub est magnifique. On va se prendre un *snakebite* et tu vas voir ce que tu vas voir !

Les deux amies entrèrent dans un pub mythique au charme préservé. Martine commanda les deux remontants tandis que Lucette s'installait à une table collée à une fenêtre.

— Tiens ! Bois ça ! Tu vas voir. Ça te réveillerait un mort !

— Alors ? Qu'est-ce qu'elle t'a répondu Jocelyne ? La manif' se passe bien ?

— Aucune idée, mon message n'est pas passé.

— Quoi ? Tu as menti ?

Martine Bourdon, armée d'une force tranquille, avait choisi la forfaiture et entendait bien s'y complaire.

23

KIKI ET LA MACHINE À PAIN !

À Paris, les choses avaient pris un tournant apaisé. Killian et Francis étaient revenus de leurs expéditions respectives. Ils surent se montrer rassurants. Francis fit signe à Jocelyne qu'elle pouvait s'extraire de sa cache. Il commença :

— J'ai parlé à un CRS, personne ne sait d'où provient le coup de feu, certainement un plaisantin, on peut continuer !

— Chéri ! C'est formidable ! On fonce, allez ! Tiego, Cyner, Zoran, en avant !

Les trois Roms attrapèrent les poignées du char et reprirent leur chemin de croix. La charge était lourde : Marie-Cécile était un poids plume, mais Killian en imposait. Les deux motards qui les avaient aidés jusqu'à présent avaient fendu la foule puis disparu. Ce fut donc Artus qui se plaça derrière Tiego, sans savoir qu'il se tenait à quelques centimètres de son futur beau-père. Le conseiller en communication apportait des nouvelles peu optimistes :

— J'ai parlé avec d'anciens potes, ils ont pas trop voulu me dire ce qu'ils venaient faire ici. Je trouve ça carrément chelou…

— Killian, comme tu le dis si bien, ce sont d'anciens amis. Ils sont certainement jaloux de ta position, tu imagines l'ascension sociale qui est la tienne ! Et je ne parle même pas de l'avenir…

Jocelyne trouvait son nouvel amoureux d'une éloquence folle, elle n'aurait pas mieux fait.

— Ouais, on va voir. J'ai pas pu parler à Ketoul, c'est lui qui dirige visiblement, ça craint à mort quand même. Attends Francis, c'est pas les années soixante-dix là ! Y fument pas des bedos toute la journée ces mecs, y dealent de la dure et si faut buter un type, ils tirent. J'suis pas sûr que tu t' rendes compte !

— Killian et Francis, ce n'est pas le moment de vous

chamailler ! On avance et on verra bien. Les CRS sont là pour nous protéger, non ?

— Elle est bonne celle-là ! Attends Joce, tu as vu ça où qu'ils nous protègent ? Y sont là parce qu'Ollanzi leur a dit de monter la garde, c'est tout ! Si tu te fais enlever, ils s'en tapent, les mecs.

— Ah, ah, qu'on m'enlève, tiens ! Comme ça, je suis sûre de faire la une de tous les journaux !

Le cortège était reparti comme en quatorze, avide d'expression et de liberté. Les Parisiens, conquis, tapaient sur le cul de leurs casseroles, les fenêtres grandes ouvertes afin que Jocelyne voie et, surtout, entende leur engouement. Avant de descendre du char, Francis lui murmura :

— Ils sont avec nous, ça va être la révolution. Il faudrait que les Parisiens nous rejoignent…

— Tu as raison, je vais les interpeller ! Laisse-moi le temps de trouver un slogan.

Francis et Killian redescendirent du perchoir. Le premier arborait une mine triomphante tandis que le second paraissait inquiet. La manifestation repartit de plus belle, la pluie avait cessé. La vie semblait enchanteresse, Ollanzi allait rendre à Tresville son nom et surtout son honneur, en faire de même pour toutes les communes meurtries et, sous ces auspices, la révolution n'aurait pas lieu. C'était un coup de poker qui se jouerait dans les heures à venir. Il convenait de maintenir la pression et de brandir la menace d'une révolution : ainsi le président se plierait aux exigences de son peuple.

La boulangère amoureuse avait changé de cap : obtenir réparation, oui, retourner le pays, non ! Après tout, elle trouvait naturel de terminer le travail ébauché, mais laisserait à d'autres le soin de mettre la contrée à feu et à sang. Elle se voyait dans la roulotte de Francis comme un poisson dans l'eau, voyageant, savourant la vie, découvrant de nouveaux paysages chaque jour. Finalement, elle se rangea à la raison et à l'optimisme béat dont certains font preuve : chacun a droit à sa part de bonheur, le sien rimait avec chanteur et elle n'allait pas le sacrifier sur l'autel de la politique. Jocelyne attrapa le porte-voix et hurla :

— Parisiens, descendez ! La fusion c'est non ! Ollanzi t'es cuit !

Pensant apporter un soutien de taille à son égérie, Petra grimpa sur le char et, encouragée par la liesse générale, retira son tee-shirt sous lequel elle ne portait rien. Très vite, de nouveaux rebelles sortirent des immeubles haussmanniens qui les abritaient. Le mouvement de la boulangère semblait fédérer. Il était populaire et la France aimait à se révolter de temps en temps même si cela ne durait que quelques heures. Petra rayonnait et faisait la fierté de Jean-Michel Bowy qui se tenait aux aguets : sa femme arborait des seins en obus magnifiques qui lui avaient coûté un bras : il ne souhaitait pas qu'un malade sexuel s'attaque à elle ! Quelques hommes reconnurent l'actrice qui avait, jadis, stimulé leur libido et descendirent à leur tour si bien que toutes les catégories d'âge se trouvèrent représentées. L'insolite cortège bigarré n'engendrait pas la mélancolie, que l'on soit de la partie ou simple spectateur. On riait, on hurlait, on se trémoussait sur la musique qui sortait des haut-parleurs du lecteur CD que Killian portait fièrement sur l'une de ses épaules. Il passait en boucle un morceau d'un groupe qui prétendait tout niquer sur son passage : les mères surtout semblaient visées, mais les paroles demeuraient peu compréhensibles par les béotiens.

Francis resurgit et s'empara du lecteur de Killian afin de faire cesser ce qu'il qualifia de vacarme. Killian ne l'entendit pas de cette oreille et remit son appareil en marche, Francis s'emporta :

– Killian ! Ce groupe, tu peux l'écouter chez toi, ça te regarde. Mais ici, c'est non !

– Ah ouais ? Et pourquoi ?

– Parce que ces chansons n'ont rien à voir avec notre mouvement !

– Bah si justement ! Le rap, c'est une musique de révoltés !

– Non ! D'abord ce n'est pas de la musique et, ensuite, s'il y a UNE chanson qui soutient ce mouvement, c'est la mienne !

– Bah ouais, bien sûr, mon cul !

– Killian, je t'interdis de me parler sur ce ton ! Change de CD ! ordonna Francis en lui tendant sa production.

– Elle est naze ta chanson. De toute façon, Francis t'es là pour profiter, c'est sûr que mon grand-père aurait dit ça. Il pouvait pas te blairer. Le trou je ne sais plus quoi il t'appelait.

– Le troubadour, peut-être ?

– Non !

– Je sais ! Le trouvère ! C’est ainsi d’ailleurs que j’aime me définir.

– Je m'souviens : le trouduc, il disait mon grand-père !

Francis se tut et ravala sa morgue. « À quoi bon argumenter avec un décérébré ? », pensa-t-il.

Jocelyne avait souhaité que la dispute cesse, car elle ne désirait s’aliéner ni l’un ni l’autre des deux protagonistes de la querelle. Elle n’avait pas apprécié l’attitude de Petra non plus qui se prenait pour une actrice italienne de seconde zone : elle faisait désormais tournoyer ses tétons en riant à gorge déployée. À bout de nerfs, la boulangère hurla :

– Killian ! Tu passes la chanson de Francis en boucle TOUT DE SUITE !

– Mais Joce…

– Tu fais ce que je te dis, sinon tu peux dire adieu à ton Diplôme Diplômant !

Le jeune homme obtempéra en bougonnant. Francis conçut une aise telle qu’il prit Jocelyne par une main, Petra par une autre et chanta sur sa propre voix. Ses cordes vocales retentirent dans toute l’artère où le char avançait. La foule hurlait les slogans, Paris vibrait aux couleurs de la lutte, Jocelyne était émue.

Assez vite, la procession atteint la stratégique rue de Rivoli, laissant sur sa droite la place de la Concorde. Les cordons policiers avaient dûment protégé les différentes voies d’accès au Palais, ce dont Jocelyne s’était doutée. Peu lui importait de ne pouvoir hurler sous les fenêtres du président. Elle tirait sa motivation d’abord (et avant tout) du sentiment d’être utile, d’un certain goût pour l’insoumission qui lui était venu sur le tard. L’ambition personnelle qui avait été son moteur ces derniers mois venait d’être reléguée puisque, désormais, seul l’amour comptait. Finalement, pensa-t-elle, toute cette histoire a un sens : « Si Ollanzi n’avait pas obligé Tresville à fusionner avec Grogneul, je n’aurais jamais rencontré Francis. » Tout comme Martine, qui était à cette heure précise à moitié saoule, elle se surprit à penser que l’on ne vivait qu’une fois et autant faire de sa présence sur terre une succession de moments agréables plutôt que de mener une vie morne et trop bien réglée, naviguant entre ennui à mourir et soucis quotidiens auxquels on alloue une place démesurée. Ollanzi permettait à la boulangère de tout mettre en perspective, ce qui n'était pas rien.

***

Le président de France se trouvait au Lampion, assis à son bureau. Il venait de déjeuner d'un gigot d'agneau qu'il avait copieusement arrosé d'un Bordeaux aux arômes exquis. Était-ce dû à ces quelques verres, dont un de trop, ou à la chaleur étouffante qui régnait en ces lieux, mais Francis Ollanzi était proche de l'ébriété. Le premier ministre pénétra dans l'office, quelques fiches à la main et prit place face au maître.

— Bon, alors on en est où avec cette manif à la con ?

— Pour le moment, tout se passe comme prévu. Ils sont rue de Rivoli et on a bloqué les réseaux de communication pendant une demi-heure après le coup de feu, histoire de les chatouiller un peu.

— Aucune panique ?

— Non, un petit brouhaha, mais pas le repli qu'on espérait.

— Et des casseurs, vous en avez repéré ?

— Je viens d'avoir le ministre de l'Intérieur. Oui, hélas ! Il y en a. Mais pour l'instant aucun acte de malveillance.

— Ça va pas tarder avec ces petits cons. Merde, tiens, quand je pense que nos flics veulent plus aller dans leurs quartiers. Franchement, je vous le dis d'homme à homme, je ne sais pas quoi faire avec ces banlieues.

— Justement, j'ai une idée au cas où le mouvement des bouseux prenne de l'ampleur.

— Comment ça ? « Prenne de l'ampleur », ils sont combien maintenant ?

— Plusieurs milliers, monsieur le président.

— Quoi ?!

— Et le chiffre augmente heure après heure, des Parisiens ont rejoint le mouvement.

— Ils n'ont rien à voir là-dedans les Parisiens, qu'est-ce que c'est que cette histoire ? Pourquoi ils sont descendus aussi ?

— Disons que c'est plus contre vous qu'autre chose. En effet, pour les Parisiens, ce n'est pas ces histoires de fusion, c'est vous.

— Comment ça, moi ? Je ne leur ai rien fait à ces andouilles, j'ai même promis une baisse d'impôts à la télé la semaine dernière !

— Justement, ils n'y croient pas.

Ollanzi commençait à sentir le vent tourner. Il attrapa sa télécommande et alluma la télévision.

— La voilà l'égérie ? Le bigorneau sur le char, c'est elle qui me casse les noix ?

— Oui, c'est Jocelyne Lamaseau.

— Et je vois que l'autre andouille de chanteur est bien là, quel profiteur celui-là !

— Tatanne ? Ah ça oui ! C'est une aubaine pour lui ce mouvement. Il a fait une chanson, vous êtes au courant ?

— Oui, j'ai vu le début sur *Toutube*. Non, mais franchement, il est ridicule, complètement à côté de ses grolles le mec !

— Certes, mais il a encore des fans.

— Vous êtes certain ?

— Absolument.

— C'est dingue ça quand même ! Des femmes au foyer qui s'ennuient, je suppose. Elles n'ont qu'à s'acheter le gode *Noulimex* ! Vous avez vu ça, l'ami ? J'en suis resté sur le cul moi de ce truc. Ça fait brosse à dents en plus, elles seraient bêtes de s'en priver. Tiens, c'est Petra Vulvona, elle est toujours aussi canon. Vous savez qu'elle et moi on a été amants ?

– Non, Monsieur le Président, je l'ignorais.

– Elle aussi, la lumière était très tamisée. Ah, au fait ! Et les machines à pain ? Ils en disent quoi les autres boulangers ?

— Ce qui est surprenant dans cette histoire c'est que visiblement ils ont capté la manœuvre et n'en veulent pas à la boulangère. Au contraire même, beaucoup de boulangers sont dans la rue. Regardez celui-là, il a gardé son tablier de mitron pour bien montrer qui il est.

— Mais c'est incroyable quand même ! On fait un deal avec *Noulimex*, ils dégotent cent points de vente dans la foulée dont un dans la ville de la boulangère et c'est un fiasco ?

— On ne peut pas vraiment parler de fiasco, non, il s'en vend selon mes informateurs. Mais pas autant que nous l'avions souhaité. Et surtout, les Français ne sont pas dupes, il y a eu l'article de Cornélius, ça n'a pas aidé.

— Lui aussi il me court sévère ! Mais enfin, c'est incroyable quand même ! On muselle la presse et on se retrouve emmerdé par un mec : au final on ne sait même pas qui il est ! Votre enquête, elle ne donne rien je suppose, comme d'hab ?

Le premier des ministres se renfrogna. Il avait tenté d'expliquer au président qu'un même individu, pour peu qu'il soit féru d'informatique, pouvait sans difficulté détenir une adresse IP flottante et qu'à partir de là, il était libre d'écrire tout et son contraire, tranquillement installé dans ses charentaises. Le dernier article de Cornélius venait de sortir et ne mit pas le sourire sur le faciès présidentiel.

KIKI ET LA MACHINE A PAIN

Ou l'art de tenter de griller son adversaire

A y est ! Notre Altesse Sérénissime a eu l'idée du siècle. En bon cador qui connaît ses points forts, il a décidé d'anéantir la boulangère. Ni une ni deux, il contacte le géant Noulimex, passe un deal bien foireux digne d'une série Z que j'exposerai dans un prochain article et fait se pavaner les machines à pain chez une centaine de revendeurs peu scrupuleux. Terrassée la Jocelyne ? Pas du tout ! C'est remontée comme une toupie qu'elle vient d'aborder la capitale qui n'a qu'à bien se tenir. Munie d'une guillotine fabriquée à la va-vite par Jean du Voyage, son plus fidèle allié, elle déambule rue de Rivoli et se dirige tout droit sur la place de la Bastille.

Ne mésestimons pas son pouvoir de nuisance. Aux dires de la police, on compterait plusieurs milliers de participants à ce qu'il convient d'appeler la manif la plus « fun » du siècle. Figurez-vous que l'on rit, que l'on boit et que l'on se gondole pas mal dans les rangs des révoltés. Les Auvergnats ne sont pas en reste et sont montés en masse, les Savoyards et, hormis quelques régions épargnées par les fusions, chacune est représentée.

On signale à mon attention sagace qu'un coup de feu aurait été tiré. Souhaitons qu'il ne s'agisse pas là de casseurs auxquels nous préférons les casseroles qui résonnent des coups frappés contre leur tôle par les révoltés. Dans un prochain article, je ferai également état de celles que le premier ministre se trimbale à l'arrière-train. Le terme de batterie de cuisine serait d'ailleurs davantage approprié.

Sans vouloir jouer les rabats joie, je n'imagine pas que la tête d'Ollanzi ait grand-chose à craindre. Réalisme, pragmatisme et analyse sont mes credo et, vue du ciel, cette manifestation bon enfant peut tout au plus anéantir quelques fusions, ceci, à condition bien sûr que le Président de France mesure son impopularité à l'aune de la quantité de Français qui hurle dans la rue.

Vous reprendrez bien une dose de réalisme, monsieur le Président ?

Par Cornélius Charrognard
Pour vous servir, ici, partout, nulle part ailleurs.

24

LE ROMAN "FEEL-GODE" OU LES MÉMOIRES DE LUCETTE

Le président de France était ivre de rage. Ses différentes tentatives avortaient à vitesse grand V. La nationalisation des Moulins était passée comme une lettre à la poste et, même l'apparition de machines à pain ne semblait atteindre la cote de popularité de son ennemie. Il se demandait comment, lui, sorti de l'ETNA, toujours bien mis dans ses costumes taillés sur mesure pouvait se faire malmener par ce qu'il jugeait être une va nu-pieds. Il avait trop bu pour mener à bien une réflexion machiavélique et confia cette tâche ardue à son ministre.

— On fait le point par téléphone, je vais faire une sieste. De toute façon, ils iront à Bastille et feront pouët pouët pendant une heure. Ensuite, quelques jeunes mettront de la musique jusqu'à minuit pendant que les bouseux somnoleront dans les cars qui les ramèneront dans leur cambrousse. S'il se passe quoi que ce soit d'importance, vous m'appelez, sinon, on se voit mercredi et vous me présentez un plan d'attaque pendant le conseil. Je veux du lourd ! Il faut me débarrasser de cette emmerdeuse, compris ? Fouillez un peu dans son passé ! On ne sait jamais, elle a peut-être commis un crime, allez savoir, elle a des enfants ?

— Non, mais je ne vois pas le rapport.

— Moi non plus, je suis crevé. Allez, à mercredi. Ah, et surtout, vous dites bien à l'Intérieur de me tripoter les chiffres, hein ? On divise par cinq, au moins.

— Cinq ?!

— Oui, le JT nous suit, tout le monde nous croira.

— Sauf ceux qui sont sur place…

— Écoutez l'ami, vous aussi vous me les brisez, j'ai dit par cinq, ça ne se discute pas ! Sortez, je ne vous raccompagne pas, vous connaissez le chemin.

Le premier ministre prit congé sur la pointe des pieds pendant que le président s'allongeait sur une méridienne en velours bleu pâle. Il aimait le Lampion pour son cadre, son parc verdoyant et surtout son histoire. Chasseur, en voilà une belle vie ! Puis il se surprit à songer à une existence dénuée d'artifices dans laquelle – livré à lui-même –, il serait contraint de se démener afin de subvenir à ses besoins. L'angoisse le saisit et il s'endormit en pensant à tout le luxe ostentatoire qui l'entourait. Comment s'en passer ? C'était comme pour tout, on s'habituait – ou pas. Les Français finiraient bien par s'accoutumer au manque, car on s'habitue à tout même au pire.

***

Lucette et Martine étaient pliées en deux tant le rire les transportait. Lucette avait entrepris de conter ses déboires amoureux par le menu.

— Tu devrais en faire un bouquin, j'te jure, ça vaut son pesant d'or ton truc !

— J'y ai pensé, mais j'attends d'être à la retraite. M'enfin, pas sûr que je trouve un éditeur avec une histoire pareille. C'est que je l'ai toujours pas trouvé l'homme de ma vie et, tu sais, la mode c'est le feel-good, le roman qui te fait oublier ton train-train quotidien. Bah moi, c'est tout le contraire avec mes histoires, je suis là pour leur rappeler qu'elles sont pas toutes seules à s'ennuyer.

— Tu pourrais inventer la mode du feel-gode !

— Excellente idée ! Tu sais que j'ai craqué et que je suis allée voir ton mari.

— Pourquoi donc ? Tu veux me le piquer ? Mais il est à toi, prends-le !

— Mais non, enfin, Martine. T'es saoule ou quoi ?

— Un peu ! Le *snakebite*, j'avais perdu l'habitude.

— Bref, j'ai mon gode *Noulimex* ! Même que c'est le père Nase qui me l'a vendu ! Pas très à l'aise comme vendeur, mais beau garçon, hein ? Et courageux : il en fait des kilomètres monté sur son vélo !

— M'en parle pas, j'ai honte de ce que lui fait subir Gérard. Mais bon, si ça lui permet de rester à Tresville… Gérard a ramené un gode *Noulimex* à la maison aussi, tu sais.

— Et alors, tu en penses quoi ?

— Il brosse très bien les dents !

Les deux copines riaient tellement fort qu'encore une fois elles faisaient figure d'attraction dans le pub qui les protégeait de ce qu'il convenait d'appeler une tempête. Les boutiques rentraient leurs étals, d'ordinaire posés sur le trottoir, les locaux hâtaient le pas afin d'être dans leur maisonnée avant que ne gronde le tonnerre.

— Tu l'as pas utilisé ?

— Si, je viens de te répondre.

— Martine, tu vois bien ce que je veux dire.

— Tu sais, Gérard a déboulé un soir avec ça et franchement, je ne savais pas comment le prendre…

— Par le manche, tiens donc !

— Non, je ne plaisante pas, je veux dire, un homme qui offre ça à sa femme, ça veut dire quoi ?

— Qu'il a envie de jeux coquins. C'est un coquinou ton Gérard ! Tu t'en rends compte maintenant ?

— Un gode c'est pour les femmes seules !

— Ce que tu peux être vieux jeu, c'est dingue ça ! C'est la vie de couple ! Ça ne stimule pas la créativité !

— C'est sûrement pas ce que dirait James, gloussa Martine.

— Oh zut, regarde !

— Ah l'idiote ! Elle est allée dans les *North Lanes* ! Pourtant je ne leur avais rien dit.

Chloé courait derrière son petit ami. Le bonheur d'être une adolescente libre et délestée du joug parental faisait plaisir à voir. Elle bravait les bourrasques afin de rejoindre celui dont elle était éperdument amoureuse depuis quelques heures. Tout ceci était beau si ce n'était pour la sublime chevelure blonde de la jeune fille qui avait tourné au rouge vif.

— C'est quoi les *North Lanes* ?

— Tu marches quelques minutes en direction du nord et tu te retrouves dans le chantre de la bran-chi-tude : des tatoueurs, des friperies, des disquaires, comment dire, c'est plutôt interlope, surtout la nuit, et visiblement des salons de coiffure tenus par de vieux punks.

— Les parents ne vont pas être contents.

— Tu en feras ton affaire !

Lucette avait l'alcool joyeux et ne se cabra pas. Elle acceptait son sort de future professeure vilipendée pour avoir laissé une crétine se faire teindre. Tout au fond d'elle-même, elle en conçut presque une certaine aise : après tout, que les parents l'attaquent et ça lui donnerait, à elle aussi, un bon coup de pied aux fesses, de ceux qui vous font démissionner et prendre le large.

***

En attendant de prendre le large à bord de sa roulotte, Jocelyne s'égosillait sur son étrange attelage. Marie-Cécile semblait toujours affaiblie, Killian et Francis avançaient quelques mètres devant. Soudain, Michel et Petra, qui battait le bitume après avoir remis son tee-shirt, les retrouvèrent. Petra avait sorti le grand jeu : elle s'était fabriqué un autocollant « Ollanzi t'es cuit » et l'avait mis sur sa poitrine pigeonnante. Pas peu fière, elle avançait, faisant gigoter ses seins tout en oscillant du derrière. Grimpée sur des talons compensés, elle était belle, souriante, elle se sentait starifiée et rêva, l'espace de quelques minutes, que les Parisiens étaient à leurs balcons pour le seul plaisir de l'admirer. Killian la sortit de sa douce torpeur en braillant :

— Merde, j'en étais sûr ! Planquez-vous, y cassent !

Jocelyne se retourna et vit des dizaines de jeunes cagoulés ou dissimulés sous d'informes capuches balancer des pierres dans les vitrines de la rue de Rivoli. Les commerçants se hâtèrent et tirèrent le rideau de fer si bien que les anciens amis de Killian n'eurent plus grand-chose dans leurs viseurs.

Francis remonta sur le char qui s'était arrêté net, de même que l'intégralité de la manifestation. Chacun tentait de rejoindre, qui une bouche de métro, qui un autocar situé désormais assez loin. On entendait des cris, les manifestants craignaient pour leur intégrité et des jets de bombes lacrymogènes n'arrangèrent pas leur vision des choses. La boulangère se cacha avec MC sous la guillotine, tremblante et défaite. Son mouvement venait d'être touché au cœur et elle ne doutait pas que le JT la fasse passer pour une dangereuse et malfaisante agitatrice.

Francis était redescendu et courait en tous sens, tel un poulet sans tête. Il tentait de rassembler les Tresvillois dont certains remontaient la rue en hurlant. Les fumées empêchèrent l'amoureuse de suivre son chanteur du regard. Elle le perdit de vue et ne sut que faire. Eût-elle lancé des ordres dans le porte-voix que personne ne les aurait entendus tant le brouhaha était gigantesque. Des cocktails Molotov furent lancés puis Jocelyne crut discerner Francis s'engouffrer dans une bouche de métro. À ce moment précis, elle sentit que des hommes l'attrapaient. Ses yeux pleuraient, elle hurla, mais plus aucun de ses soutiens ne répondait présent. Les Roms cavalaient en direction du car, MC s'était volatilisée ainsi que Michel et Petra. Elle fut portée au-dessus de la mêlée et eut même la sensation de changer de bras. Soudain, on la jeta à l'arrière d'une fourgonnette aux vitres peintes. Elle échoua sur un vieux plaid qui sentait le chacal et comprit qu'elle venait d'être enlevée.

25

JOCELYNE PASSE À LA TÉLÉ

— Sors de là ! Connasse !

Jocelyne sentit la poigne d'un homme qui la tirait hors du véhicule. Elle s'aperçut que la nuit tombait lorsqu'un deuxième individu lui enfila un sac de toile de jute sur la tête puis lui enserra les poignets à l'aide d'une cordelette. Elle ne voyait plus rien, perçut un sol caillouteux sous ses pieds puis se retrouva propulsée sur un plancher qu'elle devina crasseux et suintant. D'instinct, elle se recroquevilla et tendit l'oreille. Plusieurs hommes discutaient.

— Tu la laisses là et dans une heure on le fait.

— OK, je lui laisse le sac sur la tête ?

— Bah oui, si elle te reconnaît, t'es foutu.

— Sauf si on la bute.

— On a pas mal de macchabées sur le dos, vaudrait mieux éviter. Surtout celle-là…

— Je sais pas qui c'est, moi !

— Une folle, t'inquiète, suis mes ordres ! Prends-lui son portable et éteins-le !

— Fred, tu restes à l'entrée du hangar, on sait jamais.

— OK, Ketoul, et si je vois un truc suspect ?

— Tu m'appelles ! T'es con ou quoi ?

— Moi, j'ai plus de réseau depuis au moins une heure. C'est pour ça que je pose la question…

— Hein ? C'est quoi ces conneries ? Plus de réseau ? Mais si ! Regarde, ça marche ! Tu m'as fichu les boules, j'te jure, mais t'es un vrai relou, sans déconner ! J'ai cru qu'elle nous avait tout flingué l'autre avec sa révolution.

Jocelyne ne prit pas la mouche : qu'aurait-elle rétorqué avec un bâillon sur la bouche ? Elle se remémorait les dizaines de séries policières qu'elle avait visionnées avec Jérôme et tenta de garder son calme. Elle fit une liste mentale des choses de première importance à divulguer aux enquêteurs après sa délivrance, car il ne faisait pas l'ombre d'un doute qu'elle sortirait de ce bourbier.

D'abord, mentionner la fourgonnette et son odeur caractéristique de moisi et d'animal mort. Ses ravisseurs étaient peut-être des chasseurs qui l'avaient jetée là où ils balançaient les cadavres de sangliers et autres bestiaux des forêts. Puis, elle dressa une liste des informations à dévoiler aux enquêteurs : temps estimé entre le lieu de l'enlèvement et l'endroit où elle se trouvait captive : pas plus de trente minutes, chauffeur très énervé, vitesse excessive, graviers. Prénoms : Ketoul qui semble être le cerveau des opérations ; ses subalternes : Fred qui sert de vigie et semble assez imbécile. Un troisième est resté silencieux, mais porte une arme ; elle avait très distinctement entendu le bruit d'un chargeur. Soudain, elle se souvint de cette histoire de macchabées évoquée par Ketoul et comprit que l'odeur qui lui avait chagriné les narines n'était rien d'autre que du sang humain séché ; des excréments peut-être aussi, de l'urine, sans aucun doute. Elle commença à frissonner, il était question de faire quelque chose une heure plus tard. Elle pensa au père Nase et à Sainte Rita. Afin de calmer ses nerfs qui menaçaient de lâcher, elle pria la sainte, récita mentalement des litanies à son intention afin que cette dernière (après tout c'était bien elle la patronne des causes désespérées) puisse opérer en sous-main et lui épargner la mort alors même qu'elle venait de rencontrer l'amour de sa vie. Elle revit Francis s'échapper en direction d'une bouche de métro et se demandait si ses troupes avaient réussi à s'organiser sans sa présence. Ce n'était certainement pas Johnny qui allait donner des ordres, ni Michel et encore moins Petra qui devait avoir un mal de gorge carabiné à l'heure qu'il était. Soudain, celui qui se nommait Ketoul revint et ordonna :

— Amène là jusqu'ici ! Tu l'assois sur le tabouret ! Allez, magne-toi ! On va pas y passer la nuit !

Fred obtempéra, attrapa Jocelyne par une manche, la souleva de terre et la posa sur un tabouret de fer. Elle eut du mal à se maintenir droite, ses mains ligotées lui donnaient la sensation d'être un sac de patates sur le point de s'effondrer.

— John, c'est bon côté matos ? La caméra est prête ?

— Attends, je la redresse un peu. Elle pourrait pas lever la tête la boulangère ?

Joce leva le menton et se retint de pleurer. Elle comprit qu'elle allait être filmée pour la première fois de sa vie et que les circonstances qui entouraient cet événement n'étaient pas à son avantage. Elle aurait tellement aimé se voir à la télé, apprêtée, maquillée, habillée comme une star du cinéma ! Figurer au générique de cette émission qu'elle aimait tant : *Transformette*, s'ajoutait à ses multiples désirs contrariés. Elle l'avait évoqué avec Jérôme qui s'était farouchement opposé à son inscription, arguant qu'elle était un personnage public et, qu'à ce titre, elle ne pouvait s'autoriser à jouer à la grue que l'on relooke afin de rebooster le moral de la ménagère qui se trouve moche. Tout ceci au prétexte qu'une beauté fatale sommeillerait au fond de chaque laideronne. Elle s'était laissé convaincre et avait renoncé. Aujourd'hui, à quarante ans passés, sans maquillage et après une nuit sans sommeil suivie d'une épopée parisienne, elle devait ressembler à une sorcière, ce qui la rendit d'autant plus triste qu'elle comprit qu'elle allait passer au vingt heures.

— Tiens, tu lis ça quand je te dis OK. Surtout, pas un mot de plus, hein !

Elle eut à peine le temps de prendre connaissance du morceau de papier que Ketoul lui avait mis entre les mains que John cria :

— Allez, tu peux y aller ! Pleure un peu, ça fera plus vrai !

Jocelyne n'eut pas à se forcer lorsqu'elle put enfin prendre connaissance de son environnement. Elle se trouvait dans ce qui ressemblait à une usine désaffectée : des vitres cassées laissaient filtrer la lumière faiblarde d'un réverbère, un sol en bois détrempé par les intempéries, une toiture à la charpente apparente. Ce qui ferait la joie des amateurs de lofts dans quelques mois était pour l'heure la geôle de madame Lamaseau. Elle pleura à chaudes larmes lorsqu'elle vit que ses ravisseurs portaient cagoules et mitaines. Ils tenaient des armes à feu, des vraies, pas celles que l'on trouve chez *Ditl* pour distraire les gosses. Elle réalisa que son destin avait basculé et prenait un tournant dramatique qu'elle n'avait pas anticipé. À travers un épais brouillard lacrymal, elle découvrit quelques lignes qu'elle lut la gorge serrée, tenue en joue par Ketoul qu'elle devinait agressif, méchant et assoiffé de sang.

— Ollanzi, on est déterminés, si vous n'annulez pas toutes les fusions, nous ferons sauter un lieu touristique de la capitale, puis un autre, et ainsi de suite, jusqu'à ce que vous reveniez sur votre décision. La boulangère sera… ah c'est moi !

— Lis ! Idiote !

— La boulangère sera violée, assassinée puis jetée dans un fleuve. Vous avez jusqu'à demain.

Jocelyne regarda la caméra et explosa en sanglots. Elle ne lisait plus rien et se lança dans une improvisation qui retourna les tripes de la France entière :

— Monsieur Ollanzi, je vous en prie ! Je sais que j'ai voulu contrarier votre décision, mais, mince, c'était injuste, mais regardez où je suis maintenant : ils vont me tuer, j'ai peur ! Sauvez-moi ma vie ! Je vous jure qu'il n'y aura pas de révolution ! De toute façon je ne veux même plus vendre de pain, alors, vous voyez comme j'ai changé. Ah, au fait, Jérôme, si tu es devant la télé, s'il te plaît, cherche quelqu'un pour me remplacer, je t'expliquerai.

— Mais tu vas la boucler ta grande gueule, on s'en tape de ta life !

— Laisse là, Fred, ça fait plus vrai. Remets-lui le truc sur la tête et bâillonne-la ! Elle parle trop, elle va nous prendre la tetê.

Pendant cet intermède entre les deux cerveaux de l'opération, John éteignit la caméra et la rangea. Il prit congé après avoir réceptionné deux billets de cent euros. Ketoul attrapa Jocelyne par un bras et la poussa vers une pièce annexe. Il découpa un gros morceau de scotch et le colla sur les lèvres de la pauvre femme. Ses pleurs avaient cessé, elle se laissa glisser le long d'un mur et enserra ses deux genoux de ses bras.

***

Francis Ollanzi était allongé sur un lit défait dans ce qui ressemblait à une maison construite de planches et de rondins de bois. Niché au cœur de la forêt amazonienne, le cocon abritait trois femmes qui l'éventaient. Sa douce – celle qui l'obnubilait lorsqu'il était de retour en France –, se tenait à califourchon sur lui, ses petits seins fermes luisants de sueur. Il ignorait si elle simulait, mais, de toute sa vie d'homme, il n'avait jamais eu la sensation de prodiguer autant de plaisir à une femme. Les deux autres n'étaient pas en reste, il les honorait en parts égales. Pourtant, une seule partageait sa couche le soir venu. En Papouasie, il faisait toujours beaucoup l'amour : la nourriture infecte, une connexion *Ternet* aléatoire ainsi qu'une impossibilité totale de communiquer avec ses ravissantes, le contraignaient presque à remettre le couvert même lorsque l'appétit lui faisait défaut. Et puis, comme par miracle, la sève remontait et il jouissait plus que de raison. Ses gardes du corps se tenaient légèrement en retrait, mais observaient en douce, non sans une certaine jalousie. Mana se caressait, il la prenait sauvagement lorsque la sonnerie du téléphone l'extirpa de ce songe aux accents luxuriants. Il lui fallut quelques secondes avant de réaliser qu'il se trouvait non pas arc-bouté sur un fessier, mais affalé sur une méridienne. Il décrocha, furieux de sentir son membre dur.

— Oui !

— Monsieur le président ?

— Oui !

— C'est Cyril.

— J'ai reconnu votre voix, qu'est-ce qu'il me veut mon Premier Ministre ?

— Je vous prie de m'excuser de vous déranger, vous faisiez la sieste ?

— Évidemment, quand je dis que je fais la sieste, je la fais ! Je suis un président qui fait ce qu'il dit ! En plus, j'étais dans un rêve, mon gars, le genre que vous voulez finir !

— Ah, je vois…

— Non, ça m'étonnerait. Bon, vous m'appelez pas pour analyser mes rêves, qu'est-ce qu'il se passe ?

— C'est la boulangère. Elle a été enlevée.

— Non ! Merde, la conne !

— Des casseurs sont arrivés, ils ont balancé des lacrymos, des cocktails Molotov et puis, dans tout ce brouhaha, elle a été enlevée.

— Et elle est où ?

— À la télé.

— Comment ça « à la télé » ? Elle n'a pas été enlevée par le PDG de FT1 !

— Elle vient de passer au JT, ses ravisseurs l'ont filmée.

— Je rêve là, attendez… je regarde.

Alors que Francis Ollanzi se repassait la déclaration de la boulangère pour la deuxième fois en tançant son ministre ; lequel se fit traiter de minable, de lopette et d'incapable, Jérôme conversait au téléphone avec Cynthia.

***

— Tu te rends compte ? S'il n'annule pas les fusions ? Ils vont la tuer ! Cynthia, j'ai peur !

— Chéri, tu t'inquiètes pour rien. Ollanzi va annuler les fusions, il préférera toujours ça à un cadavre sur les bras.

— Cynthia, tu as entendu ce qu'elle a dit pour moi ?

— Bien sûr mon amour. Je ne sais pas trop comment l'interpréter. Elle ne veut plus vendre de pain, mais elle va faire quoi ?

— Joce est très politisée maintenant, j'imagine qu'elle va briguer la mairie.

— Ah, tu crois ? Mais qui va la remplacer ? Et je ne comprends pas, elle peut faire campagne et rester boulangère, il y a un truc qui m'échappe…

— Moi non plus, je ne comprends pas. De toute façon, on verra bien. Si elle survit, dit-il dans un sanglot.

Cynthia souhaitait se montrer rassurante. Il n'était pas question que son futur époux change d'avis à cause d'un kidnapping, peu importe que ce dernier se termine bien ou mal. Après tout, ainsi allait la vie et, la vie, justement, elle la donnerait dans quelques mois, c'était là tout ce qui lui importait. Égoïstement, elle se moquait bien de l'issue qui serait donnée à cet événement. Cependant, elle avait conscience qu'un assassinat reléguerait aux calendes grecques les projets qu'elle avait avec Jérôme. Elle caressa son ventre qui commençait à prendre un aspect légèrement bombé. Contre cela, Jérôme ne pouvait rien, Jocelyne non plus, pas plus que toute la clique de conseillers présidentiels voire les ravisseurs de Jocelyne. Chacun devait accepter ses limites ; un embryon grandit, qu'on le souhaite ou non.

— Jérôme, tu veux que je vienne ?

— Ah non ! Tu imagines si quelqu'un te voyait ?

— Mais, à part cette vidéo de Jocelyne, on ne sait rien ! Ils sont où les autres ?

— Attends, j'envoie un texto à Killian.

Il reposa le combiné, attrapa son portable et fut bref. La réponse fusa et lui transperça le cœur.

« kitté Paris ya 10 mns, pouvait pas attendre, elle a été enlevez. Francis disparu aussi. »

— Alors ? Il a répondu ?

— Qu'est-ce que j'en ai à faire que Tatanne ait disparu ! Ils rentrent sans Jocelyne. Voilà, ils sont sur la route.

— Chéri, c'est normal qu'ils rentrent sans elle, elle…

— Je sais, pas la peine de le répéter !!

Cynthia étouffa un sanglot. Elle se sentit reléguée, une fois encore, au rôle de maîtresse. Enceinte ou pas, cela ne faisait aujourd'hui aucune différence, la force était dans le camp de son adversaire. Elle trouva le destin injuste, en voulut à sa patronne, mère de toutes ses souffrances et souhaita même, l'espace d'une seconde, la mort de cette dernière. Elle éteignit son téléphone sans même prendre congé de Jérôme, lequel, tourneboulé et obnubilé par l'enlèvement de son épouse, s'allongea sur le canapé et observa son homonyme.

— Cynthia, saloooooooope, Cynthia, salooooooooope !

— Oh ça va hein ! Jocelyne a été enlevée ! Tu comprends ? En-le-vée ! Si ça se trouve on ne la reverra plus jamais ! Tu piges espèce d'abruti d'oiseau ?

— Ollanzi t'es cuit ! Ollanzi t'es cuit !

Excédé, Jérôme couvrit la cage afin d'obtenir la paix et remonta le son de la télévision. La première chaîne passait un reportage sur la manifestation, enfin ce qu'il en restait. Il apprit qu'aucun mort n'était à déplorer, que quelques vitrines avaient été saccagées et qu'à l'heure où le journaliste présent place de la Bastille s'exprimait, les manifestants parisiens buvaient des bières et faisaient griller des saucisses dans une ambiance bon enfant. Des lycéens furent interviewés et déclarèrent qu'ils entameraient une grève à durée illimitée à partir du lendemain huit heures si la boulangère n'était pas libérée, les établissements scolaires seraient bloqués et des manifestations planifiées. Eux aussi avaient des doléances : leur avenir s'annonçait sous de sombres auspices et, peut-être plus encore que d'autres catégories de Français, ils étaient les victimes directes de la politique du président de France. Ce dernier avait convoqué son premier ministre, avait retrouvé ses appartements élyséens et oublié sa muse exotique.

— Vous me mettez tous les escadrons de police sur le coup : il faut la retrouver cette idiote ! Des infos de votre côté ?

— Non, la vidéo a été disséquée par nos spécialistes ; l'angle de vue est trop restreint, on distingue un endroit lugubre. L'acoustique est mauvaise, c'est tout.

— Bravo les mecs ! L'acoustique est mauvaise ! C'est pour me sortir ce genre de sornettes qu'ils sont payés vos gars ?

— Monsieur le Président, vous l'avez vue comme moi. Les ravisseurs ne doivent pas en être à leur premier enlèvement, ils n'ont fait aucun faux pas.

— Et bah justement, cherchez tous les types qui sont déjà tombés pour kidnapping, bon sang !

— La plupart sont en prison. Mais, évidemment, c'est ce qu'on fait.

— C'est dingue, j'aurais jamais imaginé une issue pareille. Je ne l'ai jamais prise au sérieux, moi, cette Jocelyne.

— Je vous avais prévenu, son mouvement a grossi grâce aux réseaux sociaux.

— Je sais, c'est une plaie ces trucs, j'en parlais pas plus tard qu'hier avec Raoul Castra. Il m'a donné des idées. À Cuba, il a réglé le problème. Vous savez qu'il est loin d'être bête ce gars-là. En plus, il parle un français impeccable, on devrait l'inviter, tiens.

— En termes d'image, ce serait une bévue, Monsieur le Président. C'est un dictateur quand même.

— Je vais vous dire un truc : je me demande si ce n'est pas la solution.

— Quoi donc ?

— La dictature ! Plus d'élections, plus de réseaux sociaux, je reste président jusqu'à ma mort et c'est plié !

— Vous êtes au courant des revendications des lycéens ?

— Non, qu'est-ce qu'ils veulent encore ceux-là ?

— La libération de la boulangère. Ils entament une grève illimitée à partir de demain. J'imagine qu'ils vont défiler dans toute la France, c'est très mauvais.

— Ras le bol de cette génération, ils nous emmerdent. C'est incroyable quand même, ils sautent sur toutes les occasions pour ne rien faire !

— Ils ne font déjà rien quand ils vont au lycée…

— C'est pas faux, c'est pour ça que ce *Calabauréat*, il faut absolument m'en débarrasser. On leur file et puis voilà, qu'ils aillent pourrir à la fac. On s'en fiche, au moins, là-bas, ils nous emmerdent moins.

— C'est normal, un étudiant sur deux se drogue ou boit plus de quatre litres d'alcool par semaine.

— Se drogue, c'est-à-dire ?

— C'est une étude que j'ai commandée, ça englobe tout : le cannabis, mais aussi les drogues dures.

— Alors, je vais vous en apprendre une bien bonne ! Le cannabis, hein, ça a du bon… Regardez-moi ça ! Un nectar ce truc ! Un verre et je vois des femmes à poil un peu partout !

— Je pense que vous êtes encore sous l'effet de l'alcool que vous avez bu, c'est ça votre digestif ?

Le Premier Ministre montra d'un index réprobateur une bouteille à demi vide sur laquelle une étiquette indiquait « cannabis, absinthe, 80° ».

— Oui, c'est le premier ministre espagnol qui me fournit, d'ailleurs je vais l'autoriser ici, un délice ce machin.

— Quatre-vingts degrés quand même…et puis il y a du cannabis dedans, c'est interdit.

— Puisque je vous dis que je pense l'autoriser ! Ce sera plus interdit ! Non, mais je rêve ! Je suis tranquillou chez moi et je ne peux même pas faire ce que je veux !

— Président, je pense que vous êtes saoul. Je vais me retirer et nous reparlerons de tout cela plus tard. Pour l'heure, la boulangère doit être notre priorité, pas ce truc qui ressemble à du Pétrole Hahn.

— C'est pas faux, d'ailleurs ça a le même goût. Un peu plus anisé quand même.

Le premier des ministres prit congé et retrouva son chauffeur qui le conduisit chez lui. Pensif, il se dit que la république était mal partie et comprit qu'il travaillait pour un être obsédé par le pouvoir et qui, pour couronner le tout, avait déjà bu du Pétrole Hahn ! Après une brève recherche sur le *Ternet*, il fut stupéfait de constater que la lotion capillaire ne contenait pas une seule trace d'alcool, mais des huiles essentielles et des solvants. Des solvants ! Le président de France avait-il déjà bu ce liquide verdâtre ou bien était-ce l'Absinthe mélangée au cannabis qui l'avait fait délirer ? Il ne le saurait jamais, car son limogeage imminent lui permettrait de rejoindre les commandes d'un grand groupe bancaire et de piloter leurs comptes offshore. Le conseil des ministres se déroulerait sans lui et, au fond, ça l'arrangerait bien.

26

QUAND LUCETTE PART EN SUCETTE !

Jocelyne, qui était au centre des préoccupations de chacun, passa une nuit blanche dans une pièce lugubre. Ses ravisseurs l'avaient nourrie d'un sandwich et avaient mis à sa disposition un pot de chambre et du papier journal. Une bouteille d'eau déjà entamée mettait la dernière touche au tableau. Elle ne pleura pas et, toujours comme dans les séries qu'elle avait tant vues, tenta de découvrir un moyen de s'évader. Elle parcourut le plancher du plat de la main à la recherche d'un interstice, d'une fente qui lui permette de faire levier, en vain. Elle se rassit et songea qu'au moment même où sa vie semblait en route pour l'acmé du bonheur, une douloureuse réalité s'était emparée d'elle. Comme un gros pull de mohair jaune, cette réalité était honteuse à porter. En effet, n'avait-elle pas pavané sur son char, menacé le président pour terminer rabougrie sur un vieux tabouret, pleurant, reniflant et racontant n'importe quoi sous le coup de l'émotion ? Elle eût convenu, avec qui lui aurait tenu le crachoir en ce lieu insolite, que son destin était frappé du sceau de l'étrangeté. Elle se laissa retomber contre un mur et dodelina du bonnet jusqu'au petit matin.

Alors qu'elle se posait mille questions sur son passé, son avenir et le sens de tout ce qu'elle avait entrepris, Francis se tenait place de la Bastille, entouré de vieux fans et de nouveaux venus, peu coutumiers de son univers, mais qui l'avaient découvert sur *Toutube*. Afin de sacrifier aux exigences de ce public improvisé, le chanteur se transforma en *performer* et poussa la chansonnette *a cappella* jusqu'à l'aube. En outre, il pensait que quelques jeunes éméchés s'empresseraient de commander l'un de ses disques en un clic sur *Alazone*. Loin de perdre le nord, le chanteur, soi-disant *has been*, se figurait qu'il en avait sous le pied et qu'une vente était une vente. Tout était bon à prendre : un nouveau fan pouvant en contaminer d'autres, il se voyait parfois comme un artiste à l'avenir prometteur. Pourtant, les seuls à l'écouter furent quelques clochards et des lycéens très alcoolisés qui se moquaient de ses textes en postant textos et photos sur *Friendbook* et *Pinit*. Le pays se gondolait à l'insu d'un Francis à la fois ambitieux et égotique. Las, à six heures du matin, il rendit les armes, se dirigea vers le métro afin de prendre un train, puis un autre et d'autres encore pour rejoindre Tresville, sa roulotte et sa jument qui devait être examinée en fin d'après-midi par le docteur Fallet.

***

À Turninghton la fin d'après-midi se déroula dans une ambiance étrange. Les élèves retrouvèrent leur car après deux heures de liberté. La ballade sur le front de mer avait été annulée pour cause de météo pourrie. Ponctuels, ils craignaient les représailles de leurs enseignantes qu'ils soupçonnaient de remplir des carnets afin de les brandir sous le nez de la proviseure dès leur retour. Loin du compte, ils attendirent Lucette et Martine pendant une demi-heure. Le chauffeur commençait à s'impatienter, car il avait laissé entrer les quarante-neuf adolescents afin qu'ils puissent trouver un repaire contre la tempête.

Soudain, les deux copines surgirent, hilares et rouges comme des pivoines. Elles puaient la bière comme de vieux marins, se donnaient des coups de coude pour un oui pour un non sous le regard réprobateur des deux autres professeurs accompagnateurs. À quelques kilomètres de Turninghton, Martine pressa le conducteur de s'arrêter. Elle dévala les trois marches du car, se rua vers une poubelle de rue et vomit tout ce qu'elle avait mangé et bu depuis le matin. Lucette l'observait en se gondolant, pas peu fière de mieux tenir l'alcool qu'une vieille routarde des pubs comme s'était présentée sa collègue. C'est qu'en Espagne elle avait habitué son estomac à en voir de toutes les couleurs ; entre la sangria et ses fruits gonflés à bloc, les cocktails à base de tout et autres tords boyaux, Lucette tenait la dragée haute à sa copine.

Cette dernière remonta dans le car et posa son arrière-train sans un coup d'œil pour ses troupes qui ne se privèrent pas de la siffler. Toute honte bue, elle empoigna le micro en pensant à James (l'amour donne des ailes, c'est bien connu) et leur balança qu'elle n'avait pas supporté les nombreux virages et la conduite approximative de celui qui tenait le volant. Outré, ce dernier faillit piler et lui mettre une droite. Il comptait les jours jusqu'à sa délivrance, car il ne se souvenait pas avoir jamais rencontré un tel groupe. Le troupeau arriva sur le parking de Turningthon où le chauffeur de James attendait les deux amies. Les élèves sortirent et Chloé, bien que rouge jusqu'à la racine de ses cheveux, passa inaperçue. D'autres avaient commis quelques bévues en dépit des mises en garde de leurs professeurs. Un garçon portait un piercing au nombril, une fille en arborait un accroché à l'un de ses sourcils. Lucette et Martine ne virent rien, elles étaient bien trop pressées de les quitter.

La soirée fut arrosée. On prit Brandy sur Brandy devant le feu de cheminée, car Martine, maintenant qu'elle était vidée, pouvait à nouveau se remplir. Au diable l'avarice ou toute autre forme de diktat ! Elle désirait jouir de tout ce que l'existence offrait, qu'il s'agisse de ses membres inférieurs, supérieurs ou de tout ce qui se trouvait entre les deux. Pourtant, Lucette lui tapait sur les nerfs. Cette dernière s'était pointée pour le dîner en tenue d'apparat. Un décolleté qui aurait fait chavirer bien des matelots, des talons de quinze centimètres de haut, une robe moule fessier ainsi que, selon toute vraisemblance, un soutien-gorge remonte-moi ça ! Martine n'avait pas bronché, d'autant que les efforts de Lucette demeurèrent vains jusqu'à ce que James ne les fasse passer à table. C'est alors que le téléphone de la future Lady vibra sous l'effet d'un texto envoyé par Gérard. Surprise, elle jeta un coup d'œil furtif, pensant qu'il lui demandait où elle avait rangé le saucisson puis poussa un cri perçant.

— Mon Dieu ! Jocelyne a été kidnappée ! La manif a dégénéré, c'est horrible ! Vite ! Allons sur le *Ternet*, il paraît qu'elle est passée au journal !

La professeure d'anglais larmoya abondamment en découvrant son amie prisonnière et sous le coup de menaces abjectes. Impuissante, elle s'excusa auprès de James et monta pleurer dans leur chambre.

Sitôt ses talons tournés, sa meilleure amie tenta le tout pour le tout : une OPA sur l'aristo qui ne comprenait rien à ce qu'elle racontait et réciproquement. La langue des signes est fort utile pour qui souhaite emballer un étranger. Lucette, ronde comme une queue de pelle, décroisa les jambes et déboutonna sa robe. Sans excès toutefois, elle connaissait la nature soi-disant pudibonde des Anglais. « Deux boutons suffiraient », pensa-t-elle. En vieille routière de la drague, elle maintint son regard lourdement maquillé sur l'entrejambe du Lord. Au moindre signe d'excitation, elle ouvrirait un troisième bouton et advienne que pourra ! À son grand désarroi, il n'en fut rien. Elle se trouvait autrement plus belle que Martine qui ressemblait à une bonbonne et s'envoya deux verres de blanc cul sec afin de noyer son dépit.

La bonbonne redescendit et le repas eut lieu dans une ambiance morose. Bien sûr, on conversa de la journée, en faisant l'impasse sur le pub et le vomi. On mastiqua longuement dans un silence monacal. La professeure d'espagnol ne parlait pas anglais, l'Anglais ne causait pas un mot de la langue de Cervantès et la seule personne apte à traduire regardait le fond de son verre, comme si Jocelyne avait pu – par on ne sait quelle astuce –, lui envoyer un signe.

Martine et James montèrent dans leurs pénates, abandonnant Lucette et son maquillage qui coulait au coin du feu. Le Lord s'inquiéta des tourments de sa future épouse. Afin de panser ses plaies, il lui tendit un écrin. Elle l'ouvrit, regarda son promis qui se tenait droit dans ses bottes, digne comme ses ascendants, et comprit le message. Les mots lui manquaient afin d'exprimer son bonheur. Le cadeau offert était une bague de fiançailles, un legs de l'arrière grand-mère du maître des lieux. Martine ne comprit que trop bien qu'elle deviendrait très vite Lady Chutney et se remit à pleurer en songeant à son mariage, cérémonie à laquelle sa Joce ne pourrait assister puisqu'elle allait sans nul doute se faire égorger.

James se trouva démuni face à tant de déballage lacrymal. Tout en retenue, son émotion se trouvait toujours contenue quelque part entre son cœur et son estomac, ce qui lui provoquait brûlures et autres reflux qu'il serait parfaitement odieux d'évoquer ici, eu égard à son rang. Ils se glissèrent dans les draps, échangèrent quelques papouilles au-dessus de la ceinture et s'endormirent dans les bras l'un de l'autre. Au même moment, Lucette reposa son gode *Noulimex* dans le tiroir de la table de nuit puis fit un tour sur le *Ternet* à l'aide son téléphone mobile. Son annonce sur *Meetoc* avait reçu plusieurs réponses. Coutumière des sites de rencontre, elle avait su mettre ses atouts en valeur et en avait rajouté là où elle en manquait. Après avoir rencontré celui qui s'était annoncé comme un grand brun ténébreux pour finir face à un rouquin dégarni, couché avec un soi-disant athlète qui s'était pété le dos dès les premiers instants de leur joute amoureuse, arpenté le macadam avec ce qui promettait d'être la rencontre de l'année ; un professeur de philosophie dans l'une des plus prestigieuses universités parisiennes pour, au final, bailler d'ennui, elle s'était dit que son CV amoureux méritait, lui aussi, d'être enjolivé. Elle avait donc retouché une photo vieille de dix ans, fait l'éloge de son QI, promu sa sincérité et sa dévotion tout en laissant entendre qu'elle aimait faire mumuse au plumard.

Un homme au faciès sympathique qui se prétendait architecte venait de lui envoyer une missive. Il évoquait leurs passions communes et se montrait disposé à se rendre jusqu'à Tresville afin de faire plus ample connaissance. Elle répondit dare-dare, de peur de se faire piquer un si beau parti. Cependant, après avoir envoyé son message, elle regretta son geste. Le caractère presque providentiel de cet individu dans sa vie, lui faisait penser à un mauvais roman de Marc Lévo, ce qui était un pléonasme à ses yeux. Pourtant, elle passa la nuit bercée par un songe dans lequel l'écrivain en personne la croisait dans la rue et, impressionné par son irréprochable plastique, lui demandait du feu, ce qui, de fil en aiguille, les conduisit sur le canapé du salon, elle dessus, lui dessous. Lorsqu'elle s'éveilla, elle sentit qu'elle avait joui. Ce n'était pas la première fois qu'orgasme et sommeil se mêlaient. Elle en fut ravie et interpréta ces événements comme autant de présages favorables à un retour en France.

***

Francis sortit du train dans lequel il avait dormi. Un peu défraîchi, il prit le car jusqu'au *Tonight*. Il fit une brève toilette dans ce qu'il lui restait de douche puis retrouva Jean-Michel Bowy et Petra, accoudés au bar, les yeux rivés sur l'écran de télévision. Jocelyne était toujours sur son tabouret, mais il ne faisait aucun doute qu'elle avait reçu des coups. Des traces rouges sur les joues ajoutées aux pleurs qui avaient gonflé ses paupières la faisaient ressembler à une pauvre grenouille assise sur une boîte d'allumettes ainsi recroquevillée. La mise en scène s'avéra efficace. Après qu'elle eut répété ses revendications et supplié le président d'annuler les fusions, un bras musclé et velu recouvra sa tête d'un sac, le même que la veille, sur lequel on distinguait des traces de sang. L'homme, vraisemblablement propriétaire du bras, énonça les conditions de sa libération et insista sur le fait que le chef de l'État disposait de douze heures pour prendre une décision. Une nouvelle condition était venue s'ajouter : on exigeait la libération de Cédric Véto. Forts des répercussions de leur rapt, les ravisseurs avaient pensé qu'il s'avérerait judicieux de faire d'une pierre deux coups. Ainsi, la boulangère obtiendrait réparation et le gang de Ketoul se trouverait reconstitué.

Francis découvrait sa dulcinée en bien mauvaise posture. Horrifié, il s'écria qu'il n'y avait pas une minute à perdre !

***

Le président, justement, avait réuni une cellule de crise au Palais. Il était fou de rage et ne savait plus à quel saint se vouer. Certains conseillers penchaient pour la fermeté au prétexte que les jeunes des banlieues n'allaient quand même pas dicter leur loi imbécile. D'autres, plus en phase avec l'élection à venir, préconisaient une attitude neutre qui consisterait en un *deal* un peu mou lors duquel la captive serait remise aux mains de la police contre la promesse d'annulation de toutes les fusions. Francis Ollanzi, qui s'était remis de sa cuite, prit ses proches collaborateurs à parti :

— De toute façon, qu'est-ce qu'on en a à faire de ces fusions ?

— C'était votre idée Monsieur le Président, objecta le Premier Ministre.

— Je me demande si ce n'était pas la vôtre, mais là n'est pas la question. On ne peut pas se payer le luxe de sacrifier le bigorneau.

— Le bigorneau, comme vous dites, a au moins reculé sur un point et non des moindres. Visiblement, cet enlèvement lui a remis les idées en place. Elle n'évoque plus la révolution.

— Encore heureux ! J'ai fait des conneries, je le reconnais. Il faut faire un geste pour calmer les Français. Les jeunes, les vieux, les hommes et les femmes.

— Tout le monde, quoi.

— C'est qui ce Cédric Véto ?

— Nous avons pris nos renseignements, ce n'est pas un méchant. Il a un côté révolté, vous me direz ce n'est pas un cas unique. Il s'agit d'un gars qui vivait dans le médoc et s'est retrouvé dans une cité du neuf trois.

— D'accord, mais pourquoi est-il sous les verrous ?

— Là, c'est plus embêtant. Visiblement il y a eu maldonne, on l'a confondu avec un autre. Un certain Trop Cetro.

— Vous êtes en train de me dire qu'il y a un gars qui croupit en prison alors qu'il n'a rien fait du tout ?

— Ce n'est pas qu'il n'ait rien fait, il a été arrêté lors d'une manifestation contre la création de l'aéroport de Notre Dame des Glandes.

— Ah ! Je suppose qu'il s'est distingué lors de cette manif' ! Qu'a-t-il fait ?

— Il a baissé son pantalon et a dit que vous étiez un sale con.

— C'est lui ? Je me souviens. J'imagine qu'il a remis son froc maintenant qu'on lui a remonté les bretelles. Bon, trouvez-moi quelque chose ! Un : on annule les fusions, deux : quoi ?

— On libère Cédric : il a une femme et trois enfants et on relance les recherches concernant ce Trop Cetro. Je ne vois que ça à faire, répondit le ministre de l'Intérieur.

— J'ai peur que tout cela ne suffise pas, on a à nouveau du monde place de la Bastille, République aussi est envahie. Il faut frapper un grand coup, trouver une idée qui non seulement montre que vous êtes plein de bonne volonté, mais qu'en plus vous voulez le bien des Français, conseilla le Premier Ministre.

— Très bien, vous n'êtes pas Premier Ministre pour rien, alors trouvez-moi quelque chose ! Vous êtes grassement payé pour ça, non ?

— On peut revenir sur la durée légale du travail.

— Ah non ! On a eu assez de mal à leur faire avaler les quarante-six heures ! Trouvez-moi autre chose !

— Une baisse de la TVA sur les produits de luxe ?

— Quelle est l'andouille qui vient de parler ?

L'andouille en question était le fils de la Ministre de l'Éducation qui effectuait son premier jour de stage. Flatté de participer à cette réunion au sommet, il avait tenté le tout pour le tout. « Une idée en vaut une autre », lui répétaient ses professeurs à l'ETNA. Ce qui comptait dans tout ça, c'était l'art et la manière de faire gober la pilule. Boris se recroquevilla dans un coin : faire profil bas est une qualité que l'aspirant politicien avait dans le sang. Pourtant, le président le remarqua et s'en prit à lui, non sans ironie :

— T'es qui, toi, mon lapinou ?

— Boris Van Demmouth, Monsieur le Président, je suis le fils de...

— Oui, oui, je sais. Boris, mon lapin, tu vas être mignon et la boucler. Tu laisses parler les grands et puis tu m'enlèves cette cravate. Tu veux me filer une migraine ophtalmique ou quoi ?

Le jeune homme sortit et partit s'enfermer dans les toilettes. On l'avait prévenu. Il connaissait le caractère sanguin du patron puisqu'il n'entendait parler que de lui à la maison. Pourtant, il ne s'attendait pas à passer une première matinée de cet acabit. Il resta une heure, posé sur le trône, puis sortit retrouver sa maman dans son bureau. Pendant ce temps, les cerveaux carburaient dont celui du ministre du Travail qui fit sensation :

— Et si on avançait l'âge de la retraite ? Par exemple, on la fixe à cinquante ans. Regardons les choses en face ; les seniors sont un vrai problème, ils se font licencier parce qu'ils coûtent trop cher, viennent grossir les chiffres du chômage en attendant la retraite, dépriment et consomment une quantité de *Prizoc* impressionnante, sans compter les suicides. Tout ça c'est mauvais pour nous ! Et puis les seniors, ils votent, eux !

— Et on les finance comment les retraites, je peux savoir ? s'enquit le Président.

— Il faut voir, j'ai des idées. On peut proposer une baisse de la pension, je suis certain qu'ils accepteraient. Finalement, regardez, on propose la retraite à cinquante ans, c'est le bel âge, non ?

Personne ne répondit, car, pour être révolutionnaire, l'idée se posait là. Le ministre du Travail poursuivit :

— À cinquante ans, ils voyagent, font la fête, ils peuvent même reprendre des activités sociales dans leurs communes. L'isolement et la honte du chômage ne sont plus là, du coup, nos vertes campagnes bruissent à nouveau.

— Évitez les envolées poétiques mon vieux, il me faut des chiffres !

— Très bien, j'ajoute que les jeunes seraient contents aussi. Trente ans de cotisation, voilà ce vers quoi il faut tendre. Pour finir, je suis prêt à parier que les expatriés reviendraient. On deviendrait le pays le plus « job friendly » du monde !

— Écoutez, votre idée, elle est séduisante sur le papier. J'annonce tout ça d'un coup : ils libèrent le bigorneau, on se retrouve avec les jeunes et les vieux à nos pieds et là, je suis réélu, pas vrai ?

— Certainement, s'exclama en chœur le parterre d'abrutis qui tricotaient et détricotaient les destins français.

Une heure plus tard, un Francis Ollanzi souriant prit la parole et lut un discours bref qui allait droit au but. Les idées – a priori – farfelues de son ministre furent rapidement énoncées. FT1 retransmettait en direct, ce qui fit l'effet d'une bombe. Des cinquantenaires de la France entière se mirent à danser, certains à pleurer à chaudes larmes quand d'autres, qui ne pouvaient plus faire la roue à leur âge, poussèrent des hurlements de liesse. Les réseaux téléphoniques devinrent rapidement saturés : pour une fois que les nouvelles étaient bonnes, chacun était avide de partager son soulagement. Les grand-parents s'entretinrent avec leurs descendants. Ces derniers n'étaient pas mécontents de se pencher sur le calcul de leurs annuités et leurs enfants – dont certains jouaient encore à la marelle –, se prirent au jeu et sautèrent sur les canapés. La place de la Bastille ainsi que celle de la République recouvrèrent leur apparence en quelques heures. La France était soulagée, la France était contente, le Président aussi et Joce allait, selon toute vraisemblance, recouvrer la liberté.

27

TEL EST PRIS QUI CROYAIT PRENDRE !

Steve n'eut pas besoin de son GPS saturé de phéromones pour retrouver la route de Tresville. Il prit le chemin des écoliers et roula très lentement. Il n'avait pas dormi et sentait ses paupières se fermer. N'y tenant plus, il décida de s'arrêter à mi-chemin de sa destination. Il s'en expliqua au micro, mais personne n'écoutait. Certains étaient bien trop préoccupés par la menace qui planait sur Jocelyne quand d'autres dormaient à poings fermés.

Quelques heures plus tard, le jour se leva et le chauffeur reprit la route. Plus alerte, mais néanmoins prudent, il ramena le car à bon port avec précaution. Les passagers faisaient triste mine à leur sortie du car. Pourtant, lorsque Marie-Cécile s'écria : « On a gagné ! », tout le monde se pressa à ses côtés. Elle venait de prendre connaissance du dernier article de Cornélius Charrognard et exultait tant les grandes espérances avaient été dépassées. Elle lut à haute voix, droite comme un « I » devant le musée du cochon. Célestin, qui n'avait enregistré aucun visiteur et s'apprêtait à reprendre possession de son appartement, s'immobilisa et tendit l'oreille.

BRAS DE FER : Jocelyne 1, Ollanzi O

Kiki ou l'art et la manière de retourner son veston

Nous célébrons aujourd'hui un événement qui, de mémoire de Charrognard, fera date et figurera dans les manuels d'Histoire, si toutefois cette matière ne se retrouve pas balayée par la Ministre de la désinstruction des masses.

Après une manifestation empreinte d'amateurisme, quelques vitrines brisées, un enlèvement musclé par quelques énervés cagoulés et un ultimatum savamment organisé, Kiki a baissé son pantalon !

Qui eût cru qu'une simple boulangère, qui ne demandait somme toute rien d'autre que reconnaissance pour sa commune, puisse se muer en dangereuse révolutionnaire ? J'avoue que même votre serviteur s'est autorisé quelques saillies déplaisantes à son égard. Non pas que je regrette un seul de mes mots, mais je suis légèrement scié pour ne pas dire totalement sidéré.

Eh oui ! Jocelyne, dite Joce, vient d'être libérée par les quelques malfrats qui l'avaient capturée. Déposée par un 4X4 de couleur noire place de la République, elle a immédiatement été récupérée par les services de Kiki. Ce dernier, coincé par des menaces – qui si elles avaient été mises à exécution –, auraient fait chuter sa cote de popularité, a cédé sur tous les points. Vous pouvez toujours rétorquer que lorsque l'on ne tombe pas de haut, on ne risque pas de se briser un os. Mais en politique (et surtout lorsque les élections approchent), il convient de ménager son électorat.

Ô surprise ! Le Président vient d'annoncer une série de mesures, loin d'être anodines. À cinquante ans, on peut se proclamer retraité ! Ah bon, mais comment donc ? Les amis, je n'ai pas réponse à tout et les récentes annonces présidentielles fleurent bon l'improvisation. Combien d'annuités ? On l'ignore. Francis Ollanzi doit, à l'heure où vous prenez connaissance de ma prose, bosser d'arrache-pied afin de présenter (il l'a promis devant les caméras) une série de lois sous une dizaine de jours. C'est court, mais pour imaginer des âneries, il s'est déjà montré plus véloce. Comptons sur notre bricolo national pour innover !

L'autre bonne nouvelle est la délivrance d'un chevelu issu d'une province connue pour sa production viticole. La bande de zozos qui avait capturé la boulangère en faisait toute une affaire. Libération sitôt demandée, sitôt acceptée.

Les gars, si vous êtes en taule, demandez à vos potes d'enlever un innocent, ainsi vous obtiendrez l'affranchissement d'un ami sous les verrous.

Kiki, si tu veux mon avis, tes nouvelles idées vont te rendre populaire et tu risques même d'être réélu. Jeunes et vieux t'idolâtreront, ce qui ne m'empêchera pas de te titiller le derrière avec ma plume.

Par Cornélius Charrognard
Pour vous servir, ici, partout, nulle part ailleurs.

Alors que chacun exultait à sa manière, Killian pressa le pas jusqu'à son domicile, son portable vissé à l'oreille. Marie-Cécile et Artus trouvèrent les Embruns vidés de son occupant. Où était donc passé Théodore ? Artus s'époumona, en vain. MC, qui avait convenu avec Tiego de décamper sous huitaine, se fichait comme de l'an quarante de connaître la cache de monsieur son mari. Artus ouvrit toutes les portes de la demeure et retrouva son paternel sur le sol de la salle de bains, enveloppé de son peignoir. Face contre terre, le vieux marmonnait quelques phrases incompréhensibles.

Lorsqu'il s'aperçut que son père était saoul, le fils le porta jusqu'à sa chambre et se dit que, finalement et, contre toute attente, il avait de qui tenir. Pourtant, le plus vieux des La Morne n'avait jamais fréquenté les lieux de perdition où son rejeton s'était tant de fois vautré. Ce dernier fut triste de voir son père arborer une mine si pitoyable, mais comprit que la solitude qu'on lui avait imposée ne lui seyait point et se félicita de son retour au bercail. Il ne manquerait pas d'avoir une discussion au sujet de cette surprenante biture avec l'intéressé. Pour l'heure, il pensait à son estomac et redescendit à l'office.

***

Les révoltés tresvillois s'endormirent alors que la police véhiculait Jocelyne en voiture banalisée. Elle dormit durant tout le trajet, soulagée et pas peu fière d'avoir réussi son pari. Le véhicule de police se gara devant sa porte, ainsi elle put entrer chez elle sans croiser qui que ce soit. Elle ne se sentait pas prête à être embrassée et louée par ses fidèles amis. Certains événements sont longs à digérer : se faire enlever en fait partie. Elle monta jusqu'à l'appartement qu'elle rêvait de quitter. Jérôme dormait sur son fauteuil, le poste de télévision ronronnait.

Elle n'osa le réveiller, se doucha et prit la *Mangoo* afin de rejoindre Francis au *Tonight*. Il la souleva de terre dès sa sortie de la chose qui lui servait d'automobile. Ils s'embrassèrent goulûment sous le regard amusé de Jean-Michel et Petra. Ils écoutèrent Joce conter ses mésaventures. Elle pleurait et souriait en même temps : tant d'émotions antagonistes la submergeaient.

Les quatre amis furent très vite rappelés à la réalité par l'arrivée du docteur Fallet. Le vétérinaire inspecta Vénus, la jument de Francis, et, comme de coutume, n'y alla pas par quatre chemins :

— Si vous avez l'intention de prendre la route avec elle, c'est même pas la peine. Elle est bien trop vieille pour ce genre de conneries ! Maintenant, si vous la laissez dans un pré, elle peut vivre quelques belles années.

— Je n'avais pas l'intention de la laisser derrière moi. Et puis, je n'ai pas les moyens d'en acheter une autre…

— Moi j'ai Anthésyte ! Francis, c'est mon cheval ! Il a un sacré caractère, mais je serais tellement heureuse qu'il se rende utile !

— Joce, tu es la femme providentielle dans ma vie, jadis si terne et vide, tu emplis tout l'espace de ta vigueur. Mon amour, tu es le ciel, le soleil, la mer.

— Oui, bon, on a compris, ça fera cinquante euros, coupa le véto.

Francis s'acquitta de cette somme qu'il jugea dispendieuse eu égard aux deux minutes trente passées à faire le tour de sa bête puis prit Jocelyne par la main et l'invita dans sa roulotte. Petra et Jean-Michel suivirent, ce que les deux amoureux interprétèrent comme une façon bien naturelle de la soutenir après pareille épreuve.

Petra trouvait incroyable que l'Élysée n'ait pas dépêché un psychologue au chevet de Jocelyne. Cette dernière s'assit sur le lit et sourit puis farfouilla dans sa veste et en sortit plusieurs photographies d'Anthésyte qui conquirent le cœur du troubadour. Elle proposa de laisser Vénus aux bons soins d'un paysan de ses amis qui ne demanderait pas mieux que d'accompagner une vieille bête sur la pente descendante et, ainsi, éviter l'abattoir à celle qui avait permis au chanteur de sillonner le pays, l'arrière-pays, le plat pays et moult autres contrées encore.

Ils causèrent de sa détention et elle lui révéla qu'à aucun moment elle n'avait reçu le moindre coup. De fait, après sa douche, plus aucune trace d'ecchymose n'était visible. Le chanteur supputa qu'il s'agissait d'une mascarade, ce que Jocelyne approuva. Restait à savoir qui était derrière tout cela. « Cornélius le blogueur fou ? », proposa la boulangère. « Pourquoi pas ? », répondirent ses amis. Jean-Michel clôt le sujet en expliquant que, parfois, on ne sait jamais tout et que c'est mieux ainsi. Sous des dehors un peu beauf, il avait un côté philosophe même si sa vision de cette science s'arrêtait aux comptoirs des bistrotiers.

***

Rapidement, Jocelyne prit congé, car elle souhaitait mettre les choses au clair avec son mari. Elle se souvenait de ses paroles prononcées alors qu'elle pensait son existence menacée et se doutait que son message avait été reçu comme sibyllin. Jérôme l'entendit arriver et mit un terme à sa conversation avec Cynthia. Il savait que l'échange promettait d'être tendu avec celle qui était encore son épouse et ignorait tout de la prochaine paternité de son mari. Il était peu avant minuit, Joce était rentrée tard de son expédition parisienne, mais certains sujets n'attendaient pas.

— Jérôme, il faut qu'on parle.

L'intéressé trouva curieux qu'elle ne lui saute pas au cou après si fâcheuse aventure. Il préféra attraper la perche tendue. Après tout, certaines occasions ne peuvent être manquées. Il choisit, presque malgré lui, d'user d'agressivité.

— Oui, je sais, j'exige des explications sur ta séance de délire sur FT1 ! La ville entière se paye ma tête, tu es au courant ?

— Je suis désolée, Jérôme, j'ai perdu les pédales. J'avais peur, ils m'ont traitée comme une vraie prisonnière au début.

— Comment ça « au début » ?

— Assieds-toi, il faut que je t'explique.

— Même le père Nase a rigolé en passant devant moi ce matin, tu te rends compte, même lui !

— Ça, c'est l'influence de Gérard, j'en suis sûre. Écoute, j'ai une nouvelle à t'annoncer.

Les synapses de Jérôme s'emballèrent : il passa en revue plusieurs éventualités, imagina qu'elle se lançait en politique, briguerait la mairie voire que le président lui avait proposé un ministère.

— Tu vas te présenter, c'est ça ?

— Me présenter où ça ?

— À la mairie.

Jocelyne partit dans un rire à demi hystérique. Elle avait oublié que dans un passé pas si ancien que cela elle n'aurait pas refusé quelque responsabilité. Mais, l'amour était passé par là.

— Non, pas du tout, je m'en fiche de cette mairie, je la laisse à Célestin. D'ailleurs, je te laisse aussi.

Elle avait balancé ça sans ambages, tambours ni trompettes et, puisque le mot mufle ne possède pas de féminin, Jérôme ne sut quoi répondre. Il l'observa un moment, elle avait baissé les yeux. Pourtant, elle ne put s'empêcher de sourire un peu bêtement.

— Qu'est-ce que tu me caches ? Hein ? Tu me laisses ? C'est-à-dire ? Tu me quittes ?

— Oui.

— Ne me dis pas que c'est Killian !

— Non, mais ça ne va pas ? Il est à peine majeur.

— Alors c'est qui ? J'ai le droit de savoir, je suis ton mari !

— C'est Francis.

— C'est qui Francis ?

— Francis Tatanne.

— Non…

— Je suis désolée Jérôme, mais tu sais, je suis sûre que tu vas retrouver quelqu'un : la quarantaine, c'est le bel âge.

L'amant de Cynthia prit une pose doloriste tout en se réjouissant intérieurement de cette nouvelle. Le troubadour lui évitait de parler de ses frasques, de se justifier (c'était là sa pire crainte puisqu'il était lui-même à court d'arguments) et de conserver toute sa superbe à Tresville. Le boulanger abandonné pour un chanteur qui se laisse charmer par sa vendeuse et fonde un foyer est nettement plus respectable aux yeux de la clientèle que celui qui s'envoie son employée depuis des mois dans le dos de sa femme et met sa maîtresse enceinte. Il ne pouvait pas encadrer monsieur Tatanne, mais, à ce moment précis, il aurait accepté que Jocelyne punaise tous ses posters aux murs du salon.

— Oui, sûrement, tu dois avoir raison. Au fait, tu viens de me dire « Ils m'ont traitée comme une vraie prisonnière au début », ça signifie quoi ?

— Je ne sais pas trop. Tout ce que je peux te dire c'est qu'après la première nuit, ils m'ont maquillée pour que j'aie l'air d'avoir été tabassée, c'est tout. J'en sais pas plus, mais ces hommes-là ne m'auraient pas tuée. J'en suis sûre.

— Donc c'était un coup monté !?

— Oui, je pense.

— Mais monté par qui ?

— Alors là ! Aucune idée !

— Un Rom ?

— Pourquoi un Rom ? Non, je ne sais vraiment pas, les Roms m'ont toujours soutenue.

— Justement, si c'est un coup monté, ça vient forcément de quelqu'un que tu prends pour un allié. Si ça se trouve c'est ton chanteur, tu serais bien embêtée, hein ?!

— Francis et moi, tu sais, c'est du sérieux, il ne me ferait pas ça.

— Bon, on verra bien, le *Canard Déchaîné* doit être sur le coup et le blogueur nous réserve peut-être des surprises. Je te parie qu'il connaît du monde à Paris.

— Sûrement, enfin, tu sais, je m'en fiche de tout ça maintenant. J'ai obtenu ce que je voulais, j'ai accompli ma mission.

— Et tes projets de révolution ?

— Tu sais, si Ollanzi met en œuvre les réformes qu'il a en tête, c'est une vraie révolution, et pacifiste en plus. Je ne vois pas ce que je pourrais demander de plus.

— Si tu le dis… Tu avais plus de convictions avant d'être avec ton chanteur.

— Jérôme, mon Jérôme. Je comprends ta jalousie, mais, tu sais, vivre avec lui va être une sacrée révolution intérieure. Finalement, je pense que c'est de ce genre de bouleversement dont j'avais besoin. Pas de renverser le président, mais plutôt de reprendre en main mon destin, ma vie. Tu sais Jérôme, je n'étais pas heureuse avec toi, je l'ai compris, accepté et maintenant je suis prête pour ma révolution personnelle. Écoute, Francis et moi, on va être autosuffisants, on mangera nos légumes, on se promènera quand on voudra et le reste du temps, on a conclu un marché avec Jean-Michel : il nous laisse la parcelle qui est derrière le *Tonight*.

— La vie de Bohème, quoi ! Tu oublies la guitare grattée au clair de lune et la lessive à la main.

— Je ne vois pas le rapport entre les deux, tu dis n'importe quoi ! Tu es jaloux comme un pou !

— Mais non ! Je suis content pour toi, je t'assure. Il va juste falloir que je m'adapte. Et là, avec la nationalisation des Grands Moulins, ça va être plus dur, mais bon, je vais former Cynthia.

— Cette quiche ?!

— Elle est loin d'être bête, crois-moi.

— C'est vrai qu'à une époque je me suis rapprochée d'elle, mais après j'ai eu des soupçons.

— Sur quoi ?

— Sur rien, c'est de l'histoire ancienne. On s'en fiche maintenant.

— Oui, on s'en fiche, tu as raison.

Jérôme se leva et fila dans son lit, ravi d'être dans l'obscurité et de pouvoir sourire à la vie. Il laisserait sa femme partir et imposerait tout naturellement la présence de sa vendeuse aux Tresvillois qui n'y verraient que du feu. Une seule question demeurait : qui diable avait eu intérêt à kidnapper Jocelyne ?

***

À Turninghton, Martine avait retrouvé sa liesse légendaire. Sa meilleure amie libérée, elle pouvait à nouveau profiter de son séjour. Cependant, et même si c'était une femme de grande bonté, elle n'oubliait pas la séance de rentre-dedans que Lucette, sa soi-disant copine, avait fait subir à James. Ce dernier s'en était confié, il ne souhaitait provoquer aucune querelle, simplement informer sa chérie qu'elle était un peu naïve. Dès le petit-déjeuner, Martine bouda. La professeure d'espagnol comprit au quart de tour qu'elle était allée trop loin.

La journée fut pénible : les élèves étaient agités et ne cessaient de se plaindre qu'ils en avaient assez de visiter des merdes (sic). Martine tenta de conserver son calme en expliquant qu'une église, pas plus qu'une cathédrale d'ailleurs, ne méritait une telle insulte. Hélas, cela ne suffit pas et ce jour passé à grelotter devant les autels se termina comme il avait commencé.

Les deux collègues dînèrent avec leur hôte qui avait fait concocter des mets délicats par sa gouvernante. Même le vin dont les deux Françaises abusèrent ne parvint à détendre l'atmosphère. Puis, alors qu'elle avait bien mangé et bien bu, la professeure d'anglais profita du départ momentané de James pour attaquer celle qui avait tenté de lui ravir son amour de toujours :

— James m'a tout raconté, tu sais !

— Je m'en doutais, vu la tête que tu as tirée toute la journée. J'ai pensé que c'étaient les élèves, les visites d'églises, qu'est-ce que c'est moche entre nous ! Mais bon, j'ai compris.

— Premièrement, les églises Gothiques sont magnifiques. Deuxièmement j'espère que tu les as bien regardées parce que tu ne risques pas d'être invitée à notre mariage. Troisièmement…

— Bon, ça va ! Les leçons de morale de madame sont finies ?

— Quelles leçons de morale ? Tu n'aimes pas l'architecture ? Tant pis ! Elle te le rend bien !

— Ah, mais ça par exemple ! Parle-moi de Gaudi et là je dis oui !

— Tu es complètement fermée à tout ce qui n'est pas espagnol ! Je suis même surprise que tu manges ! Après tout, ici, il n'y a pas de tortilla !

— Madame se croit drôle, mais madame est pathétique dans son vieux pantalon troué.

— Troué ?

— Oui, tu as un trou aux fesses. C'est pour ça que les élèves se marrent chaque fois que tu te penches en avant pour parler au chauffcur.

— Tu ne pouvais pas me le dire ?

— Non, c'était rigolo, mais maintenant je te le dis.

— Lucette, tu vas prendre la route demain soir, moi, je reste ici. On a une journée à passer avec le groupe et après je ne veux plus rien savoir de toi.

— Tant mieux !

Les amitiés adolescentes sont réputées pour leur fulgurance ainsi que leur caractère parfois fugace. Il semblait à Martine que Lucette et elle avaient une relation fusionnelle, mais c'était là faire fi un peu vite de la jalousie de la cinquantenaire. Les deux professeures feraient bonne figure afin de ne pas imiter leurs élèves qui, eux, avaient l'habitude de se disputer et de rompre sur un coup de tête ce qui leur était apparu comme la plus solide des amitiés. Il n'y a pas d'âge, pas de règlement intérieur, on aime un jour et déteste le lendemain, c'est après tout ce qui rend humains les êtres qui ne sont ni des chatons ni des chiots. Les cœurs ont leurs raisons, point à la ligne, et Martine pensa qu'il était superfétatoire et prétentieux de vouloir à tout prix percer leurs mystères.

28

MARIE-CÉCILE ET SON CRAPAUD...

Gérard avait fait ses comptes et le compte, justement, n'y était pas. Les machines à pain se vendaient, mais le « business model » présenté par *Noulimex* s'avéra fallacieux. Il avait hâte de retrouver son épouse et de partager ses déconfitures avec elle. Les godes avaient fait un tabac et il en recommanda une centaine. Pourtant, sa marge sur ce produit était si faible qu'il se demandait comment acquitter toutes ses factures. Il y a du bon à épouser une fonctionnaire d'État, un salaire qui tombe avec la constance d'un métronome, ça rassure son bonhomme. Il se rendit jusqu'à sa boutique devant laquelle il retrouva le père Nase.

— Bon, j'ai fait mes calculs, les machines à pain, mon vieux, on n'en a pas vendu assez ! Demain je reçois de nouveaux godes. Tu vas reprendre ta tournée avec l'ancien panneau et y passer la journée entière.

— Monsieur Bourdon, je suis venu vous présenter ma démission.

— Quoi ?

— La fusion avec Grogneul est annulée donc je peux reprendre mes activités de prêtre.

— Super ! Ça pouvait pas mieux tomber ! Je vais mettre une annonce tout de suite. Tu sais que tu me plantes là…

— Je suis désolé, mais c'est comme ça. On a tous une croix à porter…

Sur ces paroles, le curé tourna les talons et laissa son tortionnaire sur le pas de la porte. Ce dernier ouvrit la boutique, vit le vélo maudit et s'enferma dans son bureau. Ses deux autres employés arrivèrent et se firent copieusement engueuler. Ils étaient les souffre-douleur préférés du patron, juste après Martine qui se prenait des banderilles pour un oui pour un non. Le caissier se retrouva juché sur le vélo et ce fut Gérard qui occupa sa place toute la matinée. Il grommelait tout en cherchant un moyen de se sortir de ce merdier. Soudain, comme dans un rêve, le visage d'Artus s'imposa à lui. Le nobliau accepterait peut-être de reprendre du service ? Après tout, il avait une lourde facture à régler à son garagiste et n'était pas du genre à faire des simagrées ridicules pour une simple histoire de vibromasseur. Au contraire, avec son expérience et ce qui lui restait de pouvoir d'attraction, il risquait de multiplier par dix le chiffre d'affaires du rayon petit électro.

***

Artus, justement, avait passé une fort mauvaise nuit, inquiet d'avoir découvert son père éméché, mais plus encore d'avoir constaté l'absence d'empathie de sa mère. Il se réveilla et prépara un solide petit-déjeuner. Son père surgit, entortillé dans une robe de chambre hideuse, le cerne foncé, le regard perdu dans le vide.

— Père, bonjour, venez vous asseoir.

— Bonjour Artus.

Le noble se prit la tête à deux mains et demeura figé.

— Père, parlez-moi, je suis inquiet. Vous avez bu hier. Que s'est-il passé ?

— J'ai tellement honte, mon fils. Je n'ose vous conter ce que j'ai fait.

— Vous pouvez tout me dire, vous savez, j'ai les idées larges.

— Je suis votre père, je suis censé être un modèle pour vous. C'est ainsi que j'ai toujours envisagé notre relation.

— Certes, mais avouez que ça n'a pas marché. Je sais bien que je n'ai jamais été conforme à vos attentes.

Théodore sourit. Il s'était opéré entre son rejeton et lui une influence inverse à celle désirée par tout parent. De fait, le père tenait plus du fils désormais que l'inverse.

— Cornélius, c'est moi.

— Non !

— Je vous en prie, ne le dites à personne.

— Vous pouvez compter sur mon silence. Mais, pourquoi avez-vous décidé de vous transformer en blogueur ?

— Ça remonte à l'époque des travaux dans la maison. Je me sentais inférieur et j'ai décidé de mener une espèce de double existence. Et puis, j'ai toujours aimé écrire et, de la sorte, j'ai pu très vite obtenir mes lettres de noblesse. Vous me direz que ce n'est pas le Goncourt, mais j'ai allié mon intérêt pour la politique à mes capacités rédactionnelles. Ensuite, les réseaux sociaux ont pris le relais. Bref, voilà, Cornélius Charrognard, c'était moi et je le regrette.

— J'ignorais que vous possédiez des compétences en informatique. Si ma mémoire ne me joue aucun tour, vous n'étiez même pas capable de répondre à un courriel !

— Je vous l'accorde volontiers. Sans l'aide de Killian, je ne serais pas le blogueur que je suis. Il m'a déniaisé, si je puis dire. Il a d'abord créé mon blog et l'a administré. J'écrivais des articles, les lui envoyais et il les mettait en ligne. Ensuite, naturellement, j'ai souhaité comprendre et après quelques heures de formation, j'étais à même de tout faire moi-même. J'avoue que ce fut là un grand motif de satisfaction.

— Mais j'y pense, vos articles n'ont pas toujours été très tendres avec Jocelyne !

— Je sais, j'en suis navré. Je me suis senti rejeté lors des réunions qu'elle organisait, je ne trouvais pas ma place et j'ai voulu me venger. Ensuite, quand j'ai vu qu'elle avait été kidnappée, j'ai vidé toutes les bouteilles de spiritueux de la maison, toutes ! Il ne reste pas une goutte d'alcool dans notre demeure.

Artus était estomaqué, mais également soucieux. Il avait devant lui un père à la dérive qui s'était raccroché à la bouteille comme à un radeau. L'épave était âgée et il espérait que le calme, qui succède toujours à la tempête, enrobe son géniteur d'une douce bienveillance. Il connaissait son paternel et savait que c'était un homme bon. Chacun d'entre nous est autorisé à faire un faux pas. Après tout, il n'avait tué personne. Sur ce, Marie-Cécile déboula telle une furie.

— Théodore !

— Ma tendre et belle, oui ?

— Qu'est-ce que c'est que ce vomi sur mon fauteuil crapaud ?

— Vous m'en voyez navré. Je vais tout nettoyer. Je termine mon petit-déjeuner et je le fais.

— Et vous allez nettoyer avec quoi ? C'est un velours qui date de mon arrière grand-mère, ce n'est pas du coton !

— Je ferai de mon mieux.

— Je n'en doute pas ! D'où mon inquiétude !

— Mère, s'il vous plaît, épargnez-nous vos sarcasmes ! Vous voyez bien que père est au plus mal.

— C'est bien là le cadet de mes soucis ! Et j'ajoute que je ne suis pas sarcastique, mais réaliste.

Théodore versa une larme dans son café puis une seconde roula sur une de ses joues. Il l'essuya discrètement à l'aide de sa manche. Il s'était saoulé, soit, mais il tentait d'avoir la gueule de bois digne. Il ne comprenait pas le mépris qu'affichait son épouse. Elle n'avait été ni douce ni aimante, mais il l'avait prise ainsi, sans jamais lui en faire le reproche. Les années n'avaient fait qu'accentuer son tempérament. Pourtant, celui-ci s'était très nettement dégradé depuis quelques mois sans qu'il ne puisse trouver la moindre explication.

— Dites, mon chéri, j'ai vu Gérard ce matin en allant acheter le pain que monsieur votre père n'est pas allé chercher pour cause de ce que vous savez. Figurez-vous qu'il m'a parlé de son vélo publicitaire avec cette publicité fort drôle, vous vous souvenez ? « Avec *Noulimex* ! La vie est plus sex ! » Nous avons conversé de choses et d'autres et il m'a demandé si vous seriez intéressé par un retour chez *Bordy.* Il est prêt à vous accueillir à bras ouverts. Dès demain, si vous le pouvez, il attend une nouvelle livraison et m'a laissé entendre qu'avec un expert tel que vous, il en vendrait suffisamment pour assurer la survie de son commerce. Vous vous rendez compte ! Il avait l'air étranglé par les taxes et tous ces impôts que cet imbécile de président fait payer aux entreprises.

— Il est hors de question que je retravaille pour ce fou furieux ! Mère, il m'a persécuté !

— Vous savez, s'il a véritablement besoin de vous, je suis convaincue qu'il sera doux comme un agneau. Maintenant, si vous pouviez nous laisser, j'ai quelque chose à dire à votre père. Je vous encourage à réfléchir à la proposition de Gérard et vous rappelle que votre auto est en mauvais état…

MC avait prononcé ces paroles avec juste ce qu'il fallait de fiel dans la voix. Artus remonta dans sa chambre avec sa tasse puisque, de toute évidence, sa présence était vécue comme intrusive… Sitôt seule avec la loque qui regardait le sucrier d'un air penaud, elle embraya :

— Théodore, ce que j'ai à vous dire est très sérieux. Je vous demanderai donc de ne pas m'interrompre ni de renifler en prenant un air un peu bête. Vous savez que ce sont là des manières qui ne m'impressionnent guère.

— Très bien ma mie, je vous écoute. Mais avant toute chose, si je puis me permettre un mot ou deux, j'ai beaucoup réfléchi et je pense que nous devrions partir quelques jours en voyage. Vous qui rêvez depuis toujours de découvrir Prague, je vous propose une escapade en amoureux.

— Ah ! Ça tombe très mal. Vraiment très mal.

— Et pourquoi donc ?

— Parce que j'ai l'intention de partir en voyage, mais sans vous.

— Quelle idée saugrenue ! Et puis vous n'avez pas d'amie pour vous accompagner.

— D'ami avec un E, non, mais j'ai un ami, j'ai un amant, un amoureux, un homme que j'aime et qui m'aime, un homme un vrai, un homme qui me fait vibrer et jouir, qui me donne envie de changer ma garde-robe, un homme que j'aime à la folie et que je suivrai n'importe où, un homme…

— Vous êtes en train de m'annoncer que vous avez un amant ?

— Absolument !

Marie-Cécile n'avait rien préparé, elle avait fait confiance à ses talents d'improvisatrice et savait depuis longtemps que le moment idéal se présenterait de lui-même. Tout comme les hasards de la vie avaient placé Tiego sur son chemin. Elle avait maintes fois repoussé le moment lors duquel tout déballer. Elle avait même préparé des phrases à prononcer du bout des lèvres puis s'était chaque fois ravisée, pressentant que ce n'était pas là le moment idoine pour l'annonce d'une rupture. Puis, le vomi sur le fauteuil avait agi tel un déclencheur de la colère de madame et elle en avait dit bien plus que nécessaire.

— Vous plaisantez, j'espère… Nous sommes mariés depuis plus de quarante ans.

— Et alors ? Il n'y a pas d'âge pour comprendre que l'on a commis une erreur.

— L'erreur, c'est moi ?

— Ce n'est pas ce que j'ai voulu dire.

— J'ai compris ! Alors, écoutez-moi bien ! Le vomi, vous allez le nettoyer toute seule ! Je ne lèverai plus le petit doigt pour vous. Et puis partez, partez !

— Je me permets de souligner que vous êtes ici chez moi, mais ce me semble qu'il ne s'agisse là que d'un vulgaire détail à vos yeux mondains.

— Donc vous me fichez dehors. Mais vous êtes un monstre, une ogresse, une gorgone, une mante religieuse ! Voilà ce que vous êtes : une créature inhumaine !

— Ne soyez pas si virulent, je ne vous mets pas dehors. D'ailleurs, nous avons un enfant qui, bien que majeur, a toujours aussi besoin d'un toit sur sa tête, ne dit-on pas « tel père, tel fils » ?

— J'accepte l'entière responsabilité de tout cela. Si vous souhaitez m'accabler davantage, allez-y, j'attends. Sinon, je retourne me coucher.

— Vous ne me demandez même pas qui c'est ?

Théodore ne répondit pas à la provocation et, même si la question lui brûlait les lèvres, il ne souhaitait fournir à son épouse le moindre motif de se réjouir. Il remonta jusqu'à sa chambre en se tenant à la rambarde du grand escalier. Chétif et blême, il semblait sur le point de passer de vie à trépas. Pourtant, lui aussi, trouverait prétexte à se réjouir sous peu. Il croisa son fils qui avait décidé de reprendre du service chez *Bordy*. Il ferait l'andouille jusqu'à l'été et même au-delà si nécessaire puisqu'il ne voyait d'autre moyen de payer les réparations de sa *Pursche*. Marie-Cécile harponna son rejeton avant qu'il ne délaisse leur demeure et lui annonça sa future désertion. Artus, bien que sidéré, préféra masquer son désappointement et partit. Marie-Cécile avait espéré que l'un de ses deux hommes tente de la retenir. Non pas qu'elle ait souhaité se mettre à genoux et supplier un pardon, mais un signe d'étonnement mêlé à une authentique, mais digne déception, l'auraient contentée.

***

Lorsqu'Artus arriva à proximité du magasin, il entendit Gérard s'égosiller :

— Ah ! Je parie que voilà mon sauveur !

Le propriétaire du magasin se planta devant la vitrine et serra la main de son futur vendeur.

— Je suppose que ta mère t'a parlé.

— Oui, je suis au courant.

— Bon, écoute, c'est simple, le père Nase vient de démissionner. Le matin tu pédales, l'après-midi, tu emballes, ça te va ?

— J'emballe les godes que je vends ?

— Bien sûr ! Les clientes aussi, si tu veux. Mais tu la joues discret, hein !

Artus sourit et posa la question qui lui tenait le plus à cœur.

— Et le classement des employés en fonction de leurs performances, vous le faites toujours ?

— Je vois que ça t'a marqué ! Non, j'avoue que c'était pas très sympa, mais j'ai licencié trois employés depuis ton départ. Je suis étranglé par les charges, et puis je crois que je suis devenu plus humain.

Artus fut envahi de sérieux doutes, mais trouva plus sage de les garder pour lui. Il se souvenait avec horreur de ces séances passées devant le champ de courses en feutrine sur lequel chaque employé était symbolisé par un cheval. Le sien, bien entendu, se positionnait toujours bon dernier.

— Vous avez toujours la folie des chevaux ?

— Même pas ! Je crois qu'Anthésyte m'a dégoûté. Si tu veux mon avis, c'était comme un rêve de gosse. Je voulais mon cheval, paf, se présente une super affaire, je l'achète et là l'andouille refuse de courir.

— Je me souviens. Même le psychologue équin semblait dépassé.

— Bon, après, quand Jocelyne l'a monté, ça a tout changé, mais elle ne veut plus. Celle-là, avec sa révolution, elle m'en aura fait voir ! Et je vais même te dire que si demain elle me disait « Banco, je cours », je l'enverrais paître.

— Dans ce cas, je veux bien retenter l'expérience, mais je ne vous garantis pas de rester. J'ai juste besoin d'argent pour ma voiture.

— Tout le monde le sait que t'as pété ton joint de culasse. Je vais te dire un truc, c'est ballot ! Tu t'achètes une caisse qui vaut une fortune et tu ne l'entretiens pas. Enfin bon, maintenant c'est fait, hein.

Artus ne souhaitait pas se justifier. Il n'avait que faire de passer pour une andouille aux yeux d'un type qu'il méprisait. Il visait la paye en fin de mois, éventuellement quelques avantages en nature si certaines dames se donnaient la peine d'accepter des démonstrations à domicile. Il aurait même sérieusement hésité à dépanner Lucette, c'est dire le désarroi dans lequel il était plongé…

29

LA DANSE DE LA PLUIE

Lucette avait passé sa dernière journée assise à côté de Martine sans la moindre émotion. Au contraire, elle avait hâte de quitter ce pays humide, ses habitants dont elle ne comprenait pas le verbe ainsi que d'effectuer une triomphale arrivée sur le parking du lycée et d'expliquer en long en large et en travers les raisons de la défection de sa collègue. La vengeance était, à ses yeux, un plat qui se dégustait brûlant, tiède si quelques fâcheux événements imposaient un malencontreux délai, mais il devait être consommé peu de temps après le dole subi. En effet, si l'on mourait (toujours en raison d'un acharnement du hasard), la revanche ne serait jamais consommée ! Lucette avait les deux pieds bien sur terre et n'ignorait pas que la vie pouvait reprendre possession de ce dont elle vous avait doté sans préavis aucun.

La journée s'étira en longueur, la météo était toujours aussi pourrie et les élèves se plaignirent de ne visiter que des déjections. Martine ne prenait même plus la peine de relever tandis que Lucette n'était pas loin de leur donner raison. Ils passèrent la matinée à roupiller, car, afin de fêter leur délivrance prochaine, ils s'étaient tous donné rendez-vous sur la plage la veille au soir. Là, ils avaient fait un feu de camp et quelques téméraires avaient couru dans l'eau. Le froid, ajouté à un penchant pour l'interdit, les ruptures avec une éducation trop normée et le fait d'avoir dix-sept ans avaient eu pour conséquence de les pousser à s'abreuver de bière bon marché. Certains, enfreignant éhontément les règles édictées par leur professeure, avaient volé des bouteilles de vodka à la supérette locale. Tenue par la fille des propriétaires, celle-ci fut vite débordée lorsque vingt-cinq Français se ruèrent dans son échoppe.

Lorsque le chauffeur se gara sur l'immense parking, personne ne se rua à l'extérieur. Il tombait des trombes d'eau et l'on dut attendre que les éléments se montrent plus cléments. La chaleur dégagée par les corps endormis, ajoutée à l'humidité locale, avait permis à une pellicule de buée de se former de telle sorte que l'on ne voyait rien du site à visiter. Quelques ados commencèrent à passer un doigt puis une main entière sur les vitres et ne tardèrent à pousser des cris d'orfraie.

— C'est quoi ce truc, p'tain, on roule deux plombes pour aller voir trois cailloux, c'est une blague ou quoi ?

Martine avait l'habitude : la visite de Stonehenge se déroulait TOUJOURS mal. Elle ne tenta pas de convaincre qui que ce soit de l'intérêt historique de la chose, car, en effet, il s'agissait de pierres disposées dans un ordre qui, aujourd'hui encore, faisait couler de l'encre. Martine était si heureuse que ni la pluie ni l'absence d'enthousiasme de sa marmaille n'eurent raison de sa liesse. Elle sortit sous une giboulée tenace, s'acquitta des formalités pour elle-même et son groupe, puis entreprit une danse échevelée entre les pierres. Ce site touristique avait fait partie de ceux visités avec Gérard lors de leur voyage en Angleterre et, tout comme les ados, il avait traité ces immenses monolithes de cailloux sans intérêt. Au bout d'un quart d'heure, elle retira son k-way sous le regard défait des professeurs accompagnateurs, à l'exception de Lucette qui prenait des notes afin d'avoir moult détails à balancer à la proviseure. Elle remarqua que les élèves étaient pliés de rire et prenaient Martine en photo. Autant de preuves si nécessaire, se réjouissait sa collègue.

Un élève du genre droit dans ses bottes s'approcha et s'inquiéta :

— Elle va bien, madame Bourdon ?

— J'imagine, marmonna Lucette qui commençait à trouver le temps long et se demandait quand cette danse de Saint-Guy prendrait fin.

Puis, ce fut le moment clef ! Martine attrapa le coupe-vent qu'elle avait jeté à terre et remonta dans le car, trempée mais hilare. Elle prit le micro et énuméra le programme :

— J'ai les billets, vous sortez un par un du car, vous êtes libres d'aller et venir. Il y a un musée que je vous recommande de visiter avant d'observer les monolithes ; vous comprendrez mieux leur origine et leur sens. Ensuite, nous déjeunerons sur l'herbe ou sur des bancs, mais il y en a peu.

— Hein ! Mais madame, il pleut des cordes !

Chloé venait encore de frapper ! Cependant, ses congénères ne lui laissèrent pas monopoliser ni l'attention ni la parole et évacuèrent le car. Était-ce d'avoir vu leur prof danser dans la boue ou l'ivresse de la veille qui n'était pas évacuée ? Nul ne saurait jamais ce qui s'empara des corps adolescents puisqu'ils entamèrent, eux aussi, une danse peu ordinaire en poussant des hululements. Certains tombaient dans la terre, se relevaient et riaient de plus belle. Quelques filles commencèrent à se rouler dans la gadoue, bientôt imitées par des garçons. À l'exception de certains élèves que l'on pouvait qualifier de sages, tout le monde se vautra dans la bouillasse. Lucette était atterrée : les bagages des élèves étaient dans la soute et – selon toute vraisemblance –, ils ne se changeraient pas. Ils débarqueraient donc à Tresville enduits d'une copieuse épaisseur de bourbe séchée. Martine s'en moquait et poursuivit sa ronde, les bras en l'air et la bouche ouverte afin d'y laisser entrer la pluie.

***

Du côté de l'Élysée, le locataire en titre aurait bien volontiers effectué la danse de la pluie aussi. Depuis son annonce, sa cote de popularité avait gagné trente points : du jamais vu selon ses proches. Sa réélection était dans la poche, pour un peu il aurait remercié cette boulangère qui, après lui avoir donné des sueurs froides, lui fournissait aujourd'hui mille occasions de se réjouir. Il avait pris un bain de foule et avait constaté l'engouement dont sa personne faisait l'objet. Fier comme un pape, il prit la parole devant ses ministres en ce mercredi de renouveau.

— Visiblement, mon intervention a porté ses fruits. On va gagner !

Les ministres souriaient béatement, convaincus qu'ils avaient contribué au succès de leur chef. Il ne faisait pour eux aucun doute qu'ils seraient reconduits dans leurs fonctions ; le président les congédiait lorsqu'il était en colère, pas quand il était heureux. Il fallait tout faire pour que perdure la félicité présidentielle. Le Premier Ministre annonça que l'absinthe tant aimée par le gourmand palais du gouvernant serait autorisée sur le sol français dans les plus brefs délais, il ajouta que le cannabis pourrait même être légalisé.

— Vous parlez de la fumette ? interrogea le premier homme de France.

— Oui, ça ferait plaisir aux lycéens.

Madame la ministre de l'Éducation prit la parole sur un ton solennel. Certains prétendaient qu'elle se la pétait et racontait n'importe quoi. D'autres disaient qu'elle passait beaucoup de temps dans le bureau du président et peut-être aussi dessous. Les rumeurs allaient bon train, mais elle s'en moquait. Obsédée par sa carrière, elle aurait, il est vrai, fait tout et son contraire afin de rester en place.

— Je suis désolée, mais là je suis obligée de vous interpeller. Pensez aux parents ! Ils font la guerre à leurs enfants. Si nous légalisons cette saleté, ils ne voteront pas pour vous, ça, j'en suis certaine !

— Vous avez raison même si je pense que vous devriez consommer un peu. Passez me voir dans l'après-midi, vous verrez, ça fait un bien fou. D'un seul coup, tous les muscles de votre corps se relâchent et vous avez envie de rire de tout.

— Merci beaucoup, Monsieur le Président, mais je pratique la méditation de pleine conscience avec bonheur.

— Qu'est-ce que c'est ? Une invention du Dalaï-lama ? Et vous vous entortillez dans une toile de tente quand vous pratiquez, vous aussi ?

— C'est très sérieux, vous savez, ça permet une meilleure gestion du stress, une plus grande ouverture aux autres, une meilleure perception des événements.

— En gros c'est tout bénéf' ! Ah non, mais franchement... Je préfère encore boire un smoothie kiwi-betterave-pomme de terre, tiens ! Je note quand même, hein ! Les parents et les grands-parents, ce sont mes électeurs, mais c'est dommage. Dites donc Jacques, on ne peut pas commencer doucement en légalisant pour des raisons thérapeutiques ?

Le Ministre de la Santé n'eut pas à réfléchir longtemps avant de répondre.

— Absolument, d'ailleurs ça marche très bien sur les douleurs chroniques. Et puis, après tout, c'est naturel. Le problème va être de gérer le lobby des labos.

— Pour ça, je fais confiance à votre expertise.

Le ministre de la santé craignait – à juste titre –, un tollé de la part des *Marcks* et autres entreprises qui fabriquent du cachet. Il redoutait davantage encore de devoir dire adieu aux nombreux avantages qu'il savourait plusieurs fois par an. Il aimait son métier – certes passionnant –, mais les vacances aux îles Vierges, la traversée des USA, celle du Canada, le tout avec chauffeur, lui semblaient plus importantes. Et que dire à son épouse qui ne jurait plus que par les escapades dans les SPAS de France et d'Italie ? Il demeura songeur et fit un oui de la tête un peu mou.

— Bon, il faut penser à l'avenir. Vous me préparez tous un programme ! Je veux commencer ma campagne au plus vite ! Je suis au faîte de ma popularité là ! On surfe là-dessus, hein ? Inutile de dire que je veux l'écraser, l'autre tapette ! Il se prend pour qui ? Encore un tour de manège pour moi ! Non mais, et puis quoi encore ? Comme si j'allais céder la place comme ça ! Quand même, qu'on soit bien d'accord, je vous le dis en « off » : les promesses sont des promesses. Mes élucubrations sur la retraite à cinquante piges c'est pour un an. Dès que je suis réélu, je redonne un tour de vis !

Tout le monde se tut, car chacun s'en doutait. Cette idée saugrenue ne tiendrait pas sur la longueur, c'était évident. Un non-sens économique avait pensé le ministre en charge de tenir les cordons des bourses. Il était partisan d'une politique dure pour ne pas dire violente et, eut-il été président, la France entière se serait retrouvée dans le fossé. À l'ETNA on lui avait appris à ne pas faire de sentiment et à ne penser qu'à sa carrière, ce qu'il s'était appliqué à accomplir avec persistancc.

***

Jocelyne préparait ses affaires, c'était le grand jour, celui de son emménagement dans la roulotte de Francis. Vénus broutait dans le pré d'un paysan au grand cœur tandis qu'Anthésyte se tenait déjà à la place d'honneur. Jérôme avait rejoint sa future ex puisqu'il était midi. Il tenta de prendre un air navré, de circonstance.

— Jérôme, je t'assure que c'est mieux comme ça.

— Si tu le dis.

— Écoute, je te laisse tout ; la boutique, l'appartement et les meubles. Regarde, même certains de mes vêtements. La roulotte de Francis est tellement petite… Mais tu sais, je m'en fiche, je laverai mon linge tous les jours, et comme il y a un petit balcon sur l'arrière, je pourrais l'accrocher, c'est très mignon ce qu'il a fait. Il sait tout faire cet homme, il est incroyable.

Il est toujours étrange d'entendre une personne que l'on a aimée évoquer sa passion pour un ou une autre. Il y a une forme d'indécence à ainsi faire étalage de son bonheur que l'amoureux ne comprend pas tant il est en état de lévitation. Joce ferma sa valise en sautant dessus, elle avait quatorze ans, elle était enfin vivante ! Jérôme se sentit mal à l'aise : se trouver spectateur du bonheur des autres n'est pas toujours confortable. On fait bonne figure, on leur souhaite tout plein de bonnes choses, mais – au fond de son cœur – on aimerait ravir leur place. Le boulanger regretta de n'avoir aucun bagage à faire. Il aurait volontiers embarqué Cynthia dans une aventure un peu folle, de celles que seuls les amoureux connaissent. Il était obsédé par sa situation financière et le départ de son épouse. Il lui faudrait trouver un ou une employée dare-dare, sans omettre le congé maternité qui lui pendait au nez. Il comptait mettre une annonce sur la vitrine afin de recruter local, si possible un Tresvillois. Il ne ferait pas le difficile, il y avait urgence !

— Tu oublies tes soutiens-gorge ! Regarde ! dit Jérôme en ouvrant le tiroir de la commode.

— Je n'en mets plus, c'est complètement inutile ! D'ailleurs, c'est une entrave à ma liberté.

— Tu vas un peu loin quand même dans tes délires libertaires, non ?

— Jérôme, tu es bien placé pour savoir que je suis une planche à pain et j'assume. Je suis comme je suis, mes petits seins tombent, et alors ? Francis les trouve très mignons, d'ailleurs, tu sais, il ne porte ni slip ni caleçon. C'est ça aussi la liberté !

Le boulanger partit s'allonger sur le canapé. Il n'avait que faire des sous-vêtements du chanteur et mettre ainsi un pied dans son intimité lui donnait la nausée. Il avait hâte que sa femme décampe et lui alloue quelques heures de tranquillité. Après tout, il l'avait trompée, mais c'est lui qui venait de se faire plaquer. Déterminée à rejoindre Francis au plus vite, Joce déposa un baiser sur le front de son mari et s'en alla, une valisette au bout du bras.

Jean-Michel Bowy l'attendait devant la boutique. Elle avait mis une demi-fesse dans le véhicule lorsqu'elle sentit une main sur son épaule. Surprise, elle se retourna et vit Théodore, visiblement en très mauvaise forme. Killian se tenait à ses côtés et n'en menait pas large. Le noble entraîna Jocelyne à l'écart et entama la conversation.

— Jocelyne, j'ai des choses à vous dire.

— Théodore, ce n'est pas vraiment le moment, on m'attend !

— C'est urgent et ça vous concerne au premier chef, venez !

Elle le suivit jusque chez Killian qui s'assit dans un coin du salon. Son air coupable fit sourciller la boulangère.

— Killian, tu te sens bien ?

— Joce, écoute ce que Théodore veut te dire et après, bah après on verra.

— Vous m'inquiétez tous les deux. Que se passe-t-il ?

— Jocelyne, asseyez-vous, j'ai une révélation à vous faire.

— Ah bon !

Théodore prit une respiration abdominale, serra un poing et lâcha comme habité par un diable :

— Voilà, ne m'interrompez pas, je parle et ensuite si vous décidez de me haïr, j'assumerai. Idem pour le petit, on a voulu bien faire. D'abord, Cornélius Charrognard c'est moi ! Je sais ce que vous pensez de mes articles, Jocelyne, et ne vous condamne pas. Si vous le souhaitez, je vous présenterai mes excuses en place publique. Je suis englouti par la honte, je deviens fou. Je ne pouvais pas garder ce secret plus longtemps. Ensuite, concernant Killian, l'affaire est plus machiavélique. Ketoul est son ami d'enfance, et c'est lui qui a contacté ce fou et sa bande afin de vous kidnapper. Voilà, vous savez tout. Nous sommes devant vous, comme nus. Vous êtes libre de nous dénoncer, enfin, surtout lui ! conclut-il en observant Killian qui trouvait cette grandiloquence excessive et déplacée. Il ne se sentait pas nu, coupable, oui, mais certainement pas à poil ! Quelle idée !

Jocelyne s'affaissa un peu, elle se trouvait dans le fauteuil qui avait réceptionné le corps du père Truau. Ce dernier aurait voué son petit-fils aux gémonies, l'aurait traité d'inconscient et renvoyé chez sa mère. L'ancienne boulangère fut plus mesurée.

— Oui, je suis surprise, encore que cette bande de loubards ne m'a pas plus impressionnée que cela. Le premier jour, oui, mais ensuite, j'ai compris qu'il y avait une mise en scène. Par contre, je ne me doutais pas que Killian puisse être derrière tout cela. Et encore moins que vous, Théodore, ayez pu me trahir… Enfin, pas toujours, mais certains de vos articles n'étaient pas très sympathiques envers moi.

— J'en suis navré Jocelyne. Je savais que vous alliez m'honnir. J'ignore comment réparer ma faute. Je me mets à genoux devant vous et accepterai toute réprimande, même si l'existence s'est déjà chargée de me blesser à de nombreuses reprises et encore une fois très récemment.

— Pourquoi ? Qu'est-ce qui s'est passé ?

— Marie-Cécile me quitte pour un Rom.

— Quoi ?

— Je sais, cela semble totalement incongru, mais ainsi va la vie. Jusqu'à notre mort elle est susceptible de nous surprendre.

— Joce, je suis désolé, murmura Killian.

— Tu sais, Killian, je te connais bien maintenant. Je suis consciente que tu as voulu faire de ton mieux. D'ailleurs, tu m'as beaucoup aidée. Je pense que tu aurais dû me prévenir, mais en même temps, si j'avais su que c'était un faux kidnapping, je n'aurais pas été crédible à la télé et le Président n'aurait pas cédé. Il a reculé parce qu'il a eu peur : si Ketoul m'avait tuée, toute la France serait descendue pour le huer et adieu sa réélection.

— Bah voilà ! C'est ce qu'on s'est dit avec Ketoul, fallait que le président flippe grave. S'il te plaît, le dis pas à ma mère, c'est tout ce que je demande.

— Je ne lui dirai rien, ne t'inquiète pas. J'ai oublié, j'ai fait une croix sur le passé. Tu sais, je me moque de tout maintenant. Ce qui compte c'est mon bonheur : je quitte Jérôme pour vivre avec Francis. Je suis a-mou-reuse, et ça, personne ne me le retirera ! Théodore, vous savez, vous aussi pouvez rencontrer l'amour, il n'y a pas d'âge pour être heureux. Tout le monde a droit à sa part de bonheur. Killian, je pense que tu as bien fait et votre peine à tous les deux me prouve que vous tenez à moi. Jérôme cherche un vendeur, si ça vous intéresse Théodore, ça vous changerait les idées. Et puis, qui sait, vous rencontrerez peut-être l'âme sœur en emballant des religieuses. Vous êtes pardonnés, c'est le plus important. Le reste, ma foi, on s'en fiche, c'est comme les soutifs.

Ni Théodore ni Killian ne comprirent ce que les soutifs venaient faire dans toute cette histoire, mais ils retinrent qu'ils étaient lavés de leurs péchés, sans même avoir été chapitrés à confesse. Joce les embrassa tendrement, quitta la maison et retrouva Jean-Michel Bowy qui démarra en quatrième vitesse en direction du *Tonight*.

30

PASSAGE À TABLE !

Le car rempli de Français se gara sur le parking de Turninghton. Le chauffeur de James était là, assis dans son véhicule. Les élèves s'interrogeaient sur les raisons de sa présence. Martine embrassa ses deux collègues, lança un regard hautain à Lucette, enfila son k-way couvert de boue et empoigna le micro avec fougue. Elle observa ceux avec lesquels elle avait célébré la pluie d'un regard circulaire puis commença :

— Chers élèves, j'ai une annonce à vous faire. Je vais rester en Angleterre. Je vous laisse aux bons soins de mes collègues. J'ai été contente de vous avoir en classe…

— Comment ça ? Vous revenez pas à Tresville ? questionna Chloé tout en pianotant sur son téléphone portable.

— Non Chloé, je reste ici. Je n'ai plus rien à faire en France, je change de vie. Je suis très émue et…

— Non, mais elle est folle la prof ! En plus elle a pas le droit ! C'est quoi ce délire ?

Chloé s'était levée tout en prononçant ces paroles. Martine venait de descendre de son nuage et son ciel s'assombrissait. Soudain, elle reprit contact avec la réalité, comprit que – peut-être –, à cause d'une grognasse d'à peine dix-sept ans, elle allait devoir modifier ses projets. Elle tenta le tout pour le tout alors que (pour une fois) tous les élèves l'écoutaient religieusement.

— Bien sûr que si j'ai le droit ! Chloé, retourne sur ton siège ! Je vous souhaite un excellent voyage et vous laisse avec mes collègues.

Les collègues en question tiraient une tête de six pieds de long à l'exception de Lucette qui exultait. Non pas que partager quelques heures supplémentaires de la vie de son ancienne amie lui fasse grand plaisir, mais elle voulait que justice fût rendue. Un enseignant a des obligations, surtout s'il a pris des engagements. Qu'il ne prépare pas ses cours, se fasse bordéliser comme le plus apprenti des débutants ne regardait que lui, mais qu'il traverse la Manche avec quarante-neuf adolescents et les abandonne pour des raisons peu justifiables lui semblait inadmissible. Le visage de Martine avait viré au rouge pivoine, elle dégrafa son coupe-vent et reprit en simulant calme et tranquillité d'esprit.

— Allez, je vous laisse ! Bon voyage tout le monde !

— Attendez madame ! Ma mère vient de m'envoyer un texto ! Il y a un règlement qui dit qu'il faut un professeur accompagnateur pour quinze élèves : on est quarante-neuf donc ça fait quatre profs. Elle est pas contente, ma mère, elle dit que de toute façon elle se doutait que vous étiez fracassée, mais quand même pas à ce point-là.

Martine tremblait de rage. Elle connaissait les textes et maudissait ces parents qui se mêlaient de sa vie privée et l'empêchaient dans ses projets. Son cœur faisait le grand huit, ses synapses s'entremêlaient dans un chahut incohérent. Résignée, elle marmonna à l'attention de Lucette :

— Je vais chez James, je fais ma valise et j'arrive.

— Dépêche-toi, le bateau n'attendra pas !

La professeure d'anglais descendit les marches du car sous le regard défait des élèves qui l'appréciaient. Ils avaient deviné que quelque chose se tramait. Leur prof d'anglais, d'ordinaire joviale, mais exigeante avec elle-même, s'était muée en foldingue qui passait son temps à glousser pour trois fois rien, la danse de la pluie se posant en cerise sur le gâteau. La rumeur allait bon train depuis quelques jours : « Elle est in love, c'est sûr », répétaient les plus perspicaces. Martine rejoignit son chauffeur et revint trente minutes plus tard. Elle portait un simple sac à dos qu'elle jeta avec hargne sur son siège puis reprit le micro :

— Chloé, tu peux dire à ta maman que madame Bourdon est du voyage et qu'elle s'en félicite. Elle a deux ou trois choses à régler en France avant de pouvoir s'installer ici de façon définitive.

Un élève qui l'aimait beaucoup osa poser la question qui brûlait désormais toutes les lèvres :

— Mais madame, ça veut dire que vous êtes plus notre prof

d'anglais ?

— Exactement ! Je vous raccompagne jusqu'en France et, ensuite, je démissionne. Je reviens vivre ici dans quelques jours.

— 'Tain, elle a raison la prof. La France c'est un pur pays de merde ! Zy va, en plus on a tout loupé, nous ! Pour une fois qu'il s'est passé un truc, bah on était ici. C'est nul sans déconner !

Le jeune mal embouché qui venait de s'exprimer obtint l'approbation du groupe. Une future déesse répondit :

— N'empêche, celle qu'a foutu la merde, c'est Jocelyne, et Jocelyne, c'est une Tresvilloise ! Et grâce à elle, la fusion avec ce 'tain de bled à gros nazes, elle est annulée !

S'ensuivirent des cris, des jets de canettes de soda et – bien sûr –, des invectives, car les adolescents grogneulais fréquentaient le lycée de Tresville. Les quatre professeurs tentèrent de ramener de l'ordre dans ce chaos improvisé, en vain. Les deux hommes durent s'asseoir à l'arrière du car et troquer leurs sièges contre ceux de deux garçons grogneulais qui s'étaient sentis insultés et maniaient l'injure avec une surprenante dextérité. L'habitacle bruissait d'échanges peu amènes lorsque Lucette hurla :

— Ah ! On va louper le bateau, qu'est-ce que j'avais dit ?!

En effet, l'heure tournait et la route était encore longue avant l'embarcadère. La professeure d'espagnol, qui avait les yeux rivés à sa montre depuis le départ de Turninghton les dirigea vers Martine et la fixa. Cette dernière rêvait de se transformer en moucheron. Une telle chose relevant de l'improbable voire de l'impossible, elle dut faire face à son irresponsabilité et aux conséquences qu'elle entraînait. À nouveau, elle se retrouva au micro et, cette fois, endossa son habit d'enseignante avec dignité :

— Écoutez, il y a un bateau toutes les heures. Donc on attend d'être certain d'avoir raté le nôtre et si c'est le cas, vous prévenez vos parents en leur envoyant un texto. Vous savez envoyer des textos, n'est-ce pas, Chloé ?

Les élèves rirent comme des bossus à l'exception de l'intéressée qui s'imaginait traînant sa prof d'anglais en conseil de discipline. Sa mère était représentante de la plus grosse fédération de parents d'élèves. Cependant, cette dernière aurait bien pu être le pape que la nouvelle vie de Martine prendrait forme. Elle réfléchissait à ce qu'elle dirait à Gérard, puisque le destin allait la propulser, pour quelques heures encore, dans sa maison de maçon.

***

Gérard, justement, attendait Martine de pied ferme. Il en avait ras le casque de s'envoyer des rillettes et du pâté de gland. La garce ne lui avait mijoté aucun plat comme elle le faisait avant ses précédents séjours en Grande-Bretagne. Il savait que Martine avait fait passer la confection du drapeau révolutionnaire avant tout le reste et en voulut à Jocelyne d'avoir ainsi monopolisé son temps libre. Et puis, après tout, il en voulait tout autant à son épouse qui aurait dû le faire passer au premier rang de ses priorités. Il prévoyait d'ailleurs de l'accueillir avec douceur jusqu'à ce qu'elle termine la préparation de la pièce de bœuf qu'il venait d'acheter avant de l'attaquer sur le terrain de ses responsabilités. Loin de s'imaginer qu'il se ferait griller la politesse par celle qui ne tarderait pas à rejoindre un James qu'elle avait laissé à la va-vite.

Il arriva devant sa boutique en même temps qu'Artus qui lui serra la main. Ce dernier, recouvert de pied en cape d'un coupe-vent aux couleurs de *Noulimex*, faisait pitié. Gérard le lui avait mis dans les mains la veille en lui conseillant de le porter même par beau temps, la marque l'exigeait. Nul n'aimait autant que Gérard être seigneur en son royaume et l'emprise de *Noulimex* sur son échoppe ne lui plaisait guère. Mais que faire ? Depuis des mois maintenant, il réalisait l'essentiel de son chiffre grâce à eux. Leurs prix toujours plus bas, synonymes de main d'œuvre exploitée dans les pires usines de pays où l'on foulait allègrement les droits de l'Homme, ne le gênait pas puisque, lui-même, s'était souvent rendu coupable de basses manœuvres sur des personnes qu'il rétribuait, mal, bien entendu. Artus était inquiet, il pensait à son père, à l'annonce faite par sa mère et se demandait de quoi son avenir serait fait. Il enfourcha sa bicyclette et roula lentement rue du Centre, la rue qui avait été à l'origine de toute cette histoire, l'ancienne rue de Jocelyne, celle qui concentrait tout ce que la commune comptait de lieux d'intérêt : l'église, la mairie et, désormais, le musée du cochon. Célestin Montanssier hâtait le pas en sa direction lorsqu'Artus l'interpella :

— Bonjour, monsieur le maire ! Ça marche votre musée ?

Le vieil homme consentit à échanger. Il n'avait plus grand monde avec qui converser et sa propension naturelle à la logorrhée se trouvait fort contrariée.

— Bonjour Artus. On ne peut pas dire qu'il s'agisse d'un succès mon petit, mais je ne parlerais pas d'échec non plus. Disons qu'il faut savoir se montrer patient. C'est comme pour le commerce, on ne peut pas forcer le chaland. Vous devez le savoir d'après ce que je vois.

— Je ne vais pas vous contredire sur ce dernier point, mais les godes ça marche, c'est incroyable ! Je n'aurais pas parié dessus. Il faut lui reconnaître ça à Gérard, il a du nez.

— J'ai surtout l'impression que *Noulimex* ne lui laisse pas grand choix. Regardez-vous ! Votre capuche avec un..., enfin vous m'avez compris, dessus. Pour moi, c'est la preuve qu'il a perdu de sa liberté. Avant cette crise économique, son affaire faisait florès et...

— Bon, alors, vous avez eu des visiteurs ? Excusez-moi de vous interrompre, mais je suis censé faire huit kilomètres par jour avant de pouvoir les vendre.

— Hélas non... J'ai bien cru faire deux entrées hier : un couple, figurez-vous, au faciès assez porcin au demeurant, est resté un long moment devant l'entrée et puis ils sont partis comme ils étaient arrivés.

— Attendez la belle saison ! Si on a quelques touristes, et on en aura grâce aux mesures présidentielles, au moindre crachin, ils chercheront un refuge.

— Oui, j'y ai pensé. L'office du tourisme a recensé mon musée et j'attends les autorisations concernant la vente de pâté de gland.

— Patience, alors, Monsieur le maire, je suis sûr que votre musée va marcher ! Et croyez-moi, j'ai le sens des affaires !

Célestin s'éloigna, après avoir souhaité bon courage au noble défraîchi, et s'interrogea sur ce que ce dernier appelait le sens des affaires. Nul n'ignorait qu'Artus avait géré sa vie privée comme un manche et avait fait pâle figure lors des quelques semaines passées au service de Gérard. Le quadragénaire était davantage réputé pour ses turpitudes que pour son habileté commerciale. Le maire ouvrit son musée sans grande conviction, il regrettait ce dédain envers le cochon, tout comme il déplorait le faible engagement de ses administrés dans la confrérie des goûteurs de pâté de gland. Cependant, les goûteurs défileraient, comme tous les ans, et auraient droit à leur reportage à la télévision locale. « On ne renonce jamais à ses passions », lui avait seriné monsieur son père pendant toute son adolescence. Aussi, il poursuivait sa route vaille que vaille en dépit des railleries des uns et des autres.

***

Jocelyne et Francis étaient en grande conversation. Il s'agissait d'organiser leur future vie et, pour elle, de le convaincre de passer au moins trois mois par an à Tresville.

— Trois mois c'est beaucoup, argua Francis.

— Francis, je trouve que c'est équilibré. On revient tous les trimestres : à chaque fois on reste un mois et puis on repart.

— Un mois ? Mais c'est énorme !

— C'est seulement trente jours tu sais... Parfois trente et un.

— Mais qu'est-ce que tu comptes faire pendant un mois ici ?

— Voir les gens que j'aime. Passer du temps avec eux.

— Dans ce cas, une semaine suffit. Tu as combien de personnes à voir au juste ?

Jocelyne compta sur ses doigts et se rendit compte qu'une seule main suffisait à contenir tous ceux qu'elle aimait vraiment. Elle connaissait toute la ville, mais de là à passer des heures à discutailler de tout et de rien (de rien surtout avec certains), il y avait un pas qu'elle ne franchirait pas. Le chanteur avait raison et elle comprit que le retour trimestriel à Tresville qu'elle prônait ne faisait qu'illustrer un retour à ses racines qu'elle jugeait aujourd'hui essentiel, mais demain – peut-être –, superflu. Le chemin qui s'ouvrait devant elle l'effrayait tout autant qu'il la séduisait. L'amour, certes, symbolisait le point d'orgue de cette échappée, et elle sentait qu'elle était prête pour un virage à quatre-vingt-dix degrés. Pourtant, quelque chose la retenait encore. Sans doute cette fichue peur de l'inconnu. Et si son histoire capotait ? Et si elle finissait frigorifiée au fond d'une grotte dans un pays étranger ? Avec des suppositions, on ne va jamais bien loin et, surtout, on n'agit pas. Elle le savait, son désir de changer de vie se heurtait à ses peurs d'enfant. Ce moment charnière dans son existence pouvait la propulser vers une vie meilleure tout comme il risquait de la clochardiser. Jocelyne pensait que le monde était soit tout noir soit tout blanc. Elle avait conservé l'innocence de son adolescence. C'est d'ailleurs cette innocence qu'elle avait transformée en ferveur et en rage de vaincre. Sinon, comment expliquer cette hargne qui s'était emparée d'elle ? Après tout, Jérôme était sans doute dans le juste lorsqu'il avait expliqué que la fusion pouvait apporter du sang neuf à leur commune. Elle comprit que son immaturité lui avait donné des ailes et que c'est notre part d'enfance qui nous fait avancer, car, sans magie, nulle vie ne méritait d'être vécue selon elle. C'est ainsi qu'elle se leva et cria :

— Banco ! Chéri, tu as raison, on reviendra ici quand on en aura envie, pas d'obligation, pas de contrainte ! Vivons libres ! C'est ça la vraie vie ! Aller où on veut quand on veut, le reste on s'en fiche !

— Et s'aimer aussi, non ?

— Mon amour, bien sûr. Tu crois que je serais là ? Sur le départ ? Si je ne t'aimais pas ?

Francis fut tranquillisé, il avait craint quelque dispute au sujet de cette sédentarité qu'il ne supportait plus. Jocelyne était la femme de sa vie, cela semblait évident. Rassuré, il la serra dans ses bras puis ils firent l'amour longuement avec toute la langueur de ceux qui n'ont que cela à faire.

***

Le car se gara devant le lycée, il était minuit passé. Bien sûr, ils avaient loupé le bateau, les élèves avaient été pénibles, chahuteurs et chamailleurs. Les parents étaient mécontents de cette arrivée tardive, la mère de Chloé, en particulier, semblait fort remontée. Elle attaqua Martine au sujet de son irresponsabilité, ce à quoi la professeure opposa un sourire béat qui désarma la maman. Cette dernière s'était préparée à une joute verbale sans précédent dans l'histoire de l'établissement. Elle avait même passé la soirée chez une amie afin de répéter ses gammes. On ne peut se battre si l'on n'a pas d'adversaire, chacun rentra donc chez soi.

Lucette resta quelques minutes sur le trottoir à converser avec des parents, les informa des turpitudes de sa collègue, laquelle fit démarrer sa voiture et partit sans même un regard pour ces mégères.

Gérard l'attendait, il s'était endormi devant la télé ; elle hésita à le réveiller. Il ronflait comme un sonneur et elle n'aurait pas refusé une nuit seule dans son grand lit. Elle se faufila dans la cuisine et constata que, comme chaque année, son mari avait laissé les lieux dans un état pitoyable. Miettes de pain, saucisson, rillettes et couteaux sales jonchaient la table. Elle soupira d'aise en se disant qu'elle assistait à cette scène pour l'ultime fois de son existence puis entendit un râle.

— Martine, c'est toi ?

— Évidemment.

Gérard avait fait le déplacement depuis le sofa et s'était assis face à sa femme qui l'observait en se demandant comment elle avait pu passer autant d'années avec un être aussi laid. Non pas d'une laideur repoussante, mais de cette hideur qui laisse transparaître la mocheté intérieure, hébergée depuis toujours. Son arrogance, son âpreté au gain, son insolence et même sa vulgarité, tout cela semblait écrit sur son front en lettres rouges.

— Ton voyage s'est bien passé ?

— Ah, ça oui !

— Tu ne m'as même pas téléphoné ! Les autres années, tu m'appelais au moins une fois pour me dire que tu étais bien arrivée.

— Oui, c'est vrai. Mais si le car avait terminé au fond d'un ravin, tu l'aurais su.

— Martine, qu'est-ce que t'as ? T'es bizarre. T'as même pas l'air fatiguée. Et puis pourquoi est-ce que vous avez eu autant de retard ?

— Tout simplement parce qu'il y a eu un contretemps.

— C'est-à-dire ?

— Écoute Gérard, je t'expliquerai demain. On va se coucher là, je ne tiens plus.

— Oui, et tu commences à huit heures…

— Ah non ! Je n'y vais plus !

Martine s'en voulut d'en avoir trop dit puis pensa que le moment était peut-être assez bien choisi. Balancer une vérité qui dérange à minuit trente à un homme qui sort tout juste de la douce léthargie du sommeil était une bonne tactique afin d'éviter tout emportement.

— Comment ça ? Tu n'y vas plus ?

— Je démissionne !

— C'est une blague là ! Tu te fous de ma gueule ?

— Pas du tout ! Et, s'il te plaît, surveille ton langage !

— Et tes annuités ? Tu les comptais tous les mois ! Ta retraite, t'en fais quoi ?

— Gérard, il faut qu'on parle.

Gérard, qui ne s'était jamais montré fin psychologue, comprit pourtant que l'heure était grave. Il se frotta les yeux et attendit.

— Gérard, je suis désolée. Je n'ai pas une bonne nouvelle pour toi. Je ne sais même pas comment t'annoncer ça. Je suis désolée, vraiment…

— C'est bon, tu l'as dit deux fois ! Crache ta valda qu'on en finisse !

— Ce que tu peux être agressif quand même ! Je m'absente une semaine et regarde comment tu m'accueilles.

Agir de telle sorte que l'innocent se sente coupable : technique ancestrale toujours dans les usages entre humains qui avait fait ses preuves à maintes reprises. Martine l'avait souvent utilisée sur ses élèves lorsqu'elle était à bout de nerfs et ne savait plus quelle menace balancer pour les faire taire.

— Agressif ! Elle en a de bonnes la grosse ! Elle se pointe à pas d'heure, ne m'envoie aucune nouvelle et, en plus, il faudrait que je l'attende la bouche en cœur !

— Tu vois, tu es détestable. Je ne sais même pas comment j'ai pu vivre avec toi pendant autant d'années.

— Ah ! Carrément ! Peut-être parce que je suis un super coup au pieu.

— Tu veux rire, j'espère. Tu es le plus mauvais amant que j'ai jamais eu !

— Tu vas la fermer ta grande gueule espèce de thon ! Tu crois que tu me fais bander ? Non, mais regarde-toi ! hurla Gérard en saisissant un économe.

Jusque dans l'expression de sa colère, il restait d'une implacable radinerie. Martine recula d'un pas et pensa qu'elle était allée bien trop loin. Ne jamais attaquer un homme au sujet de ses performances sexuelles, elle l'avait pourtant lu et relu dans les magazines en attendant son tour chez le coiffeur. C'était le b.a.-ba de toute relation, même (et surtout) de celles qui roulaient sur la jante. Elle lui aurait volontiers balancé ses quatre vérités, mais le couteau qu'il tenait fermement l'en dissuada. Se faire dézinguer d'un coup de lame, alors que sa vie promettait d'être, enfin, conforme à ses attentes, lui faisait penser aux séries françaises devant lesquelles elle corrigeait ses copies. Les petites pupilles dilatées de Gérard fixèrent leur proie puis ses paupières se soulevèrent. Le commerçant avait des allures de bête féroce qui firent frémir Martine. Elle se vit lardée, découpée puis balancée dans le gros congélateur du cellier. Elle se ressaisit et pensa qu'elle jouait sa peau et qu'il importait de choisir habilement ses mots afin de canaliser la rage qui habitait son époux.

— Gérard, mon chéri, pose ce couteau s'il te plaît.

— Sûrement pas ! Je vais te saigner comme une vache !

— Mon Dieu, mais tu es…

— Fou ? C'est ça ?

— Non, non, ce n'est pas ce que je voulais dire.

— Tu voulais dire quoi alors au juste ? questionna-t-il en donnant de petits coups de lame nerveux sur le plateau de la table.

— Rien, allez, pose ce couteau, on va discuter dans le salon.

— Pas la peine ! On est très bien ici ! Allez, crache le morceau ou je te transperce la carotide.

Martine commençait à avoir les chocottes. Après tout, les journaux étaient remplis de faits divers sordides. Elle imaginait déjà les gros titres du lendemain et frémit. Son amour pour James allait blesser celui qui se tenait face à elle et qui ressemblait de plus en plus à un vieux sanglier. Comment réussir à avouer son forfait ainsi que les conséquences de ce dernier sans se faire égorger ? Elle hésita puis, sur un ton doucereux, prononça quelques paroles aux vertus qu'elle souhaitait calmantes.

— Gérard, pense à toutes ces années passées ensemble, pense à notre fille, pense à…

— À quoi ? À la caravane ?!

— Mais non, calme-toi mon chéri. Et repose ce couteau s'il te plaît.

— Plus tu m'appelleras mon chéri, plus je tiendrai ce couteau ! Tiens, d'ailleurs, assieds-toi ici ! Non ! Ici ! À côté de moi ! Et pose ta main droite sur la table !

Gérard avait pété une durite et se prenait pour un desperado. Martine vit deux bouteilles de whisky, le cul en l'air dans la poubelle. Elle comprit que son mari ne s'était pas contenté de manger du saucisson et pensa qu'elle allait au mieux finir mutilée d'un ou plusieurs de ses doigts, au pire, découpée en rondelles et enterrée au fond du jardin, car le congélateur était plein. Personne ne la chercherait au lycée : Lucette se dévouerait pour faire passer le message de sa désertion et, pendant que tout le monde la croirait en Angleterre, roucoulant dans son manoir, sa dépouille pourrirait lentement entre le cabanon et le chêne bicentenaire. Elle se jeta à terre et se mit à pleurer. Pas de calcul dans cet acte qui n'avait rien de manqué. Elle était exsangue et aurait bien volontiers troqué sa place contre celle de n'importe qui d'autre.

— Lève-toi, morue !

Celle qui, de thon était passée à l'état de morue, se tortillait sur le carrelage poisseux en poussant des hurlements de hyène. En pure perte : elle savait que leurs plus proches voisins étaient sourds comme des pots. Elle obtempéra et prit place à côté de son mari en tremblotant de partout en même temps. Une forte sudation s'empara de ses aisselles ainsi que de la plante de ses pieds et de ses paumes. Elle craignait le pire : Gérard ne buvait plus d'alcool fort depuis longtemps et elle ignorait si les deux cadavres qui dépassaient du container à ordures avaient fait l'objet d'une ingurgitation sagement répartie sur chaque jour de la semaine ou bien s'il s'était envoyé le tout dans la soirée. Dans cette deuxième hypothèse, elle avait tout à craindre. Pourtant, maintenant qu'elle se tenait à quelques centimètres de son bourreau, elle ne nota aucun effluve alcoolisé.

— Gérard, calme-toi.

— Bon, maintenant que madame est à côté de moi elle va me donner sa main !

— Gérard, s'il te plaît, je t'en prie.

— S'il me plaît ! Tu t'es posé la question de ce qui me plaisait dans notre vie depuis que j'ai eu la mauvaise idée de te demander en mariage ?

Martine obtempéra dans le plus absolu mutisme. Elle regarda ses cinq doigts et se félicita d'avoir conservé son alliance. L'ôter eût éveillé des soupçons, voire attisé la haine. Les liens du mariage, quelle supercherie ! La corde à laquelle elle aurait voulu voir son mari se balancer, c'était là sa vision des liens !

— Réponds !

— Non, je ne me la suis pas posée. Je suis désolée.

— Arrête ton char et dis-moi ce que tu as sur le cœur !

Martine savait qu'elle n'avait aucun joker et qu'elle jouait son va-tout. Gérard maintenait sa main pressée contre la froideur de la table. Acculée, elle résolut de tout lui balancer. Elle verrait bien. Après tout, le choc risquait de l'étourdir à un point tel qu'il suffirait d'une milliseconde d'inattention pour qu'elle se saisisse de l'économe et le retourne contre son agresseur.

— Tu te souviens de James ?

— L'anglais ?

— Oui.

— Et alors, qu'est-ce qu'il a ce naze ?

— Je l'ai revu par hasard à Turninghton.

— Et ?

— En fait, Lucette et moi, on était hébergées chez lui.

La nervosité était palpable chez le propriétaire de *Bordy* qui donnait des encoches de plus en plus profondes dans la planche à découper.

— Bon, et alors, tu vas me faire baigner dans la marinade pendant des plombes ? Regarde, merde ! Il est une heure du matin ! Il a une belle baraque, a épousé une duchesse ou je ne sais pas quoi qui lui ressemble, ils ont quatre ou cinq gosses je suppose, il est où le scoop ?

— Je l'aime.

— Quoi ?

Martine n'avait pas grand-chose à perdre à part la vie et décida de jouer franc jeu : parfois, un uppercut du gauche est préférable à d'interminables circonvolutions. Elle prit une profonde respiration et balança sans respirer :

— James ne s'est jamais marié, ses parents sont morts, on s'aime et je vais partir m'installer chez lui. D'ailleurs si tu crois que tu m'impressionnes avec ton couteau, tu te mets le doigt dans l'œil. C'est le cas de le dire parce que, je te préviens, si tu me coupes un doigt, j'appelle la police ! Tu n'es qu'un malade, un pervers narcissique, un porc dégueulasse qui me dégoûte et je ne veux plus JAMAIS entendre parler de toi ! Alors qu'on soit bien d'accord, je repars MAINTENANT parce que passer une seule nuit ici me débecte et si jamais tu viens me chercher des noises, je balance à la police que tu as tenté de me tuer ! Attends ! Je n'ai pas fini ! Je te laisse ta baraque moche, ta caravane de plouc, ton magasin immonde et surtout, SURTOUT, je te laisse tes chaussettes trouées, tes caleçons à l'élastique pété, tiens, d'ailleurs je te laisse péter au lit tranquillou ! Alors, il est pas content le monsieur ? Hein ? Il est pas content ? Il va pouvoir faire tout ce qu'il veut : manger du saucisson à deux heures du matin, boire du whisky avant pendant et après chaque repas, salir cette maison, jeter tous mes patchworks et ma machine à coudre. Ah ! Et puis n'oublie pas mes manuels d'anglais ! Fais un feu de camp au fond du jardin et amuse-toi ! Brûle tout : mes vêtements, mes sous-vêtements, mes bouquins, mes photos, TOUT, je m'en fous ! Toutes les traces de ma vie avec toi, tu peux les brûler ! Je m'en tape à un point mon pauvre et, surtout, je ne veux plus jamais entendre parler de toi ! Alors, s'il te plaît, essaye d'avoir le chagrin digne, hein ? Pas de jérémiades au magasin, et si tu veux te taper une bonne grosse qui demande que ça, tu peux passer un coup de fil à Lucette, tu veux son numéro à Lucette ? HEIN ?!

Sonné par cette interminable diatribe, Gérard reposa le couteau et se mit à pleurer comme un gosse. Il s'était attendu à tout, mais certainement pas à une telle débauche de hargne. Comment peut-on passer d'une vie, certes assez morne, à une haine aussi profonde ? Martine comprit qu'elle conserverait ses dix doigts et très certainement aussi la vie. Dans un élan de pitié mêlé de compassion, elle enlaça ce gros bonhomme qui râlait tout le temps, donnait toujours à voir la pire facette de lui-même alors qu'il recelait, peut-être, quelque trésor très bien caché. Bien décidée à ne pas se lancer dans une chasse à la pépite à cette heure indue, elle le souleva et l'accompagna jusqu'à leur chambre. Des torrents de larmes inondaient ses joues. Il hoqueta :

— Martine, j'peux pas vivre sans toi.

— Mais si, tu verras, tu vas t'en sortir. Les premiers jours seront difficiles, mais après, tu vas retrouver tes marques. Et puis, tu as le magasin.

— Mais Martine, on devait passer notre retraite ensemble, j'pensais qu'on resterait mariés pour la vie !

— Moi aussi, Gérard, mais la vie n'est pas… Comment dire, je ne trouve pas mes mots.

Elle pensait à quelque chose du genre : la vie n'est pas un long fleuve tranquille, mais trouvait cette remarque tellement convenue qu'elle préféra s'abstenir.

— La vie est une merde, MA vie est une merde ! J'ai tout raté, j'ai tout perdu ! Si tu me quittes, je fais quoi, moi ?

Il avait repris du poil de la bête et boutonnait son pyjama.

— Gérard, prends un somnifère sinon tu vas passer une nuit blanche. Il faut dormir !

— Non ! Je veux qu'on parle. Qu'est-ce qu'il te fait cet Anglais que je te fais pas ? C'est sexuel, c'est ça ?

— Pas du tout. Enfin, non, non, pas du tout.

— Bah si ! C'est ça ! Tu t'es lassée de moi. Je sais bien que le gode *Noulimex* ne peut pas tout ! Tu parles, « Avec *Noulimex*, la vie est plus sex ! », je t'en foutrais, moi, des godes ! Quelle marque de merde, je vais leur renvoyer toutes leurs saloperies. De toute façon c'est quoi tous ces trucs qu'ils me font vendre ? Hein ? C'est quoi ?

Martine ne voyait pas où Gérard souhaitait en venir. Il s'énervait à nouveau, ce qui n'était pas le but recherché.

— Écoute Gérard, je ne sais pas quoi te répondre, c'est des godes, voilà ce que c'est.

— Non, mais je veux dire tout, tout ce que *Noulimex* fait : les *Panex*, les *Triogènes* de merde, là, leurs cafetières hors de prix, c'est fabriqué où à ton avis ?

— Ah ! En Chine ou en Inde.

— Voilà, exactement ! Et si ça se trouve et j'en suis sûr même, ce sont des enfants qui les fabriquent dans des usines dégueulasses.

— Même les godes, tu crois ?

— Oui, ils n'ont aucune morale ces gens-là. Je renvoie tout le stock dès demain. De toute façon, j'ai compris, j'ai tout compris.

— Tu as compris quoi ?

— Tu me quittes parce que je suis devenu un sale con arriviste !

Un égoïste, un connard puissance dix, une merde sur pattes, un pauvre type que tout le monde déteste. Je vais même t'avouer deux trucs dégueulasses ! Une nuit, j'ai trafiqué la *Pursche* d'Artus ! Je voulais me venger de sa démission, ça t'en bouche un coin, hein ? Et j'ai fait pire ! Je suis un vendu, pour un peu je serais devenu une saloperie de facho, tu sais ce que je suis ?

— Bah non, enfin si, tu es Gérard Bourdon.

— Non, mais tu le fais exprès ou quoi ? Tu ne comprends rien ! Je suis un ESSC ! Eh oui ! Tu es mariée à un vendu, un indic. J'en ai balancé des infos à l'Élysée, enfin à mon contact hein, va pas croire que je suis devenu pote avec cette demi-loque qui nous sert de président. Martine, tu sais ce que je suis ?

— Tu viens de me le dire. J'avoue que je ne m'attendais pas à ça. J'imagine que tu dois être très malheureux. C'est moche tout ça.

— Mais non ! Mais tu comprends rien ! Je suis un gros con, voilà ! Ça résume bien, non ?

Martine se dit que c'était exactement cela sans oser confirmer cette prise de conscience un peu tardive, mais ô combien salvatrice. Gérard allait changer, et, qui sait, mener lui aussi, une vie plus saine, conforme à une éthique qu'il s'était construite sans même s'en apercevoir. La course au profit, la peur du manque, font que certains êtres empruntent le mauvais chemin. Mais il n'est jamais trop tard pour reprogrammer le GPS de son existence. Quitter un homme afin qu'il accède à l'émouvante transcendance de l'épiphanie ; ce moment charnière où le loup devient agneau. Peu de femmes peuvent se targuer d'avoir réussi à transformer leur mari. Martine faisait partie de cette catégorie et, alors qu'elle allait déposer un baiser sur le front de celui avec qui elle avait traversé tant d'années, elle vit qu'il s'était endormi. Elle l'imita et rêva à son départ imminent : le lendemain soir, elle serait dans les bras de James.

31

ET LA CARAVANE PASSE

Cynthia arriva à la boulangerie en tirant une tête de déterrée. Elle fut surprise de voir Théodore s'activer : il portait un tablier blanc qui seyait mal à son teint pâlichon et organisait les baguettes en rangs serrés. Jérôme sortit du fournil et, face à sa mine perplexe, l'entraîna à l'écart afin de la mettre au parfum :

— J'ai mis une annonce hier et Théodore a répondu présent. Il va remplacer Joce.

— Jocelyne.

— Cynthia, ça n'a pas l'air d'aller ?

— Jérôme, j'ai la nausée. C'est horrible, j'ai envie de vomir et l'odeur des viennoiseries, ça me retourne le cœur.

Alors qu'il allait la serrer dans ses bras, elle grimpa les escaliers quatre à quatre et se pencha au-dessus de la cuvette des commodités. Il la suivit et l'attendit dans le salon. Elle revint, livide, et comme ivre.

— Cynthia, assieds-toi.

— Jérôme, ce sont les nausées du premier trimestre de grossesse, c'est normal.

— Donc on en a encore pour combien ? Environ deux mois ?

— Je ne sais pas. En fait, j'ai lu sur le *Ternet* que chez certaines femmes ça durait toute leur grossesse. Franchement, je ne sais pas.

— Mais là, par exemple, tu ne peux pas travailler ?

— Bah non, j'ai des nausées tous les jours. Mais d'habitude ça passe, sauf qu'aujourd'hui, en entrant dans la boutique, ça c'est aggravé. Je suis désolée, Jérôme, je vais aller m'allonger. Je me sens vaseuse.

— J'ai une idée ! J'ai embauché Théodore pour remplacer Jocelyne et je vais prendre Killian pour te remplacer. Je vais aux

Embruns ce soir chercher tes affaires, tu emménages ici et quand tu sortiras, tu passeras par la cour, comme ça tu ne sentiras pas les odeurs.

C'est ainsi que trois hommes, dont un très jeune qu'il fallait sérieusement encadrer et recadrer, prirent les rênes du commerce pendant que le ventre de la belle Cynthia s'arrondissait à vue d'œil. Jocelyne partie, les deux amoureux n'avaient plus aucune raison de se cacher et, à chacune de leur sortie, Cynthia bichait au bras de son chéri. Jérôme s'habitua assez vite à la perspective de devenir père. Finalement, il pensa qu'il avait des choses importantes à transmettre et que, de toute façon, on ne pouvait rien contre son destin. Elle accoucha sept mois plus tard d'une adorable petite fille. Jérôme et elle se disputèrent longuement au sujet de son prénom, car il voulait absolument qu'elle s'appelle Jocelyne, ce que Cynthia jugeait totalement déplacé. Après moult tergiversations, ils optèrent pour Suzanne qui était le prénom de la grand-mère de Cynthia. « Et puis, les garçons l'appelleront Suzie, c'est mignon, ça fait penser aux crêpes Suzette, donc c'est un bon prénom pour une fille de boulanger », pensa Jérôme.

***

Gérard décida, sur un coup de tête, de confier la gérance de *Bordy* à Artus qui était loin d'être un bourrin, comme il l'avait si souvent dit. Il prit la caravane et s'octroya quelques semaines loin de Tresville, cherchant au hasard des routes de France, un chemin de vie à emprunter. Bien sûr, la solitude lui pesa, mais il fit quelques rencontres sur des aires d'autoroute. Pas grand-chose de folichon : des routiers avec lesquels il trinquait un coup en causant de l'existence. Il comprit qu'il était loin d'être le seul à explorer son parcours en quête d'un signe qui le ramène sur une voie plus harmonieuse.

Un jour, alors que pris d'une fringale, il s'était arrêté sur le bas-côté d'une route déserte du sud de la France – pas loin de la frontière espagnole –, il fit une bien étrange rencontre. Il avait posé son séant sur une vieille chaise de camping et croquait à pleines dents dans un jambon beurre cornichon de sa confection quand un attelage des plus surprenants arriva lentement. À mesure que la roulotte approchait, il reconnut Anthésyte et eut un pincement au cœur. Francis stoppa l'étalon puis Jocelyne descendit. Elle vit à sa mine que Gégé traversait une mauvaise passe. Elle savait par Martine (qui bourlinguait pas mal aussi) avec qui elle échangeait des textos de femmes amoureuses, que Gérard avait choisi l'errance afin de mieux se retrouver. Elle s'approcha et l'embrassa, tout comme Francis qui saluait tout le monde d'une accolade suivie d'un baiser, le tout accompagné d'une amicale tape dans le dos. Elle entama la conversation :

— Gérard, ça va ?

— Bonjour, Jocelyne. Ça alors, c'est dingue de se retrouver dans ce coin paumé.

— Vous avez maigri ! Vous êtes sûr que ça va ?

— Oui, oui, ça va. Oui, j'ai maigri. Je mange moins, je cuisine un peu, je me débrouille. Artus s'occupe du magasin comme un chef, il vend les merdes de *Noulimex.* Moi, franchement, je ne pouvais plus. Je voulais leur renvoyer tout leur stock mais j'aurais fait faillite donc j'ai préféré passer le flambeau et me ranger des voitures un moment. Je verrai plus tard, il faut que je me retrouve, pour l'instant je cherche. Je pense à le laisser en gérance, le commerce et moi, c'est fini.

— Ça, je m'en doute, ils exploitent tout le monde. Mais bon, Gérard, il faut bien que la boutique tourne, je vous comprends, répondit Francis.

Gérard abandonna son sandwich et salua son cheval. Il écrasa une larme d'émotion au souvenir des aventures vécues avec ce bestiau, avec la boulangère, et, bien sûr, il eut une pensée pour Martine à qui il pensait de jour comme de nuit avec amertume et toutes sortes de sentiments que l'on éprouve lorsque l'on est pétri de regrets. C'est alors qu'une voiture de sport dernier cri s'engagea en leur direction. Par la fenêtre côté passager, deux jambes de femme se faisaient bronzer. Alors que le véhicule allait les dépasser, un cri retentit :

— James, stop ! It's my husband !

Le conducteur obtempéra. Martine sortit du bolide, bronzée, amincie, souriante et radieuse. S'il fallait une preuve que l'amour rend beau, il suffisait de regarder les deux couples enlacés face à Gérard qui se sentit de plus en plus triste. Le bonheur semble toujours ostentatoire à ceux qui sont malheureux. Pourtant, il est là pour prouver que toute vie peut changer ; il suffit pour cela non pas de le vouloir, mais d'agir, d'aller vers autrui sans a priori et de se laisser porter par la bienveillance des astres. Martine parlait beaucoup, comme toujours :

— Ah, si vous saviez le périple qu'on a fait ! Incroyable ! On est parti d'Angleterre et nous voilà presque en Espagne !

— C'est votre destination finale ? s'enquit Jocelyne.

— Ah non ! On va de pays en pays, on se laisse guider par nos envies. Après l'Espagne, le Portugal et pour la suite, on verra bien. Oh ! Et tous ces endroits merveilleux où on dort ! Mes amis, c'est bien d'être riche, je peux vous le dire parce que mon chéri ne cause pas un mot de français ! On ne réserve que des chambres d'hôtes. Attention hein, du grand luxe ! Hier on était dans un endroit magique : piscine, sauna, champagne dans la chambre, lit XXL, draps en soie. En fait, voilà la vie pour laquelle j'étais faite !

— Et toi, Gérard, ça va ?

— Oui, oui.

Jocelyne comprit que ce déballage qui frôlait l'obscénité brisait le cœur du commerçant qui n'avait vraiment pas besoin de cela. Martine se vautrait dans le luxe et certainement le stupre tandis que son ex-mari trimbalait sa vieille caravane et sa déprime. Elle chercha un sujet de conversation qui fasse consensus, un truc un peu bête qui rassemble à la fois une curiosité feinte et un étonnement suffisant afin d'alimenter un semblant de débat.

— Vous savez qu'on fait pousser des légumes ? On n'est pas autosuffisant, mais presque. Venez voir !

De fait, la petite terrasse en bois était couverte de pots : Joce avait accroché des jardinières partout, même en hauteur. Entre salades et tomates, basilic et persil, quelques concombres s'épanouissaient et se gorgeaient du soleil méridional. Bien au milieu, l'indétrônable Jérôme dominait les légumes depuis sa cage. Heureux à l'arrière de la roulotte, il dormait paisiblement. On s'extasia par pure politesse, Gérard n'avait qu'une envie : fuir, tandis que Martine se demandait comment sa copine pouvait vivre dans un lieu si petit. Eût-elle posé la question à Jocelyne que cette dernière lui aurait répondu que le luxe n'avait jamais été son truc et qu'elle gardait le président de France à l'œil.

Le *Canard Déchaîné* avait repris du poil de la bête et venait de sortir un article au sujet des frais d'un certain ancien ministre désormais directeur de musée au faciès tellement lifté que l'on se demandait si la fratrie Rogdnonov ne comptait pas trois membres. Encore un scandale qui promettait d'être vite étouffé par les âneries des médias. Les dernières confessions d'une sombre idiote devenue l'idole des ados par la grâce d'une émission de télé-réalité faisait un carton puisqu'un éditeur avide en avait fait un bouquin. La France allait un peu mieux : les mesures prises par le gouvernant avaient permis à quelques seniors de retrouver un emploi. Pourtant, la boulangère se méfiait, car, comme chacun sait : un président en campagne se débrouille pour colmater les brèches les plus béantes espérant ainsi se faire réélire, mais les lendemains seraient-ils à la fête ? Il convenait d'être sur le pied de guerre. Toujours vigilant. La boulangère n'oubliait pas la lutte qui avait été la leur et comptait bien mener le président de France sinon à la déroute, du moins à la baguette. La vie avec Francis était agréable, mais au bout de quelques semaines elle reprit goût à la politique. Femme d'action, femme de tête, Jocelyne ne pouvait plus se passer de *Tweety* ni de *Friendbook. Contretemps* était devenu son journal de référence et elle dévorait tous les articles qui abordaient les sujets sociétaux.

Au loin, et alors qu'ils allaient tous quitter la terrasse, une autre caravane précédée d'une vieille Mercedes pointa le bout de son nez. La voiture roulait à vive allure, mais ralentit puis stoppa à leur hauteur. La vitre côté passager s'ouvrit puis une tête en sortit. Tout d'abord interloqués, les cinq compagnons reconnurent Marie-Cécile. Ils descendirent jusqu'à la route tout en se demandant s'ils n'avaient pas la berlue. Elle portait un short en jean, un tee-shirt *Hello Kitten*, une paire de tongs rose fluo ainsi qu'une visière de tennis turquoise. Sa longue chevelure, jadis grisonnante, était désormais blond platine, elle flirtait avec le ridicule d'autant qu'elle semblait avoir un peu forcé sur le blush et omis, elle aussi, de porter un soutien-gorge. Tiego n'avait pas changé : fidèle à lui-même, il souriait toujours. MC sortit du véhicule, claqua une bise sur toutes les joues qui s'offraient à ses lèvres puis exposa la raison de leur empressement :

— Zoran a disparu, personne ne sait où il est ! Aucune nouvelle, rien ! Il est parti sans laisser un mot, Tiego en est malade. On a dû interrompre notre virée en Espagne, il faut qu'on soit à Tresville ce soir au plus tard !

— Cynthia, saloooooope ! Cynthia, saloooooooooope !

— Jérôme, tais-toi, c'est pas Cynthia ! C'est Marie-Cécile ! Chut !

Jocelyne allait s'excuser et déplorer l'inélégance de son perroquet lorsque Martine, qui n'écoutait rien, s'écria :

— Ah ! Vous étiez en Espagne ! Nous y allons justement. Où avez-vous dormi ? Nous, ce soir on descend dans un lieu sublime, en fait c'est un ancien moulin que les propriétaires ont retapé, rien que de m'imaginer dans la piscine dans quelques heures et…

— Martine, nous dormons dans la caravane. Nous menons une vie simple de gens du voyage. Vos cinq étoiles sont nos aires d'autoroute. Mais je peux vous dire, mes amis, que lorsque l'on a rencontré l'âme sœur, le confort matériel n'a plus moindre importance. On doit filer, je suis navrée de ne pas pouvoir vous parler plus longuement, on se tient au courant sur *Friendbook*, OK ?

— OK, fit Jocelyne.

— Ça roule ! hurla Marie-Cécile.

— Tatanne, tête d'âne, Tatanne, tête d'âne !

Francis fut contraint de serrer les poings. Il était sorti de ses gonds plusieurs fois depuis le début de sa houleuse cohabitation avec la bestiole. Jocelyne, tout comme elle l'avait fait avec son boulanger, lui expliqua que l'on ne pouvait pas tenir rigueur à un oiseau. Pourtant, le trouvère ne partageait pas ce point de vue et souhaitait s'en débarrasser. Un jour, alors que Joce effectuait quelques courses, il ouvrit la cage de Jérôme pensant que ce dernier prendrait la poudre d'escampette, assoiffé de liberté, attiré par la brise et la verte campagne. Il n'en fut rien, le cacatoès demeura *in situ* et le toisa, une lueur insolente dans le regard. Jocelyne eut toutes les peines du monde à lui faire tolérer sa présence et – alors même que l'amour les transportait et les enivrait –, un banal oiseau semait la discorde dans leur vie.

L'intervention aiguë jeta un froid et les deux couples laissèrent Gérard terminer son sandwich tranquille. Ils remontèrent chacun à bord de leurs véhicules. Le propriétaire de *Bordy* se retrouva seul, écrasé par le soleil, il sortit un bob à l'effigie de *Tricard*, la boisson jaune au goût anisé, le vissa sur son crâne, car, avec le bol qu'il avait, il ne lui manquait plus qu'une insolation pour finir au fond du trou. En parlant de trou, il remarqua que sa chaise penchait dangereusement vers le fossé et décida, dans un mouvement rageur, de la plier et de reprendre la route.

Il se sentit immensément seul, repensa à sa femme qui se pavanait dans l'auto de son Lord, mais ne l'envia pas. Non, ce qu'il désirait c'était trouver ce bonheur insolent qu'il avait vu briller dans les pupilles de Marie-Cécile et de Jocelyne. Il pensa qu'elles n'avaient rien fait de spécial pour le dénicher. En particulier MC, qui n'avait rien fait du tout. Enfin si, elle avait fait fi de ses principes et osé laisser gambader son cœur au gré de ses propres humeurs comme s'il s'était agi d'un organe sur lequel elle n'avait aucun contrôle. Il résolut de faire sienne une maxime d'un pape mort depuis des lustres et qui n'avait pas raconté que des billevesées : « *L'amour est l'unique révolution qui ne trahit pas l'homme* ». Il reprit son volant et chanta à tue-tête, soudain optimiste, comme si le bonheur dont il venait d'être le témoin l'avait contaminé : « Ah ça ira, ça ira, mon gars l'amour tu rencontreras ! Ah ça ira, ça ira, les joies du sexe tu retrouveras ! Ah ça ira, ça ira, Lucette tu appelleras ! ».

FIN

Chères lectrices et lecteurs, je souhaite vous avoir permis de vous évader l'espace de quelques heures. Rire, sourire, de cette fresque ubuesque, tantôt légère, tantôt plus sérieuse dans certaines thématiques abordées.

Ce roman fait suite à mon premier roman sorti il y a un an : « Quel Pétrin ! » Chaque ouvrage est indépendant de l'autre, mais si mon univers vous a plu, je vous invite à vous plonger dans le début des aventures de Jocelyne et, ainsi, à faire plus ample connaissance avec certains personnages que j'ai volontairement relégués à des rôles secondaires dans « Péril au Fournil ! »

Pensez à prendre quelques instants de votre temps et à laisser un commentaire sur le site d'achat de cet ouvrage, une ligne suffit. Les commentaires sont un moyen pour moi de me sentir plus proche de mes lecteurs.

Vous pouvez également m'écrire à l'adresse mail suivante : quelpetrin@gmail.com, chaque email est un plaisir à recevoir, je réponds à tous mes lecteurs sans exception.

Vous pouvez également me rejoindre sur la page Facebook dédiée à mes romans : facebook.com/celinebarreromans/, ainsi, vous serez tenu au courant de mes publications à venir. En l'espace d'un an, une communauté s'est créée depuis l'aventure du pétrin : les « amateurs » sont presque six cents. Chaque nouvel arrivant est accueilli avec le sourire par l'auteure indépendante que je suis. J'organise régulièrement des concours, n'hésitez pas à m'y rejoindre.

Vous pouvez me retrouver sur mon blog ici : celinebarreromanswix et vous inscrire à ma liste de diffusion. L'important étant, si vous le désirez, d'être au courant de mes prochaines publications.

Les auteurs indépendants n'ont pas accès aux médias, leurs ambassadeurs sont leurs lecteurs. Si vous aimez mon travail, parlez-en à votre entourage, le bouche à oreille fonctionne aussi bien que les réseaux sociaux, peut-être mieux d'ailleurs.

Je vous remercie par avance et vous souhaite le meilleur et, comme je le crois, le meilleur, c'est l'amour et le rire avec un peu de révolution dedans.

REMERCIEMENTS

Merci à mon compagnon, Richard, qui me supporte (et ce n'est pas une mince affaire), est mon premier lecteur et sait se montrer exigeant. Il a aussi réalisé la couverture de ce roman, tout comme celle du précédent. J'admire sa patience, la pertinence de ses remarques et son talent.

Un immense merci aux lecteurs de « Quel Pétrin ! », à ceux qui m'ont envoyé des mails enthousiastes et avec lesquels j'ai parfois échangé plusieurs missives électroniques. Merci à cette lectrice, qui se reconnaîtra, qui m'a envoyé deux ravissantes serviettes brodées de ses mains. Quelle délicate attention ! Merci également à tous ceux qui ont lu mon premier roman et m'ont fait la confiance d'acheter le deuxième.

Un merci particulier aux blogueuses et blogueurs qui ont chroniqué mon premier roman et m'ont ainsi aidé à le faire connaître. J'apprécie leur travail à sa juste valeur.

Merci à mes bêta lecteurs. Leur aide est précieuse, judicieuse ; je suis heureuse de les savoir là pour moi.

Et un grand merci à vous !

22584828R00169

Printed in Great Britain
by Amazon